Isa Klink
Steinkalt

EDITION M

Das Buch

Ein Serienmörder lässt den Menschen im Schwarzwald das Blut in den Adern gefrieren. Der Täter wählt seine Opfer scheinbar willkürlich aus, tötet in immer rascherer Folge und mit sprichwörtlich chirurgischer Präzision. Die Presse nennt ihn den »Schwarzwald-Ripper«.

Eigentlich ist es kein Fall für Kriminalpsychologin Cora Brecht, die sich im Schwarzwald nur um den Verkauf des Elternhauses kümmert. Aber sie wird hineingezogen: Zunächst fällt ein erster Verdacht auf sie, und ausgerechnet ihr Jugendfreund Till von der Mordkommission muss gegen sie ermitteln. Während der Druck auf die Polizei weiter wächst, stellt sie eigene Nachforschungen an. Und schließlich gerät sie selbst in den Fokus des Killers …

Die Autorin

Isa Klink, 1973 in Tübingen geboren, lebt mit ihrer Familie in Neuffen. Sie studierte Lehramt und absolvierte die Erste Staatsprüfung im Fach Literaturwissenschaft erfolgreich zum Thema Krimi. Nach Lehrtätigkeiten in Costa Rica und auf Gran Canaria arbeitet sie heute an einer deutschen Grundschule. In ihrer Freizeit wandert sie gern mit ihrem Hund und fotografiert. 2021 wurde sie beim Fotowettbewerb »Blende« prämiert. Ihre größte Leidenschaft ist aber das Schreiben. Seit 2015 schreibt und veröffentlicht sie Krimis sowie Kinder- und Jugendbücher. Ihr Debüt »Tatort Hohenzollern« wurde ein regionaler Bestseller. Sie ist Mitglied bei den »Mörderischen Schwestern«. Ihre neue Krimireihe um Cora Brecht ist inspiriert von ihren eigenen Erfahrungen, da sie mehrere Jahre im Nordschwarzwald auf einer abgeschiedenen Waldlichtung gelebt hat.

ISA KLINK

STEIN KALT

EIN FALL FÜR CORA BRECHT

EDITION M

Deutsche Erstveröffentlichung bei
Edition M, Amazon Media EU S.à r.l.
38, avenue John F. Kennedy, L-1855 Luxembourg
August 2023

Umschlaggestaltung: Brian Barth, Berlin
Umschlagmotiv: © Raggedstone / Shutterstock
1. Lektorat: Angela Kuepper
2. Lektorat und Korrektorat: VLG Verlag & Agentur, Haar bei München,
www.vlg.de
Gedruckt durch:
Amazon Distribution GmbH, Amazonstraße 1, 04347 Leipzig /
Canon Deutschland Business Services GmbH, Ferdinand-Jühlke-Str. 7,
99095 Erfurt /
CPI books GmbH, Birkstraße 10, 25917 Leck

ISBN 978-2-49671-438-8
e-ISBN 978-2-49671-439-5

www.edition-m-verlag.de

Für Micha

Nicht irdische Gerichte sind es, die du zu fürchten hast, sondern andere und strengere; denn du hast deine Seele an den Bösen verkauft.

Wilhelm Hauff, Das kalte Herz, S. 36

Prolog

Wo bin ich?

Ich halte das nicht aus! Was ist das in meinem Mund?

Es drückt, bis in den Rachen runter – meine Zunge, die Lippen, das tut so weh …

Ich will danach tasten, aber ich kann es nicht. Verdammt, man hat mich eingewickelt! Bis obenhin. Alles fest, ich kann nichts mehr bewegen. Keinen Millimeter!

Das muss ein Albtraum sein!

Die Spucke, da ist viel zu viel Spucke. Ich kann nicht schlucken. Nein, es geht nicht. Ich ersticke … Hilfe, ich ersticke! Ich, ich krieg keine Luft mehr!

Oh mein Gott, ich will nicht sterben! Bitte, noch nicht! Nicht so!

* * *

»Sch, ruhig. Sie bekommen durch die Nase genügend Luft. Wichtig ist, dass Sie gleichmäßig weiteratmen. Also einatmen und lange ausatmen, einatmen, lange ausatmen. Ja, so ist es gut! Ich weiß, der Knebel ist unangenehm. Aber keine Sorge, ich werde Sie schon bald davon erlösen.«

Das Mittel fängt an zu wirken. Endlich. Er beruhigt sich.

»Es ist ganz normal, dass Sie Angst haben. Das hätte jeder in Ihrer Situation.«

Wie gespannt er zuhört …

»Es ist dieses Gefühl der Hilflosigkeit, das Ihnen Angst macht, nicht wahr? Dagegen hilft nur Transparenz. Man muss wissen, was einem bevorsteht. Selbst wenn es unangenehme Dinge sind, kann man doch gleich viel besser damit umgehen.«

Mitnichten kann er damit umgehen. Seine Augen füllen sich mit Tränen.

»Deshalb erkläre ich Ihnen vor jedem Schritt genau, was ich als Nächstes tun werde. Außerdem gebe ich mein Bestes, damit Sie bei dem bevorstehenden Eingriff keine unnötigen Schmerzen erleiden müssen.«

Oh, das kam nicht gut an. Er dreht wieder durch.

»Sch, ruhig. Sie sind bei mir in guten Händen. Vertrauen Sie mir. Ich mach das nicht zum ersten Mal.«

Die Dosis ist nicht hoch genug. Wo ist die Spritze mit dem Zerstäuber? Spritze, Spritze …

»Halten Sie den Kopf still. Das ist bloß ein Beruhigungsmittel. Ich sprüh Ihnen das Mittel in die Nase. Sie werden sehen, gleich geht es Ihnen besser.«

Inzwischen läuft ihm vor lauter Geheule schon der Rotz aus der Nase.

»Womöglich fragen Sie sich, weshalb Sie eigentlich hier sind. Nein, sicher fragen Sie sich das. Ich werde es Ihnen sagen. Ein Stichwort muss aber genügen. Wenn Sie gründlich nachdenken, können Sie daraus alle nötigen Schlüsse ziehen. Das Stichwort ist … Arthur.«

Aha, seine Pupillen weiten sich.

»Ich möchte im Übrigen eines betonen – es steht mir nicht zu, über Sie zu richten. Meine Aufgabe ist es, den Stoß in die richtige Richtung zu geben. Alles Weitere liegt danach nicht mehr in meiner Hand.«

So wie er mich ansieht, versteht er gar nichts.

»Bevor ich mit dem Eingriff beginne, werde ich Ihnen das Schmerzmittel Procain spritzen. Dafür muss ich die Folie über der Brust ein Stück einschneiden.«

Er kann nicht mehr, lässt einfach den Kopf zur Seite fallen. Komm, mach die Augen wieder auf!

»Den Einstich der Spritze werden Sie kaum mitbekommen. Ist ne ganz dünne Nadel.«

Doch, das hat er gespürt. Nun ist er wieder bei mir. Bei jeder Spritze zuckt er aufs Neue zusammen. So, das war die letzte.

»Als Nächstes werde ich mit dem Skalpell einen circa zwanzig Zentimeter langen Schnitt oberhalb des Brustbeins machen. Und zwar hier. Oh, ich kann Ihr Herz spüren. Das schlägt ja wie verrückt! Haben Sie solche Angst?«

Gib mir das pochende Ding und du wirst sehen, wie gut du es danach hast.

»Keine Sorge, ich teste zuerst einmal mit der Spitze des Skalpells, ob die Betäubung schon wirkt. Hm, das sieht gut aus. Schön, dann wollen wir mal …«

Es geht los. Vater, steh mir bei!

»Ah, das geht ja wunderbar. Ihre Haut lässt sich hervorragend schneiden.«

Wie entsetzt er auf den Schnitt in seiner Brust starrt! Dabei ist dies erst der Anfang.

»Ich fürchte, nun steht Ihnen der unangenehmste Teil der Operation bevor: die Eröffnung des Brustkorbs. Um an das Herz heranzukommen, muss ich zuerst einmal das Brustbein spalten.«

Oh, er fängt an zu würgen. Schnell, schnell, der Knebel! Seitenlage. Nicht, dass er an seinem Erbrochenen erstickt!

»Hab ich noch gar nicht gesagt, dass es um eine Herz-OP geht? Muss ich wohl in all der Aufregung vergessen haben.«

Er dreht durch. Zappelt wie ein Fisch, der am Ersticken ist. Trotzdem, Knebel wieder rein.

»Halten Sie den Kopf still! Ich gebe Ihnen etwas Lachgas. Hören Sie mich? Sie sollen stillhalten!«

Und bist du nicht willig, so brauch ich Gewalt. Ist nur zu deinem Besten.

Atme, atme! Gut, er wird ruhig.

»Mit dem neuen Elektrokauter wird das eine saubere Sache. Das Ding kann nicht nur Gewebe durchtrennen, sondern auch gleichzeitig Blutgefäße veröden. Ja, so was braucht man. Beim letzten Mal gab es nämlich eine Riesensauerei. Bis ich das Brustbein durchgesägt hatte, war alles voller Blut. Das Zeug klebt sogar heute noch zwischen den Ritzen der Holzdielen.«

Von mir aus, schließ du nur die Augen. Deine Ohren kannst du nicht verschließen.

»Gesägt wird mit der Sternumsäge. Ist ziemlich laut, dafür aber effektiv. Sie werden sehen, das geht ganz schnell. Ich hab das kürzlich an Schweinerippchen getestet. Schneidet sich wie Butter.«

Ah, das ist ja widerlich. Warum hab ich denn keine Maske aufgesetzt? Ist doch klar, dass das spritzen kann! Wo ist das Tuch? Rein damit! Elektrokauter, ich brauch den Elektrokauter … Oh! Wow!

»Ich kann Ihr Herz schon sehen!«

Er ist bewusstlos. Auch gut, dann geht es schneller.

»So … nun werd ich dir das Herz aus dem Gehäuse nehmen. Bist die Unruh gleich los.«

Erstaunlich. Es pocht immer noch. Kommt über den Tod hinaus seiner Pflicht nach. Und wie warm es sich anfühlt. Warm und weich.

Das Pochen wird schwächer. Schwächer. Jetzt ist es still.

Ich hatte recht. Sein Herz war viel zu warm, viel zu groß und vor allem viel zu leicht.

Der Stein wird dafür sorgen, dass er dort landet, wo er hingehört.

Der Stein. Ja, wirklich hervorragend gewählt. Er hat die perfekte Größe.

Und – er hat ein gutes Gewicht.

1. Kapitel

Diesem Augenblick hatte Cora seit Wochen entgegengefiebert, der lang gehegte Traum vom eigenen Hund war zum Greifen nah. Doch nun, da sie in diesem Tierheim stand und es um die Auswahl ging, war sie verunsichert. War ihr Traumhund überhaupt dabei? Was, wenn die Sache schiefging? Wenn der Hund nicht zu ihr und ihrem Leben passte oder sich aufgrund seiner schlechten Erfahrungen problematisch verhielt? Vielleicht hätte sie sich ja doch besser einen Welpen vom Züchter holen sollen.

Sie ließ ihren Blick über die Anlage schweifen. Das Außengehege des Tierheims bestand aus einer fortlaufenden Reihe von Zwingern, an denen ein schmaler Weg für Besucher entlangführte. Der durchdringende Geruch nach Putzmittel überlagerte den unterschwelligen Uringestank und zeugte von dem Bemühen der Mitarbeiter, in der Anlage für Sauberkeit zu sorgen. Obgleich die Zwinger geräumig waren, dominierte das Grau der Betonböden und Metallgitter so stark, dass selbst ein sonniger Herbsttag wie dieser die Tristesse nicht zu vertreiben vermochte.

Lieblos, dachte Cora. Alles so lieblos.

Die vergitterten Zellen erinnerten sie mehr an einen Knast denn an ein Heim. Zudem war es merkwürdig still. Sie hörte weder Bellen noch Winseln. Mochte aber auch daran liegen, dass außer ihr keine weiteren Besucher anwesend waren. Auch von den Mitarbeitern hatte sich bislang niemand blicken lassen. Zögernd betrat sie den Besucherweg.

Von einer Sekunde auf die nächste brach die Hölle los. Obwohl die meisten Hunde sie noch nicht sehen konnten, versetzte ihre bloße Gegenwart die Tiere schlagartig in helle Aufregung. Ihr Geruch hatte genügt, um bei ihnen einen Adrenalinschub auszulösen. Nahezu alle Hunde fingen gleichzeitig an zu bellen. Erschrocken blieb sie stehen.

Du meine Güte, was für eine Hysterie!

Manche der Hunde tobten, als hinge ihr Leben davon ab, sich auf irgendeine Weise bemerkbar zu machen. Als wüssten sie, dass ihr Auftritt in diesen Minuten über künftiges Glück oder Leid entscheiden konnte. Hocherregt rannten sie hin und her, im Kreis herum, sprangen am Gitter hoch und pressten ihre Schnauzen zwischen den Eisenstäben hindurch. Cora schluckte. Nein, diese Hunde hatten sich keineswegs mit ihrem Schicksal abgefunden. Mit einem Mal waren jegliche Zweifel verschwunden. Sie würde sich heute noch für eines dieser Tiere entscheiden. Zumindest eines würde sie befreien. Sie holte tief Luft und setzte ihren Weg fort. Langsam und mit gebührendem Abstand ging sie an den Metallgittern entlang und betrachtete die Hunde. Welchen sollte sie nehmen? Wenn sie die freie Wahl gehabt hätte, wäre ihre Präferenz klar gewesen. Je größer, desto besser! Aber ein großer Hund kam leider nicht infrage. Schließlich lebte sie zurzeit auf einem Campingplatz und musste mit dem Hund künftig im Wohnwagen auf engstem Raum zurechtkommen. Zu klein sollte der Hund allerdings auch nicht sein, da er sie beim Wandern begleiten sollte. Im vordersten Käfig kläfften zwei aufgekratzte Jack Russells um die Wette, drehten sich unentwegt um sich selbst und machten am

Gitter Männchen. Auf einem Schild stand der Hinweis: »Anton und Pünktchen – nur zu zweit abzugeben«. Cora ging weiter.

Im Vorübergehen streifte ihr Blick ein Heiligenbild an der Wand. Der Heilige beugte sich zu einem Hund hinunter, der ihm vertrauensvoll die Pfote reichte. Cora blieb stehen und betrachtete das Bild genauer. Es musste sich bei der Darstellung um Franz von Assisi handeln, den Schutzpatron der Tiere. Darunter war ein Spruch angebracht: »Gott wünscht, dass wir den Tieren beistehen, wenn es vonnöten ist. Ein jedes Wesen in Bedrängnis hat gleiches Recht auf Schutz.« Schön, dachte Cora. Auch wenn sie nicht besonders religiös war, fand sie Bild und Spruch für ein Tierheim passend.

Im benachbarten Käfig war ein schwarzer Labrador untergebracht. Im Gegensatz zu seinen Artgenossen verzichtete der große Hund aufs Bellen und beschränkte sich darauf, freundlich mit dem Schwanz zu wedeln. Dass auch er aufgeregt war, konnte man nur dem Getrippel seiner Vorderbeine entnehmen. Ein Traumhund!

»Du bist ja ein ganz Lieber«, säuselte Cora. »Wirst bestimmt bald eine gute Familie finden.« Der Labrador legte den Kopf schief, stellte das Hecheln ein und sah sie aufmerksam an. Cora nickte ihm zuversichtlich zu und ging weiter.

Ein Schäferhund, ein Collie, ein Golden Retriever – alles schöne Hunde, die aber aufgrund ihrer Größe ausschieden. Ein Zwinger war leer, im nächsten befand sich ein kleinerer Hund. Die Rasse war nicht klar zu erkennen, sein wuscheliges weißes Fell ließ Cora jedoch auf einen Pudelverschnitt tippen. Das Hündchen lag eingerollt mit dem Rücken zum Gitter gedreht, den Kopf zwischen Pfoten und Bauch vergraben. Erstaunlicherweise ließ es sich vom Toben seiner Artgenossen nicht anstecken und ignorierte den Besuch. Cora ging in die Knie, streckte ihre Hand durchs Gitter und streichelte dem Hund vorsichtig übers Fell. Kaum hatte sie seinen Rücken berührt, schreckte das Tier hoch und fuhr herum. Cora riss ihre Hand zurück, verlor das Gleichgewicht und landete auf dem Hintern.

»Lissy ist taub.«

Überrascht drehte sie sich um. Die männliche Stimme gehörte zu einem hochgewachsenen, schlanken Mann mit gelben Gummistiefeln, der ihr schmunzelnd die Hand entgegenstreckte. Cora verzog die Lippen zu einem schiefen Grinsen und ließ sich von ihm hochhelfen.

»Deshalb sollte man zuerst einmal mit ihr Blickkontakt aufnehmen, bevor man sie berührt.«

»Ich dachte, man soll Hunden nicht direkt in die Augen schauen«, entgegnete Cora, während sie sich den Dreck vom Hintern klopfte.

»Das kommt immer auf die Situation an. Der Hund interpretiert unsere Körpersprache. Wenn der Mensch als freundlich eingestuft wird, entspannt er sich. Dann provoziert ihn selbst der direkte Augenkontakt nicht mehr.« Er fixierte sie einige Sekunden lang mit starrem Blick, dann zwinkerte er ihr zu. »Im Grunde ist es nicht anders als bei uns Menschen.« Er lächelte und reichte Cora erneut die Hand, dieses Mal offiziell. »Mein Name ist Strasser. Uwe Strasser. Kannst aber, so wie alle, Uwe zu mir sagen.«

»Ich bin Cora«, sagte sie und erwiderte sein Lächeln. »Cora Brecht.«

»Ah, dann haben wir gestern miteinander telefoniert«, stellte Uwe fest. »Ich leite das Tierheim.«

Cora hob erstaunt die Augenbrauen an. Mit seiner lässigen Aufmachung – Vollbart, Haarknoten und Armtätowierung – wirkte der Mann trendig und jung. Über seinem schwarzen Pullover trug er eine Kette mit silbernem Kreuz, in seinem linken Ohr steckten zwei Ohrringe. Vermutlich war er nicht älter als Ende 20. Brauchte es nicht eine gewisse Erfahrung und Reife, um ein Tierheim zu leiten?

»Was für ein Hund soll es denn sein?«, riss Uwe sie aus ihren Gedanken.

»Ein Kleiner«, antwortete Cora, griff nach ihrem Zopf und legte ihn sich nach vorn über die Schulter.

»Hast du Angst vor größeren Hunden?«, erkundigte er sich.

»Nein, aber der Hund muss in der nächsten Zeit mit mir im Wohnwagen leben.«

Uwe runzelte die Stirn.

»Was arbeitest du denn? Entschuldige, ich frage nicht aus Neugier. Bevor wir ein Tier vermitteln, müssen wir den Interessenten eine Menge Fragen stellen, um sicherzugehen, dass wir auch das richtige Tier weitergeben. Es soll ja nachher auch passen, nicht wahr?«

»Natürlich, das verstehe ich«, erwiderte Cora und blickte ihn offen an. »Ich bin Kriminalpsychologin und arbeite beim LKA in Stuttgart.«

Uwe pfiff durch die Zähne.

»Wow! Beim LKA! Das hört sich aber aufregend an!«

»Ja, das ist es auch«, sagte sie und nickte. »Manchmal zumindest.«

Sie war an diese Reaktion gewöhnt. Die meisten Leute reagierten beeindruckt, wenn sie hörten, dass sie beim LKA arbeitete. Sie assoziierten damit den abenteuerlichen Job einer heldenhaften Profilerin, die am Tatort ermittelte und mit Scharfsinn und Gespür Serienmörder entlarvte. So wie sie das eben aus Fernsehserien kannten. Von der wirklichen Arbeit beim Landeskriminalamt, dass man ständig Berichte erstellen und Daten analysieren musste, wie viel bürokratisches Zeug es tagtäglich zu erledigen gab, davon hatten die Leute keine Ahnung.

»Verdient man beim LKA so schlecht, dass man sich keine Wohnung leisten kann, oder bist du zurzeit in geheimer Mission unterwegs?«

»Weder noch.« Sie lachte auf, wurde dann aber rasch wieder ernst. »Nein, die Sache ist so: Seit meiner Scheidung lebe ich in einer Dreizimmerwohnung am Stadtrand von Stuttgart. Da meine Mutter aber leider kürzlich verstorben ist, muss ich mich nun um den Verkauf ihres Hauses hier im Schwarzwald kümmern.« Sie zuckte mit den Achseln. »Wegen der Renovierungsarbeiten muss ich vor Ort sein. Da mir ein Hotel auf Dauer zu teuer ist, hab ich mir einen Wohnwagen gemietet. Er steht auf dem Campingplatz in Schömberg.«

»Und die Arbeit? Kann man beim LKA so lange Urlaub machen?«

»Ich habe mir eine Auszeit genommen und bin für ein Jahr freigestellt.«

Uwe erwiderte nichts, so als wartete er auf eine Erläuterung.

Cora wich seinem Blick aus. Es war ihr unangenehm, darüber zu reden. In den vergangenen zwei Jahren war ihr Leben aus den Fugen geraten. Das Auseinanderbrechen ihrer Familie im Zuge der Scheidung und der plötzliche Tod ihrer Mutter hatten sie in eine Sinnkrise gestürzt. Auf einmal hatte sie alles infrage gestellt – auch ihren Beruf, obwohl sie als Kriminalpsychologin durchaus erfolgreich gewesen war.

Als zu den depressiven Stimmungsschwankungen auch noch ein permanentes Gefühl der Überforderung hinzugekommen war, hatte sie die Notbremse gezogen und eine Beurlaubung beantragt. Auch wenn dies keine Schande war, fühlte sie sich stets unwohl, wenn sie jemand darauf ansprach.

Als Cora keine Anstalten machte, ihre Beweggründe Uwe gegenüber weiter auszuführen, nickte dieser schließlich.

»Ach so, verstehe.« Er klopfte eine Weile nachdenklich mit dem Finger an seine Oberlippe, bevor er nachhakte. »Darf ich fragen, weshalb du dann gerade jetzt einen Hund haben möchtest?«

Die Frage war berechtigt. Aber was sollte sie darauf antworten? Dass sie einen zermürbenden Rosenkrieg hinter sich hatte und sich deshalb nach einem treuen Begleiter sehnte, der sie bedingungslos liebte und mit dem sie kuscheln konnte, wenn ihr danach war?

2. Kapitel

»Ich habe mir schon immer einen eigenen Hund gewünscht«, erwiderte Cora. »Und nun ist die ideale Zeit dafür.« Sie lächelte.

»Aha. Und wenn du wieder arbeitest … wie hast du dir das dann mit dem Hund vorgestellt?« Er suchte den Augenkontakt mit ihr. »Wer betreut ihn, während du Verbrecher jagst?«

»Du stellst dir meine Arbeit ganz falsch vor«, entgegnete Cora. »Ich sitze die meiste Zeit am PC, telefoniere, bearbeite Akten und schreibe Berichte. Das mache ich teils im Büro, teils im Homeoffice. Im Außendienst bin ich eher selten tätig.« Sie schob die Hände in die Jackentaschen. »Der Hund wird nicht viel allein sein.«

Uwe hatte ihr zum Schluss nur noch mit halbem Ohr zugehört. Irgendetwas hinter ihrem Rücken hatte seine Aufmerksamkeit erregt. Seine Miene hellte sich auf, während er die Arme in die Hüften stemmte. »Ah, sehr gut. Unsere Gassigeher sind zurück.«

Cora wandte sich um. Mit den »Gassigehern« war ein junges Paar gemeint, das soeben vom Spaziergang mit einigen Hunden zurückkam. Ein rotbrauner Kurzhaardackel mit einem ledernen Geschirr um den Leib führte die Gruppe an, dicht gefolgt von einer stämmigen jungen Frau mit blondem Pferdeschwanz.

Ihre Begleitung, ein dunkelhaariger Mann um die dreißig, hatte seine beiden Hunde, einen kleinen schwarz-weißen Mischling mit auffällig großen Fledermausohren und einen bräunlichen Pudel, an einer Doppelleine angespannt.

»Darf ich vorstellen?«, fragte Uwe. »Hannes, unser ehrenamtlicher Gassigeher, und«, er berührte die Frau freundschaftlich am Arm, »Natascha, unsere Hundetrainerin. Natascha gehört zum festen Team und ist Ansprechpartnerin, wenn es Probleme geben sollte.« Er zeigte auf Cora. »Frau Brecht wünscht sich einen kleinen bis mittelgroßen Hund.«

Die Trainerin deutete ein Lächeln an, konzentrierte sich dann aber auf den Dackel. »Sitz!«, wies sie ihn mit fester Stimme an. Der Dackel tat, als hätte er nichts gehört, und schaute weg. Natascha baute sich vor ihm auf und versuchte es erneut. »Sitz!« Zwischen ihren Augenbrauen bildete sich eine tiefe Furche. Obwohl sie den Befehl laut und deutlich ausgesprochen hatte, zeigte sich der Dackel unbeeindruckt. Stoisch guckte er zur Seite. Cora unterdrückte ein Grinsen. Im Gegensatz zu Lissy war dieser Hund keineswegs taub. Dennoch zeigte er keine Reaktion. Lediglich seine Ohren hatten für einen kurzen Moment verräterisch gezuckt.

Alle Augen waren derweil auf den kleinen Hund gerichtet. Wer würde das Kräftemessen gewinnen? Einige Sekunden lang stand der Dackel regungslos da und wartete ab. Erst als die Spannung für ihn unangenehm wurde, gab er sich endlich einen innerlichen Ruck und kam der Aufforderung nach. Ein triumphierendes Lächeln huschte über Nataschas Gesicht, während sie in der Jackentasche nach einem Belohnungshappen suchte. Cora spürte, wie die Frau sie unauffällig musterte. Ihr Blick wanderte über den hellen Wildledermantel bis hinab zu den Stiefeln, um letztlich an ihrem kurzen Rock hängen zu bleiben. Mit einem Räuspern schob sie dem Dackel den Belohnungshappen ins Maul.

»Haben Sie denn Erfahrung mit Hunden?«

»Wir hatten früher mal einen Beagle«, sagte Cora rasch. Dass der Beagle ihrer Oma gehört hatte und sie zu jener Zeit noch ein Kind gewesen war, verschwieg sie lieber. Der skeptische Unterton in Nataschas Stimme war ihr nicht entgangen. Ebenso wenig wie der pralle Kotbeutel, der einer Trophäe gleich am Hosenbund der Trainerin baumelte und sie in Kombination mit dem Trainingsclicker am Handgelenk und der Pfeife um den Hals als Hundefachfrau auszeichnete. Sie wirkte äußerst ambitioniert und vermittelte den Eindruck, dass sie ihre Aufgabe im Tierheim sehr ernst nahm. Cora traute der Frau durchaus zu, Interessenten bei Missfallen abzuweisen.

»Unser Flecki hier ist auch für Anfänger geeignet«, warf Hannes ein. »Er wurde bei einer Autobahnraststätte gefunden.« Er zog den Mischling liebevoll am rechten Ohr, woraufhin dieser sofort vergnügt nach seinen Fingern schnappte. »Er ist noch recht jung und verspielt. Perfekt für Kinder.«

»Mein Sohn ist schon sechzehn – und lebt unter der Woche bei seinem Vater.« Cora legte den Kopf schief und betrachtete den Mischling. »Der Flecki würde ihm bestimmt gut gefallen.« Dass ihr Sohn unter der Woche bei seinem Vater lebte, entsprach den Tatsachen. Dennoch war es nur die halbe Wahrheit, denn genau genommen lebte Adam dauerhaft bei seinem Vater und kam nur sporadisch zu Besuch zu ihr. Aber das musste ja nicht jeder wissen. Als sie Flecki vorsichtig die Hand entgegenstreckte, stand mit einem Mal der Dackel auf und schnupperte an ihrem Stiefel. »Und wie heißt du?«, fragte sie freundlich.

»Das ist Waldi«, erwiderte Natascha. »Der ist nicht für Anfänger geeignet.«

Wie um sie Lügen zu strafen, warf sich Waldi auf den Rücken und streckte Cora vertrauensvoll den Bauch entgegen.

»Du möchtest wohl gestreichelt werden«, meinte Cora lachend und kraulte dem Dackel das Bäuchlein.

»Ja, er kann sehr lieb und verschmust sein«, gab die Trainerin zu.

»Was ist dann das Problem?«, hakte Cora nach.

»Er leidet unter einer Angststörung. Bei ruckartigen Bewegungen und lautem Schreien fühlt er sich so bedroht, dass er aus Angst pinkelt. Im schlimmsten Fall schnappt er sogar.«

»Nun ja, unser Waldi hat wirklich Schreckliches erleben müssen«, mischte sich Uwe ein. »Sein Frauchen ist vor einem Jahr gestorben. Das wissen wir durch das Haustierregister. Was dann allerdings nach dem Tod des Frauchens passiert ist, kann keiner so genau sagen. Wir gehen davon aus, dass ihn jemand aus der Nachbarschaft zu sich genommen hat. Dort wurde er leider massiv misshandelt.« Er schüttelte bei dem Gedanken betrübt den Kopf.

»Waldi hatte überall Brandmale von Zigaretten und alte Wunden von Messerverletzungen«, berichtete Natascha grimmig. »Zum Glück konnte er irgendwann abhauen. Man hat ihn auf einer Landstraße gefunden. Ist völlig verstört umhergeirrt.«

Cora streichelte dem Dackel sanft über die Brust. Nach all dem, was er erlebt hatte, war es ein Wunder, dass er Menschen überhaupt noch an sich heranließ. Es zeugte geradezu von einer unerschütterlichen Resilienz, nach solchen Gewalterfahrungen weiterhin den Bauch zum Kraulen hinzustrecken. Sein Fell fühlte sich weich und seidig an. Von den alten Wunden war kaum noch etwas zu sehen. Nur an der Seite und am Hals wies das Fell zwei kleine kahle Stellen auf. Als sie die Hand von ihm löste, rollte er sich herum und setzte sich wieder auf die Hinterbeine.

»Unsere Tierärztin hat richtig gute Arbeit geleistet«, sagte Uwe. »Wenn man bedenkt, in welchem Zustand der Hund vor einem halben Jahr zu uns kam ...« Er beugte sich zu dem Dackel hinab und tätschelte ihm den Kopf. »Unsere Hunde haben natürlich alle ihr Päckchen zu tragen. Da ist viel Geduld und Einfühlungsvermögen gefragt.« Er räusperte sich. »Also, wenn du keine weiteren Fragen hast, würden wir dich jetzt mal mit den Hunden allein lassen. Nimm dir Zeit. Du kannst dich ganz in Ruhe entscheiden.« Natascha und Hannes verabschiedeten sich und brachten die Hunde in ihre Zwinger. Auch Uwe wandte sich bereits zum Gehen, als ihm noch etwas einfiel. »Wir handhaben das übrigens immer so, dass wir den Hund am nächsten Tag zum Interessenten bringen. Dann können wir auch gleich sehen, wie er künftig untergebracht sein wird.« Er sah sie an. »Falls du lieber noch einmal eine Nacht darüber schlafen möchtest, ist das natürlich auch okay. Ich kann dir den Hund bis morgen oder übermorgen reservieren.«

»Das ist nett, aber ich brauche keine Bedenkzeit mehr«, erwiderte Cora und lächelte. »Ich habe mich schon entschieden.«

3. Kapitel

»So, Waldi! Willkommen in deinem neuen Zuhause!«

Der Dackel reagierte mit einem schwachen Schwanzwedeln, schnupperte ein wenig in den Ecken herum und setzte sich schließlich vor die Tür. Es war, als wollte er sagen: Hab alles gesehen, gehen wir jetzt wieder?

»Ja, es ist leider auch nicht viel geräumiger als in deinem Zwinger«, räumte Cora ein. »Aber dafür ist es warm und gemütlich.«

Sie stellte Uwes Kaffeetasse in die Spüle. Die Visite des Tierheimleiters hatte nicht lange gedauert. Er hatte ihr den Dackel übergeben, danach beim Kaffee noch ein paar Formalitäten geklärt und war schließlich nach einer halben Stunde wieder aufgebrochen. An der beengten Wohnsituation hatte er zum Glück nichts zu bemängeln gehabt.

Sie holte die beiden Edelstahlnäpfe, die sie sich im Tierfachgeschäft besorgt hatte, aus der Tüte und befüllte sie mit Wasser und Trockenfutter. »Hier, das ist für dich«, ermunterte sie Waldi, während sie die Näpfe nebeneinander auf den Boden stellte. Doch der Dackel schien weder Durst noch Hunger zu haben. Er schnupperte kurz, wandte sich dann desinteressiert ab und legte sich eingerollt in seinen Hundekorb. Cora kniete sich daneben und kraulte ihn sanft hinter den Ohren. Als er nach einer Weile die Augen schloss, stand sie auf und setzte sich auf ihr Bett. Wie hieß dieser Spruch, den sie im Tierfachgeschäft auf einem Blechschild gesehen hatte? »Ohne Hund ist ein Haus kein Zuhause.« Nun hatte sie also Waldi, der aus ihrem Tiny House auf Rädern ein Zuhause machen würde. Hoffentlich nahm er dieses Zuhause bald an.

Sie ließ den Blick durch den Raum schweifen. Weiße Holzmöbel, heller Vinylboden, dazu pastellfarbene Accessoires und leichte, duftende Vorhänge – das romantische Design des Wohnwagens hatte ihr auf den ersten Blick gefallen. Im hinteren Bereich, unter der großen Heckscheibe, befand sich in einer Nische ihr Doppelbett, zu beiden Seiten flankiert von Bücherregalen. Rechts neben der Eingangstür gab es eine Essgruppe, die aus zwei Sitzbänken und einem weißen Esstisch bestand. Im mittleren Bereich des Wohnwagens war noch Platz für eine winzige Küchenzeile und eine abgetrennte Toilette mit Waschbecken und Spiegel. Türkisfarbene Blumenkissen, hellblaue Lichterketten und Strandbilder an den Wänden sorgten für maritimes Flair. Wenn sie aus den Fenstern sah, blickte sie jedoch leider nicht aufs Meer, sondern auf die umliegenden Wohnwagen der Nachbarn. Aber zumindest hatte sie eine eigene Parzelle, die von Hecken umsäumt war und mit der kleinen Wiese und den Stauden einem Gärtchen gleichkam. Doch, für eine begrenzte Zeit ließ es sich hier gut leben. Allemal besser jedenfalls als im staubigen Haus ihrer Mutter, in dem die Handwerker zugange waren.

Cora griff nach ihrem Handy und suchte in ihren Kontakten nach Adam. Was ihr Sohn wohl dazu sagen würde, dass sie einen Dackel gewählt hatte? Als kleines Kind hatte er diese Rasse immer lustig gefunden. Einmal hatte er sich zu Weihnachten sogar einen elektrischen Dackel mit Fernbedienung und Leine gewünscht. Mit dem Wackeldackel war er dann immer im Haus spazieren gegangen. Vielleicht hatte sie sich unter anderem auch wegen dieser Erinnerung für Waldi entschieden. Sie selbst hatte sich bislang nämlich nur mäßig für Dackel begeistert. Während viele Leute es drollig fanden, wenn so ein »Wursthund« auf sie zugewackelt kam, musste Cora beim Anblick des überlangen Rückens stets an die drohende Dackellähme denken. Hoffentlich blieb ihr Hund davon im Alter verschont. Vom unproportionalen Körperbau einmal abgesehen, konnte sich Waldi durchaus sehen lassen. Ja, er war ein hübscher Kerl, mit glänzendem Fell und samtweichen Hängeohren. Am schönsten waren jedoch seine Augen. Nussbraun waren sie, mit schwarzer Umrandung, geradeso, als hätte er Kajal aufgetragen. Wie auch immer, für Adam würde der Hund gewiss einen neuen Anreiz schaffen, sie künftig öfter zu besuchen. Das hoffte sie zumindest.

Hallo, Adam, schrieb sie, es gibt Neuigkeiten. Ich habe seit heute einen Hund!

Sie wartete ab, bis sich der Haken hinter der Nachricht blau färbte. Er hatte sie gelesen.

Wenige Sekunden später schickte Adam einen lachenden Smiley und einen gereckten Daumen zurück.

Cool! Was für ein Hund ist es denn?

Ein Dackel, schrieb Cora. Er heißt Waldi.

Echt jetzt? Ein Dackel? Und dann auch noch Waldi?

Er setzte einen schrägen Smiley hinzu, der Tränen lachte.

Den Namen hatte er schon. Ich hab ihn aus dem Tierheim geholt.

Find ich gut.

Wieder erschien ein gereckter Daumen.

Wie sieht er denn aus?

Cora ging in die Knie, machte ein Foto von Waldi und schickte es Adam. Während das Bild übertragen wurde, trommelte sie ungeduldig mit den Fingern. Das Internet auf dem Campingplatz war wirklich erbärmlich langsam!

Adam reagierte auf das Foto mit einem Herzaugen-Smiley.

Cora lächelte stolz und strich ihrem Hund zärtlich über den Kopf. »Adam sagt, du siehst hübsch aus.« Rasch schrieb sie weiter:

Wann hast du denn mal Zeit, Waldi kennenzulernen?

Obwohl der blaue Haken längst anzeigte, dass Adam die Nachricht gelesen hatte, kam keine Antwort. Cora starrte auf das Handy. Warum ließ er sich denn so viel Zeit? Musste er erst in seinen Terminkalender schauen? Endlich erschienen drei Pünktchen. Adam schrieb zurück.

Sorry. Hab zurzeit echt Stress in der Schule. Ich meld mich wieder.

Cora war enttäuscht. Wenn er gewollt hätte, wäre es sicher möglich gewesen, für einen Tag herzukommen. Jeder Korb, den sie von ihm erhielt, war für sie ein Zeichen mangelnder Wertschätzung. Ja, sie tat sich nach wie vor schwer damit, dass er sich für ein Leben bei seinem Vater entschieden hatte. Und obwohl sie sich mit der Situation inzwischen arrangiert hatte und die Treffen mit Adam stets harmonisch verliefen, wurde sie das Gefühl nicht los, eine Rabenmutter zu sein.

Natürlich war ihr klar, dass sich Zuneigung nicht einfordern ließ. Je mehr sie klammerte, desto weniger suchte er von sich aus die Nähe zu ihr. Deshalb schrieb sie lediglich:

Alles klar. Dann mach's gut und pass auf dich auf.

Nachdem er es gelesen hatte, fügte sie noch einen Lachsmiley hinzu, doch da war Adam bereits offline.

Mit einem tiefen Seufzen ließ sie sich ins Kissen fallen. Schade, aber es ließ sich nicht erzwingen. Da half nur Geduld. Geduld brauchte sie nun auch für den kleinen Hund in ihrer Obhut. Cora schloss erschöpft die Augen. In der letzten Nacht hatte sie vor lauter Vorfreude auf ihr neues Haustier äußerst schlecht geschlafen. Nun war die Entscheidung getroffen, der Hund war versorgt, und sie hatte Zeit, sich ein wenig auszuruhen. Doch noch konnte sie ihre Gedanken nicht ganz abschalten. Wie schade, dass ihre Eltern den Hund nun nicht mehr erleben konnten. Ihre Mutter war so tierlieb gewesen. Gewiss hätte sie den kleinen Kerl augenblicklich in ihr Herz geschlossen und es sich dann nicht nehmen lassen, ihn nach Strich und Faden zu verwöhnen. Cora drehte sich zur Seite und schob den Arm unters Kissen. An solchen Tagen fehlten ihr die Eltern ganz besonders. Morgen oder übermorgen würde sie ans Grab gehen und frische Blumen bringen … Am besten weiße Lilien … Mamas Lieblingsblumen …

Mit diesen Gedanken schlief sie ein, sank ins Reich der Träume.

Sie drückte den Blumenstrauß an sich, senkte den Kopf und sog den Geruch ein. Wie wunderbar die Lilien dufteten! Sie zog das feuchte Tuch, das sie um die Stängel gewickelt hatte, nochmals straff und legte den Strauß behutsam auf den Boden des

Kofferraums. War da jemand? Sie meinte, hinter sich Schritte gehört zu haben. Nervös blickte sie sich um. Nein, nur eine schwarze Katze, die über die Straße huschte. Cora sah ihr nach, bis sich ihr Umriss in der Dunkelheit verlor. Jetzt erst fiel ihr auf, dass die Straßenlampen aus waren. Deshalb war es so stockdunkel. In der Ferne hörte sie die Katze fauchen. Cora hielt den Atem an und lauschte angestrengt. Nein, jetzt war alles wieder still. Das pochende Geräusch, das sie in ihren Ohren vernahm, war lediglich das Echo ihres aufgeregten Herzschlags. Rasch ließ sie die Heckklappe ins Schloss fallen, setzte sich ans Steuer und fuhr los. Sie musste sich beeilen. Mama wartete schon. Sie wählte die Route über Land. Das war zwar von der Strecke her etwas weiter, aber zumindest drohte kein Stau. Die Straße führte durch eine Ahornallee hindurch. Sie blickte auf. Die Baumkronen bildeten ein dichtes Blätterdach; es war, als fahre man durch einen Tunnel. Dicht an dicht reihten sich die mächtigen Baumstämme zu beiden Seiten aneinander und warfen im Scheinwerferlicht lange Schatten. Wann endete diese Allee nur endlich? Der schnelle Wechsel aus Stämmen und Schatten machte sie ganz kirre. Sie trat aufs Gas. Die Baumstämme flogen so schnell an ihr vorbei, dass ihre Konturen verwischten. Sie fuhr durch eine Röhre. Eine verdammte Röhre, die nicht enden wollte. Und die zunehmend enger wurde. O Gott, die Wände kamen immer näher! Ihre schwitzigen Hände klammerten sich ans Lenkrad. Sie kämpfte gegen den Drang an, das Steuer herumzureißen. Nur ein kleiner Ruck nach rechts oder links, dann würde sie in die Wand krachen. Scheinwerfer näherten sich von hinten, ein weißer Porsche überholte. War der verrückt? Der Platz reichte doch gar nicht aus zum Überholen! Genau in diesem Moment gingen die Scheinwerfer ihres Abblendlichts aus und es wurde schlagartig finster um sie herum. Panisch drehte sie den Schalthebel nach links, nach rechts, wieder nach links – nichts! Hektisch trat sie auf die Bremse, doch egal wie fest sie das Bremspedal auch durchdrückte – der Wagen wurde nicht langsamer. In ihrer Verzweiflung zog sie die Handbremse an, doch selbst das zeigte keine Wirkung. Sie hatte das Auto nicht mehr unter Kontrolle. Die angezeigte Geschwindigkeit stieg auf 160, 200, dann auf 240. Das war doch Irrsinn! Mit 240 Sachen im Blindflug durch die Nacht! Sie klammerte sich ans Lenkrad. Hoffentlich kam jetzt keine Kurve! Was waren denn das für Lichter da vorn? Sie kniff die Augen zusammen. Vermutlich handelte es sich um die Rücklichter des Porsches. »Bist du angeschnallt?«, kreischte sie. »Mama, bist du angeschnallt?« Mama schwieg. Mit schreckgeweiteten Augen saß sie auf dem Beifahrersitz, den Mund zum stillen Schrei geöffnet. Es sah grauenhaft aus, dieses viele Blut, das aus dem Loch in Mamas Kopf heraussickerte, über ihre Wangen, den Hals hinablief und die weiße Bluse rot färbte. »Mama«, schluchzte sie auf. Sie hätte ihre Mutter so gern in den Arm genommen, aber sie konnte sich nicht bewegen. Ein Hund bellte ihr von der Rückbank aus ins Ohr. Schrill. Fordernd. Cora fuhr mit einem Japsen hoch. Um sie herum war es dunkel. Es dauerte ein paar Sekunden, bis sie wusste, wo sie war.

Ach ja, sie befand sich im Wohnwagen. Auf ihrem Bett. Neben ihr lag bäuchlings der Dackel, die Beine weit von sich gestreckt.

Cora ließ sich mit einem Stöhnen ins Kissen zurücksinken und wischte sich mit dem Handrücken die Tränen vom Gesicht. Sie hatte tatsächlich geweint. Was sollten nur diese wiederkehrenden Albträume? Dachte ihr Unterbewusstsein im Ernst, dass sie den schrecklichen Unfall verarbeiten konnte, indem sie den Horror stets aufs Neue durchlebte? In immer grauenvolleren Varianten? Die einzig wichtige Erinnerung, nämlich die an den Unfallhergang, hielt ihr Unterbewusstsein nämlich streng unter Verschluss. In den Albträumen erlebte sie nie den Moment, als sie von der Straße abkam. Was das anging, war auf ihr Gehirn wirklich Verlass. Kurz davor weckte es sie stets auf. Ein feuchter

Nasenstüber holte Cora in die Realität zurück. Seufzend wandte sie sich dem Dackel zu, der sie nun erwartungsvoll ansah.

»Nein«, sagte sie kopfschüttelnd. »Das ist mein Bett!« Sie richtete sich auf, hob den Dackel von der Matratze hinunter und wies auf den Hundekorb. »Hier ist dein Platz!«

Waldi warf ihr einen beleidigten Blick zu und kroch wieder in seinen Korb zurück.

Cora rieb sich zerstreut den Nacken. Gefiel ihm sein Schlafplatz nicht? Sie hatte keine Kosten gescheut und ein hübsches Korbmodell aus heller Weide gewählt, rundum gepolstert mit einem weichen Kissen. Waldi hatte wohl begriffen, dass dies sein Schlafplatz war, aber irgendwie schien er sich noch nicht so richtig wohl darin zu fühlen. Sie überlegte eine Weile, dann rollte sie sich gähnend von der Matratze, ging zum Tisch und durchsuchte die Tasche, die ihr Uwe gegeben hatte. Ah, da war sie ja, Waldis alte Hundedecke. Das gute Stück muffelte zwar, aber zumindest war es frei von Ungeziefer und stellte für den Hund dank des vertrauten Geruchs etwas Gewohntes dar.

»Schau mal«, sagte sie aufmunternd, während sie das Körbchen rund um Waldi mit der Decke ausstaffierte. »Jetzt wird es richtig kuschlig. Gefällt dir das?«

Waldi erhob sich und schob die Decke zuerst einmal mit den Vorderfüßen zurecht. Anschließend drehte er sich zwei Mal um sich selbst und ließ sich dann mit einem Seufzer zurück auf die Decke sinken.

Cora holte derweil die Hundebürste hervor. Vielleicht würde ihm ja eine kleine Bürstenmassage guttun. Sie setzte sich mit gekreuzten Beinen neben ihn und strich ihm mit den weichen Borsten behutsam über das Fell.

Waldi ließ sie gewähren, starrte dabei aber nur traurig vor sich hin.

Cora legte die Stirn nachdenklich in Falten, während sie mit der Fingerspitze die buschigen Augenbrauen des Dackels nachzog. Freute er sich denn gar nicht, dem Tierheim den Rücken gekehrt zu haben? Ihr Blick streifte die beiden kahlen Stellen im Fell, traurige Andenken an die Misshandlungen. Offenbar überwog bei ihm immer noch das Misstrauen. Was nach all den schlechten Erfahrungen, die er gemacht hatte, verständlich war. Deshalb war es nun an ihr, für Zuverlässigkeit und Geborgenheit zu sorgen. Sie musste ihm beweisen, dass er es bei ihr gut haben würde.

Doch wie sollte sie diese Zuversicht ausstrahlen, wenn sie so instabil war? Voller Zweifel, was die Zukunft anbelangte. Wie konnte sie ein anderes Wesen aufmuntern, wenn sie selbst Trost nötig hatte? Mit geradezu kindlicher Naivität hatte sie an das neue Haustier im Vorfeld alle möglichen Hoffnungen geknüpft. Ihr zukünftiger Traumhund sollte sie auf andere Gedanken bringen. Sie brauchte Ablenkung und einen Grund, morgens aufzustehen und hinaus in die Welt zu gehen. Schon viel zu lange kreisten ihre Gedanken in endlosen Schleifen um Fragen, auf die sie keine Antwort fand. Wie viel sie selbst zum Scheitern ihrer Ehe beigetragen hatte oder welche Fehler sie Adam gegenüber gemacht hatte – sie wusste es nicht. Jedenfalls war nun all das, was ihr zuvor Halt und Sinn gegeben hatte, plötzlich nicht mehr da … Und dann war da noch dieser Unfall, den sie zu verantworten hatte. Warum nur war sie von der Straße abgekommen? Ausgerechnet in dem Moment, als sich ihre Mutter abgeschnallt hatte, um die Jacke auszuziehen. Ja, bisweilen verbiss sie sich regelrecht darein, konnte mit dem Grübeln gar nicht mehr aufhören.

Um aus diesem negativen Kreislauf auszubrechen, versuchte sie, ihr Augenmerk auf die positiven Dinge in ihrem neuen Leben zu lenken. Sie war frei und ungebunden. Es gab viele Wege, die sie gehen konnte. Sie musste nur herausfinden, in welche Richtung sie wollte. Aber genau das war ja das Problem. Auch das wusste sie nicht.

Hinzu kam dieser Nebel, der sich in regelmäßigen Abständen in ihrem Kopf breitmachte und den Blick für das Schöne trübte. An manchen Tagen schaffte sie es kaum aus dem Bett, da legte sich eine bleierne Schwere auf sie, die ihr jegliche Energie raubte.

Das würde sich jetzt ändern. Schluss mit dem Selbstmitleid, raus aus der Lethargie! Der Hund hatte tägliche Bedürfnisse, die er einfordern würde. Sie musste aufhören, sich ausschließlich um sich selbst zu drehen.

Sie strich Waldi noch ein paar Mal über den Rücken, dann legte sie die Bürste zur Seite. »So«, sagte sie leise und lächelte, »nun schlaf schön. Morgen ist ein neuer Tag.«

4. Kapitel

Himmelsglück.

Ein vielversprechender Name. Über ihr der wolkenfreie Himmel, unter ihr ein Meer aus dunkelgrünen Wipfeln. Cora lehnte sich japsend gegen die Brüstung. Der Ausblick vom Schömberger Aussichtsturm war in der Touristenbroschüre als atemberaubend bezeichnet worden. Atemberaubend, das war zutreffend. Da der Aufzug defekt gewesen war, hatte sie die dreihundert Stufen bis zur obersten Plattform zu Fuß erklimmen müssen. Jetzt war sie völlig außer Puste. Und zugleich glücklich, dass sie es geschafft hatte. Die Taktik der Marketingstrategen ging voll auf.

Nachdem sich ihre Atemfrequenz normalisiert hatte, umrundete sie die Plattform. Im Moment waren sie die einzigen Besucher auf dem Turm. Waldi drückte seine Schnauze durch die Gitterstäbe hindurch und spähte nach unten. Da ihm das Treppensteigen mit seinen kurzen Stummelbeinen grundsätzlich Mühe machte, hatte ihn Cora vorsichtshalber hochgetragen.

Cora sog die frische Luft ein. Wunderbar! Hier oben, dicht über den Baumwipfeln, strömte ihr die sauerstoffreiche Luft so kühl und klar in die Lungen, dass sie auch innerlich aufatmete.

Mit jedem Atemzug fühlte sie sich ein wenig befreiter. Da der Turm ringsum von Wald umgeben war, duftete es zudem angenehm würzig nach Nadelgehölzen. Cora sah sich um. Fichten, Tannen, Kiefern, so weit man blicken konnte. Hm, eigentlich mochte sie diese Monokultur im Nordschwarzwald nicht. Das gleichmäßige tiefe Grün hatte zwar eine beruhigende Wirkung auf das Auge, wirkte aber eintönig. Wie viel schöner waren die mit Buchen und Eichen durchsetzten Mischwälder anderer Gegenden. Gerade jetzt im Herbst konnten diese mit einer fantastischen Farbenpracht aufwarten. Durch die dichte Bepflanzung wirkten die immergrünen Nadelwälder dagegen zu allen Jahreszeiten düster. Stets fehlte das Licht. Schwarzwald. Düsterwald.

Und so wildromantisch die tief eingeschnittenen Täler auch sein mochten, Cora vermisste die Weite. Da die Berge bis auf die Gipfel hinauf bewaldet waren, boten sie kaum Freiblick. Um dieses Manko zu kompensieren, hatte man den Aussichtsturm errichtet. Eingebettet zwischen Wald und Wiesen lag die Gemeinde Schömberg, in der Ferne konnte man die Berge der Schwäbischen Alb mit der markanten Burg Hohenzollern ausmachen.

Cora fragte sich noch heute, weshalb ihre Eltern den Altersruhesitz ausgerechnet in den Nordschwarzwald verlegt hatten. Es war eine Sache, hier für zwei Wochen Urlaub zu machen, aber eine ganz andere Sache war es, in dieser Gegend dauerhaft zu leben. Zumindest hatten ihre Eltern das Haus zum richtigen Zeitpunkt erworben. Vor fünfzehn Jahren waren die Immobilienpreise nämlich noch günstig gewesen, da der Nordschwarzwald zu jener Zeit mit seinen verstaubten Kurorten Bad Wildbad und Bad Liebenzell ein handfestes Imageproblem gehabt hatte. Erst durch ausgeklügelte Tourismuskampagnen war es gelungen, den Fremdenverkehr in der Region wieder anzukurbeln und die Gegend in ein attraktiveres Licht zu rücken.

Cora wandte das Gesicht der Sonne zu, schloss die Augen und genoss die wohltuende Wärme auf der Haut. Vom Wald herauf drang Vogelgesang. Auch die Vögel erfreuten sich offenbar am Sonnenschein und zwitscherten fröhlich durcheinander. Das Pfeifkonzert erinnerte an die Leichtigkeit eines Frühlingstags. Ach, wie sehnte sie sich nach etwas mehr Unbeschwertheit! Nach Glück.

Die Klingelmelodie ihres Handys riss sie aus den Gedanken. Ihre Schwester. Schon wieder! Coras Finger schwebte zögernd über dem grünen Hörer. Wenn sie jetzt nicht ranging, musste sie Lisa später zurückrufen. Das war auch nicht besser.

»Ja, hallo?«

»Hallo, hier ist Lisa. Wollte mich mal erkundigen, wie es mit der Renovierung vorangeht. Läuft alles nach Plan?«

Aha, dachte Cora. Kontrollanruf.

»Bislang schon. Allerdings muss ich täglich zum Haus fahren, weil die Handwerker ständig irgendwelche Fragen haben.«

»Was denkst du, wie lange sie noch brauchen werden?«

»Keine Ahnung«, antwortete Cora, beugte sich zu Waldi hinunter und streichelte ihm über den Kopf. »Das ist schwer abzuschätzen. Erst hieß es Weihnachten, zuletzt war auf einmal vom Frühjahr die Rede.«

»So lange noch? Ich hätte gedacht, dass das alles schneller geht.«

Cora ging nicht darauf ein. Im Grunde genommen konnte es ihrer Schwester doch egal sein, wie lange es noch dauerte. Sie war ja nicht diejenige, die sich darum kümmern musste. Sie delegierte nur die Aufgaben und kontrollierte die Umsetzung. Dieses Ungleichgewicht bei der Aufgabenverteilung rechtfertigte Lisa durch den Stress, den sie hatte. Da sie als Gymnasiallehrerin keinen spontanen Urlaub nehmen konnte und zudem noch zwei Kinder im Teenageralter zu betreuen hatte, war es für sie folgerichtig, dass sich in erster Linie Cora um den Hausverkauf kümmerte. Das war die offizielle Version.

In Wirklichkeit steckte aber noch ein ganz anderer Aspekt dahinter. Das war Cora im selben Moment klar geworden, als sie ihrer Schwester das erste Mal von der Auszeit erzählt hatte. Lisa war neidisch. Sie neidete ihr die freie Zeit, die sie ein ganzes Jahr lang nur für sich selbst zur Verfügung hatte. Und womöglich – das war allerdings nur eine Vermutung – neidete sie ihr auch die Freiheit, die sie durch ihre Scheidung wiedererlangt hatte. Dass die freie Zeit mit Geldverlust und die Freiheit mit Einsamkeit einherging, hatte ihre Schwester vermutlich nicht auf dem Schirm.

»Hm, und was sagt der Makler?«, fragte Lisa. »Gibt es Interessenten?«

»Er sagt, dass es schwierig werden wird, das Haus zu verkaufen. Heutzutage ist hauptsächlich die Lage entscheidend.«

»Die Lage? Ich finde, das Haus liegt total idyllisch! Da müsste sich doch ein Käufer …«

Cora lachte auf.

»Idyllisch? Lisa, die Lage ist beschissen! Finde mal jemanden, der mitten im Wald leben möchte, kilometerweit vom nächsten Ort entfernt.«

»Mama und Papa haben jedenfalls gern dort gelebt«, wandte Lisa ein. »Und mir hat es auch immer gut gefallen, wenn ich zu Besuch da war.«

»Ja, weil es nur für eine begrenzte Zeit war. Du wusstest genau, dass du spätestens nach ein paar Tagen wieder zurück nach Hamburg fahren würdest, zurück in die Zivilisation.«

Eine kurze Gesprächspause trat ein, die Cora zeigte, dass sie ins Schwarze getroffen hatte.

»Mag sein«, sagte Lisa dann. »Trotzdem finde ich es nicht in Ordnung, das Haus schlechtzureden. Mama hat nach Papas

Tod alles top in Schuss gehalten.« Für einen Moment war es still, dann fügte sie hinzu: »Ich verbinde so viele schöne Erinnerungen damit …« Sie seufzte. »Emma und Silas finden es auch total schade, dass all das nun vorbei ist. Sie waren immer gern bei Oma im Schwarzwald.«

Cora presste die Lippen aufeinander. »Mir fehlt Mama auch«, sagte sie leise. »Das kannst du mir glauben. Und es fällt mir nicht leicht, all diese fremden Leute durch das Haus zu führen und mir nach zwei Stunden Besichtigung anzuhören, dass der Bäcker doch zu weit entfernt ist.«

Lisa räusperte sich. »Hm, dann waren eben noch nicht die richtigen Interessenten dabei.« Sie wechselte das Thema. »Wie sieht es eigentlich mit dem Garten aus?«

»Wie meinst du das? Wie soll es mit dem Garten denn aussehen?«

Cora lehnte sich über die Brüstung. Hatte sie nicht soeben Stimmen gehört? Richtig, da kam eine Familie mit vier Kindern.

»Jetzt im Herbst könntest du ja noch das eine oder andere einpflanzen …«

»Warum sollte ich das denn tun?«, fragte Cora, während sie Waldi die Treppe hinuntertrug. Sie wusste nicht, wie der Dackel auf die Kinder reagieren würde. Wollte sie der Familie nicht an einer Engstelle begegnen, musste sie sich beeilen. »Du weißt doch, wie es dort ausschaut. Tannen, Heidelbeersträucher und Ginster. Mehr wächst da nicht. Das ist kein Garten. Es ist einfach ein eingezäuntes Stück Wald.«

»Erika und Hortensien gedeihen auch auf sauren Böden. Das Haus lässt sich bestimmt besser verkaufen, wenn es drumherum halbwegs gepflegt aussieht.«

»Hör mal, Lisa«, sagte Cora, während sie ihren Schritt beschleunigte, »erstens bin ich keine Gärtnerin, und zweitens glaube ich nicht, dass ein paar Büschel Erika den Verkaufswert ernstlich steigern können.« Mist, die Kinder hatten den Turm bereits betreten! Es war Zeit, das Gespräch zu beenden. »Tut mir leid, ich muss aufhören. Ich meld mich in den nächsten Tagen.« Sie wischte über den roten Hörer und ließ das Handy rasch in die Jackentasche gleiten.

Und nun? Unschlüssig blieb sie stehen. Sollte sie besser kehrtmachen und auf die Plattform zurückgehen? Waldi legte die Ohren an und stieß ein lang gezogenes Knurren aus.

»Auf die Plätze, fertig, los!«, schallte es von unten herauf.

Cora beschloss, an Ort und Stelle zu bleiben. Es war sicher unklug, jetzt in Hektik auszubrechen. Also setzte sie sich kurzerhand auf die nächste Treppenstufe und nahm Waldi zwischen die Beine. Obwohl der Dackel in dieser geschützten Position vermutlich keine Probleme machen würde, redete sie ihm zur Sicherheit gut zu, während das Getrappel näher kam. Eine Hand am Halsband, die andere locker um seine Schnauze gelegt, erwartete sie die Kinder.

5. Kapitel

So kann es nicht weitergehen, dachte Cora, während sie ausholte und den Spaten energisch in die Erde stieß. Ich muss mich endlich überwinden und mit Lisa darüber sprechen. Es war nicht nur der Neid, der ihre geschwisterliche Beziehung vergiftete. Hinter all den Aufträgen, die ihre Schwester ihr in einem fort gab, stand auch eine unterschwellige Botschaft: Du bist schuld. Nur du bist schuld. Lisa hatte ihr zwar nie offen irgendwelche Vorhaltungen gemacht, dennoch spürte sie seit dem Unfall eine Distanz, die es auf diese Weise vorher nicht gegeben hatte. Der stumme Vorwurf lag in ihrem Blick, ihrer Art zu seufzen und in den Redepausen, wenn sie diskutierten.

Sie bückte sich nach einem Stein, der zum Vorschein gekommen war, und schleuderte ihn ins Gebüsch. Als ob sie sich nicht selbst genügend Vorwürfe gemacht hätte! Dabei brachte die ganze Selbstzerfleischung nichts. Sie konnte den Tod ihrer Mutter nicht ungeschehen machen.

Ihr Blick fiel auf einen Regenwurm, den sie unabsichtlich zerteilt hatte. Mist! Das war bereits der fünfte. Einen der Würmer hatte sie retten können, für die anderen war jede Hilfe zu spät gekommen. Sie kniete sich nieder und begutachtete zerknirscht die sich windenden Hälften. Angeblich konnten

Regenwürmer keine Schmerzen empfinden. Cora verzog argwöhnisch das Gesicht. Und weshalb zuckte dieser Wurm dann so erbärmlich? Sie erhob sich und stellte den rechten Fuß über einer der Wurmhälften senkrecht auf. Ein rascher Tod. Sie senkte den Fuß. Kurz bevor ihre Schuhsohle den Wurm berührte, hielt sie schaudernd inne. Die Vorstellung, den Wurm zu zerquetschen, ihn an der Sohle kleben zu haben, war widerlich. Nein, sie konnte es nicht. Vielleicht, so redete sie sich ein, besaß der Wurm ja noch genügend Segmente hinter seinem Kopf, um weiterzuleben … Missmutig lud sie die zwei Wurmhälften auf eine Handschaufel und legte sie ein Stück weit entfernt zu den anderen verletzten Würmern ins Gras. Aus dem Augenwinkel heraus sah sie, dass sich einige Wurmteile noch krümmten. So genau wollte sie das gar nicht wissen. Vermutlich würden sie allesamt verenden, ob mit oder ohne Schmerzen.

Mit einem tiefen Seufzer nahm sie den Spaten zur Hand. Sie holte aus und rammte das Stahlblatt erneut in den Boden. Sie musste das Erdloch zumindest so weit vergrößern, dass sich der Wurzelballen der Hortensie hineindrücken ließ. Herrgott, war der Boden hart! Obwohl sie ihr gesamtes Gewicht auf den Spaten verlagerte, grub sich das Blatt nicht einen Millimeter ein.

Waldi tat sich da leichter. Mit gleichbleibendem Enthusiasmus grub er seinen Kauknochen erst ein und nach kurzer Zeit wieder aus. Drei Löcher hatte er auf diese Weise gebuddelt. Nun lag er mit dreckverkrusteter Nase im Gras, hochzufrieden, den schmierigen Rinderhautknochen in den Pfoten. Im Wald gefiel es dem Dackel viel besser als auf dem Campingplatz. In den letzten beiden Stunden hatte er nicht ein einziges Mal gebellt. Gut, es hatte auch keinen Anlass zum Bellen gegeben. Die Nachbarn ließen sich bislang nicht sehen und die Handwerker waren am Sonntag nicht zugegen.

Nachdem Cora das Loch ausgehoben hatte, zog sie die Hortensie aus dem Plastiktopf, presste sie in den Hohlraum und platzierte noch etwas frische Blumenerde drumherum. Wässern. Fertig. Während sie die Gartenhandschuhe abstreifte, begutachtete sie ihr Werk. Der Strauch fügte sich harmonisch in die Umgebung ein.

Das Haus ihrer Eltern befand sich im unteren Bereich eines achthundert Quadratmeter großen Hanggrundstücks mitten auf einer sonnigen Waldlichtung. Und ja, es war ein hübsches Haus. Dachterrasse, Sprossenfenster und weiße Fensterläden, am Treppeneingang der Rosenbogen, all das verlieh dem gelben Schindelhaus einen besonderen Charme. Neben dem elterlichen Haus gab es noch fünf weitere Wohnhäuser auf der Lichtung. Hinzu kam ein Sanatorium mit zugehörigen Nebengebäuden. Das Sanatorium hatte seine besten Zeiten jedoch längst hinter sich. Mit dem Ausmerzen der Tuberkulose war die Schließung der ehemaligen Lungenheilanstalt einhergegangen. Seitdem war das Gebäude verwaist und verfiel von Tag zu Tag mehr. Die Wohnhäuser hatte man ursprünglich den Ärzten und Angestellten der Heilanstalt zur Verfügung gestellt. Nach der Schließung des Sanatoriums waren die Einfamilienhäuser schließlich verkauft worden. An Leute, die eine einsame Wohnlage im Wald zu schätzen wussten. Outsider sozusagen. Spinner, sagten die Einheimischen.

Ihre Eltern waren weder Outsider noch Spinner gewesen. Dennoch hatten sie das Leben fernab der Zivilisation geschätzt. Anfangs waren sie von ihrem neuen Zuhause im Wald begeistert gewesen. Die Ruhe, die Waldtiere, die vielen Heidelbeeren rings um das Haus – ihre Mutter hatte dieses Leben »mitten in der Natur« geradezu romantisiert. Bis der erste heftige Wintereinbruch gekommen war. Cora konnte sich noch gut daran erinnern, welche Ernüchterung sich bei ihren Eltern daraufhin eingestellt hatte.

Damals wie heute oblag die Räumung der kilometerlangen Waldwege nämlich den Anwohnern. Da sich die zugehörige Gemeinde nicht an den Kosten beteiligte, ließ man nur bei starken Schneefällen räumen. Ansonsten fuhr man auf der geschlossenen Schneedecke, was einen allradbetriebenen Geländewagen oder Schneeketten erforderlich machte. Jede Fahrt war ein abenteuerliches Unternehmen, da man bei Gegenverkehr auf manchen Strecken zwangsläufig in den Graben ausweichen musste. Ihr selbst war das zum Glück nie passiert, aber ihre Eltern hatten diese Erfahrung mehrfach gemacht. Nicht nur abenteuerlich, sondern sogar lebensgefährlich konnte es werden, wenn man in eine Notsituation geriet. Bei entsprechender Schneelage war es weder für Krankenwagen noch für die Feuerwehr möglich, bis zu den Wohnhäusern vorzudringen. Das war den Anwohnern durchaus bewusst, und deshalb brachten sie ihren Kindern früh bei, dass die rosa Blüten des weitverbreiteten Fingerhuts hochgiftig waren. Im fortgeschrittenen Alter ging man besser zu den ärztlichen Vorsorgeuntersuchungen. Da es keinen Hubschrauberlandeplatz gab, war die Überlebenschance bei einem Herzinfarkt gering.

»Hallo!«

Cora sah sich um. Die Nachbarin aus Haus Nummer 5 nickte ihr freundlich zu. Sie war gerade mit einem vollen Wäschekorb auf dem Weg in den Garten. Cora hob die Hand zum Gruß und lächelte.

Sie wollte gerade schon zum Small Talk ansetzen, als die Frau sich abwandte und mit zügigem Schritt um die Ecke verschwand. Cora sah ihr noch kurz nach, dann machte sie sich daran, die Gartengerätschaften wieder in den Keller zu räumen. So! Für heute hatte sie alles erledigt. Zufrieden schlenderte sie zwischen den Heidelbeersträuchern hindurch zur oberen Grundstücksgrenze. Dort hatten ihre Eltern eine Bank aufgestellt, von der sich eine wunderbare Aussicht über die gesamte

Waldlichtung bot. Sie setzte sich, schloss die Augen und lauschte. Was für eine Ruhe! Kein Verkehrslärm, keine Stimmen, keinerlei Zivilisationsgeräusche waren zu hören. Ringsum gab es nur leises Vogelgezwitscher, aus der Ferne erklang das Hämmern eines Spechts. Waldi hatte sich neben sie gelegt, den Kopf in ihrem Schoß. Cora ließ die Finger durch das sonnenerwärmte Fell des Dackels gleiten und genoss den Augenblick. Nur im Hier und Jetzt sein. Das tat so gut.

Plötzlich durchdrang ein Motorengeräusch die Stille. Waldi hob den Kopf und lauschte konzentriert. Auch Cora öffnete die Augen. Von der Zufahrtsstraße her näherte sich ein blau-gelbes Auto. Polizei? Was wollte die denn hier?

Vermutlich handelte es sich nur um eine routinemäßige Kontrollfahrt. Seitdem das Sanatorium leer stand, zog das alte Gebäude Jugendliche an, die nachts auf Erkundungsstreifzug gingen. Heute schien sich die Polizei jedoch nicht für das Sanatorium zu interessieren, sondern steuerte die Wohnsiedlung an. Auf den letzten Metern machte der Fahrer den Motor aus und ließ das Auto den leicht abschüssigen Schotterweg hinabrollen.

Aber – die hielten ja direkt vor ihrem Haus! Zögernd stand Cora auf. Niemand wusste, dass sie heute hier war. Es war demnach unwahrscheinlich, dass die Polizisten zu ihr wollten. Sie strich sich die Haare aus dem Gesicht. Es sei denn, sie verdächtigten sie der Schwarzarbeit.

6. Kapitel

Cora biss sich auf die Unterlippe. Woher wusste die Polizei überhaupt von den Renovierungsarbeiten im Haus?

Hatte sich das bereits im Ort herumgesprochen? Wie auch immer, sie hatte sich nichts zuschulden kommen lassen. Sämtliche Arbeiten liefen auf Rechnung. Aber vielleicht ging es ja auch um eine ganz andere Sache. Hatte sie womöglich versehentlich beim Ausparken ein Auto gestreift und war angezeigt worden? Sie konnte sich an nichts dergleichen erinnern. Außerdem war sie mit ihrem Auto ja nicht hier, sondern in Stuttgart gemeldet. Misstrauisch beobachtete sie die beiden Uniformierten. Weshalb verhielten die sich denn so merkwürdig? Seit ihrer Ankunft hatten sie nur über Gesten miteinander kommuniziert. Und obwohl sie sich von ihrem Auto entfernt hatten, standen die Türen immer noch offen. Eine Weile sahen sie sich wortlos um – dann zogen sie auf einmal die Waffen!

Cora schnappte erschrocken nach Luft und machte reflexartig einen Schritt hinter die nächstbeste Tanne. Ein tiefes Knurren erinnerte sie daran, dass sie ja noch einen Hund bei sich hatte. Waldi saß statuenhaft auf seinen Hinterbeinen und guckte konzentriert zu den Männern hinüber.

»Waldi«, flüsterte sie ihm zu. »Komm her!«

Der Dackel hielt den Blick unverwandt auf die Polizisten gerichtet und ignorierte sie. Cora schnaufte verärgert auf. Ausgerechnet jetzt musste er bocken! Rasch huschte sie zu ihm, ergriff ihn am Halsband und führte ihn in gebückter Haltung bis zur Tanne hinüber. Dort band sie ihn fest. Gespannt lugte sie zwischen den Zweigen hervor. Der Standpunkt war nicht schlecht. Zumindest konnte sie von hier aus alles beobachten, ohne selbst gesehen zu werden. Die Männer schlichen derweil die Treppe hinab, die zum Haus Nummer 5 führte. Der korpulentere der beiden ging voraus, dicht gefolgt von seinem Kollegen, der sich immer wieder nervös umblickte. Cora seufzte erleichtert auf. Na, Gott sei Dank, die wollten gar nicht zu ihr, sondern zu den Kauders! Aber weshalb hatten sie dann nicht den unteren Zufahrtsweg genommen, der direkt zum Haus Nummer 5 führte? Die Treppe diente den Anwohnern ja nur als Abkürzung, wenn man sich gegenseitig besuchen wollte. Während sich die Männer leise vor der Haustür postierten, rollte ein zweites Auto im Leerlauf heran und kam hinter dem Polizeiwagen zum Halten. Waldi reagierte sofort mit einem erneuten Knurren.

»Sch«, zischte Cora und hielt ihm rasch die Schnauze zu. »Sei still.«

Was geht da gerade nur ab, fragte sie sich. Sie hatte Frau Kauder doch eben noch beim Wäscheaufhängen gesehen. Da war sie guter Dinge gewesen. Was konnte denn in der kurzen Zeit passiert sein?

Die Männer aus dem zweiten Auto stiegen ebenfalls aus, zogen Waffen und rannten die Treppe hinunter. Offenbar handelte es sich dabei um Polizeibeamte in Zivil. Im Gegensatz zu den ersten beiden Männern trugen sie nämlich keine Uniform, sondern Jeans, Sweatshirts und Basecaps. Wortlos gaben sie den Kollegen an der Tür ein Zeichen und liefen dann ums Haus herum in den hinteren Garten. Als das Gebäude umstellt war, klingelte einer der Uniformierten an der Haustür. Eine Weile tat sich nichts. Erst als der Polizist ein weiteres Mal geklingelt hatte, öffnete sich die Tür einen Spaltbreit. Cora konnte aus der Entfernung nicht erkennen, wer in der Tür stand, noch war zu hören, was gesprochen wurde. Mehr als ein, zwei Sätze konnten es nicht gewesen sein, da wurde der korpulente Polizist plötzlich laut. So laut, dass selbst Cora aus der Entfernung verstehen konnte, was er schrie.

»Bei uns ist ein Alarm eingegangen! Wer sind Sie? Weisen Sie sich unverzüglich aus!«

Er lehnte sich mit der Schulter gegen die Tür und drückte sie weiter auf. Nun war die Nachbarin deutlich zu sehen.

Cora hörte, dass sie etwas erwiderte, konnte ihre Worte aber nicht verstehen. Sie beugte den Oberkörper nach vorn, schob die Tannenwedel auseinander und neigte den Kopf. Ob sie es wagen konnte, etwas näher heranzugehen? Es war schwer zu sagen, wie gefährlich die Situation war. Da die Polizisten ihre Waffen gezogen hatten, musste jedoch auch mit einem Schusswechsel gerechnet werden. Besser, sie blieb in Deckung.

»Das ist doch Quatsch!«, brüllte der Polizist. »Was erzählen Sie denn da für einen Blödsinn? Sie sind hier eingebrochen. Eindeutig.« Er schlug mit der flachen Hand gegen den Türrahmen. »Diese Tür ist alarmgesichert! Mit Weiterschaltung zur Polizei. Das wussten Sie wohl nicht, hä?«

Das Geschrei des Polizisten war weithin zu hören, doch keiner der Nachbarn kam heraus, um zu sehen, was los war. Vielleicht waren sie nicht zu Hause. Oder sie hingen am Fenster und lauschten. Da die Nachbarhäuser im Gegensatz zu Coras Elternhaus Garagen besaßen, wusste man nie so genau, wer gerade zugegen war.

Cora verstand gar nichts mehr. Weshalb sollte Frau Kauder in ihr eigenes Haus eingedrungen sein? Das ergab doch keinen

Sinn. Es sei denn … Es sei denn, diese Frau war nicht Frau Kauder. Eigentlich kannte sie die Leute ja kaum. Die Kauders hatten das Nachbarhaus erst vor einem Jahr erworben und sie hatte sie bislang nur wenige Male gesehen, zuletzt bei der Beerdigung ihrer Mutter. Die Kauders stammten ursprünglich aus Thüringen. Mehr wusste sie nicht.

Cora versuchte, sich an die letzte Begegnung bei der Beerdigung zu erinnern. Da war sie allerdings so apathisch gewesen, dass sie die Kondolenzbekundungen der anwesenden Gäste kaum zur Kenntnis genommen hatte. Außerdem war Frau Kauder nicht gerade das, was man eine auffällige Erscheinung nannte. Mittelgroß, mittelschlank, nicht hübsch, nicht hässlich. Durchschnitt. Und die Haarfarbe? War sie nicht brünett?

Die vermeintliche Frau Kauder erklärte den Männern derweil laut und deutlich, wie es zu der Situation gekommen war. Der Polizist hörte eine Weile zu, dann unterbrach er sie barsch.

»Wollen Sie mich verarschen?«, schallte es herauf. »Kein Mensch hat Sie eingeladen! Sie sind hier eingebrochen!«

»Nein!«, schrie die Frau zurück. »Ich hab es Ihnen doch gerade erklärt. Der Sohn der Familie hat mir erlaubt, das Haus zu nutzen, während seine Eltern im Urlaub sind. Ich darf hier sein. Ich hatte nur keinen Schlüssel.«

»Und dann brechen Sie einfach mal kurzerhand die Tür auf? Das ist ja lächerlich!«

Er besprach sich mit seinem Kollegen, woraufhin dieser ein Telefongespräch führte. Der Polizist schüttelte während des Telefonats mehrfach den Kopf, dann beendete er das Gespräch und baute sich vor der Frau auf.

»Herr Kauder weiß nichts, absolut nichts von einer Einladung«, fuhr er sie an. Nachfolgend senkte er die Stimme, sodass Cora nur noch bruchstückhaft etwas von »Wut« und »Urlaub abbrechen« hören konnte.

»Ich verstehe ja auch nicht, weshalb sein Sohn ihm nicht Bescheid gegeben hat«, zeterte die Frau. Ihre schrille Stimme kippte ins Weinerliche.

»Ach, hören Sie auf damit!«, herrschte der Polizist sie an. »Sie holen jetzt Ihren Ausweis und dann besprechen wir das Ganze auf dem Revier.«

Die Frau verschwand im Haus, während die Beamten an der geöffneten Tür warteten.

Cora beschloss, in Deckung zu bleiben. Sie wollte nicht als Zeugin befragt werden. So eine Befragung auf dem Revier konnte sie den ganzen Nachmittag kosten. Zudem wusste sie im Moment noch nicht, was sie von der Sache halten sollte. Falls es sich hier wirklich um einen Einbruch handelte, so war die Frau raffiniert vorgegangen. Die Nachbarin zu grüßen und wie beiläufig Wäsche aufzuhängen – das war dreist! Seltsam auch, dass sie keinen Partner hatte. Welche Frau zog denn allein einen Bruch durch? Vielleicht sollte sie ja nur vorab die Lage checken und das Haus nach Wertgegenständen durchsuchen. Kein Mensch hätte es wohl bemerkt, wenn sie sich in der kommenden Nacht mit den Sachen aus dem Staub gemacht hätte. Cora bedachte ihr Elternhaus mit einem besorgten Blick. Ein Dieb hätte sofort bemerkt, dass es unbewohnt war. Allerdings gab es nichts Stehlenswertes im Haus. Ein paar alte Möbel und die Büchersammlung ihrer Eltern. Mehr nicht. Aber das wussten ja die Einbrecher nicht.

Cora verlagerte ihr Gewicht von einem Bein aufs andere. Wenn nur der Dackel ruhig blieb! Die angespannte Stimmung machte ihm Angst. In steifer Haltung, die Ohren angelegt, knurrte er in einem fort zwischen ihren Fingern hindurch. Es war nur eine Frage der Zeit, bis er bellen würde. Hm, warum dauerte das denn so lange?

Der beleibte Polizist hob seine Mütze an, strich sich mit der Hand über den Kopf und rückte die Kopfbedeckung wieder zurecht.

»Kommen Sie jetzt!«, forderte er vernehmlich.

Als keine Reaktion erfolgte, tauschten die Männer beunruhigte Blicke, dann stürzte der korpulentere ins Haus.

»Scheiße!«, ertönte es von drinnen.

Cora konnte sich denken, weshalb der Polizist fluchte. Er hatte augenscheinlich herausgefunden, dass es vom Keller aus einen direkten Zugang zur Garage gab.

Wenige Sekunden später zeigte sich, dass Cora mit ihrer Vermutung richtiggelegen hatte. Die Frau war derweil ins Freie gelangt und rannte nun zu ihrem Auto, das sie auf dem Parkplatz vor dem Haus abgestellt hatte. Zwei Polizisten waren im Garten, einer an der Tür und der beleibte Kollege im Keller. Die Frau war im Begriff zu entkommen.

7. Kapitel

Waldi brach in schrilles Protestgeheul aus, als sein Frauchen auf einmal davonrannte und ihn an den Baumstamm gebunden zurückließ. Cora drehte sich nicht um. Jede Sekunde zählte. Keuchend sprang sie in ihren Wagen, ließ den Motor an und trat das Gaspedal durch. Sie passierte das Sanatorium, ein weiteres Wohnhaus, dann hatte sie den unteren Zufahrtsweg erreicht. Mit zusammengepressten Zähnen riss sie das Lenkrad herum und stellte sich quer auf den Weg. Im selben Moment sah sie das Fluchtauto auf sich zurasen. Cora stockte der Atem. Zum Aussteigen war es zu spät. Sie konnte nur hoffen, dass …

Die Frau bremste scharf ab, legte mit einem knirschenden Geräusch den Rückwärtsgang ein und setzte zurück. Ein Fehler. Denn nun stellte sich ihr auf Höhe der Garageneinfahrt der beleibte Polizist in den Weg. Schwer atmend stand er da, breitbeinig, die Pistole mit beiden Händen fest umklammert. Der Wagen der Frau kam ruckelnd zum Stehen. Hektisch blickte sie in den Rückspiegel, dann wieder nach vorn.

»Steigen Sie aus!«, schrie der Polizist. Auf den Zusatz »… oder ich schieße« verzichtete er. Sowohl sein hochrotes Gesicht wie auch sein schneidender Tonfall bewiesen jedoch, dass er entschlossen war, die Einbrecherin aufzuhalten. Notfalls mit

Waffengewalt. Cora starrte gebannt auf das Fluchtauto. Würde die Frau der Aufforderung nachkommen? Nein, vorerst blieb sie sitzen. Als wäre sie in der Bewegung eingefroren, saß sie regungslos hinter der Scheibe, die Hände panisch ans Lenkrad geklammert, die Augen fest nach vorn gerichtet.

In diesem Moment kam der uniformierte Polizist angerannt, der bis eben noch an der Haustür gestanden hatte. Cora ging davon aus, dass er seinem Kollegen zu Hilfe kommen wollte. Das tat er auch, aber nicht so, wie sie es erwartet hatte. Er nickte dem Kollegen im Vorüberlaufen lediglich kurz zu, dann rannte er weiter. Irritiert blickte Cora dem Mann entgegen, der nun zielstrebig mit der gezogenen Waffe auf sie zukam! Dachte er etwa, sie sei eine Komplizin?

Er hatte ihr Auto noch nicht ganz erreicht, als er bereits losschrie: »Aussteigen! Sofort!«

Cora stieß ein unwilliges Murren aus. Was glaubte der Typ eigentlich, was sie hier gerade tat? Hinter dem Rücken des Uniformierten näherte sich die Verstärkung; die Polizisten in Zivil waren ebenfalls auf dem Weg zu ihr. Auch wenn ihr die Situation gerade abstrus vorkam, wusste Cora, dass sie der Aufforderung Folge leisten musste. Sie hatte den Türgriff bereits in der Hand, als der Polizist sie erneut anbrüllte. »Raus jetzt! Auf geht's!«

»Herrgott, ja«, schimpfte Cora, während sie die Tür öffnete. »Ich bin Kriminalpsychologin beim LKA. Ich wollte Ihnen nur helfen, aber …« Weiter kam sie nicht, denn in diesem Augenblick legte die Einbrecherin plötzlich den Vorwärtsgang ein und trat das Gaspedal bis zum Anschlag durch. Das Auto beschleunigte so stark, dass der Kies durch die Luft geschleudert wurde. Der Polizist drehte sich überrascht um. Als er sah, in welchem Tempo die Frau auf ihn zugerast kam, zögerte er keine Sekunde und sprang zur Seite.

Himmel! Cora zog erschrocken die Tür zu, presste die Augen zusammen und erwartete den Aufprall. Seitenairbag, hoffentlich hat das Auto einen Seitenairbag, dachte sie noch, da ertönte ein Schuss. Kurz darauf ein weiterer.

Bremsen quietschten, dann vernahm Cora das Geräusch rutschender Reifen. Ängstlich spähte sie durch die halb geöffneten Lider. Weniger als einen Meter von ihr entfernt stand das Fluchtauto. Der Motor lief noch. Die Frau saß mit weit aufgerissenen Augen hinterm Steuer, völlig verstört.

Im nächsten Moment riss einer der zivilen Polizisten die Fahrertür auf, zog die Einbrecherin aus dem Auto und drückte sie gegen die Karosserie. Die Frau japste, dann sackten ihr die Beine weg. Der Polizist musste mit so einer Situation gerechnet haben. Blitzschnell fing er die Frau auf, wuchtete sie wieder auf die Füße und stemmte sich mit seinem Gewicht gegen sie. In der Zwischenzeit war der uniformierte Kollege hinzugekommen und verpasste ihr Handschellen. Der eine links, der andere rechts hakten sich die beiden bei der Frau unter und führten sie die Treppe hoch zum Polizeiauto. Die Frau ließ alles mit sich geschehen. Sie wirkte mit einem Mal entkräftet, geradezu paralysiert.

Auch Cora musste den Schock erst einmal verdauen. Das Herz klopfte ihr bis zum Hals. Langsam nahm sie die zitternden Hände vom Lenkrad, legte sie in den Schoß und atmete mehrmals tief ein und aus. Ihr Wagemut hatte sie gerade beinahe das Leben gekostet.

Coras Autotür wurde von außen geöffnet. Der zweite Zivilpolizist, der erst etwas später hinzugekommen war, beugte sich zu ihr herunter.

»Ist alles in Ordnung?«, erkundigte er sich. Als Cora nicht gleich antwortete, zog er sich die Mütze vom Kopf und musterte sie besorgt.

Coras Augen weiteten sich. Verblüfft starrte sie ihn an.

»Geht es Ihnen gut?«, erkundigte sich der Polizist erneut. »Können Sie aussteigen?«

Cora gab immer noch keine Antwort, nickte aber kurz.

Dann fragte sie heiser: »Till?«

8. Kapitel

Die unschöne Szene mit der Einbrecherin hatte wohl nicht länger als zwanzig Minuten gedauert. Waldi war dennoch ganz aus dem Häuschen, als Cora schließlich zurückkam. Er hatte gebellt, schrille Schreie ausgestoßen und ihr vor Freude übers Gesicht geleckt – so dankbar war er über ihre Rückkehr gewesen. Cora hatte es richtig leidgetan, wie sehr er unter ihrer Abwesenheit gelitten hatte. Damit er sich wieder beruhigen konnte, hatte sie ihn schließlich ins Auto gebracht. Dort schlief er nun, während sie sich mit Till unterhielt.

»Ich fass es nicht!«, sagte er kopfschüttelnd. »Über zwanzig Jahre hör und seh ich nichts von dir, und dann treff ich dich auf einmal hier, mitten im Wald.« Er trat einen Schritt zurück und betrachtete sie. »Hast dich kaum verändert, Kompliment.«

Cora lächelte. Er war nicht der Erste, der ihr das sagte. Sommersprossen, rote Haare, schlanke Statur – als nordischer Pippi-Langstrumpf-Typ wirkte sie stets jung geblieben. Dass sie bereits Mitte vierzig war, vermuteten die wenigsten Leute. Aber auch wenn sie sich ihrer Attraktivität bewusst war, freute sie sich über Tills Kompliment. Mehr noch als seine Worte schmeichelten ihr sein anerkennender Blick und das Erstaunen, das in seiner Stimme lag. Und wie stand es um ihn? Blonde, zerzauste

Haare, Dreitagebart, leicht gebräunte Haut, durchtrainierter Körper – er sah aus wie ein Mensch, der sich viel im Freien bewegte. Die Lachfalten um Augen und Mund ließen ihn sympathisch wirken und verliehen seinem Gesicht einen markanten Ausdruck. Nur die steile Falte zwischen den Brauen verriet, dass er in den letzten Jahren nicht immer frei von Sorgen gewesen war.

»Hast dich auch gut gehalten«, konstatierte Cora. »Allerdings muss ich zugeben, dass ich dich erst in dem Moment erkannt habe, als du direkt vor mir standst.« Sie lächelte entschuldigend.

»Zu eitel für eine Brille?«, fragte Till belustigt.

Cora lachte auf. »Mag sein. Nein, ich denke, es lag an deiner Kappe. Bei diesen Basecaps mit ihren riesigen Schilden sieht man ja kaum das Gesicht.«

»Was glaubst du, weshalb ich die so gern trage?«, entgegnete Till und zog eine Grimasse.

»Du kannst dein Gesicht immer noch gut herzeigen.« Sie legte den Kopf schief. »Und ich denke, das weißt du auch.«

Till kratzte sich am Hals und grinste. Verlegen schielte er zu seinem Kollegen hinüber, der sich zuvor mit dem Namen Schneider vorgestellt hatte und nun an den Wagen gelehnt auf ihn wartete. Die beiden uniformierten Polizisten waren bereits vor zehn Minuten aufgebrochen. Die Frau hatten sie aufs Revier mitgenommen. Nachdem auch die besorgten Nachbarn – alarmiert durch das Geschrei und die Schüsse – von den Polizisten beruhigt worden waren, war auf der Waldlichtung wieder Ruhe eingekehrt. Die Vögel zwitscherten, alles schien friedlich – eine beschauliche, kleine Welt. Nur der Wagen, der immer noch mit zerschossenen Reifen mitten auf dem Weg stand, erzählte eine andere Geschichte.

»Und?«, fragte Till seinen Kollegen. »Hast du den Abschleppdienst erreicht?«

Schneider nickte und zündete sich eine Zigarette an. »Sie sind in einer halben Stunde da. Ich musste ein ganzes Stück laufen, bis ich endlich Empfang hatte. Hier hat man kaum Netz.«

Till hielt den Daumen hoch und wandte sich wieder Cora zu. »Hast vorhin ja ne krasse Nummer durchgezogen.« Er schürzte die Lippen. »Hätte allerdings auch schiefgehen können.«

Cora sah zu dem Fluchtauto hinüber. »Dein Kollege hat gut reagiert.«

»Das war nicht der Lohmüller«, stellte Till klar. »Ich hab geschossen.«

»Oh«, sagte Cora überrascht.

Er zwinkerte ihr zu. »Keine Ursache.«

Cora überlegte kurz, dann fragte sie: »Was hattest du hier eigentlich zu suchen? Bist du jetzt doch bei der Schutzpolizei gelandet?«

»Nö, wir waren zufällig in der Nähe und haben über Funk die Meldung über den Einbruch gehört. Deshalb haben wir die Kollegen spontan unterstützt.« Er schob die Hände in die Hosentaschen. »Ich bin inzwischen bei der Kripo.«

Cora legte den Kopf schief und sah ihn fragend an.

»Kriminalkommissar Moritz?«

Till wippte mit den Füßen und streckte die Brust heraus. »Kriminalhauptkommissar Moritz!«

»Nicht schlecht. Welcher Zuständigkeitsbereich?«

»Ich bin bei der Mordkommission.«

»Im Schwarzwald? Hast du da denn überhaupt genug zu tun? Ich meine, man hat nicht gerade den Eindruck, dass hier hinter jeder zweiten Tanne ein Mörder lauert.«

»Oh, der Schein trügt. Auch bei uns gibt es Gestörte. Das solltest du als Seelenklempnerin ja wissen. Das Böse lauert überall.« Er räusperte sich. »Hast du eine eigene Praxis?«

»Nein, ich bin Kriminalpsychologin.« Sie lächelte. »Beim LKA.«

Till reagierte beeindruckt, doch bevor er etwas erwidern konnte, fügte sie rasch hinzu: »Ich hab mir allerdings gerade eine Auszeit genommen.« Zu ihrer Erleichterung hakte er nicht weiter nach, sondern frotzelte stattdessen.

»Und diese Zeit verbringst du«, er wies mit einer ausladenden Geste über die Waldlichtung hinweg, »ausgerechnet hier? Also da könnte ich mir ehrlich gesagt durchaus reizvollere Orte vorstellen. Costa Rica. Chile. Oder Neuseeland. Aber Schwarzwald?« Er schmunzelte. »Cora als Aussteigerin. Unglaublich.«

In diesem Moment lief in Sichtweite eine frei laufende Herde Ziegen vorüber.

Till riss die Augen auf. »Sag bloß, du hütest Ziegen!«

»Nein, um Gottes Willen!« Cora winkte ab. »Das sind nicht meine Ziegen.« Sie wies auf das gelbe Schindelhaus. »Ich muss mich um das Haus da kümmern. Deshalb bin ich hier.«

Er bedachte das Haus mit einem skeptischen Blick. »Hast du es gekauft?«

»Nein, es gehört meinen Eltern.« Sie hielt inne und verbesserte sich. »Es gehörte meinen Eltern. Sie sind inzwischen beide gestorben.«

»Das tut mir leid«, sagte Till. In seinem Blick lag auf einmal etwas Warmes. »Ich weiß ja, wie eng du mit deiner Mutter verbunden warst.« Er lächelte. »Ich kann mich noch gut an deine Eltern erinnern. Es gab immer Kuchen, wenn ich zu Besuch kam.«

Eine Pause entstand. So viel Zeit war vergangen, seit sie damals zusammen an der Polizeihochschule studiert hatten. So viel Zeit war vergangen, seit sie ein Paar gewesen waren. Dennoch riefen die gemeinsamen Erinnerungen sofort ein Gefühl der Vertrautheit hervor. Erstaunlich.

»Na ja, und jetzt muss ich mich eben um den Hausverkauf kümmern«, sagte Cora.

Till ließ den Blick über das Grundstück schweifen. »Das wird nicht einfach werden. Bei der Lage.«

»Wem sagst du das? Ich fürchte, ich werde das Haus weit unter Wert veräußern müssen.«

Till deutete auf den Briefkasten, der neben dem Gartentor befestigt war. »Die Post kommt hierher? Täglich etwa?«

»Ja«, antwortete Cora mit einem triumphierenden Lächeln. »Und die Müllabfuhr holt zu den üblichen Zeiten den Müll ab. Es sei denn, es liegt im Winter zu viel Schnee.«

»Und dann?«

»Dann muss man eben bis zur Schneeschmelze warten«, meinte Cora und lachte.

In diesem Moment rückte der Abschleppwagen an.

»Übernimmst du das?«, bat Till seinen Kollegen.

Schneider nahm einen letzten Zug von seiner Zigarette, trat die Kippe dann mit dem Schuh aus und setzte sich in Bewegung.

»Und wo wohnst du?«, erkundigte sich Till. »Immer noch in Nürtingen?«

»Nein, ich bin schon vor einigen Jahren nach Stuttgart gezogen. Im Moment wohne ich aber auf dem Campingplatz. Hier in Schömberg. Da bleibe ich, bis ich das Haus verkauft habe.«

Till runzelte die Stirn. »Dann pass bloß auf, dass du nicht zum Dauercamper verkommst.«

»Ich hab einen Makler mit dem Verkauf betraut«, entgegnete Cora. »Der wird schon einen Käufer finden.« Sie seufzte. »Ist alles eine Frage des Preises.«

»Aber bevor du das Haus verscherbelst …«, setzte er an, stockte dann und rieb sich nachdenklich das Kinn. »Hm, warum ziehst du nicht einfach selbst ein? Dann kannst du dir künftig die teure Miete in Stuttgart sparen.«

»Das hab ich mir auch schon überlegt«, gab Cora zu. »Ich weiß allerdings nicht, ob mir diese Einsamkeit guttut.«

»Hast doch einen Hund, wie ich vorhin gehört habe.« Er schaute sich suchend um. »Wo ist der jetzt eigentlich?«

»Er schläft im Auto. Nach all der Aufregung war er froh, dass er auf die sichere Rückbank durfte.«

»Ich könnte dich ja gelegentlich in der Einöde besuchen kommen«, griff Till den Faden wieder auf. Er bemühte sich um einen beiläufigen Ton, dennoch entging Cora nicht das Aufblitzen in seinen Augen, als er es sagte.

»Besuch mich doch zuerst einmal auf dem Campingplatz«, schlug sie vor, ebenfalls um einen beiläufigen Tonfall bemüht.

»Camping ist nicht so mein Ding«, erwiderte Till. »Es gibt aber einen guten Italiener in Schömberg.« Ohne den Vorschlag weiter zu konkretisieren, wechselte er das Thema. Er wies auf die Straßenlampe gegenüber. »Zumindest habt ihr eine ordentliche Straßenbeleuchtung.«

»Theoretisch. Ist momentan allerdings nicht in Betrieb.« Sie verzog den Mund zu einem schiefen Grinsen. »Selbst das Licht müssen die Anwohner aus eigener Tasche finanzieren.«

»Moment mal. Willst du damit etwa sagen, dass es bei Nacht keinerlei Beleuchtung gibt?« Er schüttelte den Kopf. »Na, dann braucht ihr euch nicht zu wundern, wenn das Einbrecher anlockt.«

»Es gab hier bislang nie irgendwelche Einbrüche«, entgegnete Cora. »Außerdem ist diese Frau am helllichten Tag aufgetaucht. Das war es ja gerade. Tut so, als sei alles in bester Ordnung und hängt im Garten Wäsche auf. Grüßt mich noch freundlich … Wie abgebrüht muss man da sein!«

»Ich finde es eher bedenklich, dass von den Nachbarn niemand stutzig geworden ist. Entschuldige, aber was sind das denn für Leute? So was muss einem doch auffallen!«

Cora zuckte mit den Schultern. »Sind eben alles Individualisten. Man respektiert die gegenseitige Privatsphäre. Wäre ja auch denkbar gewesen, dass die Frau eine Familienangehörige der Kauders ist. Da wollte sich wohl keiner die Blöße geben und nachfragen.«

»Na ja, aber bei dem ganzen Geschrei hätte doch mal jemand von den Nachbarn rauskommen müssen, um nach dem Rechten zu sehen. Die sind erst angerannt gekommen, als sie die Schüsse gehört haben …«

»Wobei mich diese Reaktion wiederum erstaunt hat«, warf Cora ein. »Normalerweise geht man doch in Deckung, wenn man Schüsse hört … Aber ja, grundsätzlich hast du natürlich recht. Ich kann diese übertriebene Zurückhaltung auch nicht nachvollziehen.«

»Manchmal kann es überlebenswichtig sein, aufmerksame Nachbarn zu haben«, stellte Till fest. »Vor allem in so einer Wohnlage. Da ist man schließlich aufeinander angewiesen.«

»Schon.« Sie zuckte mit den Achseln. »Aber in Wahrheit ist es doch so, dass es sich im Wald allemal sicherer lebt als in der Stadt. Je mehr Menschen auf einem Haufen sind, desto höher ist die Kriminalität. In der Stadt hab ich Angst, nachts allein herumzulaufen. Hier dagegen …«

»… solltest du das auch besser sein lassen«, fiel ihr Till ins Wort. Er sah sie eindringlich an. »Hörst du?«

9. Kapitel

Bereits nach wenigen Tagen hatte sich Waldi auf dem Campingplatz eingewöhnt. Von da an betrachtete er den Wohnwagen samt zugehöriger Parzelle als Territorium, das es gegenüber Eindringlingen zu verteidigen galt. Die Nähe zu den Sanitäranlagen erwies sich unter diesen Umständen als nachteilig, da der angrenzende Weg von den Campinggästen stark frequentiert wurde. Hielten sie sich draußen auf, war es stets das gleiche Spiel: Kaum kamen Passanten in Sichtweite, preschte Waldi mit wütendem Gebell los. Obwohl die Leine gar nicht bis zum Fußweg reichte, bekamen die Leute einen tüchtigen Schreck und es war dann an Cora, sich bei den verängstigten Campinggästen zu entschuldigen.

Wenn Waldi sich aber erst einmal in Rage gebellt hatte, halfen weder schimpfen noch gut zureden. Im Gegenteil – je genervter Cora reagierte, desto angespannter wurde auch der Hund. Schließlich schlug er selbst im Inneren des Wohnwagens an. Jedes noch so kleine Geräusch versetzte ihn in Alarmbereitschaft.

»Du machst mich wahnsinnig!«, murrte Cora. »Sei endlich still. Es tut dir doch keiner was.«

Waldi warf ihr einen verdrossenen Blick zu und verzog sich in den Hundekorb. Er verstand offenbar gar nicht, was sie von ihm wollte.

Cora setzte sich an den Tisch und massierte sich nachdenklich den Nacken. So konnte es nicht weitergehen. Sie griff zum Handy und wählte die Nummer des Tierheims. Vielleicht konnte ihr diese Natascha ja weiterhelfen. Besonders sympathisch war ihr die Hundetrainerin zwar nicht gewesen, aber zumindest war sie laut Aussage des Tierheimleiters die offizielle Ansprechpartnerin, wenn es Probleme gab.

»Tierheim Pforzheim, Uwe Strasser.«

»Hallo, Uwe! Hier ist Cora Brecht. Erinnern Sie, äh, erinnerst du dich? Ich bin die Frau, die Waldi …«

»Ja, klar erinnere ich mich«, fiel er ihr ins Wort. »Die Frau vom LKA.« Er lachte. »Und – wie macht sich unser Waldi so?«

»Eigentlich ganz gut. Er ist sehr schmusig und anhänglich. Allerdings …«, sie zögerte einen Moment, »kommt er leider mit dieser Campingsituation nicht zurecht.« Sie seufzte. »Er schlägt andauernd an und verängstigt mit seinem Gebell die Leute.«

»Hm, verstehe«, sagte Uwe. »Meinst du nicht, das gibt sich mit der Zeit? Er muss sich ja erst einmal daran gewöhnen, dass dort so viele fremde Menschen herumlaufen. Das kennt er nicht.«

»Ja, schon. Aber momentan hab ich das Gefühl, es wird von Tag zu Tag immer schlimmer. Da verfestigt sich was.« Sie holte Luft. »Deshalb wollte ich mal Natascha fragen, ob sie ein paar Tipps für mich hat. Vielleicht hat sie ja eine Idee, wie ich das Problem in den Griff bekommen kann.«

»Natascha ist nicht da, sie macht gerade einen Kurzurlaub.« Er überlegte. »Aber ich kenne da einen anderen Bekannten, der dir eventuell weiterhelfen kann. Mirco Dumitrasco. Er stammt aus Rumänien und ist ein guter Kumpel von Hannes. Der

Mann ist ein hervorragender Hundeexperte.« Er machte eine Pause. »In der Szene ist er sogar als Hundeflüsterer bekannt.«

»Ein Hundeflüsterer«, gab Cora staunend zurück.

»Ja, so nennen ihn die Leute hintenrum. Dumitrasco selbst würde sich aber nie so bezeichnen. Er ist … bescheiden. Obwohl es wirklich kaum ein Problem mit Hunden gibt, das er nicht lösen könnte.«

»Na, da bin ich ja mal gespannt«, sagte Cora.

»Ich muss dich allerdings vorwarnen. Dumitrasco ist ein wenig schwierig im Umgang. Und seine Methoden sind … wie soll ich sagen … ziemlich unkonventionell.«

»Aha.« Cora lachte verwirrt. »Inwiefern unkonventionell?«

»Hm, er hat außergewöhnliche Ideen. Ein Bekannter von mir hatte beispielsweise das Problem, dass sich seine beiden Hunde nicht vertragen haben. Einer der Hunde war neu hinzugekommen und es gab andauernd üble Rangkämpfe. Und – was denkst du, hat Dumitrasco gemacht?«

»Keine Ahnung«, entgegnete Cora. »Vielleicht ist er mit ihnen gemeinsam spazieren gegangen?«

»Nein, er hat sie in den offenen Kofferraum seines Geländewagens verfrachtet und hat mit ihnen eine Spritztour unternommen.«

»Damit ich es richtig verstehe«, hakte Cora nach. »Jeder Hund saß dabei in seiner eigenen Box?«

»Nein, sie saßen dicht beieinander in einer Doppelbox«, stellte Uwe richtig. »Ja, und dann ist er mit den Hunden im Affenzahn querfeldein über die Wiesen geheizt.« Er lachte auf. »Nach dieser Fahrt waren die beiden beste Kumpels. Es gab nie wieder Beißereien.«

»Puh!«, stieß Cora hervor. »Das ist wirklich …«

»Versteh das nicht falsch«, unterbrach sie Uwe. »Dumitrasco würde nie etwas tun, was den Hunden schadet. Im Gegenteil. Priorität hat bei ihm immer das Wohlergehen der Tiere. Die

Befindlichkeiten der Hundebesitzer interessieren ihn dagegen eher wenig.«

»Nun ja, Hauptsache, er kann mir bei meinen Problemen mit Waldi helfen«, meinte Cora. »Wie viel kostet denn eigentlich so eine Beratung bei ihm?«

»Nicht viel. Das kannst du individuell mit ihm ausmachen. Meist geben ihm die Leute so um die zwanzig Euro. Er würde es vermutlich auch umsonst machen. Aber so bekommt er wenigstens einen Ausgleich für die Fahrtkosten und ein kleines Trinkgeld dazu.«

Cora bedankte sich für die Vermittlung und beendete das Gespräch. Sie seufzte erleichtert auf. Die Aussicht, Hilfe von einem Hundeexperten zu erhalten, beruhigte sie. Mit einem Lächeln auf den Lippen kniete sie sich neben Waldi auf den Boden und streichelte ihm den Rücken. Was Dumitrasco wohl zu ihrem Problem sagen würde?

»Wahrscheinlich bellst du deshalb so viel, weil du Angst hast«, sagte sie leise. »Aber du musst keine Angst haben. Ich bin ja da und beschütze dich. Dir kann gar nichts passieren.« Sie zog ihm sanft ein Ohr lang. »Das ständige Gebell muss auf jeden Fall aufhören. Sonst bekommen wir hier noch Ärger.«

* * *

Der Ärger kam schneller als gedacht. Zwei Stunden später stand der Platzwart vor der Tür. Er hatte noch nicht einmal angeklopft, da brach Waldi bereits in aufgeregtes Gebell aus.

»Schluss!«, sagte Cora streng, zog ihn am Halsband von der Tür weg und wies mit der freien Hand auf den Hundekorb. »Geh auf deinen Platz!«

Waldi unterbrach das Bellen für einen Moment und lauschte. Als Cora daraufhin den Griff an seinem Halsband lockerte, riss er sich los und stürmte erneut zur Tür. Sie schnappte sich die Leine und setzte ihm nach.

»Moment, ich muss den Hund erst anleinen!«

Während sie den Dackel am Tischbein festband, brach ihr der Schweiß aus. Wie peinlich! Sie konnte nicht einmal die Tür öffnen, weil sich ihr ungezogener Hund nicht bändigen ließ. Sie holte tief Luft, steckte eine gelöste Haarsträhne wieder in den Zopf zurück und schob sich dann zur Tür hinaus. Der Platzwart war derweil ein Stück zurückgetreten und warf ihr von Weitem einen argwöhnischen Blick zu.

»Ihre Nachbarn haben sich bei mir beschwert«, kam er gleich zur Sache. »Sie fühlen sich durch den Hund massiv belästigt.« Er schüttelte mit Nachdruck den Kopf und wies auf den Wohnwagen, der unter Waldis wütendem Gebell geradezu erzitterte. »Das geht so natürlich nicht, Frau Brecht. Meine Gäste suchen hier schließlich Erholung und Ruhe.«

Cora zog die angelehnte Tür hinter sich ins Schloss. Wenn Waldi doch nur mal aufgehört hätte zu bellen!

»Der Hund muss sich noch eingewöhnen. Ich hab ihn erst vor ein paar Tagen aus dem Tierheim geholt. Er hat eine Angststörung. Deshalb bellt er so viel.«

»Dann müssen Sie ihn zu Hause eingewöhnen. So was kann man nicht auf einem Campingplatz machen!«

»Sie wissen doch, dass ich mich um die Renovierung meines Elternhauses kümmern muss. Ich kann nicht jeden Tag von Stuttgart herfahren.«

»Das ist Ihr Problem, Frau Brecht. Mein Problem ist, dass sich meine Gäste nicht mehr wohlfühlen.«

Cora schnappte nach Luft. »Okay, jetzt mal der Reihe nach. Sie sagen, die Nachbarn haben sich beklagt? Darf ich wissen, welche Nachbarn das waren?« Sie ließ ihren Blick über die angrenzenden Parzellen gleiten. »Waren es die älteren Herrschaften hier links von mir? Die mit der Badener Flagge, die jeden Abend feiern und noch nach Mitternacht das Badnerlied grölen? Als ich mich diesbezüglich bei Ihnen beschwert habe, meinten Sie nur, ich solle das nicht so eng sehen. Dabei suche auch ich hier Ruhe und Erholung.«

Der Platzwart tat ihren Einwand mit einer wedelnden Handbewegung ab. »Die Binders sind gute Stammgäste. Auf die lass ich nichts kommen, selbst wenn sie ausnahmsweise mal ein bisschen lauter feiern.« Seine Miene wurde noch eine Spur strenger, als er nachschob: »Außerdem sind das ja nicht die einzigen Gäste, die sich über Sie beschwert haben.«

»Aha«, sagte Cora und kniff die Augen zusammen. »Wer hat sich denn noch beschwert? Doch nicht etwa diese jugendlichen Kiffer aus dem Zelt da schräg hinter mir, die ständig über meinen Platz abkürzen?« Bevor der Platzwart etwas erwidern konnte, fügte sie hinzu: »Zwei von den Kerlen haben sich vor ein paar Tagen übrigens heftig geprügelt. Ich war kurz davor, die Polizei zu rufen.« Sie reckte das Kinn. »Eigentlich hätten Sie davon ja was mitbekommen müssen. Die waren irre laut. Das Geschrei war sicher nicht nur bei mir zu hören.«

»Jetzt lenken Sie mal nicht von der Sache ab, Frau Brecht. Unser Problem ist im Moment einzig und allein Ihr Hund. Und entschuldigen Sie, wenn ich das so klar sagen muss«, er fuhr sich mit der Hand über das gerötete Gesicht, »wenn Sie das nicht ganz schnell in den Griff bekommen, müssen Sie leider den Platz räumen.«

Cora sah ihm an, dass er es ernst meinte. Er würde mit dem Platzverweis nicht lange zögern. Vermutlich hätte er sie am liebsten gleich rausgeworfen. Sie legte ihre Handflächen aneinander und atmete langsam ein und aus. Sie musste schleunigst die Schärfe aus der Diskussion nehmen.

»Also gut«, sagte sie. »Ich verstehe, dass wir hierfür natürlich eine Lösung finden müssen.« Nachdenklich rieb sie sich das Kinn. »Wie wäre es denn, wenn ich auf einen Randplatz wechseln würde? Ich bräuchte einen Platz, der möglichst abgelegen ist und wo wenig Leute vorbeikommen.«

Der Platzwart nahm sein Handy hervor, tippte eine Weile darauf herum und meinte dann: »Bei den äußeren Plätzen wird erst nächste Woche was frei. Von mir aus können Sie dann wechseln.« Er schürzte die Lippen. »Wird aber drei Euro teurer, weil die Parzelle größer ist.«

Cora nickte stumm, während sie innerlich aufatmete.

Der Platzwart steckte das Handy in seine Hosentasche zurück und wies dann auf den Wohnwagen. »Und bis es so weit ist, bleibt Ihr Hund da drinnen!«

Cora riss erstaunt die Augen auf. »Die ganze Zeit?«

»Ja, die ganze Zeit.« Er verschränkte die Arme vor der Brust. »Ich möchte nicht, dass meine Gäste Angst haben müssen, wenn sie zu den Sanitäranlagen laufen. Einige Leute haben mir erzählt, dass Ihr Hund sie garantiert gebissen hätte, wenn die Leine noch ein Stück länger gewesen wäre.«

»Das ist doch Quatsch«, wiegelte Cora ab und lächelte beschwichtigend. »Waldi bellt nur. Wirklich, Herr Leimgruber, dieser Hund hat noch nie jemanden gebissen.«

»Jaja«, gab der Platzwart zurück, »und ich hab noch nie jemanden erschossen!«

Cora zwinkerte irritiert. Sie musste sich wohl verhört haben …

»Wie bitte?«, fragte sie nach.

»Ich bin die Diskussion jetzt leid, Frau Brecht. Sie lassen Ihren Hund ab sofort im Wohnwagen und sorgen dafür, dass er ruhig ist. Andernfalls gibt es Konsequenzen.« Er bedachte sie mit einem strengen Blick. »Einen schönen Tag noch.«

10. Kapitel

So sieht also ein Hundeflüsterer aus, dachte Cora. Hundeflüsterer. Bis gestern hatte sie nicht einmal gewusst, dass es so etwas gab – Menschen, die aus therapeutischen Gründen Hunden ins Ohr flüsterten.

Dumitrasco stand am Rand ihrer Parzelle und studierte mit prüfendem Blick den Lageplan des Campingplatzes.

Cora musterte den Dackel, der eingerollt in seinem Körbchen lag. Sein Fell glänzte. Auch wenn sie diesem Mann nichts beweisen musste, hatte sie Waldi heute früh extra lange gebürstet und die Näpfe gründlich gesäubert.

Dumitrasco faltete den Lageplan sorgsam zusammen und ging dann mit ausladenden Schritten auf den Wohnwagen zu. Cora blieb am Fenster sitzen und spähte durch die Gardine. Der Rumäne war keine gepflegte Erscheinung, dennoch machte er Eindruck. Er trug einen übergroßen Parka, Cordhosen und wuchtige Lederstiefel, die strähnigen grauen Haare reichten ihm bis zur Schulter. Groß und breitschultrig, dazu die aufrechte Haltung und der selbstbewusste Blick – Dumitrasco hatte etwas von einem nordischen Krieger.

Waldi bemerkte den herannahenden Besucher spät, doch als der fremde Mann schließlich vor der Tür des Wohnwagens stand, überschlug er sich beinahe vor Aufregung.

»Aus!«, schimpfte Cora, während sie die Tür öffnete. »Sei ruhig!«

Obwohl das Kommando klar und deutlich gewesen war, gingen ihre Worte im schrillen Bellen unter. Mit einem resignierten Stöhnen fasste sie den Dackel am Halsband und hielt ihn fest.

Waldi versuchte, sich ihrem Griff zu entwinden, indem er sich aufbäumte und mit den Vorderbeinen strampelte. Obwohl der Hund kaum mehr als sieben Kilo wog, brauchte Cora ihre ganze Kraft, um ihn davon abzuhalten, den Gast zu attackieren. Der Mann zeigte trotz des aggressiven Gebarens keine Angst. Er schien vielmehr interessiert zu beobachten, wer am Ende die Oberhand gewinnen würde. Um seiner Gastgeberin nicht in die Quere zu kommen, war er im Eingangsbereich stehen geblieben. Mit einer fahrigen Geste lud Cora den Mann ein, auf der Sitzbank Platz zu nehmen, während sie Waldi am Griff des Schranks anleinte. Als sie sich umwandte, begegnete ihr der ernste Blick des Mannes. Sie lachte verlegen, trat auf ihn zu und reichte ihm die Hand.

»Entschuldigung … Ich bin Cora. Cora Brecht.«

Der Mann erwiderte die Begrüßung mit einem festen Händedruck. »Mirco Dumitrasco.«

»Möchten Sie einen Kaffee?«

»Ein Glas Wasser reicht.«

Cora füllte zwei Gläser mit Wasser, stellte sie auf den Tisch und setzte sich dann Dumitrasco gegenüber. Obwohl der Mann bislang kaum ein Wort gesprochen hatte, empfand sie seine Gegenwart als unangenehm.

»Läuft das immer so ab, wenn Sie Besuch bekommen?«, erkundigte er sich, während er den Reißverschluss seines Parkas öffnete.

»Das kann ich nicht sagen«, entgegnete Cora. »Um ehrlich zu sein – Sie sind der Erste, der uns hier besucht.« Sie zupfte sich am Ohrläppchen. »Also, ich meine, das hat nichts mit Ihnen zu tun … Bei Fremden hat Waldi grundsätzlich Angst.«

Dumitrascos Mundwinkel zuckten für den Bruchteil einer Sekunde, dann lehnte er sich zurück, faltete die Hände im Schoß und schaute sie einige Sekunden lang schweigend an. Cora griff nach ihrem Wasserglas, nippte daran, stellte es ab und lächelte schließlich gequält. Wie schwach und unzulänglich sie sich unter seinem Röntgenblick fühlte.

»Ein Hund spürt, wenn sein Mensch unsicher ist«, erklärte der Rumäne ruhig. »Es ist Ihre eigene Angst, die sich auf Waldi überträgt.«

Cora schluckte. Seine Direktheit wirkte verletzend. Aber natürlich verstand sie, was er meinte. Er wollte sie mit dieser Aussage nicht bloßstellen. Nein, er hatte vielmehr nach wenigen Minuten das Kernproblem erkannt.

»Na ja, ich geb mir ja schon alle Mühe, mehr Ruhe auszustrahlen«, sagte sie kleinlaut und strich sich eine lose Haarsträhne aus dem Gesicht. »Aber vielleicht ist ein Campingplatz einfach nicht der richtige Ort für ihn.« Dumitrasco lehnte sich nach vorn und war nun ganz bei ihr, als sie mit gesenkter Stimme fortfuhr. »Er kläfft den ganzen Tag. Beim kleinsten Geräusch schlägt er an. Wenn das so weitergeht, werde ich hier rausgeworfen. Sämtliche Nachbarn haben sich schon beschwert.« Sie warf einen nervösen Blick aus dem Fenster. »Natürlich könnte ich notfalls den Campingplatz wechseln. Aber beim nächsten Platz habe ich dann ja das gleiche Problem.«

Dumitrasco hatte ihr still zugehört. »Ich kann Ihnen helfen«, sagte er nun. »Aber Sie werden nur Erfolg haben, wenn Sie

Ihr eigenes Verhalten ändern und mit dem Hund konsequent trainieren.« Er zuckte mit den Schultern. »Ob Sie das wollen, müssen Sie entscheiden. Ich dränge mich nicht auf.«

Cora überlegte einen Moment. Eigentlich gab es gar keine Alternative. Natürlich musste sie das Problem angehen. Sie holte tief Luft und nickte. »Gut, ich bin bereit. Können wir heute schon anfangen? Ich bin für jeden Tipp dankbar.«

Ihre Antwort entlockte dem Hundeflüsterer ein Lächeln.

»Okay«, sagte er, »Lektion 1: Sie müssen sich wie ein Leitwolf verhalten.«

11. Kapitel

»Sie dürfen niemals Angst zeigen«, sagte Dumitrasco mit fester Stimme. »Und Sie müssen ihm klar machen, dass Sie der Chef sind.« Ohne ein weiteres Wort löste er die Leine vom Schrank und führte den Dackel zur Tür. Während er die Klinke drückte, wandte er sich zu Cora um. »Der Chef geht als Erster raus«, erklärte er. »Immer.« Doch auch Waldi wusste instinktiv, wie man sich seinen Rang im Rudel sicherte. Kaum stand die Tür einen Spaltbreit offen, versuchte er, sich an Dumitrasco vorbeizudrängen. Schon schnellte das Bein des Rumänen nach vorn und versperrte dem Dackel den Weg. Waldi war im ersten Moment verdutzt, dann machte er einen Sprung zurück und ließ Dumitrasco den Vortritt.

Während Cora in der Tür lehnte, führte der Rumäne den Dackel nun an lockerer Leine im Zickzack über den Rasen. Links, rechts, im Kreis herum – egal wohin er auch lief, der Dackel blieb stets neben oder hinter ihm. Dies alles ging ohne ein einziges Kommando vonstatten. Dumitrasco kommunizierte mit dem Hund ausschließlich über Körpersprache.

»Beeindruckend!«, bemerkte Cora und lächelte.

Der Hundeflüsterer ging nicht auf ihr Lob ein, sondern meinte nur: »So, und jetzt besuchen wir die Nachbarn.«

Coras Lächeln gefror. »Das gibt Ärger mit dem Platzwart«, wandte sie ein. »Ich kann demnächst auf einen Randplatz wechseln. Bis es so weit ist, habe ich die Auflage, dass Waldi im Wohnwagen bleiben muss.«

»Er darf nicht mal mehr draußen angeleint werden?«, fragte Dumitrasco und zog argwöhnisch eine Augenbraue hoch.

Cora schüttelte bedauernd den Kopf.

»Also, ich glaube nicht, dass ein Platzwart so etwas vorschreiben kann. Schließlich bezahlen Sie ja für die Parzelle.« Dumitrasco zuckte mit den Schultern. »Sagen Sie dem Platzwart, dass Sie das Problem angehen und gerade dabei sind, mit dem Hund eine Verhaltenstherapie durchzuführen.« Er sah sie eindringlich an. »Ein Platzwechsel kann nicht die Lösung sein. Wenn Sie die Übungen mit Waldi konsequent durchführen, können Sie auch hierbleiben.«

Cora nickte und schielte dann unsicher zu Waldi hinüber, der ausgestreckt im Gras lag und hechelte.

»Lassen Sie mich mal machen ...«, sagte Dumitrasco und zwinkerte ihr zuversichtlich zu.

Mit gemischten Gefühlen beobachtete Cora, wie der Hundeflüsterer mit dem Dackel an der Leine zu dem badischen Ehepaar hinüberging und an den Kaffeetisch trat. Doch ihre Sorge erwies sich als unbegründet. Während Dumitrasco mit den Leuten sprach, stand Waldi friedlich daneben und schnüffelte unbeteiligt im Gras. Nach ein paar Minuten Small Talk verabschiedete sich der Rumäne wieder von den Badenern und schlenderte dann pfeifend über den Campingplatz. Cora konnte es kaum glauben.

Egal, welche Leute auch vorübergingen, Männer, Frauen, selbst Kinder mit Rollern – Waldi interessierte sich nicht für die Passanten.

»Wow, das ist der Hammer!«, raunte sie, als Dumitrasco zurückkam. »Wie machen Sie das?«

»Sie müssen den Leuten freundlich und locker begegnen. Wenn Sie sich verkrampfen und Angst haben, spürt Ihr Hund das. Sie signalisieren ihm, dass von den Menschen eine Gefahr ausgeht. Ja, und dann tut er das, was ein guter Hund eben tut – er verteidigt Sie.«

Cora nickte. Das leuchtete ihr ein.

»Probieren Sie es aus«, forderte Dumitrasco sie auf und reichte ihr die Leine.

»Morgen«, wehrte Cora ab. »Ich denke, für heute reicht es.«

»Das Problem löst sich nicht von selbst.« Er blickte sie eindringlich an. »Gehen Sie es an. Jetzt.«

Cora unterdrückte ein Seufzen. Er hatte recht. Natürlich konnte sie nicht erwarten, dass er ihre Probleme einfach wegflüsterte. Und es brachte auch nichts, wenn Waldi sich Dumitrasco unterordnete. Schließlich war es ihr Hund. Also musste sie sich auch den nötigen Respekt verschaffen. Sie musste sich Waldi gegenüber als Alpha behaupten.

»Mit welchen Nachbarn gibt es denn noch Probleme?«, wollte Dumitrasco wissen.

Cora wandte sich um und wies mit dem Kinn auf den Zeltplatz, der sich schräg hinter ihrem Wohnwagen befand.

»Hm«, sagte Dumitrasco. »Na, dann los …«

»Und was sag ich denen?«, überlegte Cora laut.

»Das hängt davon ab, was Sie erreichen wollen.«

»Es nervt mich, dass die Jugendlichen ständig über meinen Platz abkürzen, wenn sie zum Sanitärgebäude gehen. Waldi tickt jedes Mal aus, wenn sie so nah am Wohnwagen vorbeilaufen.«

Dumitrasco kratzte sich am Kinn. »Dann haben Sie zwei Möglichkeiten. Entweder Sie machen deutlich, dass Ihr Platz ab sofort nicht mehr betreten werden darf. Oder Sie machen Waldi mit den Jugendlichen bekannt.«

Oder ich wechsle doch den Platz, dachte Cora, behielt den Gedanken jedoch wohlweislich für sich.

Dumitrasco ging in die Hocke, tätschelte Waldi den Kopf und blickte schließlich mit einem breiten Grinsen zu Cora auf. »Ich muss jetzt leider los. Hab noch einen anderen Termin. Aber Sie schaffen das schon.« Er hob die Hand zum Gruß und ging davon. Er war bereits auf dem Weg angelangt, als er sich nochmals umdrehte. »Und immer schön locker bleiben! Das ist das Wichtigste.«

Immer schön locker bleiben, dachte Cora, während sie zu den Jugendlichen hinüberging. Locker. Und freundlich. Sie leckte sich nervös über die Lippen. Mal schauen, ob die Halbstarken mit sich reden ließen. Je näher sie ihnen kam, desto deutlicher nahm sie einen süßlich-würzigen Geruch wahr. Dieser Geruch war auch in den letzten Tagen schon gelegentlich vom Wind zu ihr herübergetragen worden. Unwillkürlich fasste sie die Leine kürzer.

12. Kapitel

Aus dem Bluetooth-Lautsprecher dröhnte Cora deutscher Rap entgegen. Was in ihren Ohren hart und aggressiv klang, hatte auf die Jugendlichen offenbar eine entspannende Wirkung. Die Gruppe, die aus vier Jungs und zwei blonden Mädchen bestand, lungerte um eine Feuertonne herum und chillte. Die Jungs waren allesamt mit halblangen Hosen und Kapuzenpullis bekleidet, die Mädchen trugen Jogginghosen und bauchfreie Tops, die eine in Rot, die andere in Weiß. Obwohl der Himmel bedeckt und die Luft frisch war, hatte keiner der Jugendlichen eine Jacke an. Cora schätzte die Mädchen auf fünfzehn, die Jungs waren nicht viel älter. Dennoch tranken sie Bier und kifften.

Dass sie mit ihrer Alterseinschätzung richtiglag, zeigte die hektische Reaktion, die ihr Besuch auslöste. Die beiden Mädchen sprangen augenblicklich auf und verzogen sich im Laufschritt ins Zelt. Zwei der Jungs schleuderten ihre Kippen in die Feuertonne, der dritte zog rasch die Kapuze über und senkte den Kopf. Nur einer der Jugendlichen blieb gelassen und tat zuerst einmal so, als bemerke er Cora nicht. Knallrot gefärbte Haare, breitschultrig, Bartansatz und eine coole Ausstrahlung – bei dem Jungen handelte es sich zweifellos um den Anführer der Gruppe. Schwerfällig stand er auf, angelte sich eine Flasche aus dem Bierkasten und öffnete sie mit einem Feuerzeug. Nachdem er einen Schluck getrunken hatte, hob er mit gespielter Verwunderung die Augenbrauen und kam Cora in lässigem Gang entgegen. Bei jedem Schritt ließ er die Bierflasche in seiner Hand leicht mitschwingen.

Cora drückte intuitiv die Knie durch. Als sie sich ihrer Körperspannung bewusst wurde, verlagerte sie rasch das Gewicht von einem Bein aufs andere und raunte Waldi ein ermunterndes »Schön brav sein« zu. Der Dackel sah zu ihr auf und schwänzelte, dann konzentrierte er sich wieder auf den herankommenden Jugendlichen.

»Was gibt's?«, fragte der Junge, stellte sich breitbeinig in Position und schürzte die Lippen.

»Hallo«, sagte Cora und lächelte gekünstelt. Sie zögerte, als ihr die Alkoholfahne ihres Gegenübers in die Nase stieg. Unter diesen Umständen würde es schwierig werden, ein vernünftiges Gespräch zu führen. Sie fasste Waldi kürzer und kam dann auf ihr Anliegen zu sprechen. »Ich wollte euch …« Noch ehe sie den Satz beendet hatte, quittierte der Dackel das Signal des Kürzerfassens mit einem tiefen Knurren. Cora wies ihn knapp zurecht und fuhr dann fort, wohlwissend, dass dieser Satz, den sie sich zuvor gedanklich zurechtgelegt hatte, mit einem knurrenden Hund an der Leine absurd klingen musste. »Ich wollte euch gern meinen neuen Hund vorstellen.« Sie lockerte den festen Griff ihrer Finger um die Handschlaufe der Leine und lächelte erneut.

Der Junge warf Waldi einen verächtlichen Blick zu. »Den Kläffer? Den kennen wir doch schon.« Er verdrehte die Augen. »Ist echt krank, wie viel der bellt.« Er nahm einen großen Schluck aus der Bierflasche, neigte den Kopf seitlich und rülpste. Coras Augen wurden schmal. Am liebsten wäre sie nun wieder gegangen. Aber noch klang der Ratschlag des Hundeflüsterers in ihr nach: Immer locker bleiben. Sie holte tief Luft. Also gut …

»Ich hab den Hund erst vor Kurzem aus dem Tierheim geholt.« Sie bückte sich und streichelte dem Dackel über den Kopf. »Leider hat Waldi in seinem Leben viele schlechte Erfahrungen gemacht.« Sie suchte den Blick des Jungen. »Er bellt nur aus Angst.«

»Ist mir egal, warum er bellt«, gab der Junge gleichgültig zurück. »Der Köter hat gefälligst die Schnauze zu halten.« Er zog ein Jo-Jo aus der Hosentasche und ließ es dicht vor Waldis Nase an der Schnur herabsausen. Der Dackel zuckte erschrocken zurück und verfolgte dann verblüfft, wie das Jo-Jo wieder nach oben rollte und in der Hand des Jungen verschwand. »Wenn du das nicht hinkriegst, beschweren wir uns eben so lange beim Leimgruber, bis er dich vom Platz wirft!« In seinen Augen blitzte es herausfordernd auf.

Cora war für einen Moment sprachlos. Bei diesem Typen vereinten sich Respektlosigkeit mit Dummheit und Frechheit. Da war jedes Wort zu viel. Sie musste auf den Punkt kommen und das Gespräch schnellstmöglich beenden.

»Okay, ich werde dafür sorgen, dass mein Hund weniger bellt. Und ihr«, sie deutete mit dem Finger auf seine Brust und ihre Stimme wurde schneidend, »werdet ab sofort nicht mehr meinen Platz betreten. Abkürzen gibt's nicht. Wenn ihr künftig zu den Sanitäranlagen wollt, lauft ihr außen herum.« Sie bedachte den Jungen mit einem letzten strengen Blick, zog Waldi zu sich heran und wandte sich zum Gehen ab.

»Ich sag dir was«, grölte der Junge ihr nach. »Wenn du deinen gestörten Köter nicht im Griff hast, dann ist das allein dein Problem. Wir können hier rumlaufen, wo wir wollen.«

Cora fuhr herum. Na warte, Bürschlein, dachte sie, so nicht! Entschlossen ging sie auf den Jungen zu. Dass der Dackel es in der angespannten Situation nicht wagte, sie zu überholen, nahm sie gar nicht wahr. Sie war viel zu sehr in Rage. Hatte nur den Jungen im Fokus. Als sie bei ihm angelangt war, trat sie ganz dicht an ihn heran. So dicht, dass sie seinen herben Schweiß riechen konnte.

»Und ich sag jetzt dir was«, raunte sie ihm ins Ohr. »Wenn ihr noch ein einziges Mal auch nur in die Nähe meines Platzes kommt, zeige ich euch an. Drogenkonsum und …« Weiter kam sie nicht, denn in diesem Moment schnellte Waldi nach vorn und biss zu.

13. Kapitel

Der Junge brüllte auf. Cora stand regungslos da und starrte bestürzt auf das blutende Bein. Was sollte sie jetzt tun? Es war alles so schnell gegangen. Und sie hatte es nicht kommen sehen. Denn Waldi hatte keinerlei Vorwarnung gegeben. Er hatte nicht einmal geknurrt. Wie eine Viper war er blitzschnell auf den Jungen zugeschossen und hatte ihm die Zähne in die Wade gehauen. In derselben Sekunde hatte er dann auch schon wieder von ihm abgelassen und war zurückgewichen. Nun hockte er da, zusammengekauert, ein irres Glimmen in den Augen, und knurrte drohend.

Der Junge stellte die Bierflasche ab, beugte sich vornüber und betrachtete mit schmerzverzerrtem Gesicht die Bissverletzung. Es sah schlimm aus. Rot, blau, blutig. Die Zähne hatten sich dermaßen tief ins Fleisch gebohrt, dass der komplette Gebissabdruck zurückgeblieben war. Mit besorgtem Blick verfolgte der Junge, wie das Blut aus der Wunde sickerte, die Wade hinabrann und schließlich hellrote Flecken auf seinen Turnschuhen hinterließ.

»Es tut mir leid«, stammelte Cora. »Ich weiß nicht, wie das passieren konnte.« Es tat ihr wirklich leid. Auch wenn der Typ ein Idiot war, das hatte sie nicht gewollt.

Inzwischen kamen die anderen Jugendlichen hinzu und umringten ihren Freund. Sein Schrei hatte sie alarmiert. »He, Mike, was ist los?«, erkundigte sich der Junge, der sich die Kapuze über den Kopf gezogen hatte.

»Der Scheißköter hat mich gebissen!«, jammerte Mike. Nun, da er den ersten Schock überwunden hatte, liefen die Tränen.

Das Mädchen mit dem roten Top fing ebenfalls an zu weinen, als sie das Blut sah. »Ach du Scheiße!«, stammelte sie. »Brauchst du einen Arzt?«

»Ich ruf einen Krankenwagen!«, verkündete das andere Mädchen und holte mit zitternden Händen das Handy hervor.

»Quatsch!«, fuhr Mike sie an. »Lass das! Ich will nicht ins Krankenhaus.«

Endlich hatte sich Cora wieder gefangen. Sie band Waldi am nächstbesten Baum fest, rannte dann zu dem verletzten Jungen zurück und kniete sich vor ihm ins Gras, um die Wunde besser betrachten zu können. »Darf ich mal sehen?«

Mike streckte ihr die Wade entgegen.

»Hm, wir müssen die Wunde auf jeden Fall desinfizieren«, sagte sie. »Habt ihr ein Desinfektionsmittel dabei?«

Die Jugendlichen sahen sich fragend an und schüttelten schließlich die Köpfe.

»Mit Alkohol könnte man auch desinfizieren«, schlug Cora vor. »Habt ihr Schnaps?«

»Ne«, sagte Mike. »Aber Bier.« Bevor Cora etwas einwenden konnte, hatte er bereits das restliche Bier aus der abgestellten Flasche über die offene Wunde gekippt. Er sog die Luft zwischen den Zähnen ein. »Mann, das brennt ja abartig!«

»Du kannst doch da kein Bier draufschütten!«, schimpfte eines der Mädchen und verzog angeekelt das Gesicht.

»Äh, Wasser wäre gut«, mischte sich Cora ein. »Wir sollten die Wunde mit Wasser spülen.«

Der Junge mit der Kapuze rannte zum Zelt, kam kurz darauf mit einer Wasserflasche zurück und reichte sie Cora. Sie spülte mit dem Wasser die Wunde und wies Mike an, die Bissverletzung umgehend ordentlich zu desinfizieren und einen Verband anzulegen. »An der Rezeption gibt es sicher einen Erste-Hilfe-Kasten.« Sie wischte sich die Hände an der Hose ab. »Wer von euch könnte sich darum kümmern?«

»Das übernehm ich«, sagte ein Junge mit Brille, der bislang kein Wort hervorgebracht hatte. Er war sichtlich froh darüber, dass er endlich etwas Sinnvolles tun konnte. »Bin gleich wieder da.«

Cora wandte sich erneut dem Verletzten zu. »Bist du gegen Tetanus geimpft?«

Mike zuckte mit den Schultern. »Keine Ahnung! Ich bin gegen allen möglichen Scheiß geimpft. Wahrscheinlich auch gegen Tetanus.«

»O Gott, hoffentlich kriegst du jetzt keine Tollwut!«, wisperte das Mädchen mit dem weißen Top. Sie machte ein ängstliches Gesicht.

»Blödsinn!«, blaffte Cora sie an. »Waldi ist gegen Tollwut geimpft. Außerdem gibt es in Deutschland gar keine Tollwut mehr.« Sie schüttelte den Kopf. »Nein, Tollwut ist nicht das Problem. Aber es könnte eine Entzündung geben.« Sie schielte zu Waldi hinüber, doch der verharrte still an seinem Platz und verfolgte von dort aus aufmerksam jede einzelne ihrer Bewegungen. Cora konzentrierte sich wieder auf die Bisswunde. »Du musst beobachten, wie es sich entwickelt. Wenn sich die Haut rötet, anschwillt und heiß wird, solltest du sofort zum Arzt gehen. Ich würde aber mal bis morgen abwarten.«

»Und ich würde mir die Adresse von ihr geben lassen, Mike«, sagte der Junge mit der Kapuze. »Du kriegst bestimmt ne Stange Schmerzensgeld für den Scheiß.«

Cora stöhnte innerlich auf, während Mikes blasses Gesicht augenblicklich wieder an Farbe gewann. »Schmerzensgeld?«, vergewisserte er sich. »Echt? Bei nem Hundebiss?«

»Klar«, sagte der Junge, holte sein Handy hervor und tippte darauf herum. Wenige Augenblicke später hatte er die gesuchte Information gefunden. »Wow!«, rief er aus. »Für einen Biss in die Wade gibt's fünfzehnhundert Euro.«

Mike wischte sich mit dem Handrücken die Tränen vom Gesicht, schniefte und nickte nachdenklich. »Okay«, sagte er dann und sah Cora offen an. »Sagen wir tausend Euro. Und dafür bar auf die Kralle.« Er rieb sich den Nacken. »Falls das Geld nicht in einer Stunde da ist, zeig ich dich an.«

14. Kapitel

Cora atmete tief durch. Tausend Euro? Das war Erpressung. Andererseits war die Forderung nach einem Schmerzensgeld nicht von der Hand zu weisen. Mist! Sie hatte weder eine Hundehaftpflicht- noch eine Rechtsschutzversicherung … Verärgert schüttelte sie den Kopf. »Dir ist aber schon klar, dass Erpressung strafbar ist?«

Mike zuckte mit den Schultern. »Nö, das seh ich nicht so. Ich verlang ja nur, was mir zusteht.«

»Nichts steht dir zu!«, entgegnete Cora. Ihre Stimme kippte nach oben. »Du hast meinen Hund absichtlich mit dem Jo-Jo provoziert. Hast ihn so lange herausgefordert, bis er am Ende nach dir geschnappt hat. In so einem Fall bekommt man kein Schmerzensgeld. Da bin ich mir sicher.« In Wahrheit war sie sich dessen keineswegs sicher, aber das durfte sie sich nicht anmerken lassen. Um ihrer Behauptung mehr Nachdruck zu verleihen, straffte sie die Schultern und reckte selbstbewusst das Kinn.

»Gut, das werden wir ja sehen«, sagte Mike lässig und zog sein Handy hervor. »Wenn du nicht zahlen willst, dann zeig ich dich eben an. Was wählt man da noch mal?« Er sah fragend in die Runde. »110? Oder 112?«

»112 ist doch die Feuerwehr«, gab das Mädchen mit dem weißen Top zurück. »Wähl mal lieber 110.«

Coras Herzschlag beschleunigte sich. Mit dieser Reaktion hatte sie nicht gerechnet. Bitte keine Polizei, dachte sie inständig. Sie wollte sich gar nicht ausmalen, was die Ankunft der Polizisten für ein Aufsehen erregen würde. Wenn das der Leimgruber mitbekam, konnte sie noch heute ihre Sachen zusammenpacken und sich einen anderen Campingplatz suchen. Mal ganz davon abgesehen, dass sie in diesem Fall richtig schlechte Karten hatte. Ihr Hund hatte gebissen. Das war eine Tatsache und da gab es nichts zu beschönigen. Der Junge war das Opfer und hatte nun ein verletztes Bein. Selbst wenn sie die Provokation ins Feld führen würde, war sie augenscheinlich schuld an der Misere. Sie trug schließlich die Verantwortung für ihren Hund. Sie hätte ihn kürzer fassen müssen. Sie hätte damit rechnen müssen, dass er in dieser Situation zuschnappen könnte.

»Warte«, zischte der Kapuzenjunge. Er fasste Mike am Ärmel und senkte die Stimme zu einem kaum vernehmbaren Flüstern. »Willst du wirklich, dass die Polizei hier anrückt?« Er wies auf die Zelte. »Wir müssten zuerst einmal die Sachen wegräumen …« Cora atmete erleichtert auf.

Bevor Mike etwas erwidern konnte, klinkte sie sich ein. »Oh ja, na klar«, frotzelte sie. »Schlauer Bursche! Ich würde auch erst mal die Joints und den Alkohol verschwinden lassen, bevor ich die Polizei rufe.« Sie grinste breit. »Am Ende interessieren die sich gar nicht so sehr für den Dackel, sondern viel mehr für den Drogenkonsum von Minderjährigen.«

Mike schluckte trocken. Auf einmal sah er wieder blass aus. Als Cora merkte, dass sie den richtigen Nerv getroffen hatte, wurde sie mutig und legte nach.

»Wisst ihr, ich kenn mich da zufällig aus. Ich arbeite nämlich beim LKA.« Sie zuckte mit den Achseln. »Aber ihr könnt die Kollegen gern rufen. Die werden sich freuen, mich zu sehen.«

Auf den Gesichtern der Jugendlichen machte sich Erstaunen breit. Nervös wechselten sie Blicke, unsicher, was nun zu tun war.

Cora hob triumphierend die Augenbrauen. Ja, da guckt ihr, dachte sie zufrieden. LKA macht immer Eindruck.

Mike fing sich als Erster wieder. »Ich glaub nicht, dass die sich so über dich freuen, wenn sie mein Bein sehen.« Er baute sich vor Cora auf und zog die Nase hoch. »Dann bist du dran. Und dein Dackel gleich mit!«

»Werden bissige Hunde nicht normalerweise eingeschläfert?«, fragte das Mädchen mit dem roten Top spitz. Ein schadenfrohes Lächeln umspielte ihre Lippen.

»Stimmt!«, bestätigte der Kapuzenjunge. Er blickte zu Waldi hinüber. »Der Köter hat sicher schon öfter gebissen. Der war ja nicht ohne Grund im Tierheim. Und wenn ein Hund wiederholt beißt, muss er auf jeden Fall eingeschläfert werden. Das hab ich mal gelesen.«

Cora schnappte nach Luft. Die Schadenfreude, die das Mädchen und der Junge zur Schau trugen, versetzte ihr einen solch tiefen Stich, dass sie ihre Bestürzung kaum mehr verbergen konnte. Das waren doch noch halbe Kinder! Woher kam diese Kälte? War ihnen überhaupt bewusst, wovon sie da sprachen? Bevor sie etwas entgegnen konnte, sprang Mike bereits auf den Zug auf.

»Da würden sich hier bestimmt einige drüber freuen«, sagte er. »Der Leimgruber hat übrigens auch gemeint, dass der Dackel ihm gehörig auf den Sack geht.«

Cora presste die Lippen aufeinander. Das war ein Schlag ins Gesicht, den er ihr ganz bewusst verpasst hatte.

»Ehre genommen!«, warf das Mädchen mit dem roten Top kichernd ein und stupste ihre Freundin mit dem Ellenbogen an.

Auch Mike merkte, dass er nun Oberwasser hatte. »Das Schmerzensgeld krieg ich auf jeden Fall, da kannst du deinen LKA-Arsch drauf verwetten.« Er gab seiner Clique den Wink zum Abmarsch. »Wir machen kurz sauber, und dann ruf ich die Polizei.« Er warf Cora einen verächtlichen Blick zu und ging davon.

Und was jetzt, fragte sich Cora. Während sie nachdachte, schob sie zerstreut die Hand in die Jackentasche, in der das Handy steckte. In dem Moment als ihre Finger über die glatte Oberfläche glitten, hatte sie einen Geistesblitz. »Macht ruhig sauber, wenn ihr Spaß daran habt«, rief sie den Jugendlichen nach. »Aber nötig ist es eigentlich nicht. Ich hab kürzlich eine Videoaufnahme von euch gemacht. An dem Abend, als ihr diese wüste Schlägerei hattet.«

Mike fuhr herum. »Wie?«

Cora lachte gekünstelt. »Ging ja richtig hart zur Sache. Aber wem sag ich das? Hast ja kräftig ausgeteilt.« Sie grinste. »Und auch einiges eingesteckt.«

Die Jugendlichen schauten einen Moment lang konsterniert drein, dann brachen sie in aufgeregtes Getuschel aus. Schließlich kamen sie in einer geschlossenen Reihe auf Cora zu.

Jetzt keine Schwäche zeigen, sagte sie sich und atmete tief durch.

»Man darf Leute nicht ohne deren Einverständnis filmen«, knurrte Mike. »Du löschst das jetzt sofort oder …«

»Du drohst mir?«, fiel ihm Cora ins Wort. Sie schnalzte abfällig mit der Zunge. »Du kannst mir nicht drohen«, sagte sie in einem Tonfall, wie man mit kleinen Kindern spricht. »Diese Videoaufnahme ist rechtens.« Sie zuckte mit den Schultern. »Schließlich habt ihr euch wie die Irren gekloppt. Und wie schnell wird da jemand totgeschlagen?« Sie kräuselte die Lippen.

»Die Polizei ist immer dankbar, wenn Zeugen ihnen Videos zur Verfügung stellen. Die können vor Gericht sogar als Beweis verwendet werden.«

»Ich glaub nicht, dass das legal ist«, beharrte Mike trotzig.

»Das kannst du glauben oder nicht. Auf jeden Fall ist auf dem Video alles zu sehen – wie ihr kifft, wie ihr sauft, wie du dich prügelst. In guter Qualität.« Sie verschränkte die Arme vor der Brust. »Nun stellt sich die Frage, wer am Ende mehr Probleme bekommt. Du oder der Dackel.«

»Den Hund kannst du dir jedenfalls abschminken«, sagte der Kapuzenjunge. »Den schläfern sie ein! Hundertpro!«

Cora ließ das Geschwätz des Jungen nicht mehr an sich heran. Sie wusste, dass dies momentan lediglich Ausdruck seiner Hilflosigkeit war.

»Ich versteh nicht, weshalb ihr euch so für den Hund interessiert«, sagte sie mit einem herablassenden Grinsen. »Viel interessanter ist doch, was eure Eltern zu dem Video sagen werden. Und welches Strafmaß ihr für euren unerlaubten Drogenkonsum bekommt. Ihr seid ja noch minderjährig.« Sie nickte bedächtig. »Da werden schon einige Sozialstunden auf euch zukommen. Vielleicht dürft ihr dann ja in eurer Schule die Toiletten putzen. Oder, wenn euch das lieber ist, die Käfige im Tierheim. Da kann man übrigens auch mit Hunden Gassi gehen. Wobei, das würde ich an eurer Stelle lieber bleiben lassen. Die Hunde merken es, wenn man keinen guten Charakter hat.«

Die Jugendlichen waren fürs Erste bedient. In ihren Gesichtern machte sich ungläubiges Erstaunen breit, verbunden mit einer diffusen Angst. In diesem Moment kam der Junge mit der Brille zurück, einen orangefarbenen Verbandskasten unter den Arm geklemmt. »Hier bin ich wieder!«, rief er keuchend aus. Stolz strahlte er in die Runde. »Ist alles drin. Desinfektionsmittel, Pflaster, Verbandszeug …« Als er die betroffenen Gesichter seiner Freunde bemerkte, stutzte er. »Ist was?«

Der Kapuzenjunge legte den Arm um die Schulter seines Kumpels und zog ihn mit sich. »Komm, wir gehen.« Auch die anderen Jugendlichen verzogen sich, nur Mike blieb zurück. Es brodelte in ihm, das sah man deutlich. Er warf Cora einen feindseligen Blick zu und zischte: »Dir zeig ich's noch!«

Cora hatte ihn gut verstanden, dennoch legte sie den Kopf schief und fragte: »Wie bitte?«

Mike streckte ihr zur Antwort den Mittelfinger entgegen, spuckte ihr dann vor die Füße und ging schließlich humpelnd davon.

15. Kapitel

»Isst du das nicht mehr?«, fragte Till und deutete auf den Rest, den Cora von ihrer Pizza übrig gelassen hatte. Die hausgemachten Tortelloni hatten ihm hervorragend geschmeckt, von der Portionsgröße her aber eher einer Vorspeise entsprochen und ihn daher nicht satt gemacht.

Cora schüttelte still den Kopf und lud ihn mit einer fahrigen Geste ein, sich zu bedienen.

Till angelte sich das Pizzastück vom Teller, riss es mit den Händen auseinander. In Coras Leben schien es gerade nicht besonders rund zu laufen. Sie machte auf ihn einen ziemlich dünnhäutigen Eindruck.

»Ich würd mir da gar nicht so viele Gedanken machen«, versuchte er, sie zu beruhigen. »Der hat viel zu viel Schiss, dass du ihn anzeigen könntest. Oder dass seine Alten das Video zu Gesicht bekommen.«

»Ja, nur leider gibt es dieses Video ja gar nicht«, gestand Cora zerknirscht. »Das hab ich mir in der Not nur ausgedacht.«

Till hörte für einen Moment zu kauen auf und sah sie erstaunt an. »Nicht?« Er kaute weiter. »Okay, aber dieser Mike geht davon aus, dass es das Video gibt.«

»Schon. Dann stellt sich nur die Frage, was bei ihm überwiegt. Die Angst oder die Gier. Tausend Euro sind für einen Kerl in diesem Alter ne Menge Kohle. Dafür geht er das Risiko einer Anzeige vielleicht ein.«

»Ja, möglich. Wenn du sagst, dass er deinen Hund provoziert hat, steht Aussage gegen Aussage. Allzu viel Schmerzensgeld wird er da nicht verlangen können.«

»Inzwischen geht es mir gar nicht mehr so sehr ums Geld«, erklärte Cora, während sie den Wein in ihrem Glas kreisen ließ. Sie suchte Tills Blick. »Ich hab Angst, dass man mir Waldi nach diesem Vorfall wegnehmen könnte.« Sie seufzte. »Oder dass er tatsächlich eingeschläfert werden muss.«

Till zog das letzte Teigstück durch den Soßenrest auf seinem Teller und sah nachdenklich drein. Von der selbstbewussten und rebellischen Cora, wie er sie von früher kannte, war im Moment nicht viel zu spüren. Jetzt hatte er eher das Gefühl, sie aufheitern und beschützen zu müssen. Wenn sie mit diesem besorgten Gesichtsausdruck über ihre Probleme sprach, überkam ihn unwillkürlich das Verlangen, sie tröstend in die Arme zu schließen. Und was diesen Hund anbelangte ... Sicher hatte sie das Tier mit den besten Absichten zu sich geholt. Es tat ihm leid, dass sie nun so einen Ärger am Hals hatte.

Nachdem er das Essen beendet hatte, wischte er sich sorgfältig die fettigen Finger an der Papierserviette ab, dann knüpfte er wieder an ihr Gespräch an. »Hat Waldi denn schon öfter Leute gebissen?« Er zerknüllte die Serviette und warf sie auf den Teller.

»Ich glaub nicht. Zumindest haben sie mir im Tierheim nichts davon erzählt.« Sie fasste sich mit der Hand in den Nacken und fing an, sich zu massieren.

»Dann wird nicht viel passieren. So schnell wird ein Hund nicht eingeschläfert. Da muss schon schwere Körperverletzung vorliegen. Und das Bein ist ja noch dran, oder?« Er grinste und trank sein Bier aus. Aus dem Augenwinkel heraus sah er, wie sie ihre Hand vom Nacken löste und ebenfalls lächelte.

»Ich geh kurz raus, okay?« Er griff nach seinen Zigaretten, zwinkerte ihr zu und verließ das Lokal.

Draußen regnete es leicht. Er stellte sich seitlich unter das Vordach, steckte sich eine Zigarette an und nahm einen tiefen Zug. Es war schön, mit Cora zusammen zu sein. Eigentlich hatte er nicht damit gerechnet, dass sie sich nach ihrer zufälligen Begegnung auf der Waldlichtung tatsächlich so schnell melden würde. Ihr Anruf heute Nachmittag war für ihn vielmehr völlig überraschend gekommen. Er hatte versucht, es sich nicht anmerken zu lassen, aber ihre Stimme hatte bei ihm einen regelrechten Endorphinschub ausgelöst. Er staunte selbst darüber, wie stark er immer noch auf sie reagierte. Er drückte die Kippe im Standaschenbecher neben dem Eingang aus und ging wieder hinein. Im Vorbeilaufen orderte er an der Theke noch ein weiteres Bier, dann setzte er sich wieder zu Cora an den Tisch.

»Du bist ja ganz nass«, stellte sie fest. »Regnet es?«

Er fuhr sich mit den Fingern flüchtig durch die feuchten Haare und nickte. »Ich würde dem Hund einen Maulkorb verpassen«, nahm er den Faden wieder auf. »Damit bist du auf der sicheren Seite. Bis die Methoden deines Hundeflüsterers greifen, wird es sicher noch eine Weile dauern.« Die Bedienung stellte das bestellte Bier vor ihm ab und versah seinen Bierdeckel mit einem zweiten Strich.

»Hm, ein Maulkorb«, überlegte Cora. »Toll ist das ja nicht, aber im Moment wohl die sinnvollste Lösung. Zumindest, wenn wir in der Öffentlichkeit unterwegs sind.« Sie rollte mit den Augen. »Waldi wird sicher nicht begeistert sein, wenn ich ihm so ein Ding über die Nase schnalle. Hoffentlich finde ich überhaupt einen Korb, in den seine lange Schnauze reinpasst.« Sie lachte auf.

Till hielt inne und sah sie versonnen an. Wenn sie lachte, stieg das Bild der jungen Cora in ihm auf. Wie sehr hatte er früher dieses Lachen an ihr geliebt! Der helle Klang ihrer Stimme und das Strahlen in ihren Augen hatten etwas Bezauberndes. Damals wie heute … »Du hast immer noch so ein schönes Lachen«, sagte er leise. Cora strich sich verlegen über ihren Zopf und lächelte. Für einige Sekunden blieb das Kompliment im Raum stehen, während sie still an ihren Getränken nippten.

»Was ist eigentlich aus Anne geworden?«, fragte Cora unvermittelt und wandte sich im selben Atemzug nach der Bedienung um. »Ich hätte gern noch ein Glas Mineralwasser!«

Till unterdrückte ein Schmunzeln. Die Frage kam für ihn nicht überraschend. Er hatte Anne kurz nach der Trennung von Cora kennengelernt.

»Wir haben nach vier Jahren geheiratet«, antwortete er ruhig.

Coras Augen weiteten sich. Damit hatte sie offenbar nicht gerechnet. Auch diese Reaktion konnte Till nachvollziehen. Er war früher ein ziemlicher Draufgänger gewesen. Freiheitsliebend. Wild. Dass so ein Typ aus freien Stücken plötzlich heiratete, passte nicht ins Bild. Er sah sich allerdings nicht in der Pflicht, sich Cora gegenüber zu erklären. Nun ja, da gab es auch nicht viel zu erklären. Mit Anne hatte es einfach gepasst. Sie hatten lange Zeit eine harmonische Beziehung geführt – bis zu dem Zeitpunkt, als Anne ein Kind hatte haben wollen.

»Aha«, sagte Cora. Sie verschränkte die Arme vor der Brust. »Und? Habt ihr Kinder?«

Tills Blick richtete sich auf Coras verschränkte Arme. Der beiläufige Ton ihrer Frage passte nicht zur Körpersprache. »Nein, hat nicht geklappt. Acht Jahre lang haben wir es probiert.« Er zuckte mit den Schultern und nahm einen großen Schluck Bier. »Vermutlich hat sie sich auch deshalb von mir getrennt. Nach unserer Scheidung war sie eine Weile solo, dann hat sie wieder geheiratet. Aber mit dem neuen Mann hat es auch nicht geklappt. Das Problem liegt vermutlich eben doch bei ihr.«

Cora zwirbelte die Haarspitzen ihres Zopfs zwischen den Fingern. »Ich bin auch geschieden«, sagte sie leise. »Und ich habe einen Sohn.«

Till horchte erstaunt auf.

»Adam ist schon sechzehn und lebt bei seinem Vater.« Sie lächelte verlegen. Till spürte, dass ihr das Thema unangenehm war. Deshalb nickte er nur und erwiderte ihr Lächeln.

»Ich hab eine schwierige Zeit hinter mir«, sagte Cora in die entstandene Pause hinein, »aber jetzt bin ich froh, wieder frei zu sein.«

Till lehnte sich zurück und betrachtete sie forschend. Dass sie eine schwierige Zeit hinter sich hatte, glaubte er ihr. Der Kummer spiegelte sich in ihren Augen. Aber dass sie wirklich glücklich war, frei und unabhängig zu sein, das nahm er ihr nicht so recht ab.

* * *

Nachdem sie ausgetrunken und die Rechnung beglichen hatten, verließen sie gemeinsam das Lokal. Der Regen hatte nachgelassen und war in einen feinen Nieselregen übergegangen. Coras Schirm war gerade groß genug, dass sie dicht nebeneinander darunter Platz fanden. Normalerweise ging Till bei Regen nie unter einem Schirm. Es sei denn, es goss aus Kübeln. Aber in diesem Fall machte er gern eine Ausnahme.

»Und jetzt war dein Waldi also die ganze Zeit allein im Wohnwagen?«, fragte er, während sie zum Parkplatz hinüberliefen. »Hast du keine Angst, dass er dir in der Zwischenzeit die Bude auf den Kopf gestellt haben könnte?«

Cora zuckte mit den Schultern. »Ich hoffe mal, dass er mittlerweile schläft. Aber als ich gegangen bin, hat er mir wie verrückt hinterhergebellt.« Sie knöpfte den oberen Knopf ihres Mantels zu.

»Dann hättest du ihn doch lieber mitgenommen …«

»Ehrlich gesagt hatte ich Angst, dass er im Lokal wieder jemanden beißen könnte.« Sie seufzte auf. »Ich fürchte, da liegt noch ein weiter Weg vor uns.«

»Mal eine ganz blöde Frage – gibt es bei solchen Tierheimhunden eigentlich ein Rückgaberecht?« So eine Frage stellte man eigentlich nicht. Das war ihm klar. Ein Hund war keine Ware, die man bei Missfallen umtauschen konnte. Dennoch war es ja wichtig zu wissen, ob eine Rückgabe grundsätzlich möglich war, wenn es trotz aller Bemühungen nicht passte. »Ich meine, möglicherweise bräuchte dein Waldi ja eine härtere Hand und würde bei einem Mann besser spuren.«

Cora schnappte empört nach Luft. »Entschuldige, aber das ist wirklich eine blöde Aussage! Waldi hat ja nicht ohne Grund diese Angststörung. Man hat ihn zuvor wüst misshandelt. Der Vorbesitzer hat Kippen auf ihm ausgedrückt! Die Hand war viel zu hart. Das hat ihn schier umgebracht!«

Till fasste Cora sanft am Arm und unterbrach ihren Redeschwall: »Ist gut. Beruhig dich wieder. Das wusste ich ja nicht. Außerdem hast du sicher vollkommen recht. Mit so einem Tierheimhund muss man Geduld haben.« Er lächelte versöhnlich. »Hast dich nicht verändert. Bist auch früher nie den einfachen Weg gegangen.« Seine Mundwinkel zuckten. »Ich glaube, du brauchst diese Herausforderungen.«

»Mag sein«, gab Cora zu. »Vermutlich hab ich mir unbewusst den kompliziertesten Hund ausgesucht. Trotzdem ist mir der kleine Dickkopf inzwischen schon richtig ans Herz gewachsen. Waldi ist so verschmust und anhänglich. Freiwillig weicht er mir nicht mehr von der Seite. Und er verteidigt mich, wenn's drauf ankommt.« Sie sah Till ernst an. »Wenn ich ihn jetzt ins Tierheim zurückbringen würde, könnte ich nicht mehr in den Spiegel schauen. Nein, dieser Hund vertraut mir voll und ganz und deshalb werde ich mich auch um ihn kümmern. Das bin ich ihm schuldig.«

Till blieb stehen und suchte ihren Blick. »Cora, der Hund ist bei dir sicher bestens aufgehoben, da hab ich gar keine Zweifel.« Sie standen sich nun so nah gegenüber, dass er ihr Parfüm riechen konnte. Dennoch wich Cora nicht zurück. Ohne den Augenkontakt zu unterbrechen, fasste er nach ihrer freien Hand und drückte sie sanft. Für einen kurzen Moment schien die Zeit stillzustehen. Die leichte Berührung wirkte auf sie beide geradezu elektrisierend. Voller Spannung wartete Till auf ihre Reaktion. Würde sie den Druck seiner Hand erwidern? Oder würde sie ihre Hand zurückziehen? Es verging eine Sekunde, zwei, drei. Dann spürte er endlich, wie ihr Daumen zärtlich über seinen Handrücken strich. Er beugte sich nach vorn und wollte sie gerade schon küssen, als sie seine Hand auf einmal wieder losließ und einen Schritt zurücktrat. Fragend sah sie ihn an. Till wusste sofort, welche Frage sie umtrieb. Sie wollte wissen, ob er sich erneut auf sie einlassen würde. Ob er sich vorstellen konnte, an ihre frühere Liebe anzuknüpfen. Sein Herz sagte Ja. Es schlug vor Freude wie verrückt. Aber sein Verstand hielt ihn davon ab, zu schnell eine verbindliche Antwort zu geben. Er wollte Cora nicht verletzen oder enttäuschen. Leider kam Cora zu einem ungünstigen Zeitpunkt in sein Leben gerauscht. Seine private Situation war kompliziert. Vieles war gerade im Umbruch. Gewiss würde sich in den nächsten Monaten einiges ändern, aber das brauchte einfach seine Zeit, und er konnte es nicht beschleunigen. Außerdem war es immer besser, erst dann eine neue Sache zu beginnen, wenn man sich in ruhigem Fahrwasser befand. Er tat so, als hätte er ihren Blick nicht bemerkt und lächelte. »Es war ein schöner Abend, nicht?«

»Ja«, bestätigte Cora, »ein sehr schöner Abend.« Sie hakte sich bei ihm unter und gab damit das Signal, weiterzugehen.

»Sollen wir das am kommenden Samstag wiederholen? Ich würd mich freuen …«

Über Coras Gesicht huschte ein Lächeln. »Gern.«

Auf den letzten Metern bis zum Auto hielt nun Till den Schirm. Vergnügt stellte er fest, dass sie im Gleichschritt gingen. So wie früher.

16. Kapitel

Cora stellte den Scheibenwischer auf eine höhere Stufe und beugte sich übers Lenkrad. Schlechte Sicht. Zum Nieselregen kam nun auch noch Nebel hinzu. Glücklicherweise war sie mit der Strecke vertraut genug, um nicht auf Schilder achten zu müssen. »Senza una donna …«, tönte es aus dem Radio. Auf ihr Gesicht stahl sich ein Lächeln. Zucchero. Das Lied war damals oft im Radio gelaufen. Damals, als sie noch ein Paar gewesen waren. Für einen Moment saß sie wieder neben Till auf der Bank des kleinen Balkons ihrer WG-Wohnung. Sie spürte seinen Arm um ihre Taille und seinen rauchigen Kuss auf den Lippen. Das grelle Licht eines entgegenkommenden Fahrzeugs holte sie in die Gegenwart zurück. Rasch blinzelte sie die Erinnerung fort und konzentrierte sich wieder auf den Verkehr. Sie bog von der Landstraße ab und holperte dann den geschotterten Zufahrtsweg zum Campingplatz entlang. Dort angekommen, stellte sie den Wagen wie vorgeschrieben in der Ankunftszone ab. Um diese Zeit war die Schranke geschlossen und das Befahren der Wege verboten. Sie holte ihren Schirm hervor und ließ ihn im selben Moment aufschnappen, als sie die Tür öffnete. Während sie um die Schranke herumging, summte sie leise die Melodie von Zuccheros »Senza una donna« vor sich hin.

Es war ein schöner Abend gewesen. Till. Sie sah seine blauen Augen vor sich. Wie er sie angestrahlt hatte! Und dann dieses jungenhafte Lächeln … Ruckzuck hatte er sie damit wieder um den Finger gewickelt. Sie blieb stehen, legte den Schirm über die Schulter und ließ ihn im Kreis herumwirbeln. Sie war froh, dass der Zufall sie wieder zu Till geführt hatte. Es fühlte sich wunderbar an, ja. Nach langer Zeit hatte sie endlich mal wieder dieses Kribbeln gespürt. Glückskribbeln. Andererseits – sie stoppte den Schirm abrupt in der Drehbewegung – waren Till und sie damals ja nicht ohne Grund auseinandergegangen. Hatte es überhaupt Sinn, die alte Liebe wieder aufleben zu lassen?

Gedankenverloren setzte sie ihren Weg fort. Eine tiefe Ruhe lag über dem Campingplatz. Der Kies knirschte unter ihren Schuhen. Aus einem Zelt drang das Schnarchen eines Mannes. Sonst war nichts zu hören. Alles schlief.

Die Nächste links, an der hohen Hecke entlang und dann noch mal links. Je näher sie ihrer Parzelle kam, desto mehr spitzte sie die Ohren. Gott sei Dank war auch hier nichts zu hören. Sie hatte schon befürchtet, mit Hundegebell empfangen zu werden. Aber nein, Waldi hatte sich offenbar irgendwann in sein Schicksal gefügt und das Bellen eingestellt. Die Frage war, wie lange er ihr noch hinterhergebellt hatte. Diesbezüglich konnte er ja sehr ausdauernd sein. Hoffentlich musste sie sich morgen früh keine Beschwerden anhören. Aber was hieß morgen früh? Es war ja schon fast Morgen. Drei, vier Stunden noch, dann würde es dämmern. Da es in der unmittelbaren Nähe ihrer Parzelle keine Laterne gab, war der Wohnwagen zwischen den schwarzen Büschen nur schemenhaft zu erkennen. Sollte sie die Handylampe anmachen? Ach, sie würde den Weg auch so finden. Den Schirm über die Schulter gelegt, tastete sie sich mit ausgestreckten Armen an Tisch und Campingstühlen vorbei. Sie war schon fast an der Tür angelangt, als sie plötzlich über etwas stolperte. Das Klirren von Glasflaschen durchbrach die Stille. »Ah, verdammt!«, entfuhr es ihr. Der Getränkekasten! Warum stand das verfluchte Ding denn mitten im Weg herum? Erbost schob sie den Kasten beiseite und rieb sich dann stöhnend das schmerzende Schienbein. Das würde mit Sicherheit einen blauen Fleck geben! Im benachbarten Wohnwagen ging das Licht an. Cora gab ein entnervtes Stöhnen von sich. Jetzt hatte sie auch noch die Badener geweckt! Starr stand sie da und beobachtete, wie sich die Jalousie am Fenster hob und kurz darauf wieder senkte. Nachdem es im badischen Wohnwagen wieder dunkel geworden war, kramte sie den Schlüssel aus ihrer Handtasche und stieg dann auf den Tritthocker, der vor dem Eingang stand. Seltsam. Immer noch nichts. Kein Bellen. Kein Knurren. Nicht einmal ein Winseln. Sie steckte den Schlüssel ins Schloss und drehte am Griff. Wie? Die Tür war ja gar nicht abgeschlossen gewesen! Aber wie konnte das sein? Bevor sie gegangen war, hatte sie zur Kontrolle nochmals am Türgriff gerüttelt. Daran erinnerte sie sich genau. Beunruhigt klappte sie den Schirm zusammen und legte ihn neben dem Tritthocker ab. Und wo blieb der Dackel? Spätestens jetzt hätte er ihr doch entgegenstürmen müssen! Sie drückte die Tür auf.

»Waldi?« Sie machte das Licht an und sah sich um. Das Körbchen war leer. Sie bückte sich und sah unter der Bank nach. »Waldi?« Nein, hier war er auch nicht. Hatte er sich womöglich in ihr Bett verkrochen? Hastig schleuderte sie die Bettdecke hoch. Nichts.

Mit einem Mal durchlief es sie eiskalt. Waldi war weg!

17. Kapitel

Coras Gedanken überschlugen sich. Wo um alles in der Welt steckte der Dackel? Und wie hatte er die Tür aufgekriegt? Sie betrachtete den Griff. Grundsätzlich ließ sich die Tür auch von innen öffnen, wenn sie abgeschlossen war. Für so einen kleinen Dackel war der Griff allerdings unerreichbar. Es sei denn, er hatte sich auf die Hinterbeine gestellt. Aber weshalb war die Tür dann bei ihrer Ankunft geschlossen gewesen? Hatte der Wind sie hinter ihm zugeschlagen? Fluchend wechselte sie die Schuhe und zog eine Regenjacke über. Dann steckte sie das Smartphone ein und rannte nach draußen. Es nieselte immer noch.

»Waldi!«, rief sie mit gedämpfter Stimme. »Waldi!« Ratlos blickte sie um sich. Es war ein Fehler gewesen, den Hund nicht mitzunehmen. Schließlich hätte sie ihn ja während des Essens im Auto lassen können. Seufzend zog sie sich die Kapuze über den Kopf. Eigentlich konnte sie sich nicht vorstellen, dass sich der Dackel bei diesem Mistwetter weit entfernt hatte. Vielleicht lag er ja unter dem Wohnwagen? Da war es halbwegs trocken. Sie ging in die Hocke und leuchtete mit dem Smartphone unter das Fahrzeug. »Waldi?« Sie leuchtete nach links, nach rechts. Nein, nichts. Enttäuscht richtete sie sich auf und rief erneut nach dem Dackel, dieses Mal lauter. Doch Waldi schien außer Hörweite zu sein. Womöglich hatte er auf der Suche nach ihr den Campingplatz verlassen und irrte derweil im angrenzenden Wald umher. Cora biss sich auf die Unterlippe. Denk nach, sagte sie sich. Es bringt nichts, wie ein verrücktes Huhn kreuz und quer durch die Gegend zu rennen. Du musst systematisch vorgehen … Sie lief zuerst die Wege auf dem Campingplatz ab, danach stieg sie ins Auto und kontrollierte die nähere Umgebung.

Eine Stunde später war Cora wieder am Wohnwagen angelangt. Durchnässt, müde, frustriert. Überall auf dem Platz hatte sie nach Waldi gesucht – aber der Dackel war wie vom Erdboden verschluckt! Die klammen Finger in den Jackentaschen vergraben, stand sie da und blickte über den Maschendrahtzaun hinweg zum Wald hinüber. Hatte es Sinn, dort bei Nacht zu suchen? Selbst auf dem beleuchteten Campingplatz, ja selbst im Scheinwerferlicht des Autos hatte sie keine zehn Meter weit gesehen. Der dichte Nebel absorbierte das Licht. Sie machte die Lampe ihres Smartphones an und sogleich wieder aus. Mit der Funzel würde sie im Wald nur bis zum nächsten Baum etwas erkennen können. Sicher war es sinnvoller, die Suche am Morgen fortzusetzen. Sie wischte sich eine nasse Haarsträhne aus der Stirn. Womöglich war Waldi von irgendwelchen Passanten gefunden worden und befand sich längst in Sicherheit. Oder man hatte ihn im Tierheim abgegeben. Cora zog ein Papiertaschentuch hervor und schnäuzte sich. Wenn Waldi nicht wieder auftauchte, kam sie um einen Anruf bei Uwe nicht herum. Peinlich …

Sie stand schon auf dem Tritthocker, als ihr plötzlich etwas einfiel. In den letzten Tagen war sie mit Waldi mehrfach im angrenzenden Waldstück spazieren gegangen, stets dieselbe Runde. Es konnte deshalb durchaus sein, dass er in den Wald gerannt war und sie genau dort suchte. Cora machte auf dem Absatz kehrt. Bevor sie diese Möglichkeit überprüft hatte, konnte sie auf keinen Fall schlafen gehen. Vermutlich würde sie sich im Bett eh nur umherwälzen und kein Auge zutun.

18. Kapitel

Cora hetzte den Waldweg entlang. »Waldi?« Etwas raschelte im Unterholz. Sie blieb stehen und leuchtete in die Richtung, aus der das Geräusch gekommen war. Das Licht ihrer Handylampe war viel zu schwach, um im dichten Gestrüpp etwas erkennen zu können.

Die Runde zog sich über zwei Kilometer hin. Er konnte überall sein. Es sei denn, er hörte sie. Hunde hatten ja ein viel besseres Gehör als Menschen. Sie formte die Hände vor dem Mund zum Trichter. »Waldiii!« Der Klang ihrer Stimme verlor sich zwischen Tannen und Fichten, denn der Nebel, der zwischen den Bäumen hing, schluckte jeden Laut.

Ein leises ultrahohes Pfeifen, das plötzlich durch ihren Kopf drang, zwang Cora zum Innehalten. Das hat mir gerade noch gefehlt, dachte sie genervt. Tinnitus! Zumindest kannte sie eine Taktik, wie sie das Pfeifen wieder abstellen konnte … Seufzend schloss sie die Augen und konzentrierte sich dann so lange auf ihren Atem, bis das Phantomgeräusch verschwunden war.

Sie ging weiter, langsamer, denn nun kam ein Abschnitt, der selbst in niederschlagsarmen Zeiten morastig war. Normalerweise fand man immer ein paar trockene Stellen, auf die man treten konnte. Heute dagegen hatte der Regen den

Waldboden so stark durchweicht, dass man dem Matsch nicht ausweichen konnte.

Das wiederum hatte zur Folge, dass es auf diesem Wegabschnitt jede Menge Fußspuren gab. Vielleicht gab es ja auch Abdrücke von Waldi im Schlamm. Aufgeregt leuchtete sie den Boden ab. Tatsächlich! Der Regen hatte die Spuren zwar bereits verwischt, aber hier – das war eindeutig ein Pfotenabdruck. Sie ging in die Hocke. Hm, den Umrissen nach stammte die Pfote von einem kleineren Tier. Konnte jedoch auch ein junger Fuchs gewesen sein. Gab es noch mehr Abdrücke? Den Blick konzentriert auf den Boden gerichtet, verfolgte sie die Fährte. Hier noch ein Abdruck, dort einer, dann verlor sich die Spur.

Das Ende des schlammigen Abschnitts war erreicht. Zumindest ging es danach zügiger voran. Auch erschien ihr der Nebel etwas lichter, was wohl mit dem zunehmenden Wind zusammenhing. Sie war keine hundert Meter gelaufen, da gab ihr Smartphone einen warnenden Ton von sich. Cora stöhnte auf. Unschlüssig betrachtete sie die Meldung auf dem Display: »Akku fast leer. 10 % Batterieladezustand.« Ihrer Taschenlampe würde demnächst der Saft ausgehen und es lagen noch zwei Drittel des Weges vor ihr. Sollte sie umkehren? Sie machte das Licht probeweise aus und schaute ins Dunkel. Im ersten Moment sah sie nur Schwarz. Dann, nach ein paar Sekunden, gewöhnten sich ihre Augen an die Dunkelheit. Die Silhouetten eines Buschs zur Linken und einiger nahestehender Fichten zur Rechten schälten sich aus der Finsternis. »Waldi!« Sie rief leiser als zuvor. Im Dunkeln fehlte ihr der Mut für laute Töne. »Waldi!« Noch etwas leiser.

Zögernd ging sie weiter, nur ein paar Schritte, dann blieb sie wieder stehen, blickte um sich und lauschte. Blätterrascheln. Ein deutlich vernehmbares Knacken im Unterholz. Da war aber noch ein anderes Geräusch. Ein gleichmäßiges, schabendes Geräusch. Eines, das sie nicht einordnen konnte.

»Waldi?« Sie versuchte, das Geräusch zu orten. Wo kam es her? Linker Hand ging ein Pfad ab, der ihr bislang bei ihren Spaziergängen nie aufgefallen war. Sie hielt für eine Sekunde die Luft an und konzentrierte sich. Das Geräusch kam von dort hinten. Sie machte die Lampe wieder an. Es handelte sich um einen ausgetretenen schmalen Weg, der durch eine Ansammlung von Heidelbeersträuchern hindurchführte. Am Stamm einer Buche befand sich ein Wegzeichen. Drei Heidelbeeren und eine Raute. Handelte es sich womöglich um eine Abkürzung? Die Richtung stimmte zumindest. Vermutlich würde der Pfad wieder auf den Hauptweg münden. Einen Versuch war es wert.

»6 %« warnte ihr Smartphone. Rasch schaltete sie das Licht aus und folgte dem Pfad. »Waldi!«, versuchte sie es abermals. Sie hielt inne. Nichts, kein Jaulen. Kein Bellen. Aber immer noch dieses eigenartige Schaben. Inzwischen deutlich hörbar. Nervös kaute sie auf ihrer Unterlippe herum. Nein, es war kein Schaben, was sie da hörte. Es war mehr ein Reiben. Es erinnerte sie … an ihre alte Schaukel aus Kindheitstagen. Ihr Vater hatte sie am Ast eines Baumes aufgehängt. Wenn die Seile am Holz scheuerten, hatte es ähnlich geklungen.

Mit einem Mal hatte sie ein flaues Gefühl im Magen. Sie wollte raus aus dem Wald. Und zwar schnell.

19. Kapitel

Cora atmete tief durch und rieb sich die pochenden Schläfen. Es kann nicht mehr weit sein, sagte sie sich. Ein kleines Stück noch, dann bin ich wieder auf dem Hauptweg. Und von dort sind es noch zehn Minuten bis zum Campingplatz. Höchstens. Während sie ihren Weg fortsetzte, redete sie sich selbst gut zu. Du bist der einzige Mensch weit und breit. Du musst dich nicht fürchten. Niemand will dir was Böses. Für das schabende Geräusch gibt es sicher eine logische Erklärung.

Es half nichts. Im gleichen Maße, wie sich ihr Puls beschleunigte, steigerte sich auch ihr Schritttempo. Es war eine diffuse Angst, die sie antrieb. Auf einmal hatte nicht mehr ihr Verstand die Oberhand, sondern ihr Bauchgefühl. Lauf weg, rief es in ihr. Lauf! Lauf! Cora fing an zu rennen. Doch mit jedem Schritt, den sie machte, kam sie auch diesem schabenden Geräusch näher. Es wurde mit jedem zurückgelegten Meter lauter. Was, zum Teufel, ist das, fragte sie sich erneut.

In diesem Moment prallte sie mit dem Kopf gegen einen Körper, der wie aus dem Nichts vor ihr aufgetaucht war. Obwohl der Leib zurückschwang, kam sie vom Weg ab und stolperte. Mit einem spitzen Aufschrei stürzte sie vornüber in die hier wachsenden Heidelbeersträucher. Eine Schrecksekunde lang blieb sie liegen und rang nach Luft. O Gott! Was war das? Was war das?

Stöhnend rappelte sie sich auf und kroch auf allen vieren durch die Sträucher hindurch zum Weg zurück. Dort setzte sie sich hin und ließ ihre schmerzenden Handgelenke kreisen. Tränen stiegen ihr in die Augen. Verflucht tat das weh! Sie hob den Kopf.

Irgendetwas bewegte sich dort oben. Obwohl sie den Umriss erkannte, die rotierende Bewegung erahnte, wollte sie das Bild, das vor ihrem inneren Auge entstand, nicht wahrhaben. Nein, das konnte nicht sein. Durfte nicht sein. Das sah in der Dunkelheit nur so aus. Licht, sie brauchte Licht. Wo, wo war ihr Handy? Sie hatte es vor dem Sturz noch in der Hand gehalten. Hektisch bog sie die Zweige zahlloser Heidelbeersträucher auseinander, tastete den Boden ab, wühlte im Dreck. Gott sei Dank, da war es ja! Sie richtete sich auf und tippte eilig auf das Taschenlampensymbol.

Himmel! Cora sog vor Schreck die Luft ein. Fassungslos starrte sie auf den reglosen Körper, der dort über ihr baumelte. Hin und her, hin und her, begleitet von dem schabenden Geräusch des Stricks, der hoch oben an einen Ast geknotet war. Sie öffnete den Mund zum Schrei, doch heraus kam nur ein heiseres Gurgeln. Wer hatte …? Wie …? O Gott, was sollte sie nur tun? Sie war so geschockt, dass sie keinen klaren Gedanken fassen konnte.

Wie in Trance ließ sie das Handy in ihre Jackentasche gleiten, holte tief Luft und trat an den Körper heran. Ihr Gesicht versteinerte, während sie mit zitternden Fingerspitzen an der Innenseite der Beine entlangfuhr, hoch bis zum Bauch. Für einen kurzen Moment drückte sie die Hand gegen den Unterleib und spürte mit angehaltenem Atem nach. Nein, da war kein Leben mehr. Noch nicht starr, aber kalt. Viel zu kalt.

Ihr Blick wanderte nach oben. Ob das Seil auf Zug nachgab? Sie umfasste den Leib mit beiden Händen und zog behutsam daran. Nein, keinen Millimeter gab es nach.

In diesem Moment krampfte sich ihr Magen schmerzhaft zusammen und eine Welle der Übelkeit überrollte sie. Mit einem resignierten Stöhnen wandte sie sich ab, ging in die Knie und würgte. Magensäure brannte in ihrer Kehle und trieb ihr die Tränen in die Augen. Wieder und wieder zog sich ihr Magen zusammen, so lange, bis sie auch das letzte bisschen Nahrung herausgewürgt hatte. Schwankend richtete sie sich schließlich wieder auf und wischte sich mit dem Handrücken über den Mund.

Was für eine Scheiße! Sie musste hochklettern, um den Strick zu lösen. Eine andere Möglichkeit gab es nicht. Im Schein der Handylampe betrachtete sie die Buche vor sich. Im unteren Bereich war der Stamm stark verzweigt, trotzdem würde es nicht leicht werden, daran emporzuklettern. Dann geschah das, worauf Cora die ganze Zeit schon gewartet hatte – mit einem Piepsen fuhr ihr Handy herunter, und es wurde schlagartig dunkel.

Cora zog schniefend die Nase hoch und steckte das Handy weg. Zum Klettern benötigte sie ohnehin beide Hände. Langsam umrundete sie den Baum. Als sie eine gute Stelle für den Einstieg gefunden hatte, stellte sie einen Fuß in der Astgabel ab und stemmte sich nach oben. Sie ging mit Bedacht vor. Die regennasse Rinde des Stamms war schlüpfrig, sodass man leicht abrutschen konnte. Zudem war sie seit ihrer Kindheit nicht mehr auf Bäume geklettert. Sie kam dennoch gut voran. Was ihr an Geschicklichkeit und Kraft fehlte, glich sie mit Wut aus.

Oben angelangt, versuchte sie, den Strick vom Ast zu lösen. Doch der Knoten war so fest zugezogen, dass er sich kaum lockern ließ. Millimeter für Millimeter arbeitete sie sich voran, schwitzte, brach sich den Nagel am Zeigefinger ab, dann den Nagel am Mittelfinger. Als sie endlich, endlich den Knoten gelöst hatte, entglitt der Strick ihren Händen.

20. Kapitel

Mitsamt dem Seil fiel der kleine Körper in die Tiefe, kaum hörbar, einen Atemzug lang, dann schlug er auf dem Boden auf. Cora kniff die Augen zusammen und stöhnte. Diesen dumpfen Laut würde sie nie mehr aus dem Gedächtnis bekommen. Sie schob sich ein Stück zurück, nur so weit, bis sie sicheren Halt hatte. Dort verharrte sie, den Rücken an den Stamm der Buche gepresst, und rang um Fassung. Dann, auf einmal, brach es aus ihr heraus. Sie legte den Kopf in den Nacken und gab einen schmerzerfüllten Schrei von sich. Sie schrie lauthals in die Nacht hinaus, voller Entsetzen über diesen qualvollen Tod, den ihr Hund hatte erleiden müssen.

Cora schürfte sich beim Abstieg Knie und Hände auf, aber das war ihr egal. Sie war wie betäubt, fühlte ihren Körper nicht mehr. Ebenso verhielt es sich mit der Angst. Sie war weg. Wut hatte ihren Platz eingenommen. Wut auf diesen Unmenschen, der Waldi das angetan hatte. Und vor allem Wut auf sich selbst.

Die Lippen aufeinandergepresst, zwängte sie ihre Finger unter die Schlinge und zerrte daran. Das Seil hatte sich allerdings so fest um Waldis Hals zusammengezogen, dass es sich kaum lockern ließ. Während sie sich abmühte, liefen ihr unentwegt Tränen übers Gesicht.

»Es tut mir so leid«, stammelte sie, als die Schlinge endlich weit genug war, um sie über Waldis Kopf zu streifen. Erschüttert betrachtete sie den leblosen Hundekörper. Wie klein und schmächtig er doch war! Zögernd streckte sie eine Hand aus und streichelte ihm über den Kopf. Selbst im Tod war sein Fell weich und seidig. Behutsam hob sie den Dackel an, nahm ihn hoch und wiegte ihn in den Armen. »Waldi, es tut mir so leid!«

Ja, sie hatte versprochen, ihn zu beschützen. Stattdessen hatte sie ihn allein gelassen. Sie hatte sich mit Till vergnügt, während Waldi hingerichtet worden war. Vielleicht hatte er ja bis zum Schluss gehofft, dass sie ihn retten würde. Jetzt hatte sie ihn zwar endlich gefunden, aber zu spät.

Nein, er war bei ihr nicht in guten Händen gewesen. Sie hatte auf der ganzen Linie versagt. Nun blieb ihr nur noch eine Sache, die sie für den kleinen Dackel tun konnte: Sie musste den Täter zur Rechenschaft ziehen! Cora schüttelte still den Kopf. Hatte man Waldi zuerst betäubt und ihn dann in wehrlosem Zustand erhängt? Seine starren, schreckgeweiteten Augen erzählten eine andere Geschichte … Jetzt bemerkte sie auch, dass er zunehmend steifer wurde.

Wer hat dir das angetan, fragte sie sich. Sich an einem wehrlosen Tier zu vergehen, sprach für einen Täter mit aufgestauter Aggression, einen, der sich seinem Kontrahenten gegenüber machtlos fühlte. Oder es handelte sich um eine Mutprobe. Allerdings war es kompliziert, so eine Sache allein durchzuziehen. Es mussten mehrere Täter gewesen sein. Cora presste den Dackel fest an sich und lief los.

21. Kapitel

Sie hatte von Anfang an ein ungutes Gefühl gehabt. Aber mit so einer widerwärtigen Tat hatte sie nicht gerechnet. »Dir zeig ich's noch«, hatte er gesagt. Mike. Sie sah wieder sein hämisches Grinsen vor sich. Cora beschleunigte ihren Schritt. Ja, jetzt hast du's mir gezeigt, dachte sie und verzog gequält das Gesicht. Nämlich was für ein Arschloch du bist! Aber dich krieg ich dran. Sie dachte an die Fußspuren im Wald. Und an den Regen, der die Spuren sicher längst verwischt hatte. Mist, sie hätte die Abdrücke fotografieren sollen! Aber vermutlich hatten die Jugendlichen an der Buche weitere Spuren hinterlassen. Auch der Strick konnte als Beweismittel dienen.

Cora blieb stehen und verlagerte das Gewicht des Dackels auf ihren Armen. Nun war es nicht mehr weit. Durch die Bäume hindurch sah sie schon die Lichter der Straßenlaternen. Möglicherweise, überlegte sie, hatten die benachbarten Camper ja etwas beobachtet. Leider waren die Leute schon daran gewöhnt gewesen, dass Waldi gebellt hatte. Falls er angeschlagen hatte, war es von den Leuten unter Umständen gar nicht beachtet worden. Nicht zuletzt stellte sich die Frage, wie sie Waldi ohne Gegenwehr hatten mitnehmen können. Hatten sie ihn betäubt? Oder in einen Sack gesteckt? Wie auch immer.

Sie würde dieses Pack jetzt aus dem Schlaf trommeln und ihm den toten Hund vor die Füße legen. Mal sehen, wie cool sie alle noch waren, wenn sie in Waldis stumpfe Augen blicken mussten.

Als Cora wenig später den Campingplatz erreichte, eilte sie auf direktem Weg zum Platz der Jugendlichen. Sie war so voller Zorn – in Gedanken sah sie sich bereits Zelte niederreißen. Sie würde ihm an die Gurgel gehen, diesem Mike. Ja, der Kerl sollte am eigenen Leib spüren, wie es sich anfühlte, wenn einem die Luft abgedrückt wurde …

Cora tat nichts dergleichen. Die Jugendlichen waren nicht mehr da. Die Parzelle war verwaist, die Zelte verschwunden. Ihren toten Hund fest an sich gepresst, ging sie zu der Feuertonne hinüber, aus der eine dünne Rauchfahne emporstieg. Sie warf einen Blick in die Tonne. Die Holzscheite glimmten noch. Hier lag ein Hering, dort ein paar leere Bierflaschen. Verdammt! Als sie zuvor den Campingplatz nach Waldi abgesucht hatte, waren die Zelte noch da gewesen. Sie hätte sich die Bande gleich vorknöpfen sollen. Aber da war sie ja noch davon ausgegangen, dass Waldi abgehauen war.

Und nun? Sie hatte von diesem Mike weder Adresse noch Telefonnummer. Hm, dann blieb ihr jetzt nichts anderes übrig, als die Polizei zu rufen. Dafür musste sie aber erst einmal das Handy laden. Oder den Platzwart aus dem Bett holen. Cora verlagerte abermals Waldis Gewicht auf ihrem Arm. Sie fühlte sich innerlich leer. Und so erschöpft. Aber jetzt war nicht die Zeit, um sich Ruhe zu gönnen. Noch durfte sie sich nicht dem Schmerz hingeben. Waldis Peiniger mussten zur Rechenschaft gezogen werden. Sie richtete den Blick zum Himmel. Obwohl es bereits dämmerte, wurde es nicht merklich heller. Die dunklen Regenwolken lagen bleiern über dem Land und nahmen den gesamten Horizont ein.

22. Kapitel

Der Regenwurm krümmte sich erschrocken zusammen, als die Erdschicht über ihm unerwartet angehoben wurde. Cora unterbrach die Arbeit. Mit einem leisen Stöhnen bückte sie sich, fasste den Wurm mit zwei Fingern und warf ihn unter einen Hortensienbusch. Sie rieb sich über den Nacken, dann fuhr sie fort und rammte ihren Spaten erneut in die Erde. Kurz darauf war das Loch ausgehoben. Auf den Spaten gestützt maß sie mit den Augen den Umfang des Lochs. Länge und Breite passten, aber es war noch nicht tief genug. Also weiter graben. Je tiefer sie grub, desto mühsamer wurde es. Immer mehr Steine kamen zum Vorschein. Während sie sich weiter in die Tiefe vorarbeitete, musste sie an die letzten Stunden denken.

Gleich nach dem Aufstehen hatte sie die wichtigsten Anrufe erledigt. Erst bei Uwe. Dann bei Dumitrasco. Es hatte sie viel Überwindung gekostet, bei den beiden Männern anzurufen. Obwohl sie keine unmittelbare Schuld an Waldis Tod trug, fühlte sie sich dennoch verantwortlich. Sie hatte es nicht geschafft, ihn zu beschützen. Und dafür schämte sie sich. Letztlich hatten ihr aber weder Uwe noch Dumitrasco irgendeinen Vorwurf gemacht. Die Nachricht über den gewaltsamen Tod des Dackels erschütterte die Männer allerdings zutiefst.

Nachdem sie den ersten Schock verarbeitet hatten, kam rasch die Frage nach dem Täter auf. Cora hatte daraufhin ihren Gedanken freien Lauf gelassen und freimütig ihren Verdacht geäußert. Das bereute sie inzwischen. Schließlich hatte sie bislang keine Beweise, dass Mikes Clique die Tat begangen hatte. Andererseits kam die überstürzte Abreise der Jugendlichen ja geradezu einem Geständnis gleich. Gut, die beiden Polizisten, die eine halbe Stunde nach ihrem Anruf angerückt waren, hatten das anders gesehen. Für die plötzliche Abreise könne es viele Gründe geben, hatten sie gesagt. Dies sei kein Beweis. Cora schüttelte beim Gedanken an die Polizisten verärgert den Kopf. Wie konnte man bei so einer brutalen Sache nur so lasch und unmotiviert auftreten? Nachdem sie am Türschloss des Wohnwagens leichte Einbruchspuren festgestellt hatten, waren sie zu den benachbarten Wohnwagen hinübergegangen und hatten die Leute kurz befragt. Leider war nichts dabei herausgekommen, keiner hatte etwas gehört oder gesehen. Die darauffolgende Befragung des Platzwarts hatte ebenfalls keine Erkenntnisse gebracht, und als Cora eine Tatortbegehung vorgeschlagen hatte, waren sie mit der Begründung ausgewichen, es gebe bei dem vielen Regen sicher keine brauchbaren Spuren mehr.

Aus Angst, letztlich doch noch wegen Körperverletzung belangt zu werden, hatte sie Waldis Angriff auf Mike lieber unerwähnt gelassen. Einen Hund lediglich wegen des leidigen Gebells zu ermorden, war für die Polizisten jedoch kein nachvollziehbares Tatmotiv gewesen. Am Ende hatten sie sich deshalb mit dem Ratschlag verabschiedet, sie solle eine Anzeige gegen Unbekannt erstatten.

Cora fuhr sich mit der dreckverschmierten Hand über die Stirn. Zumindest hatte sie nun die Adressdaten von diesem Mike. Die hatte sie sich noch am frühen Morgen bei Leimgruber besorgt, während sie gemeinsam mit ihm auf die Polizei gewartet hatte. Der Platzwart hatte sich erst furchtbar angestellt. Hatte mit der Adresse nicht rausrücken wollen und ständig was von Datenschutz gefaselt. Eigentlich hatte sie ihm ursprünglich gar nichts von Waldis Angriff auf Mike erzählen wollen, aber schließlich hatte sie es ihm dann doch anvertraut – in der Hoffnung, er würde den Biss als Tatmotiv erkennen. Leider hatte er den Zusammenhang trotzdem nicht verstanden. Am Ende war es tatsächlich nötig gewesen, ihm den toten Hund auf den Schreibtisch zu legen. Erst dann hatte er sich kooperativ gezeigt. Mit hochrotem Kopf hatte er ihr die Daten samt Telefonnummer herausgesucht und auf einen Zettel gekritzelt. »Das haben Sie nicht von mir«, hatte er gezischt und drohend die Augenbrauen angehoben.

Als das Loch tief genug war, legte Cora den Spaten zur Seite und wandte sich um. Waldi lag in seinem Körbchen. Obwohl sie ihn in die alte Hundedecke aus dem Tierheim eingeschlagen hatte, schwirrten die Schmeißfliegen um ihn herum. Zögernd streckte sie die Hand nach der Wolldecke aus, unter der sich der kleine Hundekörper abzeichnete. Vielleicht sollte sie darauf verzichten, ihn nochmals anzusehen. Sie schluckte trocken und schloss die Lider. Vor ihrem inneren Auge sah sie Waldi wieder mit dreckverkrusteter Nase im Gras liegen, hochzufrieden, den schmierigen Rinderhautknochen in den Pfoten.

Sie hatte gerade schon beschlossen, die Decke nicht mehr anzuheben, als ihr einfiel, dass sie ja noch gar kein Beweisfoto gemacht hatte. Auch wenn es ihr schwerfiel, es musste sein. Sie atmete durch. Einmal, zweimal. Dann öffnete sie die Augen und schlug mit angehaltenem Atem die Decke zurück. Augenblicklich stoben unzählige Fliegen auf.

Das Handy wie einen Schutzschild vors Gesicht haltend, machte sie in rascher Folge mehrere Fotos von der Tierleiche.

Das müssten diese Jugendlichen mal sehen, dachte sie verbittert. Allen voran Mike, dieser Dreckskerl! Ja, am liebsten hätte sie die Bande eigenhändig hierhergeschleift. Mit einem resignierten Stöhnen richtete Cora die Kamera erneut auf die Tierleiche und machte eine letzte Nahaufnahme des strangulierten Halses. Schließlich fasste sie die Wolldecke mit spitzen Fingern am Rand und warf sie – nachdem sie Waldi mit einem letzten bedauernden Blick bedacht hatte – hastig über den Kadaver.

Verdrossen wandte sie sich ab und stapfte den Hang hinauf zur Aussichtsbank. Sie brauchte eine Pause. Erst wenn sie das Bild des toten Hundekörpers wieder halbwegs aus dem Kopf hatte, konnte sie zum zweiten Teil übergehen, der Beerdigung. Mit einem tiefen Seufzer ließ sie sich auf die Bank sinken, schloss die Augen und massierte sich die Schläfen. Ihre Kopfschmerzen waren keinen Deut besser geworden. Trotz Tabletten. Rührte sicher auch vom Schlafmangel her. Sie hatte gewiss nicht viel länger als vier, fünf Stunden geschlafen. Einerseits war sie zwar völlig erschöpft gewesen, andererseits aber viel zu aufgewühlt, um schlafen zu können. Und dann auch noch der Rotwein. Eine ganze Flasche hatte sie geleert. Hatte so lange gesoffen, bis das Gedankenkarussell endlich stillgestanden hatte. Dafür hatte sich dann aber die Decke gedreht. Dunkel konnte sie sich noch daran erinnern, an ein paar Leute auf Instagram und Whatsapp Nachrichten verschickt zu haben. An ihre Freundin Claudi. An Till. Und sonst? Sie wusste es nicht mehr. Vermutlich auch an Lisa. Sie hatte wenig Akku gehabt, da das Handy nur kurz geladen hatte. Gedankenverloren kratzte sie den Dreck unter ihren Nägeln hervor, Finger für Finger. Sie seufzte auf. Gewiss hatte sie irgendwelchen sentimentalen Mist verzapft. Aber darum würde sie sich später kümmern. Jetzt musste zuerst einmal der Hund unter die Erde.

»Hier hast du deine Ruhe«, flüsterte sie, während sie Waldi in das Grab legte. Ihre Augen füllten sich mit Tränen. »Hast kein Glück im Leben gehabt. Aber jetzt brauchst du nie mehr Angst zu haben.« Mit ausdrucksloser Miene ging sie zu dem

Hortensienbusch hinüber, brach mehrere Blütendolden ab, arrangierte daraus ein Herz und legte es an der Stelle auf die Hundedecke, wo sie den Bauch des Dackels vermutete.

»Ich sorg dafür, dass deine Mörder bestraft werden.« Sie nickte nachdrücklich. »Das versprech ich dir!« Dann holte sie tief Luft, nahm eine Handvoll Erde und ließ sie auf den toten Hundekörper hinabrieseln.

23. Kapitel

»Sieht schlecht aus«, murmelte Till und strich sich mit der Hand über den Nacken. »Außer dem Strick hast du nichts.«

Cora sank in sich zusammen. Ja, sie hatte es verbockt. Und das ärgerte sie gewaltig. Vor allem, da sie es ja eigentlich besser wusste und vom Fach war. Sie hätte mal ein kleines bisschen den Kopf einschalten müssen. Stattdessen hatte sie rein emotional reagiert. Sie hatte im Wald keinerlei Beweisaufnahmen gemacht. Nicht von den Fußabdrücken und nicht vom Tatort. Der größte Fehler aber war gewesen, Waldi abzuhängen. Sie hätte das gemeinsam mit den Polizisten machen müssen. Zu diesem Zeitpunkt hätten sie womöglich auch noch aussagekräftige Spuren gefunden. Jetzt gab es keine mehr. Sie war mit Till alles mehrfach abgegangen, aber nicht fündig geworden. Klar, nach all dem Regen.

Nun saßen sie an einem der runden Holztische im Campingbistro und dachten über weitere Optionen nach. Da sie gerade die einzigen Gäste waren, hätten sie sich eigentlich ungezwungen unterhalten können. Allerdings waren die Lösungsansätze rar, und so entstanden immer längere Redepausen, in denen sie einfach nur ihren Gedanken nachhingen und still Kaffee tranken.

»Meinst du, ich soll Waldi wieder ausgraben?«, fragte Cora in eine Redepause hinein. »Könnten ja DNA-Spuren an ihm dran sein.«

Till sah sie mitfühlend an. »Cora, ganz ehrlich. Meinst du denn, der ganze Aufwand lohnt sich? Natürlich verstehe ich, dass du die Täter kriegen willst. Es ist eine Riesensauerei, was die mit dem Hund gemacht haben, aber ...«

Cora fiel ihm empört ins Wort: »Ne, du glaubst doch nicht, dass ich da klein beigebe ...!«

»Es sind Jugendliche! Selbst wenn du beweisen kannst, dass sie es waren, und das wird schwierig werden, wird die Strafe gering ausfallen.«

»Es geht um die Tötung eines Tieres ohne vernünftigen Grund«, widersprach Cora und wischte sich eine Träne aus dem Augenwinkel. »Da gibt es Freiheitsstrafen von bis zu drei Jahren. Oder eine hohe Geldstrafe. Ich hab das nachgelesen.«

Tills Blick fiel auf Coras Hand, die sie vor Erregung zur Faust geballt hatte. Er beugte sich nach vorn und strich behutsam über ihre gekrümmten Finger. Langsam öffnete sich Coras Faust.

»Ja, das stimmt«, sagte er. »Allerdings wird das Strafmaß bei Jugendlichen oftmals nicht ausgeschöpft.« Er schüttelte bedauernd den Kopf. »Es ist schrecklich, was sie Waldi angetan haben, keine Frage. Aber du weißt am Ende leider nie, wie die Sache ausgehen wird. Falls die Eltern von diesem Mike einen guten Anwalt haben, gehen sie her und verrechnen womöglich das Bußgeld mit dem Schmerzensgeld, das du ihm noch schuldest.« Abrupt zog Cora ihre Hand zurück und legte sie in den Schoß. Ihre Augen funkelten zornig, doch Till ließ sich nicht beirren. »Bestenfalls brummt der Richter dem Jungen am Ende ein paar Stunden gemeinnützige Arbeit auf. Kann aber auch sein, dass er lediglich an einem sozialen Trainingskurs teilnehmen muss.«

»Das glaub ich nicht«, entgegnete Cora, rückte den Stuhl zurück und stand auf. »Bei mutwilligem Tiermord muss die Strafe härter ausfallen.«

Sie brauchte jetzt dringend Bewegung. Um ein Gespräch auf sachlicher Ebene zu führen, musste sie erst einmal runterkommen. Till konnte nichts dafür, das wusste sie. Er äußerte nur seine Meinung. Nein, das Problem war vielmehr, dass sie gerade keinen Sinn für umfängliche Überlegungen hatte. Sie wollte eine schnelle Lösung finden und handeln. Nur so konnte sie dieses schmerzende Ohnmachtsgefühl in sich mildern. Sie stellte die leeren Kaffeetassen auf ein Tablett und trug es zum Abräumwagen hinüber.

»Sollen wir eine Runde spazieren gehen?«, fragte sie über die Schulter hinweg, während sie das Tablett scheppernd in den Wagen hineinschob. Es klang wie eine Aufforderung, nicht wie eine Frage.

Till lächelte entschuldigend. »Tut mir leid. Ich hab heute Abend noch was vor. Ein anderes Mal aber gern.«

Cora hakte nicht weiter nach. Seine Reaktion war verständlich, sie konnte sich ja gerade selbst nicht leiden. Schweigend verließen sie das Bistro und liefen zum Parkplatz. Cora hätte gern etwas Nettes gesagt, um die Situation wieder zu entspannen, aber es fiel ihr nichts ein. Erst als sie bereits bei seinem Auto angelangt waren, gab sie sich einen Ruck, fasste Till kurz entschlossen am Arm und hauchte ihm zum Abschied einen Kuss auf die Wange.

»Danke!« Sie sagte es sanft, und es klang in ihren Ohren ein wenig wie »Entschuldigung«.

Till strich ihr mit dem Finger über die Wange. »Steckt immer noch ein wenig rote Zora in dir.«

Cora sah ihn erstaunt an. Rote Zora. So hatte er sie früher genannt. Weil sie eine ähnlich rote Haarpracht gehabt hatte wie Zora, die Anführerin der Jugendbande in der gleichnamigen

Fernsehserie. Und weil sie in jungen Jahren ebenso ungestüm wie diese rote Zora gewesen war.

»Was wirst du jetzt tun?«, wollte er wissen.

»Ich weiß es nicht.« Sie zuckte mit den Schultern. »Am liebsten würde ich mir den Jungen vorknöpfen. Wenn ich entsprechend Druck mache, gibt er es vielleicht zu.«

»Das lässt du schön bleiben«, entgegnete Till. »Du weißt doch gar nicht, ob er es war. Zumindest hast du keinen Beweis dafür.«

»Till!«, rief Cora und schnaubte. »Es liegt auf der Hand! Wer soll es denn sonst gewesen sein?«

»Unter Umständen waren es seine Kumpels und er weiß gar nichts davon. Oder«, er zog eine Grimasse, »es waren andere Camper, die von Waldi genervt waren.«

Cora schüttelte still den Kopf. Seine Argumentation war absurd. Der Leimgruber hatte die unzufriedenen Camper bestimmt längst darüber informiert, dass sie mit Waldi zeitnah auf einen Randplatz wechseln wollte. Die Lösung des Problems stand ja unmittelbar bevor. Inzwischen fragte sie sich sowieso, ob sich über die Jugendlichen und Badener hinaus tatsächlich weitere Camper beschwert hatten. Dem Leimgruber war zuzutrauen, dass er die Sache ordentlich aufgebauscht hatte. Die meisten Camper waren doch viel zu sehr mit ihren eigenen Aktivitäten beschäftigt, um sich in diesem Maße mit dem Gebell eines Hundes auseinanderzusetzen. Auffällig war nämlich, dass nicht ein einziger Camper nachgefragt hatte, wo der Dackel abgeblieben war. Gut, es war möglich, dass sich die Sache herumgesprochen hatte. Schließlich waren ihre direkten Nachbarn ja in Waldis Todesnacht von den beiden Schutzpolizisten befragt worden und hatten so erfahren, was vorgefallen war. Aber von all diesen Überlegungen einmal abgesehen, konnte sie sich grundsätzlich nicht vorstellen, dass jemand einen Hund entführte und im Wald erhängte, nur weil dieser zu viel bellte.

24. Kapitel

»So … nun werd ich dir die Unruh aus dem Gehäuse nehmen.«

Mein Gott, wie heftig es zuckt! Springt mir ja schier aus der Hand.

»Hast ein gewaltiges Kämpferherz. Da wundert mich nichts mehr.«

Aber auch das gewaltigste Kämpferherz kommt nicht gegen den Tod an. Alles nur eine Frage der Zeit. Ja … endlich wird es ruhiger. Gleich ist es vorbei. Noch einmal und noch einmal … Schluss!

Und jetzt – ab ins Glas. Langsam reingleiten lassen, Deckel drauf, fertig. Hervorragend, hat genau durch die Öffnung gepasst. Wenn ich daran denke, wie ich das letzte Mal quetschen musste …

Ich müsste mich doch mal nach anderen Gläsern umsehen. Gurkengläser wären sicher gut geeignet. Oder große Vorratsgläser in Zylinderform. Die Behälter müssen so groß sein, dass die Herzen im Formaldehyd frei schwimmen können. Damit es einheitlich aussieht, müsste ich die Herzen in den kleineren Gläsern allerdings nochmals umschütten. Hm, das wird schwierig. Weiß nicht, ob ich das große rausbekomme. Notfalls müsste ich das Glas dann zerschlagen. Oder ich lass alles, wie es ist, und stelle künftig unterschiedlich große Gläser bereit. Dann bin ich für alles gewappnet.

»Gut, dein Herz ist versorgt. Steht jetzt bei den anderen auf dem Regal.«

Im Tod sehen sie immer so friedlich aus. Unschuldig. Aber da darf man sich nicht täuschen lassen. Auch in diesem Fall nicht. Schließlich sehen sie nur deshalb so friedlich aus, weil sie die Unruh los sind. Aber mit der Unruh allein ist es ja nicht getan. Wenn es so einfach wäre, könnte man Herztransplantationen machen.

Nein, es ist die Seele. Das Böse steckt von Anfang an in diesen Menschen drin. Und im Lauf ihres Lebens kommt die Bösartigkeit immer mehr zum Vorschein. Eiskalte Typen, ohne Mitleid. Die kennen keine Liebe. Außer der Liebe zu sich selbst natürlich.

»Und hier kommt der Stein. Hab ich extra etwas kleiner gewählt.«

Schöner Stein. Kegelförmig. Glatt geschliffen. Fast schon ein Handschmeichler.

Oh ja, fügt sich wunderbar ein.

Okay, dann können wir die Sache jetzt zu Ende bringen. Wird eine matschige Angelegenheit werden nach all dem Regen.

Aber zuvor muss ich noch das Etikett auf dem Glas beschriften. Wie war noch mal der Nachname?

25. Kapitel

Nichts. Cora legte das Smartphone enttäuscht zur Seite. Till hatte auf ihr Selfie heute Morgen zwar mit einem Herzchen reagiert, seitdem aber nichts mehr hinzugefügt. Eigentlich war es nicht verwunderlich, dass er nach dem letzten Gespräch lieber wieder auf Distanz ging. Warum war sie nur so kratzbürstig zu ihm gewesen? Auch wenn sie gerade frustriert war, so musste sie ihn das ja nicht spüren lassen. Vielleicht konnte sie es wiedergutmachen, indem sie ihn morgen mal zum Essen einlud. Und nun? Sie brauchte noch ein wenig Ablenkung. Obwohl sie heute nur ihren alltäglichen Obliegenheiten wie einkaufen, putzen und Wäsche waschen nachgekommen war, fühlte sie sich abgeschlafft. Zum Lesen war sie definitiv zu müde. Aber ein TV-Krimi, das ging noch. In der Mediathek ließ sich bestimmt ein »Tatort« finden, den sie noch nicht kannte. Blieb nur zu hoffen, dass das Internet bis zum Ende des Films mitspielte.

Rasch schminkte sie sich ab, öffnete ihren Zopf und tauschte Rock und Bluse gegen Jogginghose und Schlafshirt ein. Dann zog sie die Jalousien an den Fenstern herunter und machte es sich mit dem Laptop auf dem Schoß im Bett gemütlich. Sie hatte gerade das Glas mit dem alkoholfreien Bier neben sich abgestellt und die Chipstüte aufgerissen, als es an der Tür klopfte.

Cora sah erstaunt auf. Wer konnte das sein? Der Leimgruber? Hoffentlich nicht. Mit einem entnervten Stöhnen legte sie die Chipstüte beiseite und schob den Laptop vom Schoß. »Moment, ich komme!« Sie sprang vom Bett und eilte zur Tür. Argwöhnisch sah sie an sich hinunter. Hm, Schlabberlook. Und ungeschminkt. So zeigte sie sich ungern. Sie öffnete die Tür nur einen Spaltbreit und lugte hinaus. »Ja?« Als sie erkannte, wer da im Halbdunkeln stand, lachte sie erstaunt auf. »Till?« Ein Glücksgefühl durchströmte sie. »Na, das ist ja eine Überraschung! Komm rein!« Sie öffnete die Tür ein Stück weiter und machte eine einladende Geste.

Till lächelte verschmitzt und hielt ihr eine Flasche Wein unter die Nase. »Montepulciano. War doch früher immer dein Lieblingswein, nicht wahr?« Er trat ein und sah sich um. »Hm, hier lebst du also.« Er nickte. »Lauschig.«

»Lauschig?« Cora lachte.

»Na ja, mir wäre es zu beengt. Aber für einen Wohnwagen ist es gar nicht mal so schlecht.« Sein Blick schweifte von der Essecke über die Küchenzeile bis zum Bett hinüber. »Hat zumindest ein gutes Raumkonzept. Sieht alles sehr durchdacht aus.«

Cora räusperte sich. »Wenn ich gewusst hätte, dass du kommst, hätte ich was zu essen vorbereitet.« Sie lächelte verlegen. »Ich war gerade dabei, mir einen chilligen Fernsehabend zu machen. Darum hab ich auch schon meine Schlafklamotten an.« Sie zupfte an ihrem Shirt und feixte. »Sehr sexy!«

Till schmunzelte. »Du siehst doch immer gut aus. Geschminkt oder ungeschminkt, im kurzen Rock oder in der Jogginghose – das spielt bei dir keine Rolle.« Er bedachte sie mit einem anerkennenden Blick. »Du bist eine natürliche Schönheit.«

Coras Mundwinkel zuckten kurz, dann schüttelte sie den Kopf. »Und du bist und bleibst ein Charmeur.« Sie nahm ihm die Weinflasche ab, zog dann eine Küchenschublade auf und holte ihren Korkenzieher hervor. »Dann wollen wir mal …«

»Ist auch ein hübsches Foto, das du mir heute Morgen von dir geschickt hast«, sagte er. »Schaust allerdings ein bisschen traurig darauf aus.« Er musterte sie, als suche er nach den Spuren dieser Traurigkeit in ihrem Gesicht. »Deshalb dachte ich, ich komm einfach spontan vorbei und seh mal nach dir.«

Cora entkorkte die Flasche mit einem leisen Ploppen und sah ihn dann offen an. »Jetzt geht es mir wieder besser.« Sie machte eine Pause. »Jetzt, da du da bist.« Sie nahm zwei Wassergläser aus dem Hängeschrank und goss Wein ein. »Weingläser gibt es nicht«, erklärte sie bestimmt. »Dafür hast du nun richtiges Campingfeeling.« Sie erhob ihr Glas und prostete Till zu. »Schön, dass du gekommen bist.«

Sie tranken ein paar Schlucke, dann meinte Till mit einer Geste zu ihrem Bett hin: »Du musst jetzt aber nicht wegen mir auf deinen Fernsehabend verzichten. Wir können auch gern was zusammen anschauen. Was wolltest du denn sehen?«

Cora grinste. »Tatort.«

Till verdrehte die Augen. »Gut, von mir aus auch ›Tatort‹. Kann manchmal ja auch ganz unterhaltsam sein …«

Also setzten sie sich nebeneinander ins Bett, den Laptop auf einem kleinen Kissen erhöht vor sich aufgestellt, und amüsierten sich über die Dialoge der Fernsehkommissare. Nebenbei knabberten sie Chips und tranken Wein. Nach der Hälfte des Films waren die Chips aufgefuttert. Cora legte die Tüte gähnend beiseite und schmiegte ihren Kopf an Tills Schulter. »Es ist fast so wie früher«, murmelte sie. »Nicht wahr?«

Ohne den Blick vom Bildschirm zu nehmen, fragte Till leise: »Möchtest du denn, dass es wieder so wie früher ist? Ich meine … du weißt schon …« Als Cora nichts erwiderte, neigte er den Kopf und suchte ihren Blick. Während sie sich still in die Augen sahen, spürte Cora ein aufgeregtes Kribbeln in sich aufsteigen. Till kam noch etwas näher, so nah, dass sie seinen Atem auf ihrem Gesicht spüren konnte. Sie legte den Kopf in den Nacken und schloss voller Erwartung die Augen.

Seine Lippen fühlten sich weich an. Warm und weich. Cora stieß zwischen den Küssen wohlige Seufzer aus. Es war so schön. Aufregend und vertraut zugleich. Eine ganze Weile lang erkundeten sie nur ihre Münder, küssten im Wechsel mal sanft, mal leidenschaftlich. Dann fasste Till sie im Nacken und zog sie zu sich heran. Cora presste sich an ihn und ließ gleichzeitig ihre Hand über seinen Rücken hinweg bis zum Po hinabgleiten.

»Langsam«, hauchte er ihr ins Ohr.

Cora hielt in der Bewegung inne. Wie? Sie war ihm zu schnell? Rasch zog sie ihre Hand zurück und rückte von ihm ab. Irritiert blickte sie ihn an.

»Ich finde es schöner, wenn wir uns damit noch etwas Zeit lassen.« Er strich ihr zärtlich eine Haarsträhne aus dem Gesicht. »Aber versteh mich nicht falsch, ich genieße jede Sekunde mit dir.« Er blickte sie liebevoll an. Als Cora nichts darauf erwiderte, setzte er sich in eine aufrechtere Position und lächelte gewinnend. »Hast du Lust auf eine Fußmassage? Das mochtest du doch früher so gern.«

Cora kräuselte die Lippen und überlegte. Seine Zurückweisung beschämte sie. Es war ja nicht so, dass sie es dringend nötig hatte. Es gab genügend Männer, die sie attraktiv fanden. Und sie war diejenige, die Körbe vergab. Nicht umgekehrt. Andererseits sagte ihr der Verstand, dass es ein gutes Zeichen war, wenn er sich Zeit lassen wollte. Er suchte kein schnelles Sexabenteuer, sondern war ernsthaft an ihr interessiert.

Sie überwand ihren Stolz und nickte. »Gut …, wenn du meinst.« Sie setzte sich mit dem Rücken an die Wand, zog die Socken aus und streckte ihm dann die nackten Füße entgegen.

Wortlos umfasste Till ihren rechten Fuß und fing an zu massieren. Als Cora das sanfte Streichen auf ihrer Fußsohle spürte, durchströmte sie sofort ein wohliges Gefühl. Sie seufzte zufrieden auf und schloss genüsslich die Augen. Wie gut das tat! Nachdem er den rechten Fuß ausgiebig verwöhnt hatte, verkündete er: »Nach der Zigarettenpause kommt der andere Fuß dran.«

Cora öffnete die Augen und blinzelte schläfrig. Sie hatte während der Massage jegliches Zeitgefühl verloren. »Du machst das wunderbar«, lobte sie. »Ich merke jetzt erst, wie sehr ich das in all den Jahren vermisst habe …«

»Das geht mir genauso«, erwiderte er und drückte ihr zärtlich die Lippen aufs Haar.

* * *

Während Till draußen vor dem Wohnwagen rauchte, zog Cora die Beine an und rollte sich zusammen. Gedankenverloren fuhr sie das florale Muster auf der Bettdecke nach. Als sie heute Morgen aufgestanden war, hätte sie niemals gedacht, dass der Tag so wunderbar enden würde. Ja, es war unglaublich – ihr Gefühl sagte ihr, dass sie wieder zusammenkommen würden!

26. Kapitel

Pfarrer Vogt lehnte den Kopf an die Rückwand des Beichtstuhls und schloss für einen Moment die Augen. Zurzeit schlief er schlecht. Mitten in der Nacht, meist so gegen vier Uhr, wachte er auf und fand dann nicht mehr in den Schlaf. Selbst beten oder meditieren halfen nicht. Woher die innere Unruhe kam, war ihm ein Rätsel. Er hatte nicht mehr Stress als sonst. Im Augenblick standen keine besonderen Kirchenfeste an, nur eine Beerdigung, eine Taufe, alles war wie immer. Trotzdem fühlte er sich getrieben. Dir bleibt nicht mehr viel Zeit, sagte ihm eine innere Stimme. Aber das war natürlich Blödsinn. Dass er sich gelegentlich erschöpft fühlte, hatte lediglich mit den Schlafstörungen zu tun. Ansonsten war er kerngesund. Das hatte ihm sein Hausarzt erst kürzlich bestätigt.

»Im Namen des Vaters und des Sohnes und des Heiligen Geistes. Amen.«

Vogt schreckte auf. Da war sie wieder. Diese Frau mit der eigenartig hohen Stimme. Er kannte sie nicht namentlich, wusste auch nicht, wie sie aussah, aber ihre Stimme war unverwechselbar. Er seufzte innerlich auf. Die Person, die dort im Dunklen verborgen auf der anderen Seite des Gitters saß, war seiner Meinung nach hochgradig gestört. Womöglich war sie schizophren oder an einer Psychose erkrankt. Aber ganz gleich, worunter sie auch leiden mochte – sie benötigte keine Beichte, sondern eine Therapie. Zwar hatte er im Rahmen seines seelsorgerischen Auftrags einige Basiskenntnisse über die Symptomatik psychischer Krankheiten erworben, aber beim Umgang mit schwerwiegenden psychischen Krankheitsbildern fühlte er sich dann doch überfordert. Da konnte nur ein Experte weiterhelfen. Das hatte er ihr beim letzten Mal auch offen gesagt. Allerdings hatte er den Verdacht, dass es ihr gar nicht darauf ankam, was er sagte oder dachte. Es ging ihr allem Anschein nach nur darum, einen stillen Zuhörer zu finden. Sie wollte ihr Gewissen erleichtern, indem sie die seelische Last mit einem Menschen teilte.

Er wandte sich etwas näher an das hölzerne Gitter. Seine Nase war nicht die beste, dennoch nahm er durch die Vergitterung hindurch ein dezentes Parfüm wahr. Es war ein unaufdringlicher, herber Duft, nicht unangenehm.

»Gott, der unser Herz erleuchtet, schenke dir wahre Erkenntnis deiner Sünden und seiner Barmherzigkeit.«

»Amen«, kam es zurück. »Herr, ich habe gesündigt …«

»Hast du etwa schon wieder gegen das fünfte Gebot verstoßen?«, unterbrach er sie.

Die Frau verstummte. Eine Weile herrschte tiefes Schweigen, dann, Vogt wollte gerade nachsehen, ob sie überhaupt noch da war, gab die hölzerne Kniebank auf der anderen Seite ein vernehmliches Knarzen von sich.

»Ja«, hauchte sie. »Ehrlich gesagt fiel es mir dieses Mal allerdings schwerer als sonst, meiner Aufgabe nachzukommen …«

Das Bekenntnis erfolgte in kaum vernehmbarem Flüsterton.

»Aber was will man machen?« Sie seufzte. »Er war böse. Ein furchtbarer Mensch. Er hatte keinerlei Respekt vor der Schöpfung Gottes. Wer weiß, was er in seinem Leben noch alles verbrochen hätte, wenn ich nicht eingegriffen hätte? Zig

Unschuldige hätte es getroffen. Und er hätte noch viel Zeit dafür gehabt. Viel Zeit, um zu quälen. Und zu töten.« Sie hielt inne. »Ich hab ihn in die Hölle geschickt. Da wäre er eh gelandet. Früher oder später.« Für einen Moment war es still, dann wisperte sie: »Man kann sich die Aufgaben, die Gott einem auferlegt, nicht aussuchen. Ich mache so was auch nicht gern, das können Sie mir glauben. Aber es gibt nun mal das Gebot der Nächstenliebe, nicht wahr? Als guter Christ muss man in so einem Fall ja einschreiten. Es bleibt einem gar keine andere Wahl.«

Pfarrer Vogt griff unwillkürlich nach dem Kreuz an seiner Halskette und rieb es zwischen den schwitzigen Fingern.

Als die Frau ihn das erste Mal aufgesucht hatte, war er nach der Beichte zutiefst erschüttert gewesen. Er hatte während seines langen Priesterlebens im Beichtstuhl schon allerhand gehört. Kein Mensch war frei von Sünde. Aber in diesem Fall hatte er ihr die ersehnte Absolution nicht erteilen können. Zu ungeheuerlich war ihre Verfehlung gewesen. Außerdem hatte die Reue gefehlt. Sie hatte keine Einsicht gezeigt. Sie war sich ihrer Sünde zwar bewusst gewesen, rechtfertigte diese jedoch gleichermaßen. Unterschwellig hatte er gar das Gefühl, sie erwarte ein Lob für ihre Tat. Deshalb hatte er ihr eindringlich geraten, zu einer der zuständigen Behörden zu gehen und sich zu stellen.

Dieses Beichtgespräch war ihm danach tagelang nicht mehr aus dem Kopf gegangen. In den nachfolgenden Wochen hatte er die Berichterstattung in den Medien genauestens in Bezug auf jüngste Verbrechen verfolgt, hatte jedoch keine Übereinstimmung gefunden. Deshalb war er letztlich zu dem Schluss gekommen, dass das wirre Geschwätz der Frau jeglicher Grundlage entbehrte und mit der Wirklichkeit nichts zu tun hatte.

Jetzt endete sie mit den Worten: »Ich bereue, dass ich Böses getan und Gutes unterlassen habe. Erbarme dich meiner, o Herr.«

Vogt horchte auf. Das Reuebekenntnis hatte sie bislang noch nie ausgesprochen. Das war neu. Allerdings brachte ihn dies erst recht in ein Dilemma. Eigentlich wäre er angehalten gewesen, ihr die Absolution zu erteilen. Er konnte aber keine Sünden vergeben, die nicht stattgefunden hatten. Er konnte ihr höchstens die sündhaften Gedanken vergeben. Es war verzwickt. Derart verunsichert, entschied er sich dazu, die Worte der Lossprechung wie üblich aufzusagen. Letztlich vergab ja nicht er die Sünden, sondern Gott.

Er räusperte sich. »Gott, der barmherzige Vater, hat durch den Tod und die Auferstehung seines Sohnes die Welt mit sich versöhnt und den Heiligen Geist gesandt zur Vergebung der Sünden. Durch den Dienst der Kirche schenke er dir Verzeihung und Frieden. So spreche ich dich los von deinen Sünden. Im Namen des Vaters und des Sohnes und des Heiligen Geistes.«

Die Lossprechung war ihm schwerer als sonst über die Lippen gegangen. Doch als er von der anderen Seite des Beichtstuhls ein vernehmbares Aufseufzen hörte, fühlte er sich etwas besser. Vielleicht hätte er ihr ja schon viel früher die Absolution erteilen sollen. Es war denkbar, dass sie dadurch jetzt zur Ruhe kam. Er hoffte es für sie. Und für sich selbst.

»Amen.« Sie klang erleichtert.

Vogt holte tief Luft. »Deine Sünden sind dir vergeben. Geh hin in Frieden!«

Und komm nicht wieder, fügte er in Gedanken hinzu.

»Dank sei Gott, dem Herrn!«

»Gelobt sei Jesus Christus.«

»In Ewigkeit ...«

Im selben Moment, als die Frau »Amen« sagte, fiel ihm etwas ein.

»Eine Frage hätte ich noch. Weshalb zeigst du heute zum ersten Mal Reue?«

Die Frau zögerte, dann presste sie hervor: »Er war noch so …« Sie verstummte.

»Ja?«, ermunterte sie Vogt. Noch während er sein Ohr ans Gitter drückte, vernahm er das Knarzen der Kniebank. Die Frau hatte den Beichtstuhl verlassen.

27. Kapitel

Zu Coras großer Freude rief Till sie nach ihrem romantischen Beisammensein am nächsten Abend bereits wieder an.

»Hallo, Süßer!«, säuselte sie. »Na, magst du spontan auf ein Glas Wein vorbeikommen?«

Till lachte auf. »Oh, das klingt verlockend. Aber ich fürchte, dass ich heute Abend zu nichts mehr zu gebrauchen bin.« Er gab ein lang gezogenes Stöhnen von sich. »Ich bin echt geschafft.«

Coras Mundwinkel sanken nach unten. »Schade, aber klar, natürlich versteh ich das. Im Gegensatz zu mir konntest du ja nicht ausschlafen. Wie spät war es denn, als du dann im Bett warst?«

»So gegen zwei, halb drei war ich zu Hause. Ja, war eine verdammt kurze Nacht.« Er hielt inne. »Und eine verdammt schöne Nacht. Hatte den ganzen Tag noch deinen Duft in der Nase. Ich konnte mich kaum auf die Arbeit konzentrieren.«

»Das hör ich gern«, sagte Cora und lächelte. »Magst du nicht doch kommen? Wir könnten es uns gemütlich machen, ein Glas Wein trinken, ein bisschen kuscheln und dann früh schlafen gehen.«

»Ein andermal, Cora. Der Tag heute war echt anstrengend. Und – wie gesagt – im eigenen Bett schlafe ich einfach am besten.« Er räusperte sich. »Und? Was hast du heute unternommen?«

»Nicht viel. Ich hab lange geschlafen, dann hab ich mir was gekocht und am Nachmittag war ich noch im Haus meiner Eltern. Der Maler wusste nicht mehr, in welcher Farbe er das Badezimmer streichen sollte.« Sie seufzte. »Das ist vielleicht eine Trantüte! Dreimal hab ich ihm die Farben schon durchgegeben. Jetzt hat er die Küche komplett weiß gestrichen, obwohl ich eine Wand gelb haben wollte.«

»Hm, schick ihm das Farbkonzept doch nochmals per Mail«, schlug Till vor. »Ich würde so was immer schriftlich machen.« Er schwieg für einen Moment, dann wechselte er abrupt das Thema. »Hast du inzwischen eigentlich noch etwas wegen Waldi unternommen?«

»Noch nicht«, antwortete Cora betreten. »Ich schieb das gerade ehrlich gesagt noch vor mir her. Weil ich auch nicht so recht weiß, was ich tun soll – zur Polizei gehen und Anzeige erstatten, oder doch lieber gleich einen Anwalt …«

»Und was ist mit dem Jungen?«, unterbrach sie Till. »Hast du den bereits zur Rede gestellt?«

Cora zögerte. Irgendetwas an seinem Tonfall irritierte sie. »Nein«, sagte sie schließlich. »Davon hast du mir ja abgeraten.« Sie fuhr sich nachdenklich mit der Hand über den Zopf. »Ich hab mir auch schon überlegt, ob ich mit einer Tierschutzorganisation Kontakt aufnehmen sollte. Die wissen sicher am besten, was man in so einem Fall für Möglichkeiten hat und wie man da vorgehen kann.«

»Wie hieß der Junge noch mal?«, fragte Till.

Cora stutzte angesichts der Frage, die ihr in diesem Moment völlig aus dem Zusammenhang gerissen schien. »Mike«, sagte sie widerstrebend. Wie konnte er den Namen denn vergessen haben? Sie hatte den Jungen doch zuvor so oft namentlich erwähnt.

»Mike. Und wie weiter? Kennst du auch den Nachnamen?«

Cora dachte kurz nach. »Eberhart, glaube ich. Warum?«

In der Leitung blieb es still.

»Till, warum willst du das denn wissen? Ich glaub nicht, dass du den Jungen im Register finden wirst. Der wird vermutlich noch keine Vorstrafen haben.«

»Hast du ihn denn seit der Sache mit Waldi noch einmal gesehen? Oder mit ihm telefoniert?«

»Nein«, entgegnete sie mit Nachdruck. »Das hab ich doch schon gesagt. Ich hab ihn seit dem Streit auf dem Campingplatz nicht mehr gesehen. Und nein, ich hab auch nicht mit ihm telefoniert!«

»Aber du wolltest ja ursprünglich zu ihm nach Hause gehen und ihn zur Rede stellen …«

»Ja, hab ich aber nicht getan. Noch nicht, wie gesagt.« Sie schnappte nach Luft. »Sag mal, was sollen denn diese ganzen Fragen? Ist das eine Vernehmung, oder was?«

Till besann sich einen Moment lang, dann klärte er Cora endlich auf.

»Ein Mike Eberhart wurde heute bei uns als vermisst gemeldet. Seit gestern Nachmittag hat ihn niemand mehr gesehen.«

28. Kapitel

Im Bannwald Eiberg herrschte tiefe Ruhe. Während die anderen Naturwaldreservate zahlreiche Wandertouristen anlockten, verirrte sich in diesen Urwald kaum einmal ein Besucher. Es schien ein vergessener Ort zu sein. Überall lag Totholz herum, bewachsen mit Flechten, Pilzen und Moosen. Zwischen den abgestorbenen Bäumen machten sich Wildrosen und Beerensträucher breit, bildeten ein undurchdringliches Dickicht, unterwachsen von Farnen und Wildkräutern. An manchen Tagen, besonders dann, wenn dichter Nebel zwischen den Bäumen hing, herrschte eine solch schaurig-düstere Stimmung, dass selbst die Vögel keinen Laut mehr von sich gaben.

Nicht so heute Vormittag. Die Strahlen der Herbstsonne schoben sich durch das Geäst, lösten die frühmorgendlichen Nebelschwaden auf und tauchten den Nadelwald in ein diffuses, weiches Licht. Hier und da durchbrach das Gezwitscher eines Vogels die Stille, wie zum Beweis, dass es zwischen all dem toten Holz durchaus Leben gab.

Lena strich mit den Fingerspitzen über das leuchtend grüne Moospolster, das zwischen den Sträuchern am Wegesrand wuchs, und lächelte. »Fühlt sich wunderbar weich an!«

»Da drüben gibt's noch mehr davon«, sagte Steffen und deutete auf das Waldstück zur Linken, wo der gesamte Boden von einer dicken Moosschicht bedeckt war.

»Wow!«, rief Lena aus. »Sieht aus wie ein Teppich! Da würd ich am liebsten barfuß drüberlaufen.« Sie lockerte den Schal an ihrem Hals und öffnete dann den Reißverschluss des Anoraks. Zu Beginn der Wanderung hatte sie noch gefroren, inzwischen war ihr durchs Laufen jedoch warm geworden. Auch die Mütze brauchte sie nicht mehr. Sie nahm die Kopfbedeckung ab und fuhr sich mit den Fingern grob durch die dunkelblonden Locken. So war es besser. Sie ließ ihren Blick über die Waldlandschaft gleiten und seufzte. »Ach, es ist so schön hier! Wie in einem Märchenwald.«

»Märchenwald, hm?« Steffens Augen weiteten sich, als käme ihm plötzlich ein schrecklicher Gedanke. »Gibt es da nicht auch Hexen?«

»Du bist ein Spinner«, gab Lena zurück. Sie lächelte nachsichtig. »Aber ich lieb dich trotzdem.«

Steffen erwiderte ihre Liebeserklärung mit einem Luftkuss und meinte dann: »Ich glaube, da vorn müsste es demnächst abgehen.« Einige Minuten lang liefen sie die Forststraße entlang, während Steffen nach dem Abzweig Ausschau hielt. »Ich versteh das nicht«, sagte er. »Irgendwo hier muss der Forscherpfad sein.«

»War aber nichts von Forscherpfad angeschrieben«, meinte Lena. »Vielleicht gibt es den Pfad ja gar nicht mehr.«

»Als ich vor ein paar Jahren hier war, gab es ihn jedenfalls noch«, beharrte Steffen und rückte sich die Brille auf der Nase zurecht. »Der Weg führte mitten durch den Urwald. War echt abenteuerlich.« Nachdenklich runzelte er die Stirn. »Kann natürlich sein, dass Besucher hier inzwischen bewusst ferngehalten werden. Damit es zumindest noch ein wildes Gebiet gibt, durch das keine Touristen stiefeln.«

»Guck mal, dort im Gebüsch liegt was. Ein Schild …« Lena hob die Hinweistafel auf, befreite sie von Laub und rammte sie an einer geeigneten Stelle in den Boden. »Dieser Wald soll sich ungestört zum ›Urwald von morgen‹ entwickeln«, las sie laut vor. »Er dient außerdem als wissenschaftliche Beobachtungsfläche für die Urwaldforschung. Beachten Sie: Im Bannwald ist die Gefahr durch herabfallende Äste und umstürzende Bäume besonders groß! Bitte entnehmen Sie keine Pflanzen, sammeln Sie keine Früchte und bleiben Sie auf den Wegen.« Lena schwenkte demonstrativ den Korb in ihrer Hand. »Sammeln Sie keine Früchte. Damit sind doch sicher auch Pilze gemeint.«

Steffen rollte die Augen. »Das interessiert kein Schwein, wenn wir hier ein paar Pilze mitnehmen. Außerdem ist das Schild uralt. Das sieht man doch.«

»Da steht aber auch, dass man auf den Wegen bleiben soll. Wegen herabfallender Äste und so.«

»Ist doch Quatsch. Früher gab es ja auch diesen Pfad, der mittendurch ging. Außerdem ist es heute absolut windstill. Da fallen keine Äste runter.«

Sie zog ein Papiertaschentuch hervor und schnäuzte sich. »Wir könnten ja auch auf dem Forstweg bleiben und am Wegesrand nach Pilzen suchen.«

»Also, Lena, was bist du nur für ein Schisser!« Er schüttelte den Kopf. »Ne, wenn ich schon hier bin, dann will ich auch ein bisschen Urwaldfeeling erleben. Lass uns einfach querfeldein gehen. Du wirst sehen, das macht echt Spaß.«

»Hm, ich weiß nicht. Und wenn wir uns verlaufen?«

»Wir sind hier im Schwarzwald und nicht in Mittelamerika. Es nennt sich nur Urwald, Lena.« Er versuchte, sich an die Definition zu erinnern, und fuhr sich sinnierend mit der Hand über das kurz geschorene Haar. »Die Fläche wird sich selbst überlassen. Sie wird nicht mehr bewirtschaftet. Das meint man hier mit Urwald.« Er warf Lena einen gewinnenden Blick zu.

»Der Rundwanderweg ist gerade mal zehn Kilometer lang. Das Gebiet ist also wirklich überschaubar.«

»Also gut«, lenkte Lena ein. »Wo willst du lang?«

»Wir könnten zuerst einmal über deinen Moosteppich laufen. Vielleicht finden wir zwischen dem Moos ja auch ein paar leckere Pilze.«

Der Strecke gestaltete sich abenteuerlich. Anfangs war Lena noch barfuß über das Moos gehüpft, doch je weiter sie in den Wald vordrangen, desto dichter wurde das Gestrüpp und desto modriger der Geruch. Abgestorbene Bäume lagen kreuz und quer umher, versperrten immer wieder den Weg und konnten meist nicht umgangen werden. Dieser Wegabschnitt, das merkte Lena schnell, stellte selbst mit guten Wanderschuhen an den Füßen eine Herausforderung dar. Für Steffen war es kein Problem, über die Baumstämme zu klettern. Schließlich war er über 1,80 Meter groß und hatte lange Beine. Sie selbst war jedoch fast zwei Köpfe kleiner und unsportlich dazu. Da gestaltete sich die Sache wesentlich mühsamer. Wann immer möglich, kletterte sie deshalb unter den Bäumen hindurch statt drüber hinweg. So kamen sie nur langsam voran. Aber immerhin hatten sie eine reiche Pilzausbeute gemacht. Pfifferlinge, Steinpilze und Morcheln hatten sie bereits gefunden.

»Schau mal, ein Kreis!«, rief Lena aus und wies auf eine ringförmige Ansammlung von Pilzen, die sie unter einer Buche entdeckt hatte. Sie stellte den Korb im Zentrum des Rings ab und machte sich dann daran, die Pilze mit einem kleinen Messer am unteren Stielende zu kappen.

»Ein Hexenring?«, fragte Steffen interessiert.

Lena zuckte mit den Schultern. »Ich seh nur Champignons.« Sie legte den abgeschnittenen Pilz behutsam in den Korb. »Die mag ich am liebsten.«

»Aber klar ist das ein Hexenring«, beharrte Steffen. »In solchen Kreisen versammeln sich nachts die Hexen.« Er musterte

Lena mit einem breiten Grinsen. »Ich wusste doch, dass wir hier noch auf eine Hexe treffen werden …«

»Bist ja nur neidisch, weil ich immer die besten Pilze entdecke«, konterte Lena und streckte ihm den soeben gekappten Pilz entgegen.

»Dann lass mal sehen, was du da Tolles gefunden hast«, meinte Steffen. Er schnappte sich den Pilz, säuberte ihn ein wenig mit einer Bürste, betrachtete die Lamellen und roch schließlich daran. »Boah«, stöhnte er und verzog das Gesicht. »Der stinkt ja übel!« Er schleuderte den Pilz ins Gebüsch. »Mensch, Lena. Schmeiß das Zeug weg. Das sind Karbol-Champignons. Die sind giftig!«

Misstrauisch beäugte sie den Pilz in ihrer Hand. »Echt jetzt?«

»Ja, klar. Das riecht man doch!«

Lena war nun doch verunsichert. Argwöhnisch fasste sie den Pilz mit zwei Fingern und schnupperte daran. Augenblicklich stieg ihr ein süßlich-beißender Geruch in die Nase. »Du hast recht. Riecht ekelhaft.« Sie warf den Pilz von sich, hob den Kopf und sog witternd die Luft ein. »Ist ja unglaublich, wie diese Pilze ihren Geruch verbreiten. Hier stinkt es überall danach. Das fällt mir jetzt erst auf. Riecht irgendwie …«, sie atmete geräuschvoll ein, »riecht irgendwie nach Aas.«

»Der Gestank kann nicht allein von den Pilzen kommen«, stellte Steffen fest. Er sah sich suchend um. »Hier muss ganz in der Nähe ein totes Tier herumliegen.«

»Komm, lass uns lieber wieder zurückgehen«, sagte Lena. Sie fühlte sich mit einem Mal unwohl. »Wir haben doch schon genug Pilze gefunden. Das reicht für ein Abendessen.«

»Ich möchte schon gern wissen, woher der Gestank kommt«, erwiderte Steffen und stieg kurz entschlossen über einen entwurzelten Baumstamm hinweg.

»Ich will das überhaupt nicht wissen«, rief ihm Lena hinterher, doch Steffen ging unbeirrt weiter.

»Steffen?« Lena reckte den Hals. Wo war er denn jetzt hin? Sie konnte ihn nirgends mehr sehen. »Wenn du nicht kommst, dann geh ich eben allein zurück«, drohte sie, wohlwissend, dass sie genau das nicht tun würde. Sie lauschte. War Steffen überhaupt noch in Hörweite? Unschlüssig trippelte sie von einem Fuß auf den anderen. Wie konnte er sie hier nur allein stehen lassen? Er wusste doch, was für ein ängstlicher Typ sie war! Widerwillig folgte sie ihm in die Richtung, in die er verschwunden war. Warum nur, fragte sie sich, musste er unbedingt diesem Gestank nachgehen? Sie verstand das nicht … Mit jedem weiteren Schritt wurde der Gestank noch ekelerregender. Sie kroch gerade unter einem umgefallenen Baumstamm hindurch, als sie einen gellenden Schrei hörte. Lena erschrak so, dass sie reflexartig auffuhr und sich am Stamm den Schädel anschlug. Augenblicklich schossen ihr die Tränen in die Augen. Zwei Sekunden lang war sie vor Schmerz wie gelähmt, dann zog sie den Kopf ein und krabbelte vollends unter dem Baum hindurch. Verwirrt rieb sie sich den Kopf. Dieser Schrei – war das Steffen gewesen? Die Stimme hatte so schrill geklungen.

In diesem Moment sah sie ihren Freund. Mit weit ausladenden Sprüngen setzte er über Sträucher und Äste hinweg, gerade so, als sei er auf der Flucht. In seinem Gesicht stand das blanke Entsetzen, sein Mund war aufgerissen, die Augen schreckgeweitet. Er musste etwas Grauenerregendes gesehen haben.

»Lena!«, keuchte er. Er packte sie am Arm und schleuderte sie so heftig herum, dass ihr der Korb entglitt und sich sämtliche Pilze über den Boden verteilten. »Nicht! Geh nicht weiter! Es ist …, es ist furchtbar! Das Gesicht … Da ist kein Gesicht mehr.« Er senkte die Stimme zu einem Raunen. »Und … kein Herz.«

29. Kapitel

Till kam beinahe pünktlich. Er hielt in der Nähe der Schranke, wartete mit laufendem Motor, bis Cora eingestiegen war, und fuhr dann sofort los. Cora stellte ihre Handtasche im Fußraum ab, zog den Gurt über die Brust und gab ihm unterdessen einen Kuss auf die Wange.

»Und?«, fragte sie. »Wo soll's hingehen?«

Till deutete ein Lächeln an. »Wirst du gleich sehen.«

Cora warf ihm einen verwunderten Blick zu, zügelte aber ihre Neugier. Offenbar plante er eine Überraschung, und es freute sie, dass er sich um sie bemühte. Vor allem vor dem Hintergrund des letzten Telefonats. Was für unmögliche Fragen er ihr da gestellt hatte! Als ob sie etwas mit dem Verschwinden des Jungen zu tun gehabt hätte! Das Misstrauen in seiner Stimme und die plötzliche Distanziertheit hatten sie wirklich verletzt. Auch wie er die Befragung eingefädelt hatte, war ein Unding gewesen. Vermutlich hatte er zu diesem Zeitpunkt bereits geahnt, dass es sich bei der als vermisst gemeldeten Person um den Jungen vom Campingplatz handelte. Aber gut, sie wollte nicht nachtragend sein. Heute war ein neuer Tag. Dass Till von sich aus die Initiative ergriffen hatte und sie unbedingt zeitnah sehen wollte, war ein gutes Zeichen. Womöglich seine Art, sich zu entschuldigen.

Einige Minuten lang fuhren sie schweigend dahin, an Langenbrand vorbei, die Landstraße entlang bis nach Höfen an der Enz. Die Verkehrsmeldungen aus dem Radio und die nachfolgende Musik überbrückten die Stille. Sie hatten Höfen bereits einen Kilometer hinter sich gelassen, als Till plötzlich auf einen Wanderparkplatz einbog.

»Gehen wir wandern?«, fragte Cora verwundert und blickte zweifelnd auf ihre Stiefeletten.

»Warst du schon mal hier?«, fragte Till zurück, während er das Auto in Blickrichtung zum Wald einparkte.

»Nein.« Sie lugte aus dem Fenster. »Gibt es hier irgendwas Besonderes?«

»Von hier aus gelangt man in den Bannwald.«

»Ein Bannwald? Das klingt ja spannend.« Sie schnallte sich ab. »Aber das hättest du mir vorher sagen müssen. Dann hätte ich meine Wanderschuhe angezogen.« Sie deutete auf ihre Stiefel. »Mit den Absätzen werd ich nicht weit kommen.«

Till ließ das Fenster herunter, stellte das Radio ab und zündete sich eine Zigarette an.

»Wir gehen nicht wandern.«

»Nicht?«

»Nein.« Er wandte den Kopf ab und blies den Rauch aus dem Fenster.

»Weshalb sind wir dann hier?« Sie drehte sich um und begutachtete die Rückbank. »Lust auf einen Quickie?« Sie lächelte herausfordernd.

Till lachte auf und winkte ab. »Ich fürchte, dafür bin ich dann doch nicht mehr gelenkig genug.« Er wurde wieder ernst. »Nein, ich wollte nur in Ruhe mit dir reden.«

»Hier? Im Auto? Auf einem Parkplatz?« Sie drückte auf den Fensteröffner, woraufhin das Fenster mit einem leisen Surren herunterfuhr. Ihr Blick blieb an einer großen Fichte hängen, die exponiert am Rand einer Wiese stand. Sie spürte mit einem Mal ein unangenehmes Ziehen im Bauch. Es verhieß meist nichts Gutes, wenn jemand in Ruhe reden wollte. Dahinter steckte in aller Regel ein Problem. Sie löste ihren Blick von dem Baum und wandte sich wieder Till zu. Verunsichert sah sie ihn an. War er gerade dabei einen Rückzieher zu machen? Aber er hatte sich doch auch wieder in sie verliebt … Oder hatte sie sich das nur eingebildet? Vielleicht, dachte sie, steckte auch etwas ganz anderes dahinter. Es war doch möglich, dass er eine feste Freundin hatte und es nun bereute, mit ihr eine Affäre begonnen zu haben.

»Darf uns niemand sehen?«, fragte sie in die Stille hinein. Im selben Moment kam ihr ein neuer Gedanke. Vielleicht durfte er sich deshalb nicht mit ihr in der Öffentlichkeit zeigen, weil er bereits wieder verheiratet war! Sie schielte auf seine Hände. Nein, ein Ehering war nicht zu sehen. Er trug überhaupt keine Ringe.

Mit einem vernehmlichen Räuspern riss Till sie aus den Gedanken. »Mike Eberhart wurde gefunden«, sagte er, ohne auf ihre Frage einzugehen. Während er sprach, entwich ihm eine Rauchwolke und stieg zum Dachhimmel auf.

Cora sah ihn erstaunt an. Mike Eberhart? Es ging also gar nicht um sie beide …

»Aha. Und, wo hat er gesteckt?«

»Hier. Im Bannwald.«

»Hat er sich verlaufen, oder was?«

»Nein.« Tills Gesichtszüge verhärteten sich. »Er ist tot.«

Cora schnappte nach Luft. »Was?«

»Er wurde ermordet und dort drüben«, er machte eine vage Handbewegung in Richtung des Waldes, »verscharrt.«

Cora sah ihn eine Sekunde lang ungläubig an, dann wandte sie den Kopf ab und blickte stumm aus dem Fenster. Das musste sie erst einmal verdauen … Nachdem sie den ersten Schock überwunden hatte, öffnete sie schwungvoll die Tür und stieg aus.

»Ich brauch frische Luft.«

Mit schnellen Schritten überquerte sie den Parkplatz und ging ein Stück weit den Waldweg entlang. Mike Eberhart war tot. Der Mensch, der höchstwahrscheinlich ihren Hund getötet hatte, war ermordet worden. Cora blieb stehen und horchte in sich hinein. Was fühlte sie dabei? Sicher, sie hatte eine Mordswut auf diesen Jungen gehabt. Rachegedanken hatten sie umgetrieben. Sie wollte ihn bestraft sehen. Aber den Tod hatte sie ihm nicht gewünscht. Zumindest nicht in nüchternem Zustand. Nein, Genugtuung empfand sie nicht. Das wäre ja auch schäbig gewesen. Es war immer entsetzlich, wenn ein Kind ums Leben kam. Und Mike war fast noch ein Kind gewesen. Viel zu jung zum Sterben. Cora spähte zwischen den Bäumen hindurch. Hatte der Junge hier um sein Leben gekämpft? Oder hatte der Mörder ihn ganz woanders getötet und im Bannwald lediglich entsorgt? Nachdenklich kehrte sie zum Parkplatz zurück. Till war derweil ebenfalls ausgestiegen und stand nun rauchend vor dem Auto.

»Wer hat ihn gefunden?«, fragte sie.

»Pilzsammler.« Er schüttelte den Kopf. »Er sieht grauenvoll aus. Irgendwelche wilden Tiere haben ihn ausgebuddelt.« Er blickte zu Boden, schob mit dem Fuß einen herumliegenden Stein zur Seite und sah wieder auf. »Die haben ihm das halbe Gesicht abgefressen.«

Cora schlug sich die Hand vor den Mund. »Ist das übel!« Eine Weile starrte sie ins Leere, dann meinte sie plötzlich: »Wenn sein Gesicht so schlimm zugerichtet ist – könnt ihr ihn dann überhaupt sicher identifizieren? Wann bekommt ihr den DNA-Abgleich?«

»Das dauert noch, aber wir können trotzdem davon ausgehen, dass er es ist. Seine Mutter hat ihn identifiziert. Außerdem konnte man an seinem Bein immer noch den Hundebiss erkennen.«

»Habt ihr auch Spuren vom Täter gefunden?«, erkundigte sich Cora.

»Das darf ich dir nicht sagen«, erwiderte Till. Er machte ein paar Schritte zu einem Abfalleimer hin und entsorgte seine Kippe. Als er zurückkam, zeigte er mit einem Mal eine auffallend verschlossene Miene. »Ich hab im Ermittlungsteam übrigens eine leitende Position.«

Cora horchte alarmiert auf. Es überraschte sie keineswegs, dass er als Kriminalhauptkommissar das Ermittlungsteam anführte. Das war naheliegend. Aber weshalb betonte er dies so? Da kam gewiss noch was nach …

Wie sich rasch zeigte, lag sie mit ihrem Gefühl richtig. »Tja, und das ist jetzt echt ein Problem.« In seinem Gesicht zuckte ein Muskel. »Schließlich bin ich befangen.«

»Wieso das denn? Wegen mir etwa?« Ihre Wangen röteten sich vor Empörung. »Weil … Weil ich diesem Mike zufällig auf dem Campingplatz begegnet bin?«

»Du bist ihm nicht nur zufällig begegnet, sondern du hattest mit ihm einen heftigen Streit. Dein Hund hat ihn ins Bein gebissen und er hat ihn vermutlich daraufhin im Wald erhängt.« Er sah sie eindringlich an. »Du hast ein Motiv.«

Einen Moment lang schaute ihn Cora ungläubig an, dann holte sie Luft.

»Du denkst allen Ernstes, dass ich ihn umgebracht habe?« Sie zog eine Grimasse. »Du tickst doch nicht ganz richtig!« Ihre Stimme kippte.

Till fasste Cora an den Schultern. »Ich weiß, dass du keine Mörderin bist.« Er sah ihr fest in die Augen. »Aber leider hast du ein starkes Motiv. Und da werden meine Kollegen nachhaken.

Das ist doch logisch!« Er ließ die Arme sinken. »Und ich hab auch noch einige Fragen an dich …«

Cora verstummte zunächst, dann sagte sie verzagt: »Diese Schutzpolizisten, die ich in Waldis Todesnacht gerufen habe, wissen von der Verbindung zwischen Mike und mir. Aber sie wissen nichts von dem Biss.« Sie sah ihn eindringlich an. »Außer den Jugendlichen und dem Platzwart weiß niemand was davon. Es gab auch keine Zeugen, die den Angriff beobachtet haben. Wir standen in diesem Moment verdeckt hinter einer Hecke.« Sie dachte nach. »Die Jugendlichen werden aus eigenem Interesse den Mund halten. Sie möchten ja nicht mit Waldis Ermordung in Verbindung gebracht werden. Und der Leimgruber weiß nichts von Mikes Ermordung.« Ihre Stimme ging in ein Flüstern über. »Wenn du nichts sagst, werden deine Kollegen vielleicht gar nicht auf mich kommen.«

»Sie sind dir bereits auf der Spur.« Er klang resigniert.

»Ich … versteh nicht«, stammelte Cora. »Warum …? Hast du …?«

»Ich hab gar nichts!«, fuhr Till sie an. »Das hast du dir selbst eingebrockt.«

»Ich hab keine Ahnung, wovon du redest!« Ihre Stimme wurde weinerlich. »Sprich gefälligst offen mit mir!«

»Das Problem ist, dass du nicht offen bist«, gab Till zurück. »Was hat es zum Beispiel mit dieser Nachricht auf sich, die du dem Jungen aufs Handy geschickt hast?«

»Welcher Nachricht?«, fragte Cora verwirrt.

»Welcher Nachricht?«, äffte Till sie verärgert nach. »Willst du mich verarschen?« Mit einem ungehaltenen Stöhnen zog er sein Handy aus der Hosentasche hervor, tippte darauf herum und reichte es ihr dann. »Hier nimm und lies. Das haben die Kollegen auf Mikes Handy gefunden. Abgeschickt von deinem Smartphone. Und zwar an dem Abend, als Waldi ermordet wurde.«

Cora war wie vor den Kopf geschlagen. Konsterniert nahm sie das Handy an sich. Während sie den Screenshot überflog, wurde sie immer blasser. Schließlich sah sie auf, Tränen in den Augen.

»Das«, wisperte sie, »soll ich geschrieben haben?«

30. Kapitel

Kriminalkommissar Schneider setzte sich die Lesebrille auf und tippte dann auf das grüne Whatsapp-Icon. »»Ich weiß, dass du es warst. Aber dafür wirst du büßen. Es wird dir noch leidtun, du feiges Dreckschwein.«« Er legte das Handy vor Cora so auf den Tisch, dass sie die Nachricht lesen konnte.

»Ich kann mich nicht erinnern, das geschrieben zu haben«, entgegnete sie, während ihre Augen flüchtig über das Display ihres Handys hinweghuschten. Es entsprach der Wahrheit. Inzwischen führte sie die Erinnerungslücke auf einen Filmriss zurück. Sie hatte in dieser Nacht einfach viel zu viel Alkohol getrunken. Anders konnte sie sich die wüsten Drohworte nicht erklären. Leider kam diese verfluchte Nachricht, die sie da im Unverstand verfasst hatte, nun geradezu einem Schuldeingeständnis gleich. Jedes einzelne Wort sprach für sich.

Sie seufzte innerlich auf. Diese Angelegenheit war dermaßen peinlich! Sie hätte vor Scham unter dem Tisch versinken können. Und nun musste es ausgerechnet auch noch Tills Teamkollege sein, der sie verhörte. Sie hatte Schneider ja bereits bei der Festnahme dieser Einbrecherin kurz kennengelernt. Damals hatte er gar nicht so streng gewirkt. Jetzt, da er ihr am Schreibtisch gegenübersaß, machte er fast schon einen überkorrekten Eindruck. Das mochte aber auch an dem akkurat gebügelten Hemd und der biederen Stoffhose liegen, die er heute trug. Die Aufmachung ließ ihn alt aussehen. Dabei schätzte ihn Cora angesichts des geringen Grauanteils seiner hochgegelten Borsten höchstens auf fünfzig. Wie auch immer – so ernst wie er sie gerade über seine Lesebrille hinweg ansah, war klar, dass sie alle Register ziehen musste. Cora atmete tief durch. Dann sagte sie mit fester Stimme: »Es gibt nur eine Erklärung hierfür – mein Handy wurde gehackt.«

Schneider horchte auf. »Lief ihr Smartphone denn in letzter Zeit ungewöhnlich langsam, war der Akkuverbrauch höher oder gab es vermehrt Abstürze?«

Cora dachte nach. »Hm. Jetzt, da Sie es sagen … Stimmt, der Akku verbraucht sich zurzeit tatsächlich erstaunlich schnell.«

»Aha. Und sonst? Hat Ihre Bank bereits verdächtige Zahlungen ins Ausland gemeldet, die von ihrem Konto abgegangen sind?« Als er den Kopf schief legte, fiel Cora erstmals auf, dass seine Ohren im Verhältnis zum Gesicht übermäßig groß geraten waren.

»Nicht, dass ich wüsste«, antwortete sie und zuckte mit den Achseln.

Schneider nickte und tippte dann eine Weile auf der Tastatur seines PCs herum. Ohne den Blick vom Bildschirm zu nehmen, meinte er: »Also, falls Sie wirklich gehackt worden sind, lässt sich das nachprüfen.« Er wandte sich wieder Cora zu. »Allerdings würden Hacker mit Sicherheit früher oder später an Ihre Konten gehen. Oder sie würden versuchen, Sie zu erpressen. Dass ein Hacker stattdessen so eine Nachricht versendet, erscheint mir eher unwahrscheinlich.«

»Vielleicht war es ja der Mörder«, sagte Cora. »Er will damit den Verdacht auf mich lenken.«

Der Kriminalkommissar sah sie nachdenklich an. »Das glaube ich nicht«, entgegnete er schließlich. »Wissen Sie, ich bin ein pragmatischer Mensch mit wenig Fantasie. Ich gehe zuerst einmal immer vom Naheliegenden aus. Und in diesem Fall ist es am naheliegendsten, dass Sie es waren, die diese Nachricht an Mike Eberhart verschickt hat.« Er holte Luft. »Weil Sie eine Sauwut auf ihn hatten.«

»Warum sollte ich denn so wütend gewesen sein? Weil dieser Junge gelegentlich die Musik zu laut aufgedreht hat?« Sie seufzte. »Ja, ich geb es zu. Ich hab mich beim Platzwart mal über den Lärm beschwert. Aber wegen einer Ruhestörung würde ich ja niemanden umbringen. Selbst wenn er, wie meine anderen Nachbarn, jeden Abend das Badnerlied grölt. Die sind im Übrigen noch am Leben.« Sie lächelte gequält.

Schneider lächelte nicht, sondern behielt seine strenge Linie bei. »Ja, Frau Brecht, wegen Ruhestörung bringt man normalerweise niemanden um, obwohl es auch das schon gegeben hat. Aber …«, er beugte sich über den Tisch, um seinen Worten mehr Nachdruck zu verleihen, »wenn der eigene Hund von den Nachbarn bestialisch massakriert wird – das ist etwas anderes. Da kann man durchaus Rachegedanken bekommen.«

Cora schluckte trocken. Bevor sie etwas erwidern konnte, fuhr Schneider fort: »Ja, ich hatte ein Telefonat mit dem Platzwart vom Campingplatz, dem Herrn Leimgruber. Mike Eberhart hat dort ja unmittelbar vor seiner Ermordung Urlaub gemacht. Da ist es durchaus interessant, zu erfahren, ob in dieser Zeit irgendwas Besonderes vorgefallen ist.« Er nahm seine Lesebrille ab, klappte sie zusammen und verstaute sie in einem Brillenetui. »Na ja, was soll ich sagen? Es war ein aufschlussreiches Gespräch. Herr Leimgruber war sehr auskunftsfreudig. Er hat ebenfalls erwähnt, dass die Jugendlichen manchmal etwas zu laut gefeiert haben. Viel spannender war für mich allerdings, was er über Sie erzählt hat.« Er machte eine Pause und bedachte Cora mit einem strengen Blick. »Zum Beispiel, dass Ihr Hund den Jungen ins Bein gebissen hat. Und dass daraufhin Ihr

Hund entführt wurde.« Er beugte sich erneut über den Tisch und senkte die Stimme. »Wurde Ihr Hund tatsächlich im Wald erhängt?« Er schüttelte den Kopf. »Brutal, wirklich brutal.« Er bedachte sie mit einem einfühlsamen Blick. »Es gibt immer wieder Sachen, da ist man selbst als erfahrener Ermittler geschockt. So einen kleinen, wehrlosen Hund dermaßen kaltblütig hinzurichten … Herzlos ist das, einfach nur herzlos.«

Cora presste die Lippen aufeinander und schwieg. So hatte sie sich das Gespräch nicht vorgestellt. Schneider hatte in der kurzen Zeit erstaunlich viel herausgefunden. Natürlich hatte sie damit gerechnet, dass Mikes Eltern über den Zelturlaub berichten konnten und die Polizei infolgedessen auch irgendwann auf dem Campingplatz auftauchen würde. Und es war ihr auch klar gewesen, dass es früher oder später einen Austausch mit den Kollegen von der Schutzpolizei geben würde. Allerdings hatte sie denen ja nichts über den Hundebiss gesagt, und sie hatte gehofft, dass Leimgruber dieses Detail inzwischen vergessen hatte. Aber weit gefehlt. Tills Teamkollegen setzten die Puzzleteile wesentlich schneller zusammen als erwartet.

Natürlich durchschaute sie, was Schneider vorhatte und wohin er sie lenken wollte. Sie musste höllisch aufpassen, nicht über seine Fallstricke zu stolpern. Auch jetzt in diesem Moment ruhte sein aufmerksamer Blick auf ihr. Er las in ihrer Mimik, ihren Augen, nahm jede verräterische Regung ihres Körpers wahr. Nein, sie traute ihm keinen Fingerbreit über den Weg.

Als Cora keine Anstalten machte, sich zu äußern, fuhr Schneider fort. »Frau Brecht, wo waren Sie denn am Dienstag, den vierten Oktober, zwischen drei und sechs Uhr morgens?«

»Im Bett natürlich«, entgegnete Cora. »Auf dem Campingplatz, in meinem Wohnwagen.«

»Gibt es dafür Zeugen?«

»Nein, leider nicht.«

Schneider sah sie prüfend an, nickte dann und gab ihre Aussage in den Computer ein.

Cora knetete nervös die Hände. Mist! So wie es aussah, war sie momentan tatsächlich die Hauptverdächtige. Da sie bislang wohl keine anderen Anhaltspunkte hatten, konzentrierten sich die Beamten natürlich voll und ganz auf sie. Es war wirklich verfahren. Und Till konnte leider auch nicht helfen. Ganz im Gegenteil. Wenn rauskam, dass sie was miteinander hatten, würde er womöglich von dem Fall abgezogen werden. Dann hätten sie beide keinen Einblick mehr in die laufenden Ermittlungen. Um keinen Verdacht aufkommen zu lassen, hatten sie deshalb beschlossen, sich vorerst nicht mehr zusammen in der Öffentlichkeit blicken zu lassen. Aus diesem Grund war Till heute bewusst nicht ins Präsidium gekommen, sondern ermittelte im Umkreis von Mikes Freunden und in dessen Schule. Sie musste also selbst dafür sorgen, aus diesem Schlamassel wieder herauszukommen. Sie atmete tief durch. Was den Schneider anbelangte, so war es nun Zeit, das Ass aus dem Ärmel zu ziehen.

»Hat Ihnen der Leimgruber auch erzählt, dass Mike vor ein paar Tagen in eine Prügelei verwickelt war?«

Schneider löste seinen Blick vom Bildschirm und wandte sich ihr zu. Natürlich war er nicht dumm und wusste sehr wohl, dass Cora ihm gerade ein rotes Tuch vorhielt, um von sich selbst abzulenken. Trotzdem ließ ihn das Wort »Prügelei« hellhörig werden.

»Nein, das hat er nicht erwähnt«, gab er zu. »Haben Sie die Prügelei beobachtet?«

»Nun ja, obwohl mich die Sache nichts anging, hab ich vorsichtshalber nach dem Rechten gesehen. Die waren so laut und haben sich dermaßen hart gekloppt, dass ich schon Angst hatte, die bringen sich gegenseitig um.« Das war übertrieben, klang aber dramatischer.

»Haben Sie auch gesehen, mit wem sich Mike Eberhart geprügelt hat?«

»Der Junge war dunkelhaarig, südländischer Typ, ein bisschen kleiner als Mike. Ich schätze mal, dass er ungefähr das gleiche Alter wie die anderen in der Clique hatte, so um die fünfzehn oder sechzehn.«

»Mike war fünfzehn«, warf Schneider ein. »Hat dieser Junge auch auf dem Campingplatz gezeltet?«

»Ich glaube nicht. Ich hab ihn davor noch nie gesehen.«

»Hatten Sie den Eindruck, dass sich Mike und dieser Junge kannten?«

»Gefühlsmäßig würde ich sagen, sie kannten sich. Aber sicher weiß ich das natürlich nicht. Ich weiß auch nicht, wann der andere Kerl zu der Gruppe dazugestoßen ist. Ich bin erst durch das Geschrei der Mädchen auf die Prügelei aufmerksam geworden. Das war am frühen Abend, so gegen achtzehn, neunzehn Uhr.«

»Und dann sind Sie rüber und …? Was haben Sie gemacht?«

»Ich hab nur von Weitem geguckt«, erklärte Cora und knetete dabei ein Ohrläppchen. »Na ja, die Prügelei ging mich ja eigentlich nichts an. Ich war mir allerdings nicht sicher, ob Polizei nötig war. Wie gesagt, es ging ziemlich zur Sache.«

»Was heißt, es ging ziemlich zur Sache?«

»Als ich darauf aufmerksam wurde, hatte Mike den anderen gerade im Schwitzkasten. Der hatte schon einen knallroten Kopf. Eine Weile hing er so fest, dann hat er es geschafft, Mike umzuwerfen. Daraufhin haben sie sich am Boden gerauft. Mit den bloßen Fäusten haben sie aufeinander eingedroschen.« Sie griff nach dem Wasserglas, das Schneider ihr hingestellt hatte, und nippte daran. »Obwohl Mike dem Dunkelhaarigen körperlich überlegen war, hat der sich recht gut zur Wehr setzen können. Die anderen Jugendlichen standen alle drumherum und haben zugesehen. Die Mädchen haben ein mega Geschrei gemacht, aber eingegriffen hat niemand. Gut, die zwei Jungs waren so in Rage, da wollte wohl keiner eine abbekommen.« Sie hielt inne, versuchte, sich zu erinnern. »Erst als der dunkelhaarige Junge obenauf saß und sich eine herumliegende leere Bierflasche krallte, sind die anderen Jungs dazwischengegangen. Sie haben ihn von Mike heruntergezerrt und ihm die Flasche abgenommen.«

»Aha. Und dann?«

»Daraufhin ist der dunkelhaarige Junge abgehauen. Irgendwas hat er Mike noch zugerufen.« Sie überlegte. »Ich krieg dich, oder so ähnlich.« Cora sah Schneider ruhig in die Augen. Hektische Augenbewegungen und vermehrtes Blinzeln verrieten den Lügner. Das hatte sie in ihrem Psychologiestudium gelernt.

31. Kapitel

Das Gerbel-Gymnasium lag auf einem Hügel oberhalb der Enz, im Vorzeigeviertel von Pforzheim, dessen Bild von Jugendstilvillen und schmucken Stadtwohnhäusern geprägt war. Die Anlage bestand aus zwei Gebäuden, dem Neubau und dem Altbau, sowie einer Turnhalle mit Sportplatz. Im Moment war es ruhig auf dem Schulhof. Lediglich zwei Krähen stritten sich um ein Stück Brot, das sie neben einem Mülleimer gefunden hatten. Till brauchte einen Augenblick, um sich zu orientieren, dann steuerte er auf den Eingang des Neubaus zu. Das Schrillen der Pausenglocke war für die Krähen das Signal zum Aufbruch. Blitzschnell entriss die eine der anderen das Brot und flog davon. Die langsamere Krähe schnappte sich noch rasch eine der herumliegenden Orangenschalen, dann suchte auch sie das Weite. Kaum waren die Krähen entschwunden, da strömten auch schon die Schüler auf den Pausenhof. Till blieb stehen und wartete auf die aufsichtführende Lehrkraft, die nun ebenfalls aus dem Schulgebäude heraustrat. Trotz des wilden Gedränges der Schüler registrierte die Frau ihn sofort.

»Kann ich Ihnen helfen?«

»Ja, ich suche das Beratungszimmer.«

Die Lehrerin wies auf ein modernes Gebäude, das linker Hand an den Schulhof grenzte.

»Das Beratungszimmer ist im zweiten Stock, die dritte Tür auf der rechten Seite.«

Till bedankte sich für die Auskunft und steuerte auf den Eingang des Gebäudes zu. Während er durch das Foyer ging, versuchte er, Mike und seine Clique vor seinem inneren Auge lebendig werden zu lassen. Wie hatten sie sich hier wohl benommen? Vermutlich nicht viel besser als außerhalb der Schule. Er war wirklich gespannt darauf, was die Klassenlehrerin über Mike zu erzählen wusste.

Frau Hohlbein war überraschend jung. Till schätzte sie auf Ende zwanzig. Athletisch, blonder Pferdeschwanz, dazu ein hübsches Gesicht und eine frische Ausstrahlung ... Ja, die junge Lehrerin mit dem wachen Blick gefiel ihm.

»Sind Sie die Sportlehrerin?«, fragte er mit einem charmanten Lächeln, während sie die Tür zum Beratungszimmer aufschloss.

Frau Hohlbeins Mundwinkel zuckten kurz. »Nein, ich unterrichte Deutsch und Französisch.«

»Oh, Französisch ... das war ja voll meins! Hab's mit Ach und Krach geschafft, das Fach mit einer Vier abzuwählen.« Er grinste.

Das Beratungszimmer war spartanisch eingerichtet. Ein runder Tisch und fünf Stühle, das war alles. Es gab weder ein Bild an der Wand noch eine Pflanze, dafür aber eine schöne Aussicht auf einen bewaldeten Hügel in der Ferne. Frau Hohlbein bot ihm mit einer einladenden Geste an, Platz zu nehmen. Till setzte sich und holte aus der Jackentasche Notizbuch und Kugelschreiber hervor.

Die Lehrerin stellte ihre Schultasche unter dem Tisch ab und setzte sich dann ebenfalls. Ihr Gesichtsausdruck wurde ernst. »Ich habe erst heute Morgen davon erfahren.« Sie schüttelte den Kopf. »Schlimm ist das. Ich kann es gar nicht fassen!«

»Wissen es die Klassenkameraden bereits?«, erkundigte sich Till.

»Ja, Frau Hafer, unsere Schulleiterin, hat es der Klasse gesagt. Die Schüler sind total geschockt. Am schlimmsten war es für Jolie. Wir mussten sie von ihren Eltern abholen lassen, weil sie nur noch geweint hat und sich nicht mehr beruhigen ließ.«

»Hatte sie ein besonderes Verhältnis zu Mike?«

»Mike war ihr Freund. Soweit ich weiß, waren sie aber noch nicht lange zusammen. Ein paar Wochen vielleicht.«

Till schlug sein Notizbuch auf. »Jolie … und wie weiter?«

»Jolie Gall.«

Er notierte sich rasch den Namen, dann fuhr er fort: »Gab es in letzter Zeit irgendeinen Vorfall im Zusammenhang mit Mike und seiner Clique, der außergewöhnlich war? Oder hat Mike selbst etwas geäußert, was uns weiterhelfen könnte?«

Frau Hohlbein dachte nach. »Hm, nein. Ich wüsste nicht, was es da gegeben haben könnte. Ich meine – Probleme hat Mike immer schon gemacht. Er war ein schwieriger Schüler …« Sie zögerte, als traue sie sich nicht, über den toten Jungen schlecht zu reden.

»Ja?«, ermunterte sie Till. »Was hat er denn so angestellt?«

Die Lehrerin seufzte. »Oh, vieles. Er war clever. Und kreativ. Es war eine Challenge für ihn, gegen Regeln zu verstoßen und sich nicht dabei erwischen zu lassen. Er musste ständig austesten, wie weit er die Grenzen überschreiten konnte.«

»Können Sie konkret ein Beispiel nennen?«

»Eine Zeit lang sind ständig Sachen der Schüler verschwunden. Erst ging es lediglich um Schreibmaterial, wie Radiergummis, Füller und Spitzer. Aber irgendwann fehlten dann auch kleinere Beträge an Geld und schließlich auch

Handys. Durch Zufall hat ein Mitschüler eines der gestohlenen Handys in Mikes Tasche entdeckt. Frau Hafer hat ihn sich daraufhin vorgeknöpft.« Sie holte Luft. »Er hat natürlich alles abgestritten und behauptet, jemand habe ihm das Handy heimlich in die Tasche gesteckt.« Sie zuckte mit den Schultern. »Wir waren uns sicher, dass er die Sachen geklaut hatte, aber wir konnten es ihm eben nicht nachweisen.«

Till machte sich erneut eine Notiz und sah dann auf. »Womöglich finden wir die gestohlenen Sachen ja in seinem Zimmer. Ich werde einem Kollegen Bescheid geben, danach zu suchen.« Er legte den Kugelschreiber vor sich ab. »War Mike eigentlich beliebt? Ich meine, außerhalb seiner Clique?«

»Beliebt? Ich würde eher sagen, gefürchtet. Mit Mike und seiner Clique legte man sich besser nicht an. Es gab mehrere Fälle von Mobbing. In einem Fall war es so heftig, dass Mike deshalb mit einem Schulausschluss bestraft wurde.«

Till nahm sofort wieder den Kugelschreiber zur Hand. Das war eine Spur. Womöglich hatte sich das Mobbingopfer an ihm gerächt.

»Wissen Sie noch, wie das Mobbingopfer hieß?«

»Sara … Sara Kotz.«

Till unterdrückte ein Grinsen. »Oje!«

»Ja. Der Name war natürlich eine Steilvorlage. Sie können sich bestimmt vorstellen, wie das abging. Sara wurde nur noch mit dem Nachnamen angesprochen. Wenn sie an der Clique vorbeilief, machten sie hinter ihrem Rücken Würgegeräusche. Schließlich wurde sie gar nicht mehr beim Namen genannt. Wenn die Mitschüler über sie sprachen, machten sie nur noch diese Handbewegung …« Frau Hohlbein imitierte die Geste und steckte sich den Zeigefinger in den geöffneten Mund. »Andere Mitschüler sprangen auf den Zug auf und übernahmen das. Anfangs machten sie das noch versteckt. Als das langweilig wurde, machten sie es auch vor Saras Augen. Sie wurde so lange drangsaliert, bis sie in Tränen ausbrach.«

Till sog vernehmbar die Luft ein. »Hm, ich kann mir das genau vorstellen.«

»Ja, aber das war erst der Anfang. Sara war ein pummliges Mädchen. Also schlugen sie gleichzeitig auch in diese Kerbe. Da kamen Sprüche wie: ›Wenn ich so viel fressen würde, müsste ich auch kotzen.‹« Frau Hohlbein senkte die Stimme. »Solche Nachrichten erhielt Sara auch schriftlich. Über die Whatsapp-Gruppe. Öffentlich. Oder anonym, auf einem Zettel, der plötzlich in der Schultasche steckte. Die meisten Zettel hat sie weggeworfen. Aber einen hat sie mir dann doch mal vorgelegt. Ich hab den Zettel als Beweisstück aufgehoben.« Sie beugte sich zu ihrer Schultasche hinab, zog eine Folienmappe hervor und legte sich diese dann auf den Schoß. »Wo hab ich …«, murmelte sie, während sie Folie für Folie umblätterte. »Ach da, da ist es!« Sie griff in die Folie, zog einen schräg abgerissenen karierten Zettel hervor und schob ihn Till über den Tisch hinweg zu. Der Verfasser hatte die Nachricht in einer krakeligen Schrift mit dem Füller hingeschludert. Es waren nur wenige Worte, nicht mehr als zwei Sätze, doch diese waren an Widerwärtigkeit kaum zu übertreffen.

Falls du jemals gefickt werden solltest, dann denk an die Kotztüte. Bei dem Geschwabbel wird jedem Mann schlecht.

»Das ist verdammt hart«, stellte Till fest. Er griff in seine Jackentasche und holte einen kleinen Plastikbeutel hervor. »Ist es für Sie in Ordnung, wenn ich den Zettel mitnehme?«

»Ja, Sie können ihn haben. Ist inzwischen eh …«, sie suchte nach dem richtigen Wort, »veraltet.« Während Till den Zettel eintütete, fuhr sie fort. »Es ging immer so weiter. Eines Tages haben sie Saras Jacke in ein benutztes Klo gestopft.« Sie seufzte. »Es war eine Katastrophe. Aber man konnte Mikes Clique nichts nachweisen. Das ging so lange, bis ein Kollege Mike dabei erwischt hat, wie er Saras Schulranzen in der Mülltonne entsorgen wollte. Die Sache war eindeutig und da kam er nicht mehr raus. Daraufhin erfolgte ein Elterngespräch, Nachsitzen und zwei Tage Unterrichtsausschluss.«

»Schwierig«, sagte Till und rieb sich das Kinn. »Das ist nicht viel – für all das, was er diesem Mädchen angetan hat … Sara dürfte nicht zufrieden gewesen sein. Vermutlich hat sich Mike noch über die schulfreien Tage gefreut.« Er tippte mit dem Kugelschreiber auf sein Notizbuch. »Wissen Sie, wo das Mädchen wohnt? Ich brauche unbedingt ihre Adresse.«

»Oh, das wird schwierig. Saras Familie ist vor zwei Monaten in die Schweiz umgezogen. Ob der Umzug was mit dem Mobbing an der Schule zu tun hatte, weiß ich nicht. Aber Sara war unendlich froh, dass sie von hier wegkam. Fragen Sie mal im Sekretariat nach. Eventuell haben Saras Eltern dort die neue Adresse hinterlassen.«

Till nickte, steckte seine Schreibsachen wieder ein und erhob sich. »Vielen Dank für das Gespräch. Nun müsste ich noch kurz mit Mikes Mitschülern sprechen.«

Frau Hohlbein lächelte. »Ich begleite Sie in die Klasse. Wir müssen in den Altbau.« Sie hatte die Türklinke bereits in der Hand, als ihr noch etwas einfiel. »Es gab da noch so einen Vorfall mit Mike. Ein Kollege hat ihn und zwei Kumpels dabei erwischt, wie sie in der großen Pause hinter dem Schulgebäude Nacktschnecken gequält haben.«

»Aha, was haben sie gemacht? Sie mit Salz bestreut?«

»Nein.« Sie öffnete die Tür, ließ Till hinaus und schloss dann hinter sich ab. »Kennen Sie diese Schneidegeräte für Gemüse? Mit einem Auffangbehälter und verschiedenen Klingen?«

»Ja, ich hab auch so ein Ding. Ist für Zwiebeln ganz praktisch.«

»Die Jungs hatten so ein Schneidegerät dabei. Darauf haben sie die Schnecken eingespannt und dann zerschnitten.« Sie verzog das Gesicht. »Das muss man sich mal vorstellen. Die haben bei jeder Schnecke eine andere Klinge ausprobiert. Die eine wurde in Würfel geschnitten, die andere in Streifen … Widerlich!«

Auch Till gruselte es bei dem Gedanken. Schneckenleiber in Würfelform. Das war krank. Einfach nur krank.

32. Kapitel

Für einen sonnigen Herbsttag wie diesen war erstaunlich wenig los im Kurpark. Cora betrachtete den Wegweiser. Schwanensee. Das klang gut. Sie war früher ab und zu mit ihren Eltern hierhergekommen, inzwischen lag der letzte Besuch aber schon eine ganze Weile zurück. Der Weg führte an einem kleinen Wasserrad vorbei, über eine Brücke hinweg, immer an der rauschenden Enz entlang. Sie zog ihre Strickjacke aus und knotete sie um die Hüfte. In der englischen Kirche war es kalt gewesen, doch jetzt genügte ein T-Shirt. Am Schwanensee war niemand. Sie setzte sich auf eine Bank nahe dem Ufer und wandte das Gesicht der Sonne zu. Ein Zwischenhoch hatte schöneres Wetter gebracht. Kühle Luft, wolkenloser Himmel und dazu strahlender Sonnenschein – herrlich, wenn man die Sonne auf der Haut genießen konnte, ohne Schweißausbrüche zu bekommen. Sie lehnte sich zurück und ließ ihren Blick über die Teichanlage gleiten. Schwanensee. Die Bezeichnung war ein bisschen hoch gegriffen. Schwäne waren nicht zugegen, dafür gab es jede Menge Stockenten. Einige davon schwammen im Wasser, die meisten jedoch saßen am Ufer und sonnten sich. Die Stimmung war beschaulich. Das gelbe Laub der Birken hob sich klar gegen den strahlend blauen Himmel ab und raschelte leicht im Wind, von etwas weiter entfernt drang das plätschernde Geräusch des Flusses herüber. Cora verschränkte die Arme hinter dem Kopf und atmete aus.

Das war genau das, was sie jetzt brauchte: Ruhe. Sie musste dringend über all das, was in den letzten Tagen über sie hereingebrochen war, nachdenken. Im Moment hatte sie das Gefühl, als entglitten ihr die Fäden. Sie spürte permanent eine innere Anspannung in sich, die nicht weichen wollte. Ja, sie war komplett überfordert mit der Situation. Vor allem die Vernehmung heute Vormittag lag ihr schwer im Magen. Es war Zeit, die wirren Gedanken zu ordnen und von der bloßen Abwehr in die Offensive zu wechseln.

Zwei besonders mutige Erpel kamen auf sie zugewatschelt und bettelten schnatternd um Futter. Jetzt erst registrierte Cora den Futterautomaten zwischen den Bäumen. »Na gut«, sagte sie zu den Enten, griff nach ihrer Handtasche und holte den Geldbeutel hervor. »Mal schauen, was das kostet.« Der Preis für das Entenfutter war erschwinglich. Nachdem sie fünfzig Cent eingeworfen hatte, spuckte der Automat eine kleine Pappschachtel gepresste Pellets aus. Mit einem zufriedenen Lächeln im Gesicht stellte sie sich ans Ufer und raschelte verheißungsvoll mit der Schachtel. Das vertraute Geräusch kam einem Startschuss gleich. Augenblicklich hoben alle Enten die Köpfe. Kaum hatte Cora eine Handvoll Pellets ins Wasser gestreut, stürzten sich die Landgänger hinterher. Die Enten, die bereits im Teich badeten, legten den Turbo ein. Ein wildes Gerangel um das Futter brach aus. Die beiden mutigen Erpel hatten beschlossen, sich aus der Meute rauszuhalten. Sie gingen Cora ganz direkt an und tanzten aufgeregt schnatternd um ihre Füße herum. »Ja, ihr bekommt auch was. Es wird wohl für alle reichen.« Cora hatte gerade die letzten Pellets an die Entenschar verteilt, als ihr Handy klingelte. Till.

»Ja?«, sagte sie und lächelte.

»Hi. Alles klar bei dir? Wo bist du gerade?«

»In Bad Wildbad. Im Kurpark.«

»Was machst du denn da?«

»Enten füttern.«

»Okay, Enten füttern. Und wie ist die Befragung gelaufen?«

»Nicht so gut«, entgegnete Cora verdrossen. »Dein Kollege hat mir nicht abgenommen, dass ich gehackt worden bin.« Sie warf die leere Futterschachtel in einen Mülleimer, ging zu der Bank zurück und setzte sich.

»Das hab ich dir doch gleich gesagt. Das glaubt kein Mensch.«

»Theoretisch hätte es aber sein können.«

»Wollte er wissen, woher du Mike kennst und in welchem Kontakt du zu ihm gestanden hast?«

Cora stöhnte. »Er wusste bereits alles.«

»Was alles?«, fragte Till alarmiert.

»Na alles halt. Er hat mit dem Leimgruber gesprochen und der hat ihm dann gleich mal gesteckt, dass ich mit Mike Streit hatte. Er hat ihm auch von Waldi erzählt. Von dem Biss und dass Waldi daraufhin entführt und ermordet worden ist.«

»So eine Scheiße!«

»Das kannst du laut sagen! Ach ja, und er weiß jetzt auch, dass ich mir Mikes Kontaktdaten besorgt habe.«

»Hm.« Mehr fiel Till offenbar im Moment nicht dazu ein.

»Till, ich brauch dringend ein Alibi.«

Einige Sekunden lang blieb es still, dann erklang ein Räuspern.

»Ich kann dir kein Alibi geben. Das hab ich dir doch schon erklärt.«

Cora spürte einen Stich im Innern. »Du warst aber in der Nacht bei mir«, sagte sie mit belegter Stimme, den Blick starr auf eine dösende Ente gerichtet.

»Ja, aber nicht zur Tatzeit«, entgegnete er gereizt.

Die Ente verschwamm vor ihren Augen.

»Traust du mir einen Mord zu? Glaubst du wirklich, ich verbringe mit dir so einen schönen Abend und im Anschluss gehe ich hin und ermorde aus Rache einen Fünfzehnjährigen?«

»Quatsch! Natürlich nicht.«

»Aber wenn du an meine Unschuld glaubst ... weshalb kannst du dann nicht einfach sagen, dass du bis sieben Uhr bei mir warst?«

»Weil es gelogen wäre.«

»Dann lüg doch mal für mich«, bat Cora mit brüchiger Stimme. »Ich brauch jetzt deine Hilfe, verdammt noch mal!«

»Wenn das rauskommt, bin ich meinen Job los«, gab Till zurück. »Wie stellst du dir das vor? Ich ermittle in einem Mordfall, und dann gebe ich der Hauptverdächtigen ein falsches Alibi? Cora, was verlangst du da von mir?«

»Das, was jeder für einen geliebten Menschen tun würde.«

»Nein, das sehe ich nicht ...«

»Außerdem kann das doch gar nicht rauskommen. Es weiß doch keiner außer uns beiden, wie lang du bei mir geblieben bist. Zwei Uhr, vier Uhr oder sechs Uhr. Was spielt das für eine Rolle?«

»Herrgott, Cora! Sei doch nicht so naiv! Auf dem Campingplatz gibt es jede Menge Leute. Es genügt ein einziger Camper, der gesehen hat, dass ich deinen Wohnwagen um zwei Uhr verlassen habe, dann bist du dein Alibi los. Und ich kann einpacken.«

Cora weinte still. Sie verstand seine Argumentation. Es war alles nachvollziehbar, was er sagte. Diese Sache war ein enorm heißes Eisen, und er würde sich hüten, es anzufassen. Dass sie nun durch diese Drohnachricht in den Mittelpunkt der Ermittlungen geraten war, daran trug nur sie allein die Schuld. Deshalb durfte sie auch nicht erwarten, dass er ihr nun den Arsch rettete. Aber das war die rationale Schiene. Vom Herzen her wünschte sie sich dagegen, dass Till für sie durchs Feuer ging. Ihr Held sollte aus Liebe zu ihr, ungeachtet seiner moralischen Wertvorstellungen, notfalls auch für sie lügen.

Eine Weile lang sagte keiner ein Wort, dann fragte Till plötzlich: »Sag mal, weinst du?«

Cora wollte ihm darauf keine Antwort geben. »Du willst mich also nicht entlasten«, stellte sie stattdessen fest.

»Ich werde alles tun, um den Mörder zu finden«, entgegnete Till. »Sobald wir den Schuldigen haben, bist du entlastet.«

»Und was ist, wenn ihr ihn nicht findet?«

»Natürlich finden wir ihn. Vor allem, wenn ich im Ermittlungsteam bleibe.« Er machte eine Pause. »Deshalb halt dich bitte daran, was wir besprochen haben: Wir kennen uns von früher, sind uns nach langer Zeit bei dem Einbruch wieder begegnet und hatten seitdem aber keinen persönlichen Kontakt mehr zueinander.«

»Jaja. Ich hab schon verstanden. Und wann sehen wir uns mal wieder? Erst, wenn der Fall abgeschlossen ist?«

Till zögerte.

Gut, dachte Cora, das ist auch eine Antwort. Sie fuhr sich mit der Hand übers Gesicht. Die Tränen waren derweil getrocknet und bildeten eine dünne salzige Schicht auf ihren Wangen.

»Hältst du mich wenigstens über die Ermittlungen auf dem Laufenden?«

Stille. Dann ein zaghaftes: »Ja.«

»Verrätst du mir dann, was du heute über Mikes Clique herausgefunden hast?«

»Ich hab in der Schule mit den Klassenkameraden gesprochen. Ist aber nicht viel dabei rausgekommen. Da wollte keiner so recht was sagen.« Er räusperte sich. »Dafür habe ich einige Infos durch die Klassenlehrerin erhalten. Mike scheint sadistische Züge gehabt zu haben. Er wurde dabei erwischt, wie er Nacktschnecken mit einem Schneidegerät gewürfelt hat.«

»Warum überrascht mich das nicht?«, fragte Cora grimmig.

»Außerdem hat Mikes Clique eine Klassenkameradin gemobbt«, fuhr Till fort. »Die haben das Mädchen so was von fertiggemacht, das glaubst du nicht …«

»Aber das ist doch ein Motiv!«, entfuhr es Cora. »Die hat sich an ihm gerächt.«

»Ja«, erwiderte Till, »das war auch mein Gedanke. Allerdings lebt sie inzwischen in der Schweiz und …«

»Das muss ja nichts heißen«, unterbrach sie ihn erneut.

»Jetzt lass mich doch mal ausreden! Ich hab bereits bei ihren Eltern angerufen. Die Familie hat ein Alibi für die Tatnacht. Das kolumbianische Au-pair-Mädchen, das die beiden kleineren Geschwister des Mädchens betreut, kann bestätigen, dass zur Tatzeit alle Familienmitglieder zu Hause waren.«

Cora machte ein enttäuschtes Gesicht. »Und sonst?«

»Laut Aussage der Lehrerin hatte Mike seit Kurzem eine Freundin. Sie heißt Jolie und war wohl auch beim Zelten dabei. Ein schlankes Mädchen mit blonden Haaren.«

»Auf dem Zeltplatz waren zwei Mädchen«, warf Cora ein. »Und beide hatten blonde Haare.«

»Auf jeden Fall war Jolie der Grund für diese Prügelei, die du beobachtet hast. Der Junge, der sich mit Mike angelegt hat, war ihr Ex-Freund Marco. Der war stinksauer, weil Mike ihm seine Freundin ausgespannt hat.«

Bemüht, ihm nicht schon wieder ins Wort zu fallen, wartete Cora einen Moment ab. Als Till nichts hinzufügte, sagte sie: »Der Junge hat auf jeden Fall ein Motiv.« Sie überlegte. »Muss ja gar kein Mord gewesen sein. Vielleicht war es Totschlag. Ist doch gut möglich, dass die beiden sich nochmals über den Weg gelaufen sind. Dabei kam es zum Streit, sie haben gekämpft und dabei hat Marco seinen Rivalen absichtlich oder unabsichtlich getötet.«

»Ja, so könnte es gewesen sein.« Er betonte »könnte«. »Allerdings hat auch Marco ein Alibi. Zur Tatzeit hat er zwar geschlafen, aber er war nicht allein. Er hat bei seinem Kumpel Glen übernachtet.«

»Das ist ein schwaches Alibi«, meinte Cora bissig. »Wie will dieser Glen denn bezeugen können, dass Marco die ganze Nacht da war, wenn er selbst geschlafen hat? Marco könnte sich ja heimlich rausgeschlichen haben …«

»Ich weiß. Wir müssen das Alibi erst noch überprüfen. Mal sehen, was der Kumpel dazu sagt.«

»Und wenn Glen lügt?«

»Dann kriegen wir das früher oder später raus.« Er seufzte. »Aber wir stehen ja noch ganz am Anfang unserer Ermittlungen. Hab ein bisschen Geduld.«

»An meiner Stelle hättest du auch keine Geduld.« Sie stand auf und fing an, am Teichufer auf und ab zu gehen. Vier Schritte auf, vier Schritte ab. »Hast du die Jugendlichen eigentlich auch zu Waldi befragt?«

»Sie behaupten steif und fest, mit dem Mord an Waldi nichts zu tun zu haben.«

»Ach ja? Und warum haben sie dann in derselben Nacht noch ihre Sachen gepackt und sind abgehauen? Das kommt ja schon einem Schuldeingeständnis gleich!«

»Aus deiner Perspektive sah das sicherlich so aus. Laut ihrer Aussage sind sie aber gar nicht vorzeitig abgereist, sondern hatten von Anfang an geplant, nur bis Sonntag Abend zu bleiben. Sie mussten ja am nächsten Tag wieder zur Schule.«

»Ich hab mir den Zeltplatz nach ihrer Abreise angesehen. Till, die sind überstürzt abgereist. Aus der Feuertonne stieg noch der Rauch auf, und überall lag Zeug rum, das sie in der Hektik vergessen hatten.«

»Vielleicht hast du ja recht und sie sind überstürzt aufgebrochen. Aber dafür kann es viele Gründe geben. Ein Schuldeingeständnis ist es jedenfalls nicht.«

Cora presste die Lippen zusammen. Sie wusste es besser. Und Till wusste es auch besser. Seine Argumentation war unter diesen Umständen einfach nur lachhaft! »Auf wessen Seite stehst du?«, entfuhr es ihr.

»Auf deiner, Cora. Trotzdem muss ich versuchen, objektiv zu ermitteln. Wenn ich das nicht schaffe, muss ich den Fall wirklich abgeben.« Er räusperte sich erneut. »Du, ich muss jetzt Schluss machen. Ich melde mich wieder.«

»Ja, aber eine Frage hab ich noch. Du hast mir immer noch nicht gesagt, wie Mike getötet wurde.« Sie machte auf dem Absatz kehrt und ging wieder vier Schritte zurück.

»Das darf ich dir nicht sagen.«

»Du hast mir doch gerade erst versprochen, mich über die Ermittlungen auf dem Laufenden zu halten!« Sie war so laut geworden, dass mehrere Enten erschrocken davonflatterten.

»Ja, das werd ich auch tun. Obwohl es rechtswidrig ist. Aber wann ich welche Info an dich weitergebe, das musst du dann schon mir überlassen.«

»Immerhin bin ich Kriminalpsychologin und hab Erfahrung in meinem Job. Ich könnte euch weiterhelfen.«

»Dann bewirb dich bei uns«, knurrte er. »Bei uns ist eine Stelle frei. Aber bitte erst, wenn der Fall abgeschlossen ist.«

Cora stutzte. Im Normalfall hätte sie sich über den Vorschlag gefreut. Nicht aber in dieser angespannten Situation. Zudem war sein genervter Unterton deutlich wahrnehmbar gewesen – und das irritierte sie. Hinzu kam diese Sturheit, die er gerade an den Tag legte. Auf dieser Basis brauchte sie die Diskussion gar nicht fortzuführen. Mit einem knappen »Ich werd's mir überlegen« beendete sie das Gespräch. Fröstelnd zog sie sich ihre Weste über. Auf einmal war ihr verdammt kalt.

33. Kapitel

Ein zarter Hauch von Bergamotte stieg auf, als Pfarrer Vogt seinen Earl Grey aufbrühte. Drei Minuten Ziehzeit. Er drehte die Sanduhr um und wartete, den Blick fest auf den Teebeutel gerichtet. Schrecklich war das, was er da in der Zeitung las, einfach nur schrecklich! Wie konnte man so etwas einem Menschen nur antun? Einem so jungen Menschen, der sein ganzes Leben noch vor sich hatte. Und dann auf so grausame Weise! Die Eltern mussten ja wahnsinnig werden vor Schmerz. Und mit Gott hadern. Wenn sie überhaupt gläubig waren. Natürlich fragte man sich da, wie Gott das zulassen konnte. Ein solches Schicksal erleiden zu müssen, war ungerecht. Da konnte man nichts beschönigen. Es war mit dem menschlichen Verstand nicht zu begreifen. Die Wege des Herrn … ach ja, manchmal waren diese selbst für Geistliche ein Rätsel.

Er löste den Blick vom Teebeutel und kontrollierte die Sanduhr. Herrje, die Zeit war längst um! Er zog den tropfenden Beutel am Bändchen heraus und warf ihn rasch in den Mülleimer. Anregend war der Tee nun gewiss nicht mehr. Er setzte sich mit der Tasse an den Tisch und überflog den Zeitungsbericht ein zweites Mal. Mit jeder Zeile, die er las, erschienen mehr und mehr Falten auf seiner Stirn. Schließlich endete er mit einem tiefen Seufzer. Wer tat so etwas? Der Mörder konnte nicht bei klarem Verstand gewesen sein. Ein Psychopath. Geistesabwesend führte er die Tasse zu den Lippen … Im selben Moment, als er sich die Zunge an dem heißen Tee verbrannte, hatte er plötzlich eine Eingebung. Es war eine Erleuchtung – oder vielmehr eine dunkle Ahnung, die da in ihm aufstieg. Langsam stellte er die Tasse ab.

O Gott, es war alles seine Schuld! Wenn er diese Frau ernst genommen hätte, ja, dann wäre dieser jüngste Mord womöglich gar nicht geschehen. Er hätte ihr bei der Beichte mehr ins Gewissen reden müssen. Stattdessen hatte er ihr bei der letzten Beichte sogar die Absolution erteilt. Eine plötzliche Übelkeit stieg in ihm auf. Um Himmels willen! Er hatte ihr die Absolution für den Mord an dem Jungen erteilt. Für diesen fünfzehnjährigen Jungen, dessen Eltern sich gerade die Augen aus dem Kopf weinten.

Pfarrer Vogt schob seinen Stuhl ruckartig zurück und erhob sich. Er musste etwas tun! Ansonsten würde das Morden weitergehen. Und er würde immer erst dann davon erfahren, wenn bereits alles zu spät war. Er ging in sein Arbeitszimmer hinüber, setzte sich an den Schreibtisch und griff nach dem Telefon. Er musste es der Polizei melden. Er hatte bereits die 1 gewählt, als er auf einmal innehielt. Ja, aber was war mit dem Beichtgeheimnis? Verunsichert stellte er das Telefon wieder in die Halterung zurück. Wie sollte er das, was er wusste, an die Polizei weitergeben, wenn er sich an das Beichtgeheimnis halten musste? Nachdenklich knetete er seine Unterlippe zwischen den Fingern.

Er konnte der Polizei zumindest einen Hinweis darauf geben, dass es sich um eine Massenmörderin handelte. Wobei … Konnte er sich bezüglich des Geschlechts überhaupt sicher sein? Er hatte die Frau noch nie zu Gesicht bekommen. Gut, ihre Stimme klang weiblich. Aber zugleich auch unnatürlich verzerrt.

Womöglich hatte die Person ja durch so einen Stimmverzerrer gesprochen. Er hatte so etwas schon mal in einem Kriminalfilm gesehen. Vogts Miene verfinsterte sich. Letztlich war es egal, ob der Täter männlich oder weiblich war. Das Morden musste ein Ende haben! Nur darum ging es. Vogts Hand schwebte über dem Telefon, doch wiederum zog er sie zurück. Nein, es ging nicht. Das Beichtgeheimnis war absolut. Da gab es keinerlei Ausnahmen. Auch nicht bei Mord. Ein Verstoß hätte für ihn die unmittelbare Exkommunikation zur Folge gehabt.

»Was mach ich nur?«, murmelte er und schüttelte resigniert den Kopf. Egal, für welche Handlungsweise er sich auch entschied, es war immer falsch. Brach er das Beichtgeheimnis, versündigte er sich. Bewahrte er Stillschweigen, trug er Mitschuld an der Ermordung weiterer Menschen und steckte fortan mit dem Täter oder der Täterin unter einer Decke. Sein Gespür sagte ihm nämlich, dass diese Person weiterhin töten würde. Auch wenn sie stets wirr dahergeredet hatte, so war doch deutlich zum Ausdruck gekommen, dass sie die Morde aus einem Pflichtgefühl heraus beging. Sie sündigte ganz bewusst und rechtfertigte sich damit, die Mitmenschen vor dem Bösen beschützen zu müssen. Aufgrund des Gebots der Nächstenliebe. Angesichts der Sünden auf dieser Welt war das eine andauernde Aufgabe, die kein Ende nehmen würde.

Mit einem tiefen Seufzer griff er zum Telefon und suchte in seinen Kontakten nach der Nummer von Emil Kraut. Vielleicht konnte ihm sein Freund und Kollege einen Rat geben, wie man in so einem Fall das eigene Gewissen beruhigen konnte.

34. Kapitel

Durch die Jugendstilverglasungen der Fenster im Palais Thermal drang an trüben Tagen wie diesem kaum Tageslicht. Umso effektvoller war dafür das Spiel aus Licht und Schatten, das die silbernen Hängelampen zwischen den hohen Marmorsäulen erzeugten.

Cora liebte das schummrige Ambiente im historischen Bereich der Wildbader Therme. Nach einer Runde im Frauenbad und weiteren zehn Minuten im Massagebecken fühlte sie sich bereits merklich entspannter. Nun saß sie in einem der Korbsessel in der maurischen Halle und trank einen Mokka. Sie lehnte den Kopf zurück, schaute zu der bunt verglasten Decke auf, betrachtete die aufwendig verzierten Säulen. Die arabisch-maurischen Ornamente, die blau-weißen Wandfliesen, der plätschernde Springbrunnen – es war, als befände man sich mitten in einem Märchen aus Tausendundeiner Nacht. Orientalisches Flair im Schwarzwald.

Gedankenversunken drehte sie die goldverzierte Mokkatasse zwischen den Händen. Hm, ihr ging so vieles durch den Kopf, was sie nachher mit Till besprechen wollte. Gefühlsmäßig war sie momentan hin- und hergerissen. Natürlich war sie froh, dass er diesem Treffen spontan zugesagt hatte. Zugleich ärgerte sie sich nach wie vor über das unangebrachte Misstrauen, das er beim gestrigen Telefonat an den Tag gelegt hatte. Sie hätte mehr Loyalität von ihm erwartet. Vor allem in Anbetracht dessen, was sie heute aus der Zeitung erfahren hatte. Sie unter diesen Umständen noch zu verdächtigen, war absurd.

Coras Blick blieb an der Wanduhr mit den goldenen Zeigern hängen. Oh, es war schon zehn vor fünf. Sie musste los. Rasch trank sie ihren Mokka aus und ging dann zum Herrenbad hinüber. Als sie im Korridor die kleinen Sprudelbäder passierte, erspähte sie in einem der Becken ein nacktes Liebespaar, das eng umschlungen im Wasser saß und wild herumknutschte. Es knisterte vor Erotik. Cora störte sich nicht daran, dennoch fragte sie sich unwillkürlich, ob dieses Benehmen nicht gegen die guten Sitten verstieß. Auch wenn sich das Paar in die hinterste Ecke der Nische verzogen hatte, so war das Becken doch offen einsehbar. Handelte es sich dann nicht um Erregung öffentlichen Ärgernisses? Andererseits warb die Badeanstalt auf ihrer Homepage damit, das sinnlichste Thermalbad Deutschlands zu sein. Diese Aussage ließ einen gewissen Interpretationsspielraum zu. Vermutlich waren die beiden Liebenden derweil viel zu sehr in Wallung, um sich noch um Moral oder etwaige Spanner zu scheren. Oder vielleicht – und das konnte sich Cora durchaus vorstellen – törnte sie der Gedanke, beim Liebesspiel beobachtet zu werden, gerade erst an.

Im Vorraum des Herrenbads zog Cora ihren Bademantel aus und hängte ihn an die Garderobe. Während sie ihren Zopf öffnete und mit den Fingern die Haare entwirrte, überlegte sie, ob sie ihren Badeanzug ebenfalls ausziehen sollte. Im Palais Thermal stand es den Besuchern offen, ob sie mit Badebekleidung oder lieber textilfrei baden gehen wollten. Eigentlich war sie nicht der Typ für FKK. Obwohl sie sich in ihrem Körper wohlfühlte, scheute sie sich davor, in der Öffentlichkeit nackt herumzulaufen. Von ihren vorherigen Besuchen im Palais Thermal wusste sie jedoch, dass sie das Nacktbaden durchaus genießen konnte, hatte sie diese anfängliche Gehemmtheit erst einmal überwunden. Im Vorraum war gerade niemand zugegen, der sie beim Entkleiden beobachten konnte. Deshalb nutzte sie den Moment, streifte den Badeanzug ab und hängte ihn zum Bademantel an den Haken. Dann wickelte sie sich ihr Handtuch um und betrat das Bad.

Das große Herrenbad gefiel Cora von allen Räumen am besten. Hohe sandsteinfarbene Säulen umrahmten das Becken, runde Glasfenster mit bunten Blumenmustern zierten die Wände und in der Mitte des Pools erhob sich die weiße Statue der badenden Venus. Der Pool selbst lockte mit türkisblauem, kristallklarem Wasser und einer angenehmen Badetemperatur von fünfunddreißig Grad.

Es war wenig los. Eine ältere Frau drehte in langsamen Zügen ihre Kreise rings um die Venus, während sich drei Männer mittleren Alters auf der linken Poolseite in dezenter Lautstärke unterhielten. Till war noch nicht da. Cora trat an die Treppe, nahm das Handtuch ab und hängte es an den Knauf des Geländers. Sie stand keine drei Sekunden nackt da, als sie bereits die männlichen Blicke auf sich spürte. Die Männer stierten sie nicht an. Nein, sie beobachteten den Neuzugang mit betont desinteressierter Miene aus dem Augenwinkel heraus und unterhielten sich unbeirrt weiter. Cora sah es locker, sollten sie halt gucken. Ohne Hektik streifte sie ihre Flipflops ab und schritt hoch erhobenen Kopfes Stufe für Stufe die Treppe hinab. Auf dem letzten Absatz stieß sie sich ab und ließ sich ausgestreckt ins Wasser gleiten. In der Schwerelosigkeit schien für einen Moment alles von ihr abzufallen. Der Tod ihrer Mutter. Waldi. Der Stress mit der Polizei. Mit ihrer Schwester. Sie schloss die Augen. Es war herrlich, das warme Wasser auf der nackten Haut zu spüren! Sinnlich und ja, auch erotisierend.

Ihre Gedanken schweiften unwillkürlich zu Till. Ob er ebenfalls textilfrei kommen würde?

Sie hatte gerade zwei Runden um den Sockel der Venus gedreht, als er das Bad betrat. Cora fand, dass er hervorragend aussah, auch wenn er Shorts trug, die ihm beinahe bis zu den Knien reichten. Till checkte zuerst einmal, ob ihm die Gäste bekannt vorkamen, bevor er ins Wasser stieg. Cora erwartete ihn mit einem strahlenden Lächeln am gegenüberliegenden Beckenrand. Ein gehauchtes Küsschen links, ein weiteres Küsschen rechts auf die Wange, mehr Intimität war in der Öffentlichkeit nicht drin.

»Du bist ja ganz nackt!«, flüsterte er ihr ins Ohr.

»Aufregend, nicht wahr?«, säuselte Cora und berührte ihn sacht am Arm. Mit einem Mal fühlte sie sich wieder wie mit Anfang zwanzig. Bevor er etwas erwidern konnte, stieß sie sich vom Rand ab und schwamm davon. Dabei legte sie sich so flach aufs Wasser, dass ihr Po gut zur Geltung kam. Nachdem sie die Venus umkreist hatte, schwamm sie direkt auf Till zu, der sie mit einem amüsierten Grinsen im Gesicht erwartete.

»Du bist unmöglich, Cora. Willst du mich kirre machen?« Er warf ihr einen bewundernden Blick zu. »Siehst aus wie eine Meerjungfrau mit deinen langen Haaren und den nackten Brüsten.«

»Fehle ich dir?«, fragte sie zurück und stellte sich vor ihm auf.

»Natürlich fehlst du mir. Das weißt du doch.«

»Weiß ich das?« Sie musterte ihn. »Du sagst es nicht von dir aus und du verhältst dich nicht danach. Da müsste ich ja schon Gedanken lesen können.«

»Es gibt gute Gründe, weshalb wir uns zurzeit nicht sehen können.« Er schielte zum Eingang. »Auch das Treffen hier ist nicht ganz unge…«

Till verstummte mitten im Wort und starrte über Coras Schulter hinweg zum Eingang. »Dreh dich jetzt nicht um«, raunte er. »Da ist Staatsanwalt Pfeffer.«

Cora hielt den Atem an. Mist! Hoffentlich kam er nicht zu ihnen ins Wasser! Doch glücklicherweise war der Staatsanwalt textilfrei unterwegs und hatte Hemmungen, Till mit entblößtem Geschlecht und Kugelbauch entgegenzutreten. So blieb es bei einem flüchtigen Augenkontakt, bevor Pfeffer kehrtmachte und wieder verschwand.

»Scheiße, Scheiße, Scheiße!«, fluchte Till. »Hoffentlich hat er dich nicht erkannt.«

Cora verdrehte genervt die Augen. »Jetzt mach mal halblang. Der Pfeffer kennt mich doch höchstens vom Namen her. Wir sind uns ja noch nie persönlich begegnet. Und außerdem befinden wir uns in einem öffentlichen Bad. Da kann man sich schon mal zufällig über den Weg laufen.« Sie zuckte mit den Schultern. »Aber wenn dir das lieber ist, können wir uns auch in eins dieser Sprudelbäder verziehen. Da sind wir ganz unter uns.« Der Vorschlag war reine Provokation. Obwohl sie kurz mit diesem Gedanken gespielt hatte, war ein erotisches Tête-à-Tête im Sprudelbad angesichts Tills überängstlicher Reaktion soeben in weite Ferne gerückt.

Till schüttelte verärgert den Kopf. »Wir besprechen jetzt kurz, was du besprechen wolltest, und dann gehen wir wieder getrennte Wege. Ich geh in die Sauna nach oben. Und du kannst ja noch eine Weile in den unteren Bädern bleiben.« Er sah sie streng an. »Wichtig ist, dass wir das Bad in zeitlichem Abstand verlassen! Also, was hast du denn so dringend auf dem Herzen?«

»Was ich auf dem Herzen habe?« Cora kniff die Augen zusammen und schnaubte. »Nun gut, dann kommen wir eben zur Sache. Warum hast du mir verschwiegen, dass man Mike das Herz entfernt hat? Warum muss ich das heute aus der Zeitung erfahren?«

Till seufzte. »Ich konnte dir das mit dem Herzen deshalb noch nicht sagen, weil …«

»Aber der Presse, der konntet ihr es sagen!«, fiel Cora ihm ins Wort.

»Quatsch! Nix haben wir gesagt.« Er fuhr sich mit der nassen Hand durch die Haare. »Das waren diese Pilzsucher. Die haben mit der Presse gesprochen. Obwohl wir ihnen ausdrücklich verboten hatten, Informationen über den Zustand der Leiche preiszugeben.«

»Okay, aber dann bin ich jetzt doch außen vor.« Sie legte den Kopf schief. »Oder traust du mir etwa so eine grausame Sache zu?«

»Cora, ich hab dich immer für unschuldig gehalten. Aber wie gesagt, es geht nicht darum, was ich denke. Solange wir den Mörder nicht haben, bleibst du verdächtig.«

»Du solltest dir lieber nochmals diesen Marco vorknöpfen«, entgegnete Cora mürrisch. Sie tauchte bis zum Hals ins Wasser ein. Mit einem Mal fühlte sie sich in ihrer Nacktheit verletzlich. »Ein entrissenes Herz – da gehen bei mir als Kriminalpsychologin sämtliche Alarmglocken los!« Reflexartig fasste sie Till an der Schulter, kurz nur, dann nahm sie die Hand wieder weg. Er mochte nicht von ihr berührt werden. Das spürte sie.

»Was meinst du?«, fragte Till nach.

»Na, vielleicht hat sich Marco ja von seinem Rivalen das Herz zurückgeholt, welches Jolie ihm zuvor geschenkt hatte.«

»Ich kann dir nicht ganz folgen …«

Cora überlegte, wie sie es anders ausdrücken konnte. »Okay, stell dir mal Folgendes vor: Jolie sprach in einer romantischen Anwandlung davon, Marco ihr Herz zu schenken. Marco war daraufhin voll im Glück. Allerdings nur so lange, bis Mike auftauchte und Jolie anbaggerte. Daraufhin entriss sie nämlich Marco ihr Herz und schenkte es Mike.« Sie sah Till unsicher an. »Kannst du mir so weit folgen?« Als Till nickte, fuhr sie fort: »Marco wollte Jolie aber nicht so einfach aufgeben. Also kämpfte er mit seinem Rivalen um Jolies Herz und erschlug Mike im Affekt.« Sie überlegte. »Als er Mike dann tot vor sich auf dem Boden liegen sah, holte er sich Jolies Herz wieder zurück.« Sie machte eine Pause. »Verstehst du? In seinen Augen ist es vielleicht Jolies Herz. Und nicht Mikes Herz.«

»Ist das nicht ein bisschen sehr … theatralisch? Das Herz kann sie ihm ja nur im übertragenen Sinne geschenkt haben.«

»Schon, aber Teenager ticken ja oft nicht normal. Die können sich emotional dermaßen in eine Sache hineinsteigern, dass es am Ende dramatische Ausmaße annimmt.«

Till sah nicht überzeugt aus. »Okay, und hast du noch eine andere Variante, die du dir vorstellen könntest?«

Cora wiegte bedächtig den Kopf. »Es geschieht vieles, was unvorstellbar ist. Das müsstest du doch nach all den Jahren in dem Job wissen.«

Till nickte, zögerte. Dann näherte er sich ihr und flüsterte ihr etwas ins Ohr. Cora sah ihn ungläubig an. Ja, das war in der Tat kaum vorstellbar.

35. Kapitel

Cora lag ausgestreckt auf dem Bett, hörte über das Smartphone Musik und sah mit leerem Blick aus dem Fenster. Es regnete. Dicke Tropfen trafen die Scheibe und rannen langsam am Glas hinab. Sie schloss für einen Moment die Augen und lauschte der melancholischen Klaviermusik aus ihren Kopfhörern. Obwohl sie sich innerlich dagegen sträubte, beschlichen sie gegenwärtig immer wieder schwermütige Gedanken. Die Situation überforderte sie. Und sie fühlte sich einsam. Dabei hatte sie sich so darüber gefreut, wieder mit Till zusammen zu sein. Leider war die Phase der Unbeschwertheit viel zu kurz gewesen. Jetzt war alles so verworren und kompliziert, dass die junge Liebe bereits wieder zu kümmern begann. Zumindest empfand sie das so angesichts der Zurückhaltung, die Till seit dem Mord an Mike Eberhart an den Tag legte.

Wenn der Rechtsmediziner mit seiner Hypothese richtig lag, dann hatte der Junge einen furchtbaren Tod erleiden müssen. Etliche Einstiche auf dem Brustkorb ließen auf den umfangreichen Einsatz von Betäubungsspritzen schließen und legten den Verdacht nahe, dass Mike das Herz bei lebendigem Leib aus der Brust geschnitten worden war. Der Junge musste unsagbare Ängste ausgestanden und entsetzliche Qualen erlitten haben. Sie öffnete die Lider und rollte sich langsam zur Seite. Ihr Blick fiel auf den verwaisten Hundekorb, der immer noch unter der Sitzbank stand. Ja, ging es ihr durch den Sinn, auch Waldi hatte mit Sicherheit Todesangst gehabt und beim Erhängen ein Martyrium erlebt. Aber zumindest trat der Tod beim Erhängen verhältnismäßig schnell ein. Im besten Fall hatte er im selben Moment das Bewusstsein verloren, als sich die Schlinge um seinen Hals zuzog.

Die Gedanken an Waldi erinnerten Cora an die Telefonate, die sie mit Dumitrasco und Uwe am Morgen nach Waldis Tod geführt hatte. Beide Männer hatten versprochen, sich bei den Tierschutzorganisationen kundig zu machen, was man in ihrem Fall tun konnte. Seitdem hatte sie allerdings nichts mehr von ihnen gehört. Obwohl sich ihre Lust stark in Grenzen hielt, den Kontakt von sich aus aufzunehmen, sah sie sich in der Pflicht, sie zumindest über die neue Sachlage zu informieren. Sie setzte sich auf, griff nach dem Smartphone und wählte Dumitrasco an. Es würde wohl ausreichen, wenn sie ihm Bescheid gab. Der Rumäne konnte die Informationen dann ja an Uwe weitergeben. Die Klaviermusik stoppte, dafür drang Dumitrascos Stimme an ihr Ohr.

»Ja?«

»Hallo, hier ist Cora Brecht.«

»Oh ja, ich wollte mich die ganze Zeit schon melden. Ich hab mich inzwischen wegen der Bissverletzung kundig gemacht. Also normalerweise ist es so …«

»Entschuldigen Sie, wenn ich Sie unterbreche, aber dieses Problem hat sich erledigt.«

»Wie? Aha, und weshalb hat es sich erledigt?«

»Weil Mike Eberhart tot ist.«

Für einen langen Moment war es still in der Leitung.

»Tot? Wie das?«

»Er wurde ermordet. Haben Sie keine Zeitung? Da wurde groß darüber berichtet.«

»Nein, hab ich nicht mitbekommen.« Wieder entstand eine längere Pause. »Und weiß man schon, wer es war?«

»Nein. Aber die Polizei verdächtigt mich.«

»Sie? Warum denn das?«

»Na, wegen Waldi natürlich.« Sie legte ein Bein über das andere und rieb die Zehen aneinander.

»Oh … verstehe. Das ist ja ein Ding!« Er dachte nach. »Stand in dem Bericht auch, wie er umgebracht worden ist? Ich meine … vielleicht war es ja ein Unfall.«

»Nein, es war mit Sicherheit kein Unfall. Aber mehr kann ich Ihnen auch nicht sagen. Ich kann nur hoffen, dass die Polizei bald den Schuldigen findet und ich wieder aus der Sache raus bin.«

»Haben Sie kein Alibi?«

»Nein, der Junge wurde mitten in der Nacht ermordet. Da habe ich geschlafen.«

»Hm, blöd … Vor allem, weil Sie ja einen guten Grund gehabt hätten, sich zu rächen. Immerhin hat er Ihren Hund ermordet.«

»Quatsch!«, fuhr Cora ihn an. »Deswegen bringt man einen Menschen doch nicht um!«

»Oh, manche Menschen werden wegen weit unwichtigeren Dingen ermordet …«

»Ich sag Ihnen was, Herr Dumitrasco. Ich bekomm das Bild von meinem baumelnden Hund nicht mehr aus dem Kopf. Und ja, da kann man spontan schon mal Rachegedanken bekommen. Aber Gedanken sind eben nur Gedanken. Es in die Tat umzusetzen, das ist eine ganz andere Sache.« Sie zog die Beine an und setzte sich in den Schneidersitz. »Außerdem macht man ein Verbrechen nicht durch ein anderes Verbrechen wieder gut.«

»Ja, da bin ich ganz bei Ihnen.« Er machte eine Pause. »Und doch hat sich jemand an diesem Mike gerächt. Irgendjemand war der Meinung, dass er den Tod verdient hatte. Wofür auch immer.«

Cora nickte still. Ja, wofür auch immer.

36. Kapitel

Als Till am Tatort eintraf, waren die Leute der Kriminaltechnik noch zugange. Er bedankte sich kurz bei dem jungen Kollegen von der Schutzpolizei, der ihm den Weg gewiesen hatte, dann hob er das rot-weiße Absperrband an und schlüpfte darunter hindurch. Die weiträumige Spurensuche rund um Mikes Fundort hatte eine zweite Leiche zutage gefördert. Vor einer Stunde hatte man ihn darüber informiert, dass die Kollegen den toten Körper inzwischen freigelegt hatten. Nähere Einzelheiten kannte er jedoch noch nicht. Während er sich dem Fundort näherte, fragte sich Till, mit welchem Anblick er konfrontiert werden würde. Obwohl er schon viele tote Menschen zu Gesicht bekommen hatte, musste er sich jedes Mal aufs Neue überwinden, eine Leiche in Augenschein zu nehmen. Heute war er noch angespannter als sonst. Hoffentlich lag dort kein weiteres totes Kind!

»So, hallo, miteinander!«, sagte er mit gedämpfter Stimme.

Staatsanwalt Pfeffer nickte ihm stumm zu. Er hockte auf einem morschen Baumstumpf, einen silbernen Thermobecher in den Händen. Pfeffer war noch nie eine Frohnatur gewesen, aber heute guckte er besonders frustriert drein. Kein gutes

Zeichen. Auch die Kriminaltechniker, zwei Männer und eine Frau, sahen nur kurz auf, nickten und konzentrierten sich dann wieder auf die Sicherung der Spuren. Von der Leiche war nichts zu sehen, da sie tief in einer Grube lag. Rund um die Grube, in gebührendem Abstand zur Leiche, hatten die Kriminaltechniker einen Trampelpfad angelegt. Da Till nicht bis zur Freigabe des Tatorts warten wollte, suchte er sich entlang des Pfads einen Platz, von dem er eine gute Sicht auf die Leiche hatte, ohne der Spurensicherung in die Quere zu kommen.

Das Erste, was er wahrnahm, war ein Totenkopf. Dunkle, leere Augenhöhlen gafften ihn an. Obwohl es ein grässliches Bild war, atmete er erleichtert auf. Kein Kind. Und vermutlich auch kein Jugendlicher. Das war allerdings nicht eindeutig zu erkennen, da der Verwesungsprozess bereits abgeschlossen war. Langsam ließ er den Blick über das Skelett wandern. Große Füße, lange Arm- und Beinknochen, die Hüfte verhältnismäßig schmal, der Brustkorb auffallend breit. Oder schien das nur so, weil die Rippen so weit auseinandergespreizt waren? Plötzlich stutzte er. Was war denn das? Unter den Rippenknochen lag ein großer runder Stein!

»Der Stein da unter den Rippen … Was meint ihr, wie der an diese Stelle gekommen ist? Steckte der schon im Boden, bevor die Leiche abgelegt worden ist, oder wurde er der Leiche bewusst zwischen die Rippen gelegt?«

Einer der Kriminaltechniker sah auf. Till war dem Mann mit den runden Brillengläsern erst zwei Mal begegnet. Soweit er sich erinnern konnte, hieß der Neue Alex.

»Der Stein liegt hier nicht zufällig, wenn du das meinst. Der Tote wurde auf dieselbe Art und Weise getötet wie der Jugendliche, den man vor drei Tagen gefunden hat.« Er deutete auf den Brustkorb. »Siehst du die Lücke da? Da hat man ihm das Brustbein durchtrennt. Also nicht zertrümmert, sondern sauber durchgesägt. Der Täter wusste genau, was er tat.« Er zuckte mit den Schultern. »So sieht das zumindest die Bereitschaftsärztin.«

»Warum ist die eigentlich schon weg?«, wollte Till wissen.

»Sie hat einen Anruf bekommen und musste dann plötzlich dringend los«, schaltete sich der junge Schutzpolizist ein, der inzwischen hinzugetreten war. »Sie lässt ausrichten, dass die Tötungsweise keine eindeutigen Rückschlüsse auf das Geschlecht des Täters zulässt. Wenn das Opfer zuvor betäubt wurde, könnte der Mord ebenso gut von einer Frau begangen worden sein. Entsprechendes Werkzeug vorausgesetzt.«

»Und wie sieht es mit dem Opfer aus? Mann oder Frau?«

»Es handelt sich um einen Mann«, sagte Alex. »Dem Gebiss nach zu urteilen bereits im fortgeschrittenen Alter.«

»Was heißt ›im fortgeschrittenen Alter‹?«, hakte Till nach. »Sechzig, siebzig, achtzig?«

»Da müssen wir abwarten, was die Rechtsmedizin sagt.«

»Hm, okay.« Er neigte den Oberkörper nach vorn und beäugte das Skelett. »Wie lange liegt der hier wohl schon?«

»Kann ich so spontan auch nicht sagen. Der Verwesungsprozess hängt ja von vielen …«

»Nur so ungefähr«, unterbrach ihn Till. »Grob geschätzt.«

»Grob geschätzt? Hm, mindestens zwei Jahre.«

»Aha.« Till rieb sich nachdenklich das Kinn. »Und sonst? Irgendwas gefunden, das bei der Identifizierung helfen könnte?«

»Nein, leider nicht«, sagte Alex. »Weder Ausweis noch sonstige Dokumente.« Er ging ein paar Schritte zu einem Klapptisch hinüber und hob ein transparentes Plastiktütchen in die Höhe, in dem sich ein goldener Ring befand. »Aber vielleicht kann euch das da weiterhelfen.«

Till hob die Augenbrauen. »Ein Ehering? Ist ein Name eingraviert?«

»Ja. Gerlinde.«

»Gerlinde? Und wie weiter?«

»Nix weiter. In einem Ehering steht doch kein Nachname. Wozu auch?«

Till zuckte mit den Achseln. »Möglich ist alles. Ich hab mich damit noch nie beschäftigt. Ich trag generell keine Ringe.«

»Das eingravierte Hochzeitsdatum könnte ein Anhaltspunkt sein«, bemerkte Alex. »3. August 1985.«

»1985, das ist eine lange Zeit.« Till betrachtete das Skelett nachdenklich. »Diese Gerlinde müsste ihn ja als vermisst gemeldet haben ... Es sei denn, sie hat ihren Mann selbst um die Ecke gebracht.« Er blickte sich um. »Wie weit sind wir denn vom Fundort der anderen Leiche entfernt?«

»Nicht weit«, erwiderte der junge Kollege von der Schutzpolizei. »Ungefähr fünfhundert Meter.«

»So ein Bannwald ist doch der ideale Ort, um eine Leiche verschwinden zu lassen«, überlegte Till laut. »Im Normalfall darf hier keiner durch, keine Wanderer und keine Waldarbeiter. Hätten sich die Pilzsucher daran gehalten, wären die Opfer wohl nie entdeckt worden.« Er maß die Tiefe der Grube mit den Augen. Zwei Meter waren das mindestens. »Mike lag nicht so tief vergraben. Wie habt ihr die Leiche hier eigentlich gefunden? Konnte der Leichenspürhund das echt riechen?«

»Für unseren Bodo ist das kein Problem«, erwiderte der Schutzpolizist eifrig. »Wenn der Boden nicht gefroren ist, kann er Knochen bis zu einer Tiefe von 2,50 Metern riechen.«

Till nickte beeindruckt, holte dann sein Handy hervor und machte ein paar Aufnahmen von Skelett und Fundort. »Hm, das Herz wurde durch einen Stein ersetzt«, sagte er halblaut. »Genau wie bei Mike.« Er wandte sich dem Staatsanwalt zu. »Scheiße, sieht ganz nach einem Serienmörder aus.«

Pfeffer zog mürrisch die Augenbrauen zusammen und neigte den Kopf. »Von einem Serienmörder können wir zu diesem Zeitpunkt ja noch nicht sprechen.« Er seufzte. »Aber von einem Wiederholungstäter schon.« Er erhob sich mit einem Ächzen und rieb sich den schmerzenden Rücken. »Wir müssen alles absuchen. Und zwar gründlich! Meter für Meter.« Sein Blick verlor sich im Dickicht. »Das wird in diesem Urwald gar nicht so leicht sein. Ich hoffe nur, dass wir es hier nicht in Wirklichkeit mit einem Waldfriedhof zu tun haben!«

37. Kapitel

Es war erstaunlich, unter wie vielen Blautönen man bei Wandfarben wählen konnte. Cora hatte sich nach reiflicher Überlegung für »inspirierendes Horizontblau« entschieden. Der sanfte Blauton sorge für mehr Weite, hieß es im Werbeprospekt. Die ideale Farbe also für das kleine Badezimmer in ihrem Elternhaus. Ihr Blick blieb an der gelben Seifenschale hängen, die sie ihrer Mutter vor vielen Jahren aus der Provence mitgebracht hatte. Als Ausdruck der Wertschätzung hatte ihre Mutter diese Schale stets mit einer schönen, neuen Seife bestückt, wenn ihre Töchter zu Besuch kamen. Das ist vorbei, dachte Cora betrübt. Das helle Gelb der Keramikschale passte nicht mehr zum neuen Horizontblau der Wände, das Seifenstück selbst war alt und rissig, der Rosenduft längst verflogen. Sobald der Seifenrest aufgebraucht war, würde sie die Schale mitnehmen und durch einen Seifenspender aus Plastik ersetzen. Was ihre Mutter wohl von der Renovierung gehalten hätte? Und vom Hausverkauf an sich? Vermutlich hätte es sie traurig gestimmt, auch wenn sie die Entscheidung ihrer Töchter letztlich verstanden hätte. Seufzend öffnete Cora den Hahn, hielt die Fingerspitzen unter den kühlen Wasserstrahl und betrachtete sich dabei im Spiegel. Müde und blass sah sie aus. Sie holte ihren Lippenstift aus der Manteltasche hervor und zog sich die Lippen nach. Schon besser.

Die Malerarbeiten waren derweil im Wohnzimmer angelangt. Die Fensterrahmen waren abgeklebt, Sofa und Regale mit Plastikfolie abgedeckt, das Malerwerkzeug bereitgestellt. Es sah ungemütlich aus. Nach dem Tod ihrer Mutter hatten sie und ihre Schwester das alte Mobiliar teilweise entsorgt, die wertvolleren Stücke hatten sie untereinander aufgeteilt. So hatte Lisa den antiken Sekretär an sich genommen, Cora hatte die umfangreiche Büchersammlung ihrer Mutter erhalten. Da es aber weder in der Wohnung noch im Wohnwagen genügend Platz für die Bücher gab, hatte sie die Sammlung sowie all die anderen Erbstücke vorerst im Haus gelassen. Immerhin hatten die Handwerker die Bücherregale sorgfältig mit Folie abgedeckt. Da konnte also nichts passieren. Allerdings roch es intensiv nach Farbe. Und das, obwohl der Maler im Wohnzimmer mit dem Streichen noch gar nicht angefangen hatte. Cora sog die Luft ein. Ja, im ganzen Haus roch es nach Farbe. Aber da konnte man ja Abhilfe schaffen. Entschlossen räumte sie die herumliegenden Malerutensilien in eine Ecke und öffnete dann zum Lüften das Fenster. Die kalte Luft, die von draußen hereinströmte, nahm dem durchdringenden Farbgeruch zwar die Schärfe, kühlte das Zimmer zugleich aber binnen weniger Sekunden vollständig aus. Cora schloss das Fenster wieder und rieb fröstelnd die Hände aneinander. Das hatte sie ja gut hingekriegt! Jetzt war es innen genauso kalt wie draußen.

Hm, ob sie es wohl schaffte, im Kaminofen ein Feuer zu machen? Neben dem Ofen stand eine Kiste mit allem, was man zum Anfeuern benötigte. Cora ging in die Hocke und öffnete die Ofentür. Wie hatte ihre Mutter das denn immer gemacht? Einige dünnere Holzscheite, darüber zwei Kaminanzünder, dann eine Handvoll Anzündholz obendrauf. Zehn Streichhölzer später hatte sie es geschafft. Das Feuer war entzündet. Aufgeregt beobachtete Cora die knisternden Flammen. Hoffentlich ging das Feuer nicht gleich wieder aus! Sie wartete ein Weilchen ab, dann legte sie größere Scheite auf. Erst als diese ebenfalls Feuer gefangen hatten, traute sie sich, die Ofentür zu schließen. Zufrieden schaute sie durch das Guckfenster und betrachtete die glühenden Scheite. Gut gemacht, lobte sie sich selbst. Nun musste sie nur noch das Sofa davor freimachen. Sie hatte gerade die Plastikfolie entfernt, als die Kuhglocke bimmelte. Ihre Eltern hatten die Glocke vor einigen Jahren von einem Schweizurlaub mitgebracht. Seitdem hing sie draußen am Rosenbogen und ersetzte die Klingel. Cora stopfte die Plastikfolie rasch in die Ecke zu den Malersachen und eilte dann zum Küchenfenster. War es Till? Außer ihrem eigenen Gesicht, das sich in der Fensterscheibe spiegelte, konnte sie nichts erkennen. Es war stockfinster. Während Cora das Außenlicht anmachte, ärgerte sie sich über ihre Nachlässigkeit. Warum hatte sie das Licht nicht schon vorher angemacht? Doch Till hatte auch im Dunkeln die Treppe hochgefunden. Als sie die Tür öffnete, stand er bereits davor.

»Hi!« Er grinste breit und streckte ihr eine Flasche Wein entgegen. »Wenn wir uns schon heimlich treffen müssen …«

Mit einem Lächeln trat Cora zur Seite und ließ ihn herein. Es war ihr Vorschlag gewesen, sich in ihrem Elternhaus zu treffen. Hier waren sie ungestört und konnten sichergehen, keinem von Tills Kollegen zufällig zu begegnen.

»Schön, dass du da bist.« Kaum hatte sie die Tür zugedrückt, legte sie die Arme um seinen Hals und gab ihm einen innigen Kuss. Cora merkte es sofort. Etwas hatte sich seit ihrer letzten Begegnung verändert. Er war nicht mehr so auf Distanz bedacht. Und es prickelte wieder mehr zwischen ihnen.

»Ich hab dich vermisst«, japste Cora, als Till sich schließlich von ihr löste. Sie nahm seine Hand und führte ihn ins

Wohnzimmer. »Schau mal, ich hab es uns gemütlich gemacht.« Mit stolzer Miene präsentierte sie das Feuer im Kaminofen.

»Schön«, lobte Till. Er wies auf die Weinflasche. »Hast du Gläser?«

Cora ging in die Küche und kam kurz darauf mit zwei Weingläsern und einem Korkenzieher zurück. Mit geübten Griffen entkorkte sie die Flasche, schenkte Wein in die Gläser und presste den Korken anschließend wieder auf den Flaschenhals. Er hatte ihr erneut einen Montepulciano mitgebracht. Mit Bedacht hob sie ihr Glas empor und sog genüsslich den fruchtigen Duft des Weins ein. Dann erst nippte sie daran und spürte dem beerig-würzigen Geschmack auf ihrer Zunge nach.

»Du bist viel entspannter«, stellte sie fest. »Gibt es Neuigkeiten?«

»Entspannter?«, gab sich Till verwundert. »Ich freu mich, dich zu sehen, ja. Aber was den Job angeht, bin ich alles andere als entspannt.« Er hob das Glas und prostete ihr zu. »Wir haben gestern eine weitere Leiche gefunden.«

Cora ließ das Glas augenblicklich wieder sinken. Den romantischen Abend am Kamin konnte sie knicken. »Wo?«

»Im Bannwald. Gerade mal einen halben Kilometer von Mikes Fundstelle entfernt.«

Cora schluckte. »Ist es wieder … ein Jugendlicher?«

»Nein, es handelt sich um einen älteren Mann. Er lag da aber schon seit zwei Jahren.« Er nippte an seinem Wein. »Der Körper war bereits vollständig verwest.«

»Zwei Leichen im selben Waldgebiet. Denkst du, das ist Zufall?« Sie stellte das Glas auf dem Couchtisch ab.

»Beiden Opfern wurde das Herz entfernt. Sieht leider nicht nach Zufall aus.«

»Standen dieser Mann und Mike in irgendeiner Beziehung zueinander?«

»Bis jetzt weist nichts darauf hin. Die einzige Gemeinsamkeit scheint das fehlende Herz zu sein.«

Eine Weile tranken sie still ihren Wein, dann fragte Cora plötzlich: »Sag mal, woher wisst ihr denn eigentlich, dass das Herz bei der zweiten Leiche entfernt worden ist? Ich dachte, der Mann war nur noch ein Gerippe …«

Till stellte das Glas ab. »Na ja …« Auf einmal verstummte er und wies auf den Ofen. »Ich glaube, wir sollten da mal was nachlegen.« Nachdem Cora einen Blick auf die orangerot glühenden Holzscheite geworfen hatte, nickte sie zustimmend. Sie öffnete die Ofentür und griff nach dem Schürhaken.

»Der zweite Leichenfund wird dich entlasten«, erklärte Till. »Falls es keine Verbindung zwischen dir und dem Toten gibt …«

»Wenn du mir verraten würdest, wer der Tote ist, könntest du dir die Ermittlungsarbeit sparen.« Sie stach mit dem Schürhaken so fest in die Glut hinein, dass die Funken stoben. »Aber vielleicht hast du ja Spaß daran, hinter mir herzuschnüffeln …« Sie legte den Schürhaken beiseite, wählte zwei dicke Scheite und legte sie vorsichtig auf die Glut auf. Dann fasste sie den Rost und rüttelte daran, die Lippen fest aufeinandergepresst. Erst als sie Tills Hand auf ihrer Schulter spürte, ließ sie von dem Rost ab und wandte sich zu ihm um. Er lächelte besänftigend.

»Cora, ich schnüffel nicht hinter dir her. Das ist doch Quatsch. Ich bin hier, weil ich gern mit dir zusammen bin. Wann begreifst du das endlich?«

»Dann spiel endlich mit offenen Karten«, forderte sie.

»Okay«, sagte Till. Er fuhr sich mit den gespreizten Fingern durch die Haare und holte Luft. »Der Mann heißt Holzmann. Kurt Holzmann. Er wurde vor zwei Jahren von seiner Frau, Gerlinde Holzmann, als vermisst gemeldet. Wir konnten ihn nach einem DNA-Abgleich eindeutig identifizieren.

Sagt dir der Name Holzmann was? Die Familie kommt aus Oberlengenhardt.«

Cora überlegte. »Holzmann sagt mir nichts. Aber in Oberlengenhardt war ich schon öfter. Da kann man schön spazieren laufen.« Sie setzte sich erneut aufs Sofa und schlang die Arme um ihre angezogenen Beine.

»Als Frau Holzmann ihren Mann als vermisst gemeldet hat, war sie laut Protokoll sehr aufgeregt. Sie hatte Angst, es könne sich um Selbstmord handeln.« Er nahm neben ihr Platz und schob sich eines der Sofakissen in den Rücken.

»Wie kam sie denn darauf? Ist davor was Schlimmes vorgefallen?«

»Konkret begründet hat sie ihren Verdacht nicht. Sie gab an, es sei nur so eine Ahnung. Ein Bauchgefühl.«

»Kann man einen Selbstmord denn sicher ausschließen?«, fragte Cora. Sie löste die Arme von den Beinen, langte nach dem Weinglas und trank es aus.

»Ja, kann man. Er war zwar Jäger, hatte also Zugang zu Waffen, aber …«

»Da wäre ein Selbstmord ja grundsätzlich schon denkbar«, schnitt ihm Cora das Wort ab.

»Nein«, widersprach Till. »Dann hätte ihn ja im Nachhinein jemand im Bannwald vergraben müssen.«

»Na ja, und wenn es seine Frau war?«, überlegte Cora laut. »Um den Selbstmord zu vertuschen? Falls es eine Lebensversicherung gibt, zahlt die meines Wissens nämlich nicht, wenn Suizid vorliegt. Zumindest nicht, wenn der Abschluss noch nicht lange her ist.«

»Du vergisst, dass seine Frau den Selbstmordgedanken bei der Polizei selbst angeführt hat.« Er schüttelte den Kopf und seufzte auf. »Wie gesagt … Ein Selbstmord kommt ganz sicher nicht infrage. Erstens haben wir keine Kugel gefunden, und es weist auch sonst nichts darauf hin, kein Genickbruch oder so.

Und zweitens ist da ja leider noch die Sache mit dem Herzen. Das wird er sich kaum selbst rausoperiert haben.« Er beugte sich nach vorn, zog den Korken aus der Weinflasche und schenkte sich und Cora nach.

»Dann wären wir jetzt wieder bei meiner Frage von gerade eben«, sagte Cora. »Woher wisst ihr das mit dem Herz, obwohl ihr nur einen Haufen Knochen vorgefunden habt?«

»Zwischen den Knochen lag ein Stein.«

»Ja und?«, wunderte sich Cora. »Als ich das Loch für Waldi gegraben habe, kamen jede Menge Steine heraus. Die Erde ist hier in der Gegend von Steinen durchzogen.«

»Ja, hier findest du rote Sandsteine. Dieser Stein, den wir bei der Leiche gefunden haben, sah aber anders aus, rund, glatt und grau. Wie ein großer Kieselstein.« Er brachte sein Kissen in eine andere Position und streckte die Beine aus. »Der Stein lag im Brustkorb des Toten. Exakt an der Stelle, wo sich normalerweise das Herz befindet.«

Cora heftete den Blick auf das Ofenfenster, hinter dem das Feuer nun wieder ordentlich loderte. »Das ist schon seltsam, ja. Jemand entfernt das Herz und ersetzt es durch einen Stein.« Eine Weile lang hingen sie beide ihren Gedanken nach, dann meinte Cora: »Vielleicht wollte der Mörder damit ja zum Ausdruck bringen, dass Holzmann ein hartherziger Mensch war. Der Stein als Botschaft sozusagen.« Sie wiegte den Kopf. »Dann hätte er den Toten aber an einem zugänglichen Platz sichtbar abgelegt. Stattdessen vergräbt er die Leiche im Bannwald, in der Hoffnung, dass sie nicht entdeckt wird. Wozu also der Stein?« Sie knetete zerstreut ihre Lippen. »Hm, und wenn da eine ganz andere Sache dahintersteckt? Organhandel zum Beispiel?«

Till winkte ab. »In Deutschland gibt es keine Organmafia. Außerdem fehlt ja nur das Herz. Wenn es tatsächlich um Organhandel ginge, hätte man den Opfern auch andere Organe entfernt, die Nieren zum Beispiel. Nieren werden meines Wissens am meisten illegal gehandelt.«

»Bei Holzmann kann man ja nicht mehr nachvollziehen, wie viele Organe ihm entfernt worden sind. Aber wenn du bei beiden Fällen vom selben Mörder ausgehst, ja, dann ist Organhandel wohl eher unwahrscheinlich.« Sie stand auf, öffnete die Ofentür und legte Holz nach. Währenddessen kam ihr etwas anderes in den Sinn. »Habt ihr eigentlich gar keine Fremd-DNA an Mikes Leiche gefunden?«

»Nein. Wir haben es mit einem Täter zu tun, der extrem durchdacht vorgeht. Der Rechtsmediziner hat im Übrigen verlauten lassen, dass der Brustkorb fachkundig geöffnet wurde.« Er zog seine Jacke aus und legte sie auf die Fensterbank. »Der Täter muss grundlegende medizinische Kenntnisse haben.«

»Oder es ist ein begabter Autodidakt. Heutzutage findest du ja im Internet für fast jedes Thema ein entsprechendes Schulungsvideo.«

»Hm, durch den zweiten Leichenfund scheidet Marco Dreher übrigens als Tatverdächtiger aus. Es gibt keine Verbindung zu Kurt Holzmann. Außerdem wäre er bei Holzmanns Ermordung dreizehn Jahre alt gewesen. So ein durchgeplanter Mord mit Herz-OP«, er schüttelte den Kopf, »das kriegt kein Jugendlicher hin.«

Cora zog eine Augenbraue hoch und sagte entschieden: »Ich übrigens auch nicht. Allein die Vorstellung, einem Menschen bei Bewusstsein das Herz zu entfernen … das ist doch grauenhaft!« Sie warf ihm einen vorwurfsvollen Blick zu, der besagte: Wie konntest du auch nur eine Sekunde lang in Erwägung zu ziehen, dass ich zu solch einer furchtbaren Tat imstande wäre!

Till nickte bestätigend und konzentrierte sich dann auf die Weinflasche. Während er mit dem Fingernagel an der Ecke des Etiketts kratzte, sagte er beiläufig: »Bei Mike haben wir übrigens auch einen Stein in der Brust gefunden.« Er ließ von dem Etikett ab und sah sie offen an.

»Das sagst du mir erst jetzt?«, rief Cora und riss die Augen auf. »Es gibt also ein Muster! Der Täter entfernt Herzen und ersetzt sie durch Steine. Da steckt doch garantiert eine Symbolik dahinter.« Sie schnappte sich den Korken vom Tisch und drehte ihn nachdenklich zwischen den Fingern. »Das erinnert mich an dieses Märchen.« Sie schnellte auf, ging zum Bücherregal hinüber und suchte mit den Augen die einzelnen Fächer ab. Durch die dicke Plastikfolie hindurch konnte man die Titel auf den Buchrücken kaum erkennen. »Ich glaube, es ist von Wilhelm Hauff. Meine Mutter hat es sich gekauft, weil es im Schwarzwald spielt.« Sie schob die Folie ein Stück zur Seite, zog ein Buch heraus, stellte es aber sogleich wieder kopfschüttelnd an seinen Platz zurück. »War nur ein dünnes Buch. Wie hieß das Märchen noch gleich?«

38. Kapitel

»Da ist es!«, jubelte Cora, zog das Buch heraus und tippte auf den Titel. »Das kalte Herz.«

»Kenn ich nicht«, erwiderte Till und zuckte mit den Achseln. »Aber Märchen waren noch nie so mein Ding.«

»An das Buch kann ich mich kaum noch erinnern«, gestand Cora, »aber ich war da mal bei so einer Ausstellung im Schloss Neuenbürg. In jedem Raum des Museums wurde eine andere Szene des Märchens dargestellt. Multimedial. Mit Musik und Lichteffekten. War richtig gut gemacht.« Sie betrachtete das schwarz-weiße Cover des Buchs. »Noch besser hat mir allerdings die neuere Version im Kino gefallen. Lief vor ein paar Jahren. Das ging aber schon Richtung Horror.«

»Erinnerst du dich noch, worum es in dem Märchen geht? Grob, musst mir jetzt nicht das ganze Märchen vorlesen.«

»Hm, es geht um einen armen Köhler, Peter, der mit seinem Leben unzufrieden ist. Deswegen geht er in den Wald und ruft nach dem Glasmännlein. Das ist so ein kleiner Waldgeist. Der gibt ihm Geld für eine Glasbläserei. Weil Peter nicht der hellste Kopf ist, setzt er das Geschäft in den Sand und verliert alles. Daraufhin ruft er einen anderen Geist. Den … Moment …« Cora blätterte das Buch durch und suchte nach dem Namen.

»Ah ja, er ruft den Holländer-Michel. Der macht ihn dann richtig reich. Dafür will er aber sein Herz. Und das Herz, das tauscht dieser Michel dann gegen einen Stein aus.« Sie blätterte erneut. »Wo ist denn die Stelle?« Schließlich tippte sie mit dem Finger auf den gesuchten Absatz. »Hier betritt der Köhler das Haus des Holländer-Michels. Hör mal:

> *Auf mehreren Gesimsen von Holz standen Gläser, mit durchsichtiger Flüssigkeit gefüllt, und in jedem dieser Gläser lag ein Herz, auch waren an den Gläsern Zettel angeklebt und Namen darauf geschrieben, die Peter neugierig las; …«*

»Formaldehyd«, murmelte Till. »Von wann ist das Märchen?«

»Um 1800 herum.«

»Erstaunlich. Und weiter?«

»Dann spricht der Holländer-Michel mit ihm«, erklärte Cora und fuhr fort, vorzulesen:

> *»Diese alle haben des Lebens Ängste und Sorgen weggeworfen, keines dieser Herzen schlägt mehr ängstlich und besorgt und ihre ehemaligen Besitzer befinden sich wohl dabei, dass sie den unruhigen Gast aus dem Hause haben.«*

Cora blätterte weiter. Wie sich zeigte, stimmte Peter dem Deal zu:

> *»Gut, Michel; gebt mir den Stein und das Geld und die Unruh könnet Ihr aus dem Gehäuse nehmen.«*

»Dann war das doch eine Win-win-Situation«, meinte Till und grinste. »Jeder hatte, was er wollte.«

»Ne, der Peter wird mit dem kalten Herzen ja nicht glücklich.« Cora schüttelte den Kopf. »Der Stein macht ihn furchtbar hartherzig. Am Ende erschlägt er im Jähzorn den Hund – und letztlich auch seine Frau.« Sie blätterte weiter, suchte nach der Passage, fand sie aber nicht. »Komisch, von dem Hund steht da gar nichts. Kam im Kinofilm aber so vor – und wenn ich es noch richtig in Erinnerung habe, auch bei der Ausstellung im Schloss.«

»Heftig«, sagte Till. »Gibt es kein Happy End?«

»Doch. Peter bereut den Mord an seiner Frau und hat Angst, dass ihn sein schweres Steinherz beim jüngsten Gericht in die Hölle hinabziehen wird. Richtig Panik bekommt er nach einem Gespräch mit Ezechiel, einem Mann, der auch ein Steinherz hat.« Sie überflog mit den Augen die Zeilen, in denen Ezechiel erklärte, dass …

> »… *nach dem Tod die Herzen gewogen werden, wie schwer sie sich versündigt hätten. Die leichten steigen auf, die schweren sinken hinab, und ich denke, unsere Steine werden ein gutes Gewicht haben.*«

Sie sah vom Buch auf.

»Als Peter das hört, will er sein altes Herz wieder zurückhaben. Der Holländer-Michel will sein Herz aber nicht mehr rausrücken. Am Ende denkt sich Peter dann eine List aus und luchst ihm das Herz wieder ab.«

Sie schlug das Buch zu.

»Ist trotzdem kein Happy End«, merkte Till an. »Seine Frau kann er nicht mehr lebendig machen.«

»Er nicht, aber das Glasmännchen. Als der Waldgeist sieht, dass Peter seine Taten von Herzen bereut, erweckt er Lisbeth zum Schluss wieder zum Leben.«

»Und was ist mit dem erschlagenen Hund?«

»Keine Ahnung. Wie gesagt, es gibt unterschiedliche Versionen der Geschichte.«

Während Cora das Buch wieder ins Regal zurückstellte, richtete Till seinen Blick aufs Feuer, knetete seine Lippen und dachte vermutlich über einen möglichen Zusammenhang mit den Mordfällen nach. Cora lächelte in sich hinein, als sie die Geste des Lippenknetens bei ihm bemerkte. Diese Angewohnheit hatte er auch früher bereits gehabt. Es war ein Zeichen dafür, dass er angestrengt überlegte.

»Vermutlich kennt der Mörder das Märchen«, sagte er schließlich. »Vielleicht sieht er sich ja in der Rolle des Holländer-Michels.«

Cora nickte. »Du hast es ja gehört. Dem Märchen nach werden die Herzen nach dem Tod gewogen. Es hängt also von der Schwere des Herzens ab, ob man in den Himmel oder in die Hölle kommt.« Sie setzte sich wieder zurück aufs Sofa. »Der Mörder sorgt dafür, dass die Herzen der Opfer die nötige Schwere haben. Deshalb tauscht er sie gegen einen Stein aus. Er will, dass Mike und Holzmann in der Hölle landen.« Sie holte tief Luft und ließ die Luft anschließend geräuschvoll durch die gespitzten Lippen entweichen. »Wir haben es mit einem Herzensammler zu tun.«

39. Kapitel

Oberlengenhardt war eine der wenigen Ortschaften in der Gegend, die mit einer Fernsicht aufwarten konnten. Bis zur Burg Hohenzollern sollte man an klaren Tagen vom Aussichtspunkt oberhalb des Orts sehen können. Cora ließ den Blick über die graublaue Bergkette am Horizont schweifen. Ja, der prägnante Kegel des Zollernbergs stach einem selbst auf diese große Entfernung ins Auge. Sie genoss noch eine Weile den Ausblick, dann folgte sie dem Wiesenweg hinab ins Dorf.

Sie fühlte sich erleichtert. Wie Till beim letzten Besuch angemerkt hatte, würde sie dieser zweite Leichenfund entlasten. Sobald klar war, dass es keine Verbindung zwischen ihr und Holzmann gab … Vielleicht konnte sie die Sache ja etwas beschleunigen, indem sie sich selbst mal umhörte, was die Ortsansässigen über die Familie Holzmann zu erzählen hatten. Mit etwas Glück stieß sie auf ein Detail, das ihre Unschuld bewies. Oder – im allerbesten Fall – auf ein Puzzleteil, das zum Mörder führte. Es war doch seltsam, dass Frau Holzmann den Selbstmordverdacht mit einem Bauchgefühl begründet hatte. Da musste doch mehr dahinter stecken! Das sagte ihr zumindest das eigene Bauchgefühl. Von Till wusste sie, dass die Ehefrau des zweiten Mordopfers inzwischen aus Oberlengenhardt weggezogen war. Sie lebte jetzt in Calw.

Cora war derweil im Zentrum angelangt. Obwohl sie den Schömberger Ortsteil schon öfter besucht hatte, war sie doch jedes Mal wieder aufs Neue von der Dorfidylle fasziniert. Rathaus, eine kleine Kirche, ein Gasthaus, ein Spielplatz, daneben das Bürgerhaus mit Kindergarten und gegenüber ein Schafstall. Damit war das Ortszentrum schon beschrieben. Cora ging weiter. Der beste Ort für Klatsch und Tratsch war sicherlich das Hoflädle, das sich unweit der Hauptstraße befand. Die meisten Oberlengenhardter kauften dort ein, war der kleine Bioladen doch der einzige Lebensmittelladen im Ort.

Mit einem freundlichen »Guten Morgen« betrat Cora den Laden. Die Verkäuferin, die sich gerade angeregt mit zwei älteren Damen unterhielt, lächelte ihr zum Gruß kurz zu und fuhr dann mit der Unterhaltung fort.

»Ja, schlimm«, sagte sie und schüttelte den blonden Lockenkopf. »Kann man gar nicht glauben!« Sie wandte sich Cora zu. »Sie können sich da drüben eine Tüte nehmen und sich selbst bedienen. Ich wiege das dann nachher ab.«

Cora riss eine der braunen Papiertüten vom Haken und sah sich um. Das Obst und Gemüse lag hübsch präsentiert in den Regalen aus, hinzu kamen Milch- und Fleischprodukte, allesamt in Bioqualität. Die Stück- und Kilopreise waren gut sichtbar in weißer Schrift auf schwarzen Tafeln vermerkt, nicht gerade günstig, aber auch nicht übertrieben teuer. Cora musterte die Kundschaft. Sicher bestand der Kundenkreis des Ladens für gewöhnlich aus einem gemischten Publikum. Den Leuten, die gerade zugegen waren, sah man die ökologische Gesinnung allerdings bereits an der Nasenspitze an. Vom Strickpullover über die Leinenhose bis zur Schirmmütze war modisch alles gegeben, was der Ökoversand hergab. Eine der Frauen fiel allein schon durch ihre schneeweißen langen Haare auf, die ihr bis zum unteren Rücken reichten und mit dem blauen Wollmantel ideal kontrastierten. Die Ladenbesitzerin selbst wirkte mit ihrem ungeschminkten Gesicht, den rosigen Wangen und ihrer vitalen Art so gesund und munter, dass sie das perfekte Aushängeschild für ihren Bioladen war.

Während sich Cora zwei kleine Zucchini heraussuchte, ergriff die Frau mit den weißen Haaren das Wort. »Die arme Gerlinde, die ist völlig fertig mit den Nerven. Sie ist ja immer davon ausgegangen, dass er sich selbst das Leben genommen hat. Aber Mord? Das begreift man ja gar nicht.«

Cora horchte auf. Na, das hatte sich aber schnell rumgesprochen! Da die Polizei noch nichts an die Presse herausgegeben hatte, konnte die Information über den Leichenfund nur von Frau Holzmann selbst stammen. Vermutlich hatte sie sich in ihrem Kummer der einen oder anderen alten Freundin in Oberlengenhardt anvertraut.

»Aber wenigstens hat sie jetzt die Gewissheit, dass er tot ist«, erwiderte die Frau mit dem Strickpullover. »Sie hat mir erzählt, dass man einen Vermissten erst nach fünf Jahren für tot erklären lassen kann. So lange bleibst du verheiratet.«

»Dabei wollte sie sich ja sowieso von ihm scheiden lassen«, sagte die Frau mit den weißen Haaren und stellte ihren vollen Einkaufskorb auf dem Boden ab. »Sie hatte gerade die Scheidung eingereicht, als der Kurt plötzlich verschwunden ist. Das war für sie natürlich eine ganz dumme Situation. Sie konnte sich ohne ihn nicht scheiden lassen, Witwe war sie aber auch nicht … da ist man die ganze Zeit in so einem Schwebezustand.«

»Das war vor allem in finanzieller Hinsicht eine Katastrophe für die Gerlinde«, meinte die Ladenbesitzerin. Sie wischte sich die Hände an der Schürze ab und nahm eine Tüte Kartoffeln entgegen, die ihr ein junger Mann mit Schildmütze reichte. »Sie war ja als Hausfrau komplett abhängig von ihm. Nachdem er verschwunden war, kam von heute auf morgen kein Geld mehr rein. Zu erben gab es nichts und die Lebensversicherung konnte ohne Leiche auch nicht ausbezahlt werden. Hätte ja jederzeit sein können, er taucht wieder auf.« Sie wog die Kartoffeln ab. »Macht vier Euro fünfzig.«

Cora legte die Tüte mit den Zucchini auf die Theke, nahm sich eine neue Papiertüte und begutachtete die Kartoffeln. »Aus eigenem Anbau«, stand auf dem Schild. Sozusagen frisch vom Acker. Dementsprechend naturbelassen sahen die Kartoffeln auch aus. Ein wenig dreckverkrustet kamen sie daher, mit einem intensiv erdigen Geruch.

»Ich frag mich nur, wer das war«, meinte die Frau im Strickpullover. »Wer bringt so einen wie den Kurt um?«

Cora füllte eine Handvoll Kartoffeln in die Tüte, faltete den oberen Papierrand um und sah dann die Frau offen an. Es war unsinnig, bei solch einer Unterhaltung unbeteiligt wirken zu wollen. Da konnte sie ihre Neugier auch gleich unverhohlen zeigen.

»Oh, da fallen mir schon einige ein«, mischte sich der Mann mit der Mütze ins Gespräch ein. Er zählte das Geld aus seinem Geldbeutel heraus und reichte es der Ladenbesitzerin. Als er den erstaunten Blick der Frauen wahrnahm, rückte er seine Mütze zurecht und fügte hinzu: »Warum schaut ihr so? Der Holzmann war ein übler Drecksack. Das wisst ihr genauso gut wie ich …« Er nickte in die Runde, klemmte sich die Tüte mit den Kartoffeln unter den Arm und verließ den Laden. Cora bezahlte rasch ihre Einkäufe und folgte ihm. Als sie nach draußen kam, war der Mann gerade dabei, sein Fahrrad von einem Laternenpfahl abzuketten.

»Entschuldigen Sie«, sprach sie ihn an. »Dürfte ich Sie etwas fragen?«

Der Mann richtete sich auf. »Ja?«

»Ich habe gerade zufällig Ihr Gespräch mitbekommen.« Sie lächelte verlegen. »Ich bin mit einem Polizisten befreundet, der an dem Fall beteiligt ist. Deshalb bin ich da gleich hellhörig geworden. Würden Sie mir verraten, weshalb Herr Holzmann im Ort so einen schlechten Ruf hatte?«

Der junge Mann überlegte einen Moment lang, dann meinte er: »Ich muss meine Tochter vom Kindergarten abholen. Aber wenn Sie möchten, können Sie mich bis dorthin begleiten.« Er legte das Schloss zu seinen Kartoffeln in den Fahrradkorb und schob das Rad dann neben Cora her, während sie gemeinsam in den Ortskern zurückliefen.

»Der Holzmann war ein Jäger von der übelsten Sorte. Er kam sich unheimlich wichtig vor in seinem Amt. Ein arroganter, aufgeblasener Idiot halt. Das typische Bild war: Holzmann im Geländewagen, in tarnfarbene Jägerklamotten gekleidet und der Dackel auf dem Beifahrersitz.« Er verdrehte die Augen. »Holzmann war aber nicht nur ein Idiot. Nein, er war ein Sadist. Und ein Choleriker. Wenn er in seinem Revier Spaziergänger erwischte, die ihren Hund nicht angeleint hatten, tickte er komplett aus. Er drohte den Leuten, den Hund sofort zu erschießen, sollte der auch nur ansatzweise seinem Wild nachsetzen. Und das meinte er ernst.« Er blieb stehen, zog ein Papiertaschentuch aus der Hosentasche hervor und schnäuzte sich. »Genauso hat er es auch mit Katzen gemacht. Bei uns im Dorf sind so viele Hauskatzen spurlos verschwunden, das geht auf keine Kuhhaut.« Er knüllte das Taschentuch zusammen und steckte es weg.

»Oje!«, sagte Cora. »Da hat er sich sicher etliche Feinde gemacht.« In Gedanken sah sie Till bereits sämtliche Leute überprüfen, die durch Holzmann ein geliebtes Tier verloren hatten.

»Ja, es kommt aber noch schlimmer.« Der junge Mann fasste das Rad am Lenker und ging weiter. »Eines Tages ist er dann komplett durchgeknallt. Er hat einen entlaufenen Golden Retriever in seinem Revier eingefangen. Arthur, gehörte einer

Bekannten von mir. Er war im ganzen Ort bekannt, weil er so einen gutmütigen Charakter hatte und sich von jedem Kind gern streicheln ließ.« Er blieb erneut stehen und sah mit einem Mal betroffen aus. »Vielleicht wollte der Holzmann ein Exempel statuieren. Was weiß ich, was in seinem kranken Hirn vor sich ging. Auf jeden Fall hat er den armen Hund hinten an sein Auto gebunden und ist losgefahren.« Er schluckte. »Arthur musste die gesamte Strecke vom Wald bis in den Ort hinein hinter dem Auto herrennen.«

Cora schlug sich entsetzt die Hand vor den Mund. »Wie furchtbar!«

»Irgendwann konnte der Hund nicht mehr und stürzte zu Boden … Dieses Arschloch hat ihn hinter sich hergeschleift. Durch den ganzen Ort. Irgendjemand hat es dann doch noch geschafft, ihn zu stoppen. Da war der Hund aber schon tot.«

»O Gott!«, murmelte Cora. Für einen Moment fehlten ihr die Worte. Das, was sie mit Waldi hatte erleben müssen, war schlimm. Aber diese Geschichte war mindestens genauso schrecklich.

»Es war ein Skandal. Kam auch groß in der Presse. Und in den sozialen Medien. Es gab damals etliche Tierschützer, die öffentlich drohten, den Holzmann zu lynchen. Manche wollten ihn auch hinten ans Auto binden …«

»Nach der Sache verstehe ich aber nicht, weshalb Frau Holzmann beim Verschwinden ihres Mannes gleich einen Selbstmord vermutete. Ein Mord wäre doch viel wahrscheinlicher gewesen. Oder war der Druck im Dorf so groß, dass nur noch Selbstmord infrage kam?«

»Natürlich war der Holzmann daraufhin bei allen unten durch. Aber er hätte ja wegziehen können. So wie seine Frau es nachher getan hat. Obwohl sie ja gar nichts für die Sache konnte. Ich denke, dass sie selbst auch nur ein Opfer war. Die hat sicher öfter mal Schläge von ihm einstecken müssen. Der Typ ist doch bei jeder Kleinigkeit ausgerastet.«

»Hm, bestimmt hat der Vorfall mit dem Hund das Fass zum Überlaufen gebracht und sie hatte daraufhin endlich den Mut, die Scheidung einzureichen.« Sie räusperte sich. »Hat er wenigstens eine entsprechende Strafe erhalten?«

Der junge Mann zuckte die Achseln. »Ihm ist nicht viel passiert. Er musste seinen Jagdschein abgeben. Und er hat eine Geldstrafe erhalten. Aber die wollte er, soweit ich weiß, mit seinem Anwalt anfechten.« Er sah auf seine Armbanduhr. »Tut mir leid, ich muss mich jetzt beeilen. In fünf Minuten schließt der Kindergarten.« Er senkte die Stimme. »Also wenn sie mich fragen, dann ist es kein großer Schaden, dass der Holzmann nicht mehr lebt. Aber so was darf man ja nicht laut sagen.« Er setzte sich aufs Rad und lächelte. »Alles Gute für Sie.«

Cora bedankte sich noch für die Auskunft, dann heftete sich ihr Blick auf die Straße. Wie lange, dachte sie, hatte man das Blut des Hundes dort wohl noch gesehen? Wie lange hatte es gedauert, bis Regen die Spuren dieser Gräueltat endlich vom Asphalt gespült hatte?

40. Kapitel

»Deine Sünden sind dir vergeben. Geh hin in Frieden!«

»Dank sei Gott, dem Herrn!«

»Gelobt sei Jesus Christus.«

»In Ewigkeit Amen.«

Pfarrer Vogt vernahm hinter dem Gitter ein lang gezogenes Stöhnen.

»Geht's?«, fragte er besorgt. Gerda Beck kam regelmäßig zur Beichte. Und obwohl die alte Dame nach dem Beichtgespräch kaum mehr in die Höhe kam, ließ sie es sich nicht nehmen, dabei zu knien. »Soll ich Ihnen helfen?«

»Nein, nein, es geht schon, Herr Pfarrer«, kam es zurück. »Ich muss nur langsam machen.«

Vogt hörte, wie sie sich schwer schnaufend umdrehte und dann unbeholfen am Vorhang zerrte.

»Moment!«, raunte er. »Ich komme.« Er stand auf, zog seinen eigenen Vorhang zurück und öffnete die halbhohe hölzerne Tür. Als er herauskam, griff Gerda Beck gerade nach ihrem Stock, der an der Außenwand des Beichtstuhls lehnte. Rasch sprang er hinzu und hakte sie unter.

»Kommen Sie«, sagte er, »ich begleite Sie nach draußen.«

Die alte Dame hielt inne und lächelte ihm zu. »Ich danke Ihnen, Herr Pfarrer. Aber das schaffe ich allein.«

Mit diesen Worten zog sie ihren Arm zurück und ging dann mit kleinen Trippelschritten kopfwackelnd davon.

Zurück im Beichtstuhl griff Vogt in seine Westentasche und suchte nach dem Salbeibonbon, das er sich vorsorglich eingesteckt hatte. Er war heute mit einem Kratzen im Hals aufgewacht und nicht gut bei Stimme. Er hatte sich das Bonbon gerade in den Mund geschoben, als der Vorhang in der Beichtkammer neben ihm auf- und wieder zugezogen wurde. Rasch knüllte er das Bonbonpapier zusammen, steckte es in die Tasche zurück und wandte sich dem Holzgitter zu, hinter dem der Gläubige soeben niederkniete. Er lauschte. Dem Ritus nach hätte der Beichtende jetzt mit dem Gruß beginnen müssen, doch der machte keine Anstalten, das Beichtgespräch zu eröffnen. Vogt sah es ihm nach. Wahrscheinlich war der Gläubige mit dem Ablauf der Beichte noch nicht vertraut genug. Dann würde eben er den Anfang machen.

»Gott, der unser Herz erleuchtet, schenke dir …«, er stockte für den Bruchteil einer Sekunde, irritiert durch den Geruch des Besuchers, »… wahre Erkenntnis deiner Sünden und seiner Barmherzigkeit.«

Das ist sie wieder, schoss es ihm durch den Kopf. Obwohl er sich bezüglich des Geschlechts nicht mehr sicher war, hatte er immer noch das Bild einer Frau im Kopf. Wie auch immer, dieses herbe Parfüm war unverkennbar. Augenblicklich fing er an zu schwitzen. Hoffentlich würde sie ihm jetzt keinen neuen Mord gestehen! Wie versteinert saß er da, starrte auf das Gitter und ballte dabei unwillkürlich die Fäuste. Wie er diesen Menschen verachtete! Hockte feige dort im Dunkeln und erwartete allen Ernstes, dass Gott ihm seine Morde …

»Amen«, erwiderte eine tiefe Männerstimme.

Vogt zuckte zusammen. Mein Gott, das war sie gar nicht! Er hatte sich von dem Geruch in die Irre leiten lassen. Erleichtert atmete er auf.

»Herr, ich habe gesündigt …«, fuhr der Mann fort.

»Ja?«, ermunterte ihn Vogt. Er öffnete seine Fäuste und rieb die feuchten Hände an der Hose trocken. »Haben Sie keine Angst. Sie können mir alles sagen. Niemand ist frei von Sünde.«

Stille.

»Die Sünden, die man mit sich herumträgt, können eine schwere Last sein«, erklärte Vogt milde. »Aber wenn Sie Ihre Sünden bereuen, wird Gott Ihnen vergeben.«

»Ich habe … in Gedanken gesündigt.«

»Ja«, sagte Vogt. »Auch die Gedanken können bereits sündhaft sein. Nicht nur Worte und Werke. Wenn uns böse Gedanken befallen und nicht mehr loslassen, kann das so viel Hass und Zorn in uns schaffen, dass wir im schlimmsten Fall die Gedanken in die Tat umsetzen. Deshalb ist es wichtig, die Sündhaftigkeit der eigenen Gedanken rechtzeitig zu erkennen und zu bereuen. Gut, dass Sie gekommen sind.«

»Ich hoffe aber, dass Gott mir nicht nur meine schlechten Gedanken, sondern auch meine zukünftigen Taten vergibt.«

Vogt runzelte die Stirn. Welche zukünftigen Taten? Der Mann schien eine seltsame Denke zu haben. »Gott vergibt alle Verfehlungen, sofern man diese bereut und künftig nicht mehr begeht.« Er räusperte sich. »Allerdings erwarte ich von Ihnen zuallererst einmal den guten Vorsatz, grundsätzlich keine Sünden zu begehen.«

»Niemand ist frei von Sünde. Das waren Ihre Worte.«

»Ja«, sagte Vogt gedehnt. Das Gespräch wurde langsam anstrengend. »Trotzdem sollte man sich jeden Tag aufs Neue darum bemühen, Fehltritte zu vermeiden.«

»Und wie steht es mit Ihnen, Herr Pfarrer?«

»Auch Pfarrer sind nicht frei von Sünde«, erwiderte Vogt barsch.

»Gehen Sie dann ebenfalls zur Beichte?«

»Natürlich.«

»Und wer nimmt Ihnen die Beichte ab? Ein Kollege?«

»Hören Sie, es geht hier nicht um mich. Sie sind doch zum Beichten gekommen. Es mag ja sein, dass Sie wenig Ahnung vom Ablauf einer Beichte haben, aber so etwas habe ich ehrlich gesagt noch nie erlebt.« Von draußen kam ein vernehmliches Räuspern. Jetzt erst merkte Vogt, dass er zu laut gesprochen hatte. »Welche sündhaften Gedanken möchten Sie denn nun beichten?«, erkundigte er sich im Flüsterton.

»So konkret wollte ich Ihnen das gar nicht sagen«, meinte der Mann. »Aber ich habe etwas erkannt. Gott weiß auch so, was mich umtreibt. Gott kennt meine Gedanken.«

Vogt seufzte. »Sicher. Bereuen Sie denn diese Gedanken?«

»Ja.« Der Mann dachte nach. »Auch meine nächste Sünde bedaure ich bereits.«

Vogt schüttelte unwillig den Kopf. »Sie können keine Sünde bedauern, die Sie noch gar nicht begangen haben. Das ist widersinnig.«

»Es ist aber so. Denn ob ich will oder nicht – diese nächste Sünde wird sich leider nicht vermeiden lassen.« Er senkte die Stimme zu einem Wispern. »Herr Pfarrer, ich könnte natürlich auch einen anderen Geistlichen aufsuchen, aber …«, er seufzte, »es wäre mir enorm wichtig, dass Sie es sind, der mir die Absolution erteilt.«

»Ich glaube, Sie wollen sich über mich lustig machen!«, entgegnete Vogt brüskiert.

Der Mann stöhnte. »Nein, entschuldigen Sie, wenn dieser Eindruck entstanden ist. Natürlich meine ich ernst, was ich sage.« Er stöhnte erneut. »Ja, schade. Sie verstehen es nicht. Ich habe das schon befürchtet. Dann muss ich eben doch zu einem anderen Pfarrer gehen … hinterher.«

Vogt überhörte das nachgeschobene »hinterher«. »Ein anderer Pfarrer wird da nicht anders entscheiden«, sagte er streng. »Man kann keine Generalabsolution für irgendwelche Sünden erhalten, die man künftig begehen möchte. Das ist ja absurd.«

»Jaja, das habe ich verstanden. Beruhigen Sie sich. Ich werde Sie jetzt auch nicht mehr damit behelligen.« Er verlagerte das Gewicht auf der Kniebank. »Aber wenn ich Ihnen noch einen letzten Rat für heute geben darf …« Der Mann kam so nah ans Gitter heran, dass Vogt seinen Atem roch. »Gehen Sie rasch zur Beichte, Herr Pfarrer. Rasch.«

* * *

Zwei Stunden später stand Vogt in seiner Küche und bereitete sich einen ayurvedischen Tee mit Ingwer zu. Während der Tee zog, las er den Spruch, der sich auf dem Zettel am Ende des Beutels befand: »Wahrheit vertreibt die Dunkelheit«. Hm, ja. Konnte er im Moment aber nichts damit anfangen. Er ging mit der Tasse zum Mülleimer, entsorgte den Beutel und setzte sich dann an den Küchentisch. Da kam ihm das seltsame Beichtgespräch mit diesem fremden Mann wieder in den Sinn. Es gab mehr Irre, als man dachte. Die Absolution für eine Sünde zu erbitten, die man noch gar nicht begangen hatte, aber begehen wollte … was für ein verquerer Gedankengang! Und dann noch der Ratschlag, er solle rasch zur Beichte gehen – so etwas einem Pfarrer gegenüber zu äußern, war eine Frechheit.

Er verschränkte die Arme hinter dem Kopf, dehnte sich und drehte dabei den Oberkörper abwechselnd nach rechts und links. Nach dem langen Sitzen im Beichtstuhl fühlte er sich immer verspannt. Gähnend setzte er sich die Lesebrille auf.

Heute war er noch nicht einmal dazu gekommen, einen Blick in die Tageszeitung zu werfen. Er angelte sich einen Keks aus der bereitgestellten Gebäckschale, schlug den Ortsteil auf und überflog die Überschriften.

Punktesystem für Bauplatzvergabe … Gute Holzerträge aus dem Gemeindewald … Mit der Volkshochschule auf Kurs … Der Schwarzwald-ripper geht um … Die ersten Spenden sind eingegangen.

Wie? Der Schwarzwald-Ripper geht um? Was sollte denn diese reißerische Schlagzeile?

Er rückte seine Lesebrille zurecht. Das wollte er genauer wissen. Neugierig fing er an zu lesen, doch bereits nach der zweiten Zeile wich die Neugierde einer tiefen Betroffenheit. Als er den Bericht schließlich zu Ende gelesen hatte, fuhr er sich mit der Hand über den Nacken und stieß einen tiefen Seufzer aus. Sie hatten eine zweite Leiche gefunden. Im Bannwald. In der Nähe des Platzes, wo man den ermordeten Jugendlichen entdeckt hatte. Und wenn man der Presse Glauben schenken konnte, handelte es sich höchstwahrscheinlich um einen Serienmörder. Vogts Lippen verdünnten sich zu einem Strich. Das, was er insgeheim befürchtet hatte, war eingetreten.

Er schloss für einen Moment die Augen und versuchte, seine wirren Gedanken zu ordnen. Weil ich geschwiegen habe, so sagte er sich, musste ein weiterer Mensch sein Leben lassen. Ich bin schuld. Er öffnete wieder die Augen, griff nach seinem Handy und suchte in den Kontakten nach der Nummer von Emil Kraut. Sein Freund hatte ihm bei der letzten Unterredung geraten, das Beichtgeheimnis zu brechen und die Polizei zumindest anonym darauf hinzuweisen, dass es sich um eine Mordserie handeln konnte. Doch was hatte er stattdessen getan? Er hatte gezögert. Hatte gebetet und immerzu auf eine Eingebung gehofft. Dabei hatte ihm seine innere Stimme zu diesem Zeitpunkt längst eine Antwort auf seine Frage zugerufen, nämlich endlich zu handeln. Trotzdem hatte er weiter gebetet. Weil beten einfacher war als handeln. Er holte tief Luft und drückte dabei entschlossen auf den grünen Hörer. Ja, nun hatte er die Botschaft verstanden. *Wahrheit vertreibt die Dunkelheit.*

41. Kapitel

Die Wedel des Wurmfarns ragten trichterförmig in die Höhe. Obwohl das Grün bereits in ein zartes Rostbraun übergegangen war, entfalteten die grazilen Blätter in ihrer symmetrischen Anordnung nach wie vor ihre Schönheit. Cora ging in die Knie, nahm die Kappe vom Objektiv ihrer Kamera und machte ein paar Nahaufnahmen von der Pflanze. Dann entfernte sie behutsam einige der lanzenförmigen Blätter und legte sie in ihre Sammelmappe, die sie in einer Umhängetasche mit sich trug. Sie lächelte in sich hinein. Die gepressten Blätter würden sich gut auf Lesezeichen und Grußkarten machen.

Sie setzte ihren Weg auf dem schmalen Pfad fort, machte bisweilen Fotos von den Pflanzen am Wegesrand und zwackte hier und da ein Blatt für ihre Sammlung ab. Nebenbei dachte sie über die Mordfälle nach.

Was Holzmann betraf, war die Liste der möglichen Täter lang. Er hatte sich viele Feinde gemacht. In Oberlengenhardt gab es gewiss eine Menge Leute, die ihn nicht gemocht hatten. Nein, die ihm vielmehr die Pest an den Hals gewünscht hatten. Die Besitzer des getöteten Golden Retrievers zum Beispiel. Oder all die Tierschützer, die ihn nach dem grauenhaften Hundemord am liebsten gelyncht hätten und dies auch in den sozialen Medien kundgetan hatten. Dann gab es noch eine Dunkelziffer betroffener Katzen- und Hundebesitzer, deren Tiere in Holzmanns Revier erwischt und gleich vor Ort exekutiert worden waren. Und nicht zuletzt war auch seine Frau verdächtig. Wenn sie wirklich von ihrem Mann misshandelt worden war, hatte sie ein relevantes Tatmotiv. Auch wenn sie bei ihrer Vermisstenmeldung einen möglichen Selbstmord ins Feld geführt hatte. Ebendies konnte reine Taktik gewesen sein, um von sich abzulenken. Ja, da kam keine leichte Ermittlungsarbeit auf Tills Team zu. Bei der Menge an Alibis, die es abzuklopfen galt …

All diese Gedanken hatte sie derweil mit Till durchgesprochen. Ihre Erkenntnisse hatten ihm für seine weiteren Ermittlungen neue Impulse gegeben. Dennoch hatte er sich durch ihre eigenmächtige Recherche auf den Schlips getreten gefühlt. Sie habe in seine Ermittlungen hineingepfuscht, hatte er gesagt. Und sie hatte ihm zusagen müssen, sich künftig rauszuhalten.

Tills dünnhäutige Reaktion zeigte, unter welchem Druck er und sein Ermittlungsteam aktuell standen. Schuld daran war der Zeitungsbericht über den »Schwarzwald-Ripper«. Die Meldung hatte eingeschlagen wie eine Bombe. Da die offizielle Pressekonferenz der Polizei aber erst nach dem Zeitpunkt der Veröffentlichung stattfand, war die ganze Sache höchst ärgerlich. Till hatte ihr anvertraut, dass der Dezernatsleiter getobt hatte. Die ganze Story über den »Schwarzwald-Ripper« beruhte nämlich ausschließlich auf Mutmaßungen, nicht aber auf Fakten. Dem verantwortlichen Redakteur war ein heimlicher Schnappschuss von der Spurensicherung am zweiten Leichenfundort gelungen, und dieses Foto hatte er dann zur Grundlage seines Berichts gemacht. Seitdem stand das Telefon im Kommissariat nicht mehr still. Fast stündlich gingen Hinweise von Leuten ein, die irgendwelche dubiosen Menschen im Wald gesichtet haben wollten. Die Vorstellung, dass sich ein Massenmörder in den heimischen Wäldern herumtrieb, verunsicherte die Menschen verständlicherweise zutiefst.

Cora zückte die Kamera. Zwischen Gräsern und Moosen hatte sie eine Gruppe von Pilzen entdeckt, die durch ihre ausladenden Hüte ins Auge stachen. Wieder einmal bedauerte sie, sich nicht besser mit diesen faszinierenden Lebewesen, die weder Tier noch Pflanze waren, auszukennen. Sie beugte sich hinab, hielt die Kamera mit ausgefahrenem Zoom unter einen der Hüte und machte eine Aufnahme von den Lamellen. Anschließend betrachtete sie zufrieden das Ergebnis. Ein Kunstwerk der Natur!

Während sie weiterging, musste sie an die Pilzsammler denken, die Mike gefunden hatten. Er musste ja grauenvoll ausgesehen haben, so halb verfault und angefressen … Dieses Bild würden die jungen Leute bestimmt nicht mehr so schnell aus den Köpfen bekommen. Mike war offenbar demselben Täter in die Hände gefallen wie Holzmann. War das Zufall? Die Tötungsart sprach nicht dafür. Nein, sie konnte sich nicht vorstellen, dass der Täter beliebigen Leuten, die er zufällig im Wald antraf, das Herz herausschnitt. Der Rechtsmediziner ging inzwischen davon aus, dass die beiden Opfer zuerst betäubt und dann entführt worden waren. Höchstwahrscheinlich hatte der Mörder die Opfer gekannt und sie aus einer persönlichen Betroffenheit heraus getötet.

Cora hatte den Aussichtspunkt ihrer kleinen Wanderung erreicht. Der Zeitpunkt war perfekt. Die Sonne war kurz davor, unterzugehen, und färbte die Wolken am Horizont tiefrosa. Sie wechselte ihr Objektiv, machte ein paar Aufnahmen und setzte sich dann auf eine verwitterte Holzbank. Hier hatte sie früher öfter mit ihrer Mutter gesessen. Sie hatten den weiten Ausblick übers Tal genossen und sich zu Neuigkeiten ausgetauscht. Sie seufzte. In solchen Momenten vermisste sie ihre Mutter ganz besonders. Sie lenkte ihre Gedanken wieder auf den Fall. Wo war nur der gemeinsame Nenner bei Mike und Holzmann? Beiden hatte man einen Stein in die Brust gelegt, der sie in die Hölle hinabziehen sollte. Die Hölle hatten sie verdient, weil sie etwas Böses getan hatten. Cora überlegte. Mike hatte Waldi zu Tode gequält. Holzmann hatte eventuell seine Frau misshandelt. Das war bislang allerdings nicht belegt. Und er hatte Tiere getötet. Die Tierquälerei war ein Aspekt, der in beiden Fällen erkennbar war. Und der Täter hatte darüber Bescheid gewusst.

Der Skandal, den Holzmann ausgelöst hatte, war über die sozialen Medien in eine breite Öffentlichkeit gelangt. Über den Mord an Waldi wussten jedoch nur wenige Leute Bescheid. Nämlich diejenigen, die sie selbst informiert hatte: Platzwart Leimgruber, Dumitrasco und der Tierheimleiter. Die traurige Nachricht hatte im Tierheim daraufhin gewiss die Runde gemacht, also hatten aller Wahrscheinlichkeit nach auch Natascha und Hannes davon erfahren, die Gassigeher. Und die Freunde von Mike, sofern sie an der Sache mit Waldi beteiligt gewesen waren. Die Clique schied jedoch sogleich wieder aus. Die Jugendlichen hatten mit dem Mord an Holzmann gewiss nichts zu tun. Ah, sie hatte die Camper vergessen. Inwiefern der Leimgruber mit den Campinggästen über den Hundemord gesprochen hatte, wusste sie freilich nicht. Allerdings war es eher unwahrscheinlich, dass er die Sache an die große Glocke gehängt hatte. Wenn es unter den Hundebesitzern bekannt wurde, dass Hunde auf diesem Campingplatz nicht sicher waren, musste er damit rechnen, einen Teil seines Kundenstamms zu verlieren. Blieben Leimgruber selbst und die Tierheimmitarbeiter. Deren Alibis zu überprüfen, war Tills Job.

Sie nahm die Kamera zur Hand und blickte durch den Sucher, als ihr plötzlich ein anderer Gedanke kam. Was, wenn Mike nur deshalb ermordet worden war, weil sie seinen Namen genannt hatte? Cora ließ die Kamera langsam sinken. Sie hatte den Namen sowohl Uwe und Dumitrasco als auch Leimgruber gegenüber erwähnt. Wäre er noch am Leben, wenn sie ihn nicht bezichtigt hätte?

Nein, den Schuh würde sie sich nicht anziehen. Der Mörder war schuld. Nur er allein. Außerdem hatte Mike ja zuallererst ihren Hund getötet. Er hatte damit eine Lawine losgetreten. Sie selbst hatte nur darauf reagiert und sich in der Not Hilfe gesucht. Und wenn Mike es gar nicht gewesen ist, fragte eine leise Stimme in ihr. Cora zog geräuschvoll die Nase hoch. Natürlich war er es gewesen. Schlimm genug, dass die Aufklärung von Waldis Ermordung nach den beiden Leichenfunden komplett ins Hintertreffen geraten war.

Sie machte ein letztes Foto, dann verstaute sie ihre Kamera in der Tasche. Rasch noch das Handy an, die Kopfhörer rein und los. Sie musste sich beeilen, wenn sie nicht in die Dunkelheit hineinkommen wollte. Doch während der Bergrücken noch vom letzten Licht der untergehenden Sonne erhellt worden war, drang nun durch den tiefer gelegenen dichten Fichtenwald kaum noch Restlicht. Cora beschleunigte ihren Schritt.

Mist! Genau das hatte sie vermeiden wollen. So wohl und sicher sie sich bei Tageslicht im Wald auch fühlen mochte, bei Nacht machte ihr dieser Ort Angst. Natürlich wusste sie vom Verstand her, dass diese Angst unbegründet war. Es war immer derselbe Wald mit denselben Pflanzen und Tieren – ganz gleich, welche Lichtverhältnisse gerade herrschten. Andererseits weckte das dunkle, unübersichtliche Dickicht nun mal gewisse Urängste, von denen sie sich nicht vollständig frei machen konnte… Was, wenn sie sich in der Dunkelheit verirrte? Oder gar nachtaktiven, gefährlichen Wildtieren begegnete? Keiner würde im nächtlichen Wald ihre Schreie und Hilferufe hören.

Unsicher lugte sie zwischen den Bäumen hindurch, zur Rechten, zur Linken, schließlich blickte sie über ihre Schulter. Nein, da war niemand. Trotzdem hatte sie ein ungutes Gefühl.

Sie nahm die Kopfhörer aus den Ohren und verstaute sie in der Jackentasche. Die rhythmische Popmusik machte sie nervös.

Auf einen Schlag umgab sie eine solche Stille, dass sie ihre eigenen Atemzüge hören konnte. Es ist absolut unwahrscheinlich, ausgerechnet hier auf den »Schwarzwald-Ripper« zu treffen, sagte sie sich. Außerdem treibt sich der Täter gewiss nicht rund um die Uhr im Wald herum. Viel wahrscheinlicher ist es, dass der Mörder gerade vor dem Fernseher sitzt und die Sportschau ansieht. Sie blieb stehen und steckte sich die Kopfhörer erneut in die Ohren. Nachdem sie in ihrer Musik-App ein ruhigeres Lied gewählt hatte, lief sie weiter. Das Lied war noch nicht ganz zu Ende, als Cora plötzlich ein äußerst beunruhigender Gedanke befiel. Wenn sie den Mörder tatsächlich persönlich kannte, konnte es ja durchaus sein, dass sie sich bereits im Fokus dieser Person befand! Hastig riss sie sich die Kopfhörer aus den Ohren, holte das Handy hervor und strich über das Display. Zumindest hatte sie hier einen einigermaßen guten Empfang. Auch wenn es keinen vernünftigen Grund gab, sie zu töten, hielt sie den Notruf besser griffbereit. Wer wusste schon, was diesen Psychopathen umtrieb?

42. Kapitel

»Dann wollen wir doch mal sehen, ob wir für euch einen passenden Hund finden können«, sagte Uwe und schenkte der jungen Familie ein zuversichtliches Lächeln. Seitdem sie das Außengehege betreten hatten, wirkten die beiden Mädchen verunsichert. Es irritierte sie, dass die Hunde so einen Krach veranstalteten. Vor allem das jüngere Mädchen guckte verschreckt. Er führte die Familie auf den ersten Zwinger zu. Die beiden Jack Russells machten am Gitter Männchen und kläfften. »Darf ich vorstellen – das sind Pünktchen und Anton. Es sind reinrassige Jack Russells.«

»Oh, sind die süß!«, rief das größere der beiden Mädchen aus. Entzückt ging sie in die Knie und betrachtete die kleinen Hunde aus der Nähe. Ihre jüngere Schwester tat es ihr gleich und ging neben ihr in die Hocke. Sie kicherte, als einer der Hunde sich vor Freude im Kreis drehte. »Ist das Pünktchen?«, wollte sie wissen.

»Nein, der andere ist Pünktchen. Schau, er hat zwei braune Punkte auf dem rechten Ohr. Deshalb heißt er so.«

»Das ist ja lustig«, meinte das ältere Mädchen. Sie wandte sich zu ihren Eltern um und setzte einen Bettelblick auf. »Können wir Pünktchen haben? Bitte …«

Bevor die Eltern etwas erwidern konnten, schaltete sich Uwe ein. »Pünktchen und Anton sind Geschwister. Die können nur zusammen abgegeben werden, das versteht ihr sicherlich. Das wäre so, wie wenn man euch beide plötzlich trennen und in verschiedene Familien geben würde.«

Die beiden Schwestern verstanden sofort und nickten zustimmend. Das kleinere Mädchen sagte eifrig: »Das ist doch toll! Dann hat jede von uns ihren eigenen Hund. Ich nehme Pünktchen und du Anton, okay?« Den Eltern gefiel der Gedanke, zwei Hunde im Doppelpack nehmen zu müssen, jedoch weniger. »Ne«, zischte der Mann seiner Frau zu. »Das halt ich nicht aus, wenn die zwei den ganzen Tag so kläffen. Außerdem müssen wir dann doppelt Hundesteuer bezahlen. Für den zweiten Hund bezahlt man wesentlich mehr als für den ersten. Ich hab mich schon erkundigt.«

»Das seh ich auch so«, bekräftigte die Frau. »Es ist ja nicht nur die Hundesteuer. Da geht es auch ums Futter, den Tierarzt und so weiter. Alles immer doppelt. Nein, Kinder. Zwei Hunde, das geht leider nicht.«

»Oh, bitte, Mama!«, bettelten die Mädchen. Die jüngere Schwester hatte bereits Tränen in den Augen. »Pünktchen ist bestimmt ganz traurig, wenn ich ihn nicht mitnehme. So einen süßen Hund finden wir nie wieder!«

»Ich habe Nein gesagt«, zischte die Mutter.

Der Mann verschränkte die Arme vor der Brust und ging zum nächsten Zwinger weiter. Als er den schwarzen Labrador sah, hellte sich seine Miene augenblicklich auf.

»Das hier. Das ist ein toller Hund!«, rief er aus. »Wir hatten früher mal einen Labrador. Ist eine super Rasse. Klasse Charakter.«

Uwe trat hinzu. »Ja, da kann ich Ihnen nur zustimmen, Herr Groß. Das ist Balu. Er ist sechs Jahre alt und ein idealer Familienhund. Er ist an Kinder gewöhnt. Seine Besitzer mussten ihn schweren Herzens abgeben, da sie aufgrund ihrer Scheidung das Haus verkaufen mussten. In den neuen Mietwohnungen durften sie keinen Hund mehr halten.« Er sah den Familienvater prüfend an. »Wie sieht denn Ihre Wohnsituation aus?«

»Wir haben ein Einfamilienhaus mit großem Garten. Das ist ideal für so einen Hund.« Man sah es dem Mann an. Er war von dem Labrador begeistert. »Dürften wir mit Balu denn eine kurze Runde spazieren laufen?«

»Klar«, sagte Uwe und lächelte in sich hinein. Der Vater wusste, wie er seine Töchter herumkriegen konnte.

Die beiden Mädchen betrachteten den großen schwarzen Hund zuerst einmal mit Misstrauen. Die kleinen lustigen Hündchen hatten ihre Herzen im Sturm erobert. Dieser ruhige Hund sah zwar lieb aus, machte aber weder Männchen noch Saltos.

»Kann Balu auch irgendein Kunststück?«, fragte das kleinere Mädchen.

Uwe überlegte einen Moment, dann sagte er: »Er befolgt die Kommandos ›Sitz‹, ›Platz‹ und er kann bei Fuß gehen. Außerdem spielt er sehr gern mit dem Ball. Ach ja, und er ist eine Wasserratte. Im Sommer kann er mit euch zusammen im See baden gehen.«

»Echt?«, fragte das ältere Mädchen. »Er kann schwimmen?«

»Ja«, entgegnete Uwe schmunzelnd. »Und wenn ihr einen Stock ins Wasser werft, dann holt er ihn wieder raus und bringt ihn euch.«

Das ältere Mädchen beugte sich zu Balu hinab, streichelte ihm über den Kopf und sah ihm in die braunen Augen. »Du bist echt ein Hübscher, Balu.« Der Labrador beantwortete die freundliche Zuwendung mit einem freudigen Schwanzwedeln. Glücklich ließ er sich an die Leine nehmen. Im nächsten Moment stritten sich die beiden Schwestern bereits, wer Balu an der Leine führen durfte.

Als die Familie eine halbe Stunde später vom Spaziergang zurückkehrte, war die Sache entschieden. Balu würde künftig der Familie Groß angehören. Uwe kündigte an, den Hund am nächsten Tag persönlich vorbeizubringen und dabei zugleich das künftige Zuhause des Hundes in Augenschein zu nehmen. Während er mit den Eltern im Büro noch die Formalitäten erledigte, übten die Mädchen mit Balu die Kommandos »Sitz« und »Platz« ein. Fünf Minuten später war es so weit und die Familie Groß verabschiedete sich – glücklich, so einen tollen Hund gefunden zu haben.

Uwe winkte den Kindern nochmals zu, dann ging er in den Aufenthaltsraum, wo ihn Natascha, Hannes und Mirco schon erwarteten. Er nahm die Thermoskanne, schenkte sich einen Kaffee ein und setzte sich mit der Tasse an den Tisch.

»So, Balu ist versorgt!«

Natascha nickte. »Das passt. Vor allem der Vater macht einen guten Eindruck. Ich glaube, Balu ist dort gut aufgehoben.«

Hannes und Mirco saßen ernst da und schwiegen.

»Ist was?«, fragte Uwe.

»Mirco hatte Besuch von der Polizei«, klärte ihn Natascha auf. »Er wurde verhört.«

Uwe wandte sich Mirco zu. »Wieso das denn?«

»Es geht um den ermordeten Jungen, diesen Mike Eberhart.«

»Versteh ich nicht«, sagte Uwe und runzelte die Stirn. »Du kanntest den Jungen doch gar nicht.«

»Als ich die Brecht auf dem Campingplatz besucht habe, hat sie sich bei mir über die Jugendlichen auf dem Zeltplatz beschwert. Ich hab ihr daraufhin geraten, die Sache anzugehen.« Er zuckte mit den Schultern. »Aber persönlich kennengelernt hab ich diesen Mike nie.«

»Na also«, meinte Uwe. »Was wollen die dann von dir?«

»Der Polizist hat mich gefragt, ob ich von Waldis Ermordung wusste.« Er kratzte sich am Nacken. »Die denken wohl, dass ich mich an dem Jungen gerächt haben könnte.«

»Warum solltest du das tun? Du weißt ja nicht einmal sicher, ob es dieser Mike war.«

»Die Brecht war sich sicher, dass er es war«, warf Hannes ein.

»Aber einen Beweis hatte sie nicht«, entgegnete Uwe. Er dachte nach. »Wobei der Verdacht natürlich naheliegend ist. Schließlich wurde er von Waldi gebissen. Und er hat der Brecht gedroht.« Er nahm einen Schluck Kaffee. »Ja, es spricht vieles dafür.«

»Wir waren alle über den Mord an Waldi informiert«, überlegte Natascha laut. »Demnach könnte es ja jeder von uns gewesen sein.«

»Bei mir kommt aber noch was anderes hinzu«, erklärte Mirco missmutig. »Mein Name steht dummerweise auch noch auf so einer Abnehmerliste von dem toten Jäger, den sie gefunden haben.«

»Oje!«, entfuhr es Natascha. »Das heißt, du hattest zu beiden Opfern indirekt Kontakt. Hoffentlich schießen sich die Bullen nicht auf dich ein.« Sie warf Mirco einen mitleidigen Blick zu.

»Quatsch!«, fuhr Mirco sie an. »Ich hatte zu keinem der Opfer Kontakt. Diese Abnehmerliste lag mal im Bioladen aus. Da konnte man sich eintragen, wenn man an frischen Wildprodukten Interesse hatte. Das Fleisch wurde dann über den Laden verkauft. Das war alles. Ich hatte keinen Kontakt!«

»Was für ein blöder Zufall!«, meinte Uwe und fuhr sich übers Kinn.

»Jedenfalls wisst ihr jetzt Bescheid«, sagte Mirco. »Ihr müsst euch darauf einstellen, dass ihr auch noch befragt werdet und ein Alibi angeben müsst.«

»Scheiße«, meinte Hannes. »Haben die gesagt, wann der Junge ermordet worden ist?«

»Es muss vergangene Woche am Dienstag passiert sein. Frühmorgens zwischen drei und sechs Uhr.«

Natascha riss die Augen auf. »Na toll! Um die Uhrzeit schläft man normalerweise. Wenn man keinen Partner hat, kann niemand bezeugen, dass man im Bett war.« Sie griff nach dem Anhänger an ihrer Halskette und drehte ihn nervös zwischen den Fingern. »O Mann, die wissen bestimmt von der Anzeige …«

»Welcher Anzeige?«, erkundigte sich Mirco.

»Na, wegen der Hennen!«, rief Natascha aus. Als Mirco immer noch nicht verstand, was sie meinte, fügte sie ungeduldig hinzu: »Die wir aus der Legebatterie befreit haben … Du weißt schon, die Aktion von Lucky Animal. Da hat mich doch dieser Typ vom Wachdienst erwischt.«

»Das spielt doch für den Fall keine Rolle«, beschwichtigte Hannes.

»Hast du eine Ahnung«, blaffte Natascha zurück. »Die drehen dir doch aus allem einen Strick!«

»Ich hab jedenfalls kein Alibi«, meinte Uwe trocken. Er sah Mirco fragend an. »Und du? Was hast du denen gesagt?«

»Dass ich geschlafen habe«, antwortete Mirco. »Was sonst?« Er trommelte mit den Fingern auf der Tischplatte.

»Hoffentlich schwärzt mich die Brecht nicht an«, brummte Natascha, stand auf und fing an, hin- und herzutigern. »Die kann mich nicht leiden. Das hab ich gleich gespürt.« Sie blieb abrupt stehen und schlug sich mit der flachen Hand auf die Stirn. »Verdammte Hacke! Die ist doch auch beim LKA. Na klar, die steckt mit denen unter einer Decke!«

»Jetzt beruhig dich mal«, sagte Mirco. »Die Brecht steht doch selbst unter Verdacht. Und sie hat auch kein Alibi. Das hat sie mir selbst gesagt.«

»Das beruhigt mich überhaupt nicht«, fauchte Natascha. »Wenn die Bullen die Wahl zwischen einer Diebin und einer Kriminalpsychologin haben – was glaubst du, wen nehmen sie dann lieber hoch?«

»Wir könnten uns gegenseitig ein Alibi geben«, schlug Hannes vor. »Ich hab zur Tatzeit auch allein geschlafen.« Er rieb sich die Nase. »Wir könnten sagen, dass wir zusammen die Nacht verbracht haben.«

Uwe warf Hannes einen erstaunten Blick zu. Da war wohl der Wunsch Vater des Gedankens. Tatsächlich hatte er ja schon öfter das Gefühl gehabt, dass Hannes heimlich auf Natascha stand. Ganz schön gewieft, die Situation auf diese Weise für sich zu nutzen. Nataschas Reaktion fiel nicht minder überrascht aus.

»Du meinst … du und ich?«, fragte sie verdutzt.

»Als Freunde«, erklärte Hannes rasch, bevor es peinlich werden konnte. »Du hast mich zum Spaghetti-Essen eingeladen, wir haben gequatscht, ich hab zu viel gesoffen und musste bei dir auf dem Sofa übernachten.«

Natascha atmete erleichtert auf. »Das würdest du für mich machen?«

»Klar. Wofür hat man Freunde?« Er grinste. »Kannst mich ja dafür mal zum Spaghetti-Essen einladen.«

43. Kapitel

Das Hoch »Mira« sorgte für strahlend blauen Himmel, Sonnenschein und angenehme zwanzig Grad. Deshalb saßen sie heute auf der Aussichtsbank in Coras elterlichem Garten und tranken dort ihren Kaffee. Tills Besuch war zeitlich begrenzt, da er um achtzehn Uhr einen Termin im Tierheim hatte. Mit Dumitrasco, Natascha und Hannes hatte er bereits gesprochen. Nun stand noch das Gespräch mit Uwe an.

»Der Leimgruber hat ein sicheres Alibi«, erklärte Till. »Mehrere Personen können bestätigen, dass er zur Tatzeit auf dem Campingplatz war.«

»Mehrere? Mitten in der Nacht?« Cora grinste hämisch. »Hat er eine Orgie gefeiert, oder was?«

Till lächelte müde. »Nein, er wurde von einem Camper aus dem Bett geholt, weil eine Gruppe von Leuten zu laut feierte. Das war so gegen vier Uhr. Leimgruber musste einschreiten und die Feier beenden.« Er zuckte mit den Achseln. »Sieben Camper können bezeugen, dass er vor Ort war.«

Cora nickte. »Hm, jetzt da du es sagst … Stimmt, ich kann mich an den Partylärm erinnern. Zumindest habe ich in dieser Nacht laute Stimmen und Gelächter gehört. Das könnte gegen vier Uhr gewesen sein.«

Ein Marienkäfer landete auf Tills Handrücken. Einige Sekunden lang blieb er ruhig sitzen, dann krabbelte der Käfer los. »Hat die Hundetrainerin eigentlich ein Alibi?«, fragte Cora und sah Till über den Rand der Tasse hinweg gespannt an. »Ich denke gerade dran, wie entrüstet sie über Waldis Brandmale berichtet hat. Verständlicherweise.«

»Natascha Dauner?«, versicherte sich Till, den Blick fest auf den Käfer gerichtet. »Hm, ja, hat sie. Ist aber trotzdem interessant.« Er drehte die Hand, woraufhin der Käfer zwischen seinen Fingern hindurch auf die Innenseite krabbelte. »Sie ist schon mal wegen Einbruch und Diebstahl angezeigt worden.«

»Das hätte ich jetzt nicht gedacht«, sagte Cora verblüfft. »Was hat sie denn geklaut?«

Till grinste. »Hühner. Sie ist aktives Mitglied von so einer Tierschutzorganisation, animal irgendwas. Die sind in der Vergangenheit öfter mal in Legebatterien eingebrochen, haben Hennen befreit und die Videos davon ins Netz gestellt. Bei einer dieser Befreiungsaktionen war sie dabei und, na ja, dummerweise ist sie vom Wachdienst erwischt worden.«

»Mehr als eine Geldstrafe wird sie dafür wohl nicht gekriegt haben. Wann war das?«

»Vor ungefähr drei Jahren. Aber wie gesagt, für die Tatnacht hat sie ein Alibi.«

»Apropos Einbruch«, sagte Cora und wies auf das benachbarte Haus Nummer 5, »hast du eigentlich mitbekommen, was aus unserer Einbrecherin geworden ist?«

»Hm, ja, ich hab kürzlich noch mal mit dem Lohmüller gesprochen. Erinnerst du dich? Das war der etwas korpulentere Kollege von der Schutzpolizei, der die Frau ins Revier mitgenommen hat.« Cora zog die Stirn kraus und nickte dann. »Sie gehörte zu einem Trio. Das war bereits der vierte Einbruch, den die auf diese Art durchgeführt haben, immer nach dem gleichen Schema. Ihre Aufgabe war es, das Haus auszukundschaften, wenn die Besitzer im Urlaub waren. Falls es lohnenswerte Beute gab, hat sie ihrem Mann und dem Schwager Bescheid gegeben, und die kamen dann in der Nacht mit dem Transporter und haben zackzack die Bude ausgeräumt.«

»So in die Richtung hab ich mir das vorgestellt«, meinte Cora. »Da haben die Kauders ja noch mal Glück gehabt.«

Über Tills Gesicht zog sich mit einem Mal ein Grinsen. »Ach ja, der Lohmüller hat sich im Nachhinein noch tierisch über die Frau aufgeregt. Stell dir das mal vor – die hat es tatsächlich fertiggebracht, beim Verhör nebenbei drei Kugelschreiber vom Schreibtisch verschwinden zu lassen!«

Cora schmunzelte. »Offenbar ist unsere Einbrecherin kleptomanisch veranlagt.«

»Ja. Der Lohmüller hat es erst gemerkt, als sie weg war. Das hat ihn vielleicht gefuchst!«

Der Marienkäfer war inzwischen auf Tills Hose gekrabbelt. Nun spreizte er die Flügel und flog schwerfällig davon. Till sah ihm einen Moment lang nach, dann erinnerte er sich wieder an ihr ursprüngliches Gesprächsthema: »Ja, und was nun unseren Fall angeht … Wie gesagt, Natascha hat ein Alibi. Oder besser gesagt: Hannes und Natascha geben sich gegenseitig ein Alibi. Sie haben angeblich die Nacht miteinander verbracht.«

»Die sind ein Paar?«, fragte Cora verwundert.

»Nein«, erwiderte Till, »aber sie sind enge Freunde. Sie haben sich bei Natascha getroffen und so viel gebechert, dass Hannes nicht mehr heimfahren konnte. Deshalb hat er bei ihr auf dem Sofa übernachtet.«

Cora verzog skeptisch das Gesicht. »Glaubst du das?«

»Weiß nicht. Klar könnte es auch abgesprochen sein.« Er zuckte mit den Schultern. »Kann sein, dass ihnen Dumitrasco was zugeflüstert hat. Bei ihm waren wir ja schon am Vortag.«

»Apropos Dumitrasco. Was ist mit dem?«

»Der Hundeflüsterer hat kein Alibi. Er sagt, er hat geschlafen. Allerdings …«

»Was normal ist um die Zeit«, unterbrach ihn Cora.

Till reagierte auf ihren Einwurf mit einem tadelnden Blick. »Allerdings kannte er Holzmann.«

»Oh!«, entfuhr es Cora. »Das sagst du jetzt erst? Aber das heißt ja … Wenn er Holzmann kannte und auch von Mike wusste …« Ihre Augen weiteten sich. »Ja, dann …« Sie brach ab. Auch wenn Dumitrasco ein verschrobener Typ war, so konnte sie sich trotzdem nicht vorstellen, dass er zu solchen Taten fähig war.

Till schüttelte den Kopf. »Wir haben nichts Konkretes gegen ihn in der Hand. Außerdem bestreitet er, Holzmann gekannt zu haben.« Er verfolgte mit den Augen die Ziegenherde, die soeben unten vor dem Haus vorbeispazierte. »Wir haben Dumitrascos Namen allerdings auf einer Liste gefunden, die in Holzmanns Schreibtisch lag.«

»Was für einer Liste?«

»Einer Abnehmerliste für Wildprodukte.«

Cora guckte enttäuscht. »Ach so! Na, das muss ja dann nicht viel heißen. Solche Listen liegen manchmal in Metzgereien aus. Hab ich schon gesehen. Wenn man sich auf der Liste einträgt, wird man informiert, sobald es wieder frische Wildprodukte gibt. Wahrscheinlich würde ich mir bei so einem Listeneintrag den Namen des Jägers auch nicht merken.«

Tills Augenbrauen hoben sich. »Na, dann bin ich ja froh, dass wir deinen Namen nicht auf der Liste gefunden haben.«

Es dauerte einen Moment, bis Cora begriffen hatte, was das für sie bedeutete. »Heißt das, ich bin jetzt endgültig raus aus der Sache?«

Er zögerte. »Ja, so sieht es aus. Musst nur noch mal eine Befragung mit Schneider hinter dich bringen.«

Cora riss die Augen auf. »Schon wieder?«

»Ja, er wollte noch ein paar Dinge mit dir abklären, die ihm nicht ganz klar waren. Aber das dürfte wohl unproblematisch sein …«

Cora stöhnte. »Unproblematisch? Das letzte Gespräch war übel …«

»Inzwischen hat sich die Sachlage ja zu deinen Gunsten verändert. Das wird dieses Mal wesentlich entspannter ablaufen, wirst sehen.«

Cora verzog skeptisch das Gesicht und zuckte mit den Schultern.

Till stellte die Kaffeetasse neben sich ab, rutschte dann näher an Cora heran und streichelte ihr zärtlich über die Wange. Als sich Coras Gesichtszüge entspannten, sagte er sanft: »Meine hitzige Zora.« Seine Finger strichen an ihrem Hals entlang, schoben den Zopf beiseite und verharrten auf der Narbe, die sich schräg über ihren Hals hinwegzog. »Woher hast du die Narbe?«

Cora schob seine Hand behutsam beiseite und bedeckte die Stelle wieder mit dem Zopf. »Die hab ich seit dem Autounfall, bei dem meine Mutter letztes Jahr ums Leben gekommen ist.«

»Und seitdem versteckst du die Narbe?« Er sah sie liebevoll an. »Du bist wunderschön, Cora. So eine Narbe tut dem überhaupt keinen Abbruch. Könntest sie meiner Meinung nach ruhig offen zeigen.«

»Das verstehst du nicht«, entgegnete Cora erregt. »Ich verstecke die Narbe nicht aus Schönheitsgründen. Nein, Till. Ich ertrage es nicht, sie zu sehen. Diese Narbe erinnert mich Tag für Tag daran, dass meine Mutter noch am Leben sein könnte, wenn ich anders reagiert hätte. Es ist ein Schandmal. Deshalb verstecke ich die Narbe.«

Till sah sie mitfühlend an. »Wie kam es denn zu dem Unfall?«

»Ich hab nur undeutliche Erinnerungen daran«, entgegnete Cora und zuckte mit den Schultern. »Ich erinnere mich noch an einen Fuchs am Straßenrand. An die leuchtenden Augen. Was dann passiert ist, weiß ich nicht mehr. Womöglich bin ich diesem Fuchs ausgewichen. Auf jeden Fall bin ich von der Straße abgekommen und in den Graben gefahren. Meine Mutter saß auf dem Beifahrersitz. Sie hatte sich kurz davor abgeschnallt, weil sie nach ihrer Jacke auf dem Rücksitz greifen wollte.« Cora senkte den Blick. »Sie war sofort tot.«

Einen Moment lang herrschte betroffenes Schweigen, dann sagte Till leise: »Das tut mir wirklich leid für dich, Cora. Aber – entschuldige, wenn ich das so sage – für mich klingt das nach einer Verkettung unglücklicher Umstände. Es bringt nichts, sich darüber den Kopf zu zerbrechen, was man hätte anders machen können. Du hast reflexartig gehandelt. So was kann man nicht steuern. Du konntest in dieser Sekunde nicht anders reagieren. Damit musst du dich abfinden.« Er streichelte ihr über den Kopf. »Deine Mutter hätte sicher nicht gewollt, dass du dir deshalb lebenslang Vorwürfe machst. Das war einfach Schicksal.«

Cora lächelte schwach.

Till gab ihr einen zarten Kuss auf die Schläfe und beschloss, nicht weiter in sie zu dringen. Stattdessen warf er einen prüfenden Blick auf sein Handy. Als er sah, wie spät es bereits war, trank er rasch den Kaffee aus und drückte Cora die leere Tasse in die Hand. »Ich muss gehen. Der Strasser erwartet mich in einer halben Stunde im Tierheim.« Er drückte ihr zum Abschied einen flüchtigen Kuss auf die Lippen, dann eilte er los. Er war schon fast beim Gartentor angelangt, als er sich nochmals umdrehte. »Und keine eigenmächtigen Ermittlungen mehr, hörst du!«

»Jaja«, sagte sie halblaut. Kaum vernehmbar fügte sie hinzu: »Obwohl ihr ja eigentlich jede Hilfe gebrauchen könntet.«

* * *

Nachdem Till gegangen war, nahm Cora ihr Handy hervor und kontrollierte die Eingänge. Ah, wie schön – Adam hatte geschrieben! Rasch öffnete sie seine Nachricht.

> Wie geht's Waldi? Schickst du mir noch ein paar neue Fotos von ihm?

Cora schluckte. Es war so viel seit ihrem letzten Kontakt geschehen. Sie konnte ihn unmöglich per Whatsapp auf den neuesten Stand der Dinge bringen. Deshalb schrieb sie nur:

> Muss dir einiges erzählen. Lass uns telefonieren oder besser noch, komm vorbei.

Ihr Finger schwebte bereits über dem »Senden«-Button, als sie sich umentschied und die Nachricht korrigierte:

> Muss dir einiges erzählen. Lass uns telefonieren.

Sosehr sie ihren Sohn auch vermisste – im Augenblick wäre sie sicher eine schlechte Zuhörerin gewesen. Ihre Gedanken kreisten gerade nur noch um die Mordfälle.

44. Kapitel

»So, Frau Brecht, nehmen Sie doch Platz«, sagte Schneider und wies mit einer knappen Geste zum Besucherstuhl hin. Während Cora seiner Aufforderung nachkam, setzte er sich hinter den Schreibtisch und legte die gefalteten Hände vor sich auf der Tischplatte ab. »Ja, Sie haben es bestimmt schon aus der Zeitung erfahren – es gibt inzwischen einen weiteren Leichenfund.« Er nickte und öffnete die Hände wieder. »Das verändert natürlich auch unsere Betrachtungsweise im Fall Mike Eberhart. Wir müssen davon ausgehen, dass beide Opfer vom selben Täter ermordet worden sind. Wir haben es also vermutlich mit einem Serienmörder zu tun.« Er machte eine rhetorische Pause und zog die Augenbraue hoch. »Oder einer Serienmörderin.«

Cora stutzte. »Sie glauben jetzt aber nicht im Ernst, dass ich die ›Schwarzwaldripperin‹ bin.«

Er zuckte mit den Schultern. »Ich glaube gar nichts, Frau Brecht. Das hab ich mir im Lauf der Jahre in diesem Job abgewöhnt. Aber sagen wir mal so – ich würde mich freuen, wenn wir am Ende unseres Gesprächs diese These ausschließen könnten.« Er deutete ein Lächeln an. »Es hängt natürlich ganz davon ab, wie Sie meine Fragen beantworten werden.«

Gut, dachte Cora, dann zeigen wir uns eben mal kooperativ. Wenn sie es jetzt geschickt anstellte, war sie raus aus der Sache. Er wollte Offenheit. Sollte er haben … Also lächelte sie höflich zurück und öffnete dann bedachtsam die Knöpfe ihres Mantels. »Okay«, sagte sie, während sie aus den Ärmeln schlüpfte. »Ich höre.« Sie hängte den Mantel über die Stuhllehne, nahm gewohnheitsgemäß das Handy aus der Manteltasche und legt es dann vor sich auf den Schreibtisch.

Schneider folgte ihrer Bewegung mit den Augen. »Ist das noch dasselbe Handy wie das vom letzten Mal?«, erkundigte er sich. »Oder haben Sie sich inzwischen ein Neues besorgt?«

»Das ist noch mein altes Handy«, erwiderte Cora und seufzte innerlich auf. Hoffentlich ging es jetzt nicht schon wieder um diese blöde Nachricht, die sie Mike geschickt hatte!

»Ah, ich dachte nur, weil sie ja die Befürchtung hatten, es sei eventuell gehackt worden«, meinte Schneider. »Und – hat es inzwischen irgendwelche ominösen Abbuchungen von ihrem Konto gegeben?«

Cora schlug die Beine übereinander. »Nein, zum Glück nicht.«

»Ich würde an Ihrer Stelle sicherheitshalber mal das Passwort ändern und ein besseres Antivirenschutzprogramm draufladen«, schlug Schneider vor.

»Das hab ich schon gemacht«, erwiderte Cora. Das stimmte sogar. Allerdings hatte sie es nicht aus Angst vor dem Hacker getan. Vielmehr war es sowieso mal wieder Zeit gewesen, das Passwort zu ändern. Im Grunde hatte sie selbst nie an den Hackerangriff geglaubt. Auch wenn sie sich aufgrund des Filmrisses immer noch nicht daran erinnern konnte, die Drohnachricht verfasst zu haben, war ihr klar, dass sie es gewesen sein musste. Die Behauptung, das Handy sei gehackt worden, hatte nur als Ausrede gedient. Schneider hatte das als guter Ermittler natürlich sofort durchschaut. Dass er sie nun daran erinnerte, war lediglich Teil seiner Gesprächstaktik. Da war sich Cora sicher.

Schneider rieb sich nachdenklich das Ohr. »Was mich seit unserem letzten Gespräch auch nicht mehr losgelassen hat, ist diese brutale Hinrichtung Ihres Hundes.« Er legte den Kopf schief. »Was ist denn dabei herausgekommen? Haben Sie denn nun eine Anzeige gegen Unbekannt gemacht?«

Coras Mundwinkel sanken nach unten. »Nein, wozu auch? Ich bin mir ja sicher, dass es Mike war. Gemeinsam mit seiner Bande.« Sie wechselte die übereinandergeschlagenen Beine. »Mike ist tot. Und die Bande … Sie wissen ja selbst, dass es im Nachhinein kaum möglich ist, das zu beweisen.«

Schneider nickte zustimmend und seufzte. »Ja, da muss ich Ihnen recht geben. Das ist schwierig. Zumal Sie nicht mit hundertprozentiger Sicherheit wissen können, dass es die Jugendlichen waren. Auch wenn Ihr Bauchgefühl Ihnen das sagt.« Er verzog bedauernd den Mund. »Vermutlich müssen Sie sich damit abfinden, dass dieser Fall nicht geklärt werden wird. Aber wissen Sie was?« Er lächelte. »An Ihrer Stelle würde ich mir möglichst bald einen neuen Hund holen. Im Tierheim warten sicher noch andere tolle Vierbeiner auf Sie.«

Cora schüttelte den Kopf. »Nein, ich bin vorerst bedient. Außerdem habe ich bei Waldi einige Fehler gemacht … das treibt mich immer noch um. Nein, ich wäre gerade innerlich gar nicht bereit für einen neuen Hund.«

»Verstehe«, meinte Schneider. Nachdem er kurz über ihre Worte nachgedacht hatte, nickte er und setzte sich dann geschäftig seine Lesebrille auf. Schweigend sah Cora zu, wie er ein Dokument auf dem Computer öffnete und sich den Text auf dem Bildschirm durchlas. Schließlich hob er den Kopf und meinte: »Hm, Herr Leimgruber hat uns erzählt, in der Mordnacht hätte auf dem Campingplatz eine Party stattgefunden. Haben Sie davon etwas mitbekommen?«

Jetzt, dachte Cora. Jetzt kannst du dich entlasten!

»Oh ja«, entgegnete sie beflissen. »War ja ein Wahnsinnslärm, den die da veranstaltet haben. Ich war kurz davor, mich zu beschweren.«

»Um wie viel Uhr war das ungefähr? Können Sie sich daran erinnern?«

Cora verdrehte die Augen nach oben. »Hm, mal überlegen. Ich denke, das war so gegen vier Uhr.«

Schneider hob mit einem bedauernden Gesichtsausdruck die Schultern an. »Schade, dass Sie sich da nicht beim Platzwart beschwert haben. Das wäre ein stichfestes Alibi gewesen.«

»Aber ich habe den Krach doch gehört«, wandte Cora ein. »Das beweist doch, dass ich da war.«

Schneider zog eine Grimasse. »Leider nein. Sie könnten ja von anderen Campern von der Party erfahren haben – und nun einfach behaupten, Sie hätten den Krach gehört. Verstehen Sie, was ich meine?« Er schob seine Brille etwas tiefer und sah sie prüfend über die Ränder hinweg an.

»Aber ich hab es gehört«, beharrte Cora. »Ich schwöre es!«

»Ja, ich glaube Ihnen ja auch«, kam ihr Schneider entgegen. »Aber als Alibi taugt es halt leider nicht.« Er rückte die Brille zurecht, wandte sich erneut dem Bildschirm zu und protokollierte dann ihre Aussage. Während er sich seinen Text nochmals durchlas, fragte er nebenbei: »Mögen Sie eigentlich Wild?«

Cora sah ihn erstaunt an. Der abrupte Themenwechsel überraschte sie, auch wenn sie ahnte, worauf er anspielte. Was sollte sie darauf antworten? Sie mochte Wild, ja. Aber in dieser Situation war es wohl besser für sie, Wild nicht zu mögen.

»Wild?«, fragte sie zurück. »Nicht besonders.«

»Hm, ist nicht jedermanns Sache, dieser Wildgeschmack.« Schneider lehnte sich zurück und drehte sich auf seinem Schreibtischstuhl leicht hin und her. »Bei mir kommt es darauf an. Ein Rehrücken oder ein Hirschbraten kann hervorragend schmecken. Bei Rehragout dagegen bin ich vorsichtig. Wenn man Pech hat, kann das Fleisch furchtbar zäh sein.« Er räusperte sich. »Wild sollte natürlich auch immer ganz frisch zubereitet werden. Manche Jäger legen da solche Listen aus, auf denen man sich eintragen kann. Dann wird man sofort per Mail informiert, wenn es frische Ware gibt. Hier in der Gegend hat das der Jäger Holzmann angeboten. Den kennen Sie ja vielleicht.«

»Nein«, antwortete Cora bestimmt. »Den kenne ich nicht. Wie gesagt, Wild ist nicht so meins.«

»Ja, schon. Könnte aber trotzdem sein, dass Sie mal was von Holzmann gehört haben. Allerdings nicht im positiven Sinne.« Er schüttelte betroffen den Kopf. »War leider eine üble Sache. Ging deutschlandweit durch die Presse und auch durch viele Internetforen. Haben Sie davon nichts mitbekommen? Ist zwei, drei Jahre her.«

»Worum ging es denn?«, fragte Cora nach. »Der Name Holzmann sagt mir im Augenblick nichts, aber wenn Sie mir verraten, was er gemacht hat …«

»Er hat einen Hund in seinem Revier erwischt und ihn dann zur Strafe an seinem Auto angebunden und durch den ganzen Ort geschleift.« Er sah Cora aufmerksam an und versuchte, eine Reaktion in ihrem Gesicht abzulesen.

»Das ist ja furchtbar«, sagte Cora und riss die Augen auf. »Ist der Hund dabei gestorben?«

»Ja, leider.« Schneider senkte die Lider und hielt einen Augenblick lang betroffen inne. Dann rollte er mit seinem Stuhl an den Schreibtisch heran und ergänzte das Protokoll auf seinem Computer. Er beendete den letzten Satz mit einem energischen Fingertippen auf eine der Tasten und rollte dann mit dem Schreibtischstuhl schwungvoll zurück.

Die Betroffenheit auf seinem Gesicht war einem gewinnenden Lächeln gewichen.

»Mal was ganz anderes, Frau Brecht. Sie sind doch Kriminalpsychologin beim LKA, nicht wahr?« Er nahm die Lesebrille ab und klappte die Bügel zusammen. »Könnten Sie sich denn vorstellen, uns ein wenig in diesem Fall zu unterstützen?«

Cora sah ihn verdutzt an. Hatte sie gerade richtig gehört?

»Heißt das, ich stehe nicht mehr unter Verdacht?«, fragte sie nach.

»Das heißt, es gibt neue Erkenntnisse, die Sie tatsächlich entlasten.«

Cora atmete erleichtert auf. Mit so einer plötzlichen Wendung des Gesprächs hatte sie nicht gerechnet. Vermutlich hatte Schneider sich bei dieser Befragung nur noch einmal vergewissert, dass er damit richtig lag, sie aus dem Kreis der Verdächtigen auszuschließen.

»Wenn ich Sie unterstützen soll, benötige ich aber mehr Informationen«, erklärte Cora eifrig. »Normalerweise erstelle ich das Täterprofil mithilfe eines speziellen Analysesystems. Dafür brauche ich so viele Daten wie möglich. Die haue ich in den Rechner rein, und mithilfe der Datenbank wird dann ein mögliches Profil berechnet.«

Schneider lachte auf. »Entschuldigung, ich habe mich falsch ausgedrückt. Es geht mir nicht darum, dass Sie in unserem Team mitarbeiten.« Er winkte ab. »Ich dachte vielmehr daran, dass ein zusätzlicher Blick von außen nicht schaden kann. Sie haben sich doch bestimmt auch schon Gedanken über den Täter gemacht. Nach welchem Menschentyp sollten wir denn Ihrer Meinung nach am besten Ausschau halten?«

»Hm, das ist schwierig«, erwiderte Cora. »Ich kenne ja nur die Informationen, die man an die Presse herausgegeben hat.« Vorsicht, dachte Cora. Sie durfte jetzt auf keinen Fall über irgendwelche Details sprechen, die sie von Till erfahren hatte. Sie überlegte. Was hatte in der Zeitung gestanden? Von den

Steinherzen war da keine Rede gewesen … »Zum Geschlecht kann ich nichts sagen. Da der Täter die Leichen aber im Wald vergraben hat, muss er oder sie schon einigermaßen kräftig sein. Vermutlich besitzt der Täter auch einen Führerschein und ein Fahrzeug, mit dem er die Leichen transportiert.« Sie legte die Stirn in Falten.

»Da er den Opfern das Herz entfernt hat, könnte der Täter medizinisch vorgebildet sein oder in einem Pflegeberuf arbeiten. Das muss aber nicht so sein. Kann man von einem Sexualtäter absehen?«

»Es weist nichts auf eine Sexualstraftat hin« erwiderte Schneider.

»Hm, Raubmörder schießen für gewöhnlich lieber aus der Distanz«, überlegte sie laut. »Vielleicht haben wir es ja mit einem Gesinnungsmörder zu tun, der aus weltanschaulichen Gründen mordet. Und das Herz … das Herz nimmt er für sich als Andenken mit.« Cora war mit einem Mal ganz in ihrem Element. »Falls es noch weitere Leichenfunde geben sollte, müsste man mal das geografische Muster auswerten. Die meisten Taten finden der Statistik nach innerhalb eines Radius von zehn Kilometern zum Wohnort des Mörders statt. Dafür bräuchte ich aber die genauen Daten der Leichenfundorte.«

Schneider schmunzelte. »Ich sehe schon, Sie wissen, wovon Sie reden. Sagen Sie, Frau Brecht – falls wir in diesem Fall zwischenzeitlich auf der Stelle treten sollten, dürften wir denn da nochmals auf Sie zukommen?«

Cora lächelte zuvorkommend. »Aber sicher.«

45. Kapitel

Der Schmerz in den Kniescheiben war kaum noch auszuhalten. Pfarrer Vogt verlagerte zum wiederholten Mal das Gewicht von einem Knie aufs andere, um ein klein wenig Entlastung herbeizuführen. Es war gut, wenn man ab und zu die Perspektive der Kirchgänger einnahm. Dennoch war er froh, dass das Beichtgespräch sich nun dem Ende zuneigte.

»Gott, der barmherzige Vater, hat durch den Tod und die Auferstehung seines Sohnes die Welt mit sich versöhnt und den Heiligen Geist gesandt zur Vergebung der Sünden. Durch den Dienst der Kirche schenke er dir Verzeihung und Frieden.« Pfarrer Kraut machte eine kurze Atempause. »So spreche ich dich los von deinen Sünden. Im Namen des Vaters und des Sohnes und des Heiligen Geistes.«

Vogt bekreuzigte sich und erwiderte: »Amen.« Er fühlte sich erleichtert.

»Deine Sünden sind dir vergeben. Geh hin in Frieden!«

»Dank sei Gott, dem Herrn!«

»Gelobt sei Jesus Christus.«

»In Ewigkeit Amen.«

»Magst du noch auf ein Glas Wein zu mir kommen?«, fragte Kraut unvermittelt.

»Danke, Emil. Aber ich hab um neunzehn Uhr noch Abendmesse. Ein anderes Mal gern.«

»Ich dachte nur, wegen dieser Sache, die du kürzlich angedeutet hast. Vielleicht möchtest du ja nochmals darüber sprechen … Ich meine, konkret.«

Nach einigen Sekunden des Schweigens erwiderte Vogt leise: »Ich weiß das zu schätzen, Emil. Aber … lieber nicht.«

»Verstehe«, sagte Kraut rasch. Er räusperte sich. »Schön, dann mach's gut. Wir sehen uns ja spätestens beim Orgelkonzert.« Er holte Luft. »Und falls du es dir anders überlegen solltest, kannst du mich ja jederzeit anrufen.«

»Ja … danke.«

Vogt verabschiedete sich und fuhr anschließend auf direktem Weg nach Hause. Wenn er sich beeilte, konnte er sich vor der Abendmesse noch eine halbe Stunde aufs Ohr legen. Die unruhigen Nächte in der letzten Zeit gingen ihm so langsam an die Substanz. Er musste endlich wieder zu mehr Schlaf finden.

Hoffentlich würde ihm die soeben abgelegte Beichte seinen Seelenfrieden zurückgeben. Es hatte ihm jedenfalls gutgetan, über seine Verfehlungen zu reden. All das, was ihn seit geraumer Zeit plagte und ihm ein schlechtes Gewissen bereitete, hatte er sich von der Seele geredet. Und ja, wenn er so in sich hineinhorchte, fühlte er sich wahrhaftig bereits ein wenig leichter. Er hatte gemeinsam mit Kraut eine Hintertür gefunden, wie er der Polizei einen Hinweis geben konnte, ohne das Beichtgeheimnis im engeren Sinne zu verletzen. Im Grunde beruhte die Annahme, dass es sich bei den Morden um eine Serie handelte, auch nur auf seinen persönlichen Schlussfolgerungen. Er hatte der Polizei gegenüber jedenfalls weder die Identität des Beichtenden noch den Wortlaut des Beichtgesprächs preisgegeben.

* * *

Obwohl Vogt nach seiner Heimkehr eine halbe Stunde tief geschlafen hatte, war die Abendmesse anstrengend gewesen. Müde und in gebückter Haltung ging er nach Hause. Zum Glück war es nicht allzu weit von der Kirche bis zum Pfarrhaus. Deshalb lief er diese kurze Strecke auch stets zu Fuß. Die Bewegung an der frischen Luft half ihm, den Kopf wieder freizubekommen, und es war zugleich ein wohltuendes Ritual, um den Feierabend einzuläuten. Da er immer etwas zeitversetzt zu den Kirchgängern losging, musste er sich in der Regel nicht mehr mit den Leuten auseinandersetzen und hatte seine Ruhe. So auch heute. Weit und breit war niemand mehr unterwegs. In Gedanken versunken ging er vor sich hin, während seine Schritte in der Stille der Nacht gedämpft widerhallten.

Er war schon fast beim Pfarrhaus angekommen, als sein Handy vibrierte. Er stoppte, holte das Handy aus der Jackentasche hervor und überprüfte den Eingang. Die Kirchengemeinderätin. Was wollte sie denn? Den Blick fest auf das Display gerichtet, lief er langsam weiter.

Den schwarzen Van, der am Gehweg parkte, bemerkte er nicht. Er war so sehr auf die Nachricht konzentriert, dass er nicht einmal die geöffnete Schiebetür des Wagens wahrnahm. Erst als die Projektile der Elektroschockpistole in seine Brust einschlugen, riss er vor Erstaunen und Schmerz die Augen auf. Einen Moment lang taumelte er, dann verlor er die Kontrolle über seinen Körper und sackte in sich zusammen.

46. Kapitel

Polizeimeister Beck verglich das handgeschriebene Protokoll nochmals mit dem Text auf dem Bildschirm, dann speicherte er die Datei ab und drehte sich mit dem Bürostuhl um. So, nun war der Besucher an der Reihe. Obwohl der Mann höchstens zwei Minuten hatte warten müssen, hatte er sich in der kurzen Zeit mehrfach geräuspert. Inzwischen hing er mit den Unterarmen auf dem Tresen. Beck musterte ihn streng. Der Mann war um die sechzig. Trotz Sonnenschein trug er den grauen Parka bis oben hin zugeknöpft, die Kapuze hatte er tief ins Gesicht gezogen.

Beck trat an den Tresen und sah den Mann fragend an. »Guten Tag. Was kann ich für Sie tun?«

»Guten Tag, mein Name ist Emil Kraut. Ich bin der katholische Pfarrer der Gemeinde Calmbach.« Er machte eine Pause und holte Luft. »Es geht um meinen Pfarrerkollegen Friedrich Vogt. Seine Haushälterin hat ihn heute Morgen als vermisst gemeldet.« Er sah Beck unsicher an. »Ich weiß nicht, sind Sie darüber informiert?«

»Ja, es gibt aber noch nichts Neues in der Sache. Oder haben Sie inzwischen etwas von Ihrem Kollegen gehört?«

»Nein, leider nicht«, erwiderte Kraut verdrossen. Er verlagerte das Gewicht von einem Fuß auf den anderen. »Können Sie mir sagen, ob bei Ihnen kürzlich ein anonymer Hinweis auf eine Straftat eingegangen ist?«

Beck sah ihn angesichts der Frage zuerst einmal erstaunt an, dann reckte er das Kinn. »Bei uns gehen zurzeit andauernd anonyme Hinweise ein. Sie werden es vermutlich ja auch in der Zeitung gelesen haben, das hat mit dem sogenannten Schwarzwald-Ripper zu tun. Das beschäftigt die Leute ungemein. Deshalb kriegen wir gerade täglich irgendwelche anonymen Hinweise. Die kann man aber nicht alle ernst nehmen.« Er warf Kraut einen prüfenden Blick zu. »Warum fragen Sie? Haben Sie oder Ihr Kollege ebenfalls einen anonymen Hinweis abgegeben?«

Der Pfarrer war mit einem Mal tief in Gedanken versunken und nickte vor sich hin. Ohne auf Becks Frage weiter einzugehen, kam er unvermittelt wieder auf den Vermissten zurück. »Ich hab es den ganzen Tag schon auf dem Handy meines Kollegen probiert, aber er geht nicht ran.« Er lehnte sich noch etwas weiter über den Tresen und raunte: »Ich mache mir große Sorgen!«

»Ja, das verstehe ich. Aber ich kann Sie da ein Stück weit beruhigen. Erfahrungsgemäß tauchen die allermeisten vermissten Personen innerhalb von zwei Tagen wieder auf. Vielleicht hat Ihr Kollege nur mal eine kleine Auszeit gebraucht und ist spontan zu einem Kurzurlaub aufgebrochen. Womöglich hat er das Handy bewusst ausgeschaltet, weil er seine Ruhe haben möchte.«

Kraut schüttelte heftig den Kopf. »Ein Pfarrer macht keinen spontanen Kurzurlaub. Er ist nach der letzten Abendmesse nicht nach Hause gekommen. Das gab es noch nie.«

»Könnte es sein, dass Ihr Kollege woanders geschlafen hat?«, fragte Beck vorsichtig. Er wollte nicht respektlos erscheinen und ja, es war ein heikles Thema. Dennoch ließ sich eine Affäre nicht grundsätzlich ausschließen.

»Nein, das kann nicht sein!«, stieß Kraut hervor. »Hören Sie, mein Verdacht geht in eine ganz andere Richtung. Ich fürchte, mein Kollege könnte entführt worden sein.«

Beck wich einen Schritt zurück. Der Pfarrer war so erregt, dass er beim Reden gespuckt hatte.

»Wie kommen Sie zu der Annahme?«, fragte Beck, während er sich die Spucke von der Backe wischte.

»Das … das kann ich nicht sagen.«

Beck sah ihn irritiert an. »Warum können Sie das nicht sagen? Sie müssen ja einen Grund für Ihren Verdacht haben.«

»Schon, aber …« Er hob bedauernd die Schultern an. »Ich bin leider an das Beichtgeheimnis gebunden.«

»Falls Ihr Kollege entführt worden ist, müssen Sie alles sagen, was Sie wissen«, belehrte ihn Beck. »Da gibt es kein Beichtgeheimnis.«

»Doch«, widersprach Kraut. »Das Beichtgeheimnis gilt immer. Es verpflichtet den Priester zum unbedingten Stillschweigen über das, was er in der Beichte erfahren hat.«

»Tja, dann müssen Sie eben abwägen, was Ihnen wichtiger ist«, erwiderte Beck schroff. »Das Wohlergehen Ihres Kollegen oder Ihre Kirchengesetze.«

Pfarrer Kraut seufzte tief. »Ach, Sie haben ja keine Ahnung, wovon Sie sprechen. Aber gut … ich werde es versuchen.« Er dachte nach. »Pfarrer Vogt hat mich kürzlich um einen Rat gebeten. Er hat mich gefragt, was ich tun würde, wenn ein Verbrecher zu mir zur Beichte käme und um den Sündenerlass bitten würde.« Er faltete die Hände. »Wir haben den Fall rein theoretisch besprochen, aber ich hab gespürt, dass hinter seiner Frage ein konkreter Anlass steckte. Die Sache hat ihn enorm belastet. Er litt unter einem großen inneren Zwiespalt. Für dieses Dilemma gab es leider keine Lösung. Ich konnte ihm deshalb auch nur sagen, was ich persönlich in so einer Situation machen würde.« Er schluckte. »Inzwischen weiß ich aber nicht mehr, ob das die richtige Entscheidung war.« Er verlagerte erneut das Gewicht von einem Bein aufs andere. »Es kann kein Zufall sein, dass Friedrich auf einmal verschwunden ist. Womöglich sieht ihn dieser Kriminelle als gefährlichen Mitwisser an und möchte ihn jetzt loswerden.«

Beck sah ihn befremdet an. »Versteh ich das richtig? Ein Krimineller hat bei Ihrem Kollegen eine Straftat gestanden und er hat das nicht gemeldet?«

Pfarrer Kraut nahm die Arme vom Tresen und verschränkte sie vor der Brust. »Es tut mir leid, mehr kann ich Ihnen nicht sagen. Ich hab schon viel zu viel preisgegeben. Bei einem Verstoß gegen das Beichtgeheimnis droht die schwerste Kirchenstrafe, die Exkommunikation.«

Nun war es Beck, der sich über den Tresen hinweg nach vorn beugte. »Nach all dem, was Sie mir gerade erzählt haben, sehe ich die Sachlage inzwischen anders. Ich denke, die Sorge um Ihren Kollegen ist berechtigt.« Eindringlich fügte er hinzu: »Bei allem Respekt, Herr Kraut – aber ich glaube nicht, dass Ihr Kollege als Märtyrer sterben möchte.«

Pfarrer Kraut fuhr sich mit der Hand übers Gesicht. Man sah ihm an, wie sehr er mit sich rang. »Ich möchte Ihnen ja weiterhelfen, aber …«

»Das Beichtgeheimnis«, sagte Beck unwirsch. »Ich weiß.« Er überlegte. Wie konnte er diesem Mann eine Brücke bauen? Eine mimische Äußerung würde ja bereits genügen … »Kennen Sie diese Ja-Nein-Spiele?«

Kraut sah den Polizeimeister verdutzt an. »Wie …?«

»Dabei darf man Fragen nur mit ›Ja‹ oder ›Nein‹ beantworten.« Der Pfarrer öffnete bereits den Mund zum Widerspruch, als Beck nachschob: »Ich mache es für Sie noch einfacher. Wenn

Sie schweigen, dann bedeutet das ›Ja‹. Wenn Sie den Kopf schütteln, ist es ein ›Nein‹.«

»Gott lässt sich nicht austricksen«, erwiderte Kraut matt. »Die Exkommunikation tritt von selbst ein, wenn ich gegen das Kirchengesetz verstoße. Unmittelbar.«

»Diese Kirchengesetze wurden doch nicht von Gott aufgestellt«, meinte Beck verärgert. »Das haben sich Menschen ausgedacht.«

Pfarrer Kraut stieß einen tiefen Seufzer aus. Man sah ihm deutlich an, wie sehr er mit sich rang.

»Es ist alles so verstrickt«, murmelte er. »Mein Kollege hat nichts Unrechtes getan. Er wollte nur ein Verbrechen verhindern.« Er senkte die Stimme und sprach nun wohl eher zu sich selbst. »Und jetzt ist der Friedrich in Lebensgefahr, obwohl er letztlich kaum was Konkretes rausgelassen hat.« Eine Weile lang blickte er Beck still an, dann zuckte er kaum merklich mit den Schultern. »Was bleibt mir schon anderes übrig? Ich muss ihm ja helfen …«

Beck deutete dies als Zustimmung. »Gut, ich danke Ihnen.« Er überlegte kurz, dann begann er mit der Befragung. »Kennt Pfarrer Vogt den Straftäter namentlich?«

Kraut schüttelte den Kopf.

»Hat er das Gesicht des Straftäters gesehen? Könnte er ihn identifizieren?«

Wieder schüttelte der Pfarrer den Kopf.

»Handelt es sich um einen Mann?«

Schulterzucken.

»Geht es um eine Einzelstraftat?«

Pfarrer Kraut dachte nach, dann wackelte er schließlich mit dem Kopf.

»Um was für eine Straftat handelt es sich?«

Pfarrer Kraut sah ihn ratlos an.

»Äh, ich meine, handelt es sich um Raub?«

Kopfschütteln.

»Mord?«

Pfarrer Kraut schlug die Augen nieder und schwieg.

»Handelt es sich um mehrfachen Mord?«, schob Beck rasch die nächste Frage nach. Als Kraut nur weiter stumm auf den Tresen stierte, fasste er ihn am Arm. »Reden wir hier etwa vom Schwarzwald-Ripper?«

Jetzt endlich sah Kraut auf. Mit wässrigen Augen, die Lippen fest aufeinandergepresst, blickte er den Polizeimeister stumm an und zuckte mit den Schultern.

47. Kapitel

Cora lag bäuchlings auf dem Sofa. Sie hatte den Kopf auf den verschränkten Unterarmen abgelegt und betrachtete durch die Scheibe des Kaminofens die Flammen. Aus dem Bluetooth-Lautsprecher erklang sanfte Klaviermusik. Till saß nur mit Boxershorts bekleidet neben ihr und ließ den Blick über Coras nackten Körper schweifen. Zärtlich schob er ihren Zopf beiseite, dann ließ er Zeige- und Mittelfinger an ihrer Wirbelsäule entlang abwärts gleiten. Cora schloss die Augen und spürte nach, wie seine Fingerspitzen sich Wirbel für Wirbel vorwärtstasteten.

»Du bist so schön«, murmelte Till, während er die Hand langsam von ihr löste. Er nahm die Wolldecke, die am Fußende des Sofas lag, und zog sie über Coras Beine hinauf bis zur Hüfte.

Cora drehte sich seitlich und stützte das Kinn auf dem angewinkelten Arm ab.

»Wann hat dieses Versteckspiel ein Ende?«, fragte sie leise und zog die Decke noch ein Stück höher.

Till rieb sich die Augen. »Hoffentlich bald.«

»Wie war denn dein Gespräch mit Uwe? Hast du da was Neues herausgefunden?«

»Beim Gespräch selbst kam nicht viel raus. Er war recht freundlich, aber ein Alibi für die Tatzeit kann er auch nicht vorweisen.« Er sah sich um. »Wo hab ich denn meine Socken gelassen?« Nach kurzer Suche fand er eine Socke unter dem Sofa, die andere kam unter der Wolldecke zum Vorschein. »Viel interessanter ist das, was Schneider herausgefunden hat. Wusstest du, dass Uwe der jüngere Bruder von Hannes ist?«

Cora zog erstaunt die Augenbrauen hoch. »Echt jetzt? Als ich im Tierheim war, hat Uwe ihn mir als ehrenamtlichen Gassigeher vorgestellt. Dass Hannes zudem sein Bruder ist, hat er nicht erwähnt.« Sie schüttelte den Kopf. »Nein, da wäre ich nicht drauf gekommen. Die sehen sich ja auch kein bisschen ähnlich. Und auch von der Art her sind sie ganz unterschiedlich. Ich finde, Uwe ist viel umgänglicher als sein Bruder.«

»Das täuscht«, antwortete Till. »Auf mich hat Uwe auch einen ausgeglichenen Eindruck gemacht. Aber offenbar gibt es Dinge, die ihn triggern. Und dann hat er sich nicht mehr im Griff. Letztes Jahr hat er in einer Kneipe zwei Typen dermaßen rund gemacht, dass er sich eine Vorstrafe wegen Körperverletzung eingehandelt hat.«

»Das kann ich mir bei ihm gar nicht vorstellen.«

»Er ist da familiär vorbelastet. Sein Vater war Alkoholiker. Wenn der Alte betrunken war, hat er regelmäßig Frau und Kinder vermöbelt.« Er fuhr sich mit den Fingern durch die Haare. »Besonders den jüngeren Sohn hat es oft getroffen. Die Schule hat sich erst eingeschaltet, als Uwe sich bei einem angeblichen Sturz zu Hause einen Schneidezahn rausgebrochen hat.«

»O Gott«, murmelte Cora. »Das ist ja übel!«

»Es kommt noch schlimmer«, fuhr Till fort. »Eines Tages ist der Alte komplett ausgerastet und hat seine Frau ins Koma geprügelt. Sie starb schließlich im Krankenhaus.«

Cora richtete sich auf. »Wahnsinn …«

»Der alte Strasser wurde daraufhin wegen Totschlags verurteilt und kam für neun Jahre in den Knast. Na ja, und die beiden Buben mussten in ein Heim. Hannes war damals fünfzehn, Uwe erst dreizehn.«

»Das heißt, als der Vater wieder rauskam, waren die Söhne bereits Mitte zwanzig.«

»Die wollten mit ihrem Alten bestimmt nichts mehr zu tun haben. Und das beruhte wohl auf Gegenseitigkeit. Der Strasser ist kurz nach seiner Haftentlassung untergetaucht. Sein Betreuer gab an, dass Strasser im letzten Jahr vor der Entlassung öfter davon gesprochen hat, nach Italien ziehen zu wollen. Vermutlich hatte er im Knast entsprechende Kontakte geknüpft.«

»Und was ist mit Hannes?«, wollte Cora wissen. »Hat der auch irgendwelche Vorstrafen?«

»Nein, es ist zumindest nichts aktenkundig, was in Richtung Körperverletzung gehen würde. Allerdings fährt er einen heißen Reifen. Ihm wurde bereits zwei Mal der Führerschein entzogen.«

Cora angelte sich vom Boden ihren Slip und Büstenhalter und zog sich unter der Decke an.

»Ehrlich gesagt, traue ich keinem dieser Tierheimmitarbeiter einen Mord zu. Und schon gar keine Mordserie.«

Till drückte ihr einen Kuss auf die Stirn, schlüpfte wieder in seine Jeans und nahm die Zigarettenschachtel vom Tisch. »Bin gleich wieder da.«

Während Till draußen rauchte, kleidete sich Cora wieder an. Sie musste dabei an den als vermisst gemeldeten Pfarrer denken. Hoffentlich war er noch am Leben! Als Till wieder hereinkam, war sie gerade dabei, für sich und ihn einen löslichen Espresso zu machen. Sie wartete, bis sich das Instantpulver im kochenden Wasser vollständig aufgelöst hatte, dann reichte sie Till eine der Tassen. »Wisst ihr, wie oft der Mörder bei Friedrich Vogt gebeichtet hat? Gibt es da so eine Art Beichtprotokoll? Da könnte man ja Rückschlüsse daraus ziehen, wie viele Morde er begangen hat.«

»Ein Beichtprotokoll? Nein, so was gibt es leider nicht. Er war aber auf jeden Fall mehrmals bei der Beichte. Wir gehen davon aus, dass der Mörder auch beim letzten Beichtnachmittag da war. Kurz darauf hat Vogt mit seinem Kollegen Kraut Kontakt aufgenommen.«

»Und wann war das?«

»Vergangenen Freitag. Soweit ich weiß, findet die Beichte immer im Zeitraum von fünfzehn bis siebzehn Uhr statt.«

»Freitag? Was hab ich denn da gemacht?« Cora dachte kurz nach, dann stahl sich ein triumphierendes Lächeln auf ihr Gesicht. »Ha! Da war ich hier im Haus und hab Sachen aus dem Keller in Kisten verräumt. Das kann der Maler bezeugen. Und der Elektriker auch!«

»Cora, du brauchst mir nichts zu beweisen. Wie oft soll ich dir das noch sagen? Mensch, du bist aber auch echt nachtragend!«

»Es geht doch nicht darum, was du glaubst! Ich hab ein Alibi. Und damit bin ich endgültig entlastet. Das gibst du bitte so an deine Kollegen weiter.« Sie ging auf ihn zu und gab ihm einen schmatzenden Kuss auf die Lippen. »Dann können wir uns von nun an ja auch wieder gemeinsam in der Öffentlichkeit sehen lassen.«

Till nickte und nippte dann an seiner Tasse. Eine Weile tranken sie schweigend den Espresso und jeder hing seinen eigenen Gedanken nach. Schließlich meinte Cora: »Ich versteh nicht, was das mit dem Pfarrer soll. Falls er wirklich von unserem Schwarzwald-Ripper entführt worden ist, dann passt das nicht zum Tatmuster. Oder hat Vogt ebenfalls Tiere gequält?«

»Sprich bitte nicht von ›unserem Schwarzwald-Ripper‹«, erwiderte Till und rollte mit den Augen. »Wenn ich das nur höre …« Er überlegte kurz, dann meinte er: »Über Tierquälerei ist uns nichts bekannt. Der Vogt besitzt nicht einmal ein

Haustier. Trotzdem muss es einen Zusammenhang mit den anderen Fällen geben.«

Cora ging zum Fenster und blickte über den dunklen Garten zum beleuchteten Nachbarhaus hinüber. Es regnete in Strömen. »Warum hat er ihn entführt?«, überlegte Cora laut und drehte sich wieder zu Till um. »Vogt ist ein Mitwisser, ja. Aber der Mörder muss davon ausgehen, dass er sich an das Beichtgeheimnis halten wird. Wenn er es nicht tut, wird er automatisch exkommuniziert.«

»Und was heißt das, wenn er exkommuniziert wird?«, hakte Till nach.

»Das ist sein Ende als Pfarrer. Er darf sein priesterliches Amt nicht mehr ausüben und er darf nicht mehr an Gottesdiensten teilnehmen.«

»Gut, dann verliert er seinen Job«, meinte Till lapidar. »Das heißt aber ja nicht, dass er das Beichtgeheimnis unter gar keinen Umständen bricht. Bei derart brutalen Morden setzt er sich vielleicht doch drüber hinweg.«

Cora schüttelte den Kopf. »Nein, die Strafe betrifft ja nicht nur sein Amt als Pfarrer. Er wird sogar aus der kirchlichen Gemeinschaft ausgeschlossen. Und er darf keine Sakramente mehr empfangen oder spenden. Für einen gläubigen Katholiken ist die Exkommunikation eine Katastrophe.«

»Und wenn er es für sich behält, dass er das Beichtgeheimnis gebrochen hat? Die Polizei gibt so was ja nicht an den Papst weiter.«

»Er kann es verheimlichen, ja, aber das bringt ihm nichts. Wenn er das Beichtgeheimnis bricht, ist er augenblicklich exkommuniziert. Das passiert zwangsläufig. Und das weiß er als Pfarrer ganz genau.«

»Wow, das nenn ich mal konsequent!«, raunte Till, dann zuckte er mit den Schultern. »Offenbar ist sich der Mörder inzwischen aber trotzdem nicht mehr sicher, ob er sich auf den

Pfarrer verlassen kann. Vielleicht macht er Vogt dafür verantwortlich, dass die Polizei den Bannwald aktuell nach weiteren Leichen absucht.« Er schaute nachdenklich in seine leere Tasse. »Dabei hat diese weiträumige Suche ja gar nichts mit dem anonymen Hinweis zu tun.«

»Nicht?«, entgegnete Cora verwundert.

»Nein, der anonyme Hinweis hat unseren Verdacht einer Serie zwar bestätigt, aber die erweiterte Suchaktion lief da ja bereits. Staatsanwalt Pfeffer hat das veranlasst. Gleich nach dem zweiten Leichenfund. Das weiß der Mörder aber nicht.«

»Dann sieht es für den Pfarrer schlecht aus.« Cora fasste Till am Unterarm und sah ihn eindringlich an. »Till, ihr müsst ihn schleunigst finden! Ich glaube nicht, dass euch noch viel Zeit bleibt.«

»Das weiß ich auch«, gab Till zerknirscht zurück. »Leider haben wir immer noch keine Beweismittel, um eine langfristige Observation aller Hauptverdächtigen zu beantragen. Selbst für eine Durchsuchung des Tierheims reichen die Indizien nicht aus.« Er ging zum Spülbecken, öffnete den Wasserhahn und hielt seine Tasse unter den laufenden Strahl.

»Ja, aber jetzt ist doch Gefahr in Verzug!«, entgegnete Cora erregt. »Das muss doch reichen, um eine Observation zu beantragen. Was ist denn los mit eurem Staatsanwalt?«

Ein heller Ton ließ Till aufhorchen. Er griff nach seinem Handy und öffnete die soeben eingegangene Nachricht. Während er die Zeilen überflog, verfinsterte sich sein Gesicht.

48. Kapitel

Was war das nur für ein Scheißwetter! Nass, kalt, windig. Till fluchte in Gedanken vor sich hin, während er mit hochgezogenen Schultern über Gestrüpp und Unterholz hinweg zum Leichenfundort hetzte. Er war spät dran. Trotzdem musste er immer wieder stehen bleiben und nach dem Weg schauen. Der Trampelpfad, den die Kriminaltechniker-Vorhut hinterlassen hatte, war nur schwer auszumachen. Überhaupt war es mühsam, so querfeldein durch den Wald zu laufen. Entweder sank man im Morast ein oder das morsche Astwerk zerbrach knackend unter den Füßen. In diesem Matsch würde es eh nicht viele verwertbare Spuren geben …

Dies war der dritte Leichenfund – und das innerhalb von zwei Wochen! Die Medien würden sich wie die Aasgeier darauf stürzen. Er sah schon die Schlagzeile vor sich:

MORDSERIE! POLIZEI TAPPT IM DUNKELN, WÄHREND DER SCHWARZWALD-RIPPER WEITER MORDET. SIND WIR IM WALD NOCH SICHER?

Leider war diese Sorge inzwischen durchaus berechtigt. Er fragte sich ja selbst, weshalb sie in dieser Sache nur so langsam vorankamen. Am Team konnte es jedenfalls nicht liegen. Er hatte wirklich gute Leute an seiner Seite. Die jüngeren Kollegen hatten zwar noch nicht so viel Erfahrung, dafür waren sie hoch motiviert. Und dann kam ja noch Schneider hinzu. Sein Kollege war ein alter Hase und zugleich ein hervorragender Ermittler. Sie beide waren ein eingespieltes Team und berüchtigt für ihre beispiellose Aufklärungsrate. Till biss sich auf die Unterlippe. Im Moment ging es allerdings nicht so recht vorwärts. Wenn sie nicht im Zuge des ersten Leichenfunds so eine aufwendige Suchaktion mit Leichenspürhunden betrieben hätten, wären die beiden anderen Leichen im Bannwald wohl niemals entdeckt worden.

Ah, dort drüben musste es sein. Zwischen den Bäumen war bereits das beleuchtete weiße Zelt der Kriminaltechniker zu sehen.

Nach hundert Metern hatte er den Leichenfundort erreicht. Staatsanwalt Pfeffer stand mit seinem Regenschirm etwas abseits, die blauen Plastiküberschuhe über die Lederstiefel gezogen, und beobachtete die Spurensicherung bei der Arbeit. Von Till nahm er keine Notiz, da er ihm den Rücken zugewandt hatte.

Die Kriminaltechniker hatten sich derweil im Licht der Arbeitsscheinwerfer durch die Erdschichten hindurch bis zur Leiche vorgearbeitet.

»Es handelt sich vermutlich um eine männliche Leiche«, tönte es aus dem Erdloch hervor.

In diesem Moment riss eine plötzliche Windböe Pfeffers Schirm so stark herum, dass dieser nach außen umklappte. »Herrgott noch mal!«, fluchte Pfeffer, stemmte sich gegen den Wind und klappte den Schirm wieder nach innen.

»Ich würde es mal mit einer Regenjacke versuchen!«, meinte Till und schmunzelte.

Pfeffer fuhr herum. »Kriminalhauptkommissar Moritz! Das ist aber schön, dass Sie es inzwischen auch noch hierher geschafft haben! Ganz nach dem Motto ›Besser spät als nie‹.« Er lachte gekünstelt.

Till hatte keinen Nerv für Pfeffers Gefrotzel. Schweigend streifte er sich die Handschuhe über und schlüpfte anschließend in einen Plastikanzug und Überschuhe. Dann erst reichte er dem Staatsanwalt die Hand. Er sparte sich unnötige Worte und kam gleich auf seine größte Sorge zu sprechen. »Könnte es Pfarrer Vogt sein?«

Pfeffer zog die Nase hoch und zuckte dann mit den Schultern. »Es handelt sich wohl um eine männliche Leiche. Mehr weiß ich im Moment auch noch nicht.« Er zog ein Papiertaschentuch hervor und schnäuzte sich. »Woher weiß eigentlich die Presse von der Entführung?«, fragte er mit vorwurfsvollem Seitenblick.

»Die Haushälterin wird es rumgequatscht haben«, erwiderte Till mürrisch und zog sich seine Kapuze noch etwas tiefer ins Gesicht. »Außerdem kann man es ja nicht allzu lang geheim halten, wenn der Gemeindepfarrer plötzlich nicht mehr da ist. So was verbreitet sich wie ein Lauffeuer.« Er machte einen Schritt nach vorn und blickte angespannt zur Erdgrube hinüber. Das Loch war zu tief, um einen Blick auf die Leiche zu werfen. »Darf ich mal näher ran?«, rief er den Technikern zu.

Einer der Männer nickte. »Sie können sich da drüben vor den Busch stellen. Aber aufpassen, ist rutschig!«

Eine neuerliche Windböe peitschte ihm den Regen ins Gesicht. Während Pfeffer fluchend mit seinem Schirm kämpfte, ging Till in geduckter Haltung zu dem angewiesenen

Platz hinüber. Er hangelte sich gerade an einem umgestürzten Baumstamm entlang, als eine Kriminaltechnikerin einen neuen Fund meldete: »Da ist schon wieder so ein runder Stein!«

Till zuckte zusammen. Hoffentlich, dachte er, hoffentlich ist es nicht Vogt!

49. Kapitel

Für die kommenden Nächte war erstmals Frost angekündigt. Das war für diese Höhenlage nichts Ungewöhnliches im Schwarzwald. Zuweilen fiel im Spätherbst ja bereits Schnee. Die meisten Pflanzen im mütterlichen Garten waren winterhart. Nur die beiden Rosenstämmchen im Vorgarten mussten alljährlich vor der Wintersonne und dem Frost geschützt werden.

Cora schob die Hauben über die Kronen und zurrte die Kordeln fest. Zufrieden betrachtete sie ihr Werk. Gut, der Winter konnte kommen. Während sie zum Gartentor lief, streifte ihr Blick Waldis Grabstätte. Unzählige braune Hortensienblätter bedeckten dort den Boden, wo der Dackel ruhte. Aber auch ohne Kennzeichnung, ohne Kreuz oder Stein, würde sie niemals vergessen, an welchem Platz und unter welchem Schwur sie ihn in die Erde gelegt hatte. Nun, es war ihr leider nicht gelungen, seine Mörder zur Rechenschaft zu ziehen – damit musste sie sich wohl abfinden. Es gab im Moment aber auch Wichtigeres. Es ging um ein Menschenleben. Sie kannte Pfarrer Vogt nicht. Aber so wie es aussah, war der Mann lediglich durch seine Funktion als Beichtvater in diese bedrohliche Situation geraten. Und wenn man bedachte, wie extrem kurz das Zeitfenster zwischen Mikes Entführung und seiner

Ermordung gewesen war, verhieß dies für den Pfarrer nichts Gutes. Sie ließ das Gartentor mit einem lauten Scheppern hinter sich ins Schloss fallen. Ja, dachte sie mürrisch, während ich Vlieshauben über Rosen stülpe und Till Zeugen befragt, vergeht kostbare Zeit. Womöglich sucht der Mörder gerade schon nach einem passenden Stein für seinen Beichtvater.

Cora setzte sich ins Auto und fuhr auf dem Forstweg zurück nach Schömberg. Erst ging es kurvig bergauf, oben verlief die Straße dann schnurgerade durch den Wald. Wenn kein Fahrzeug entgegenkam, konnte man hier stellenweise auch etwas schneller fahren. Cora drückte aufs Gas. Was war das nur für ein abartiger Mensch, dieser Herzensammler? Richtete Menschen, wie es ihm beliebte. Und erwartete dann auch noch, dass Gott ihm verzieh. Dabei versetzte er die gesamte Bevölkerung in Angst und Schrecken. Das wiederum verlieh ihm Macht. Er war das Schreckgespenst des Schwarzwalds.

Vor lauter Grübeln merkte Cora gar nicht, dass sie das Gaspedal immer stärker durchdrückte. Die Fichten und Tannen flogen an ihr vorüber. Stämme, Äste, Gebüsch, immerfort. Es war, als fahre sie durch einen dunkelgrünen Tunnel.

Auch ihr hatte der Mörder Angst gemacht. Als Ermittler durfte man aber keine Angst haben. Angst behinderte das Denken. Außerdem musste man sich eines klarmachen: Dieser Täter war kein Phantom. Kein Schwarzwald-Ripper, kein Monster, sondern ein Mensch, mit dem sie vermutlich auf irgendeine Weise schon Kontakt gehabt hatte. Cora drückte das Gaspedal noch etwas weiter durch. Das wäre doch gelacht, wenn wir diesen Typen nicht kriegen könnten, dachte sie erbost. In dieser Sekunde sprang zwanzig Meter vor ihr ein Reh auf die Straße.

Cora schnappte nach Luft und trat mit aller Kraft aufs Bremspedal, während das Tier mit großen Sprüngen den Fahrweg querte. Mit einem schrillen Quietschen kam das Auto an der Stelle zum Stehen, wo das Tier im Dickicht verschwunden war. Cora schaute dem Reh entgeistert hinterher. Scheiße, dachte sie, das hätte jetzt gerade noch gefehlt! Erschöpft ließ sie sich in den Sitz zurücksinken und atmete tief durch. Als sie die Lider schloss, sah sie mit einem Mal wieder die leuchtenden Augen des Fuchses vor sich – und den schlaffen Körper ihrer Mutter. Nein, sagte sie zu sich selbst, so geht das nicht. Du reißt dich jetzt mal zusammen!

Sie wollte gerade schon anfahren, als ein zweites Reh auf die Straße sprang. Eine Sekunde lang blieb es stehen und guckte Cora erschrocken an, dann setzte es dem anderen Reh nach und verschwand im Gebüsch. Cora wartete noch eine Weile ab. Erst als sie sicher war, dass kein weiteres Reh mehr folgen würde, fuhr sie langsam weiter. Dieses Mal konzentriert, den Blick auf den Straßenrand gerichtet.

Als sie aus dem Wald hinauskam, passierte sie im Schritttempo Schranke und Försterhaus. Die Schranke stand meistens offen, aber Martin Ehni, der Förster, wachte darüber, wer hier durchfuhr, und kontrollierte gelegentlich die Autokennzeichen. Erwischte er Fahrzeuge ohne genehmigtes Kennzeichen, erstattete er Anzeige. Cora musste jedoch nichts befürchten, da ihr Auto registriert war. Sie war mit Martin gut bekannt und hatte sogar einen Schlüssel für die Schranke.

Während sie durch den Ort fuhr, gingen ihr erneut die stockenden Ermittlungen durch den Sinn. Als sie am Campingplatz angelangt war, stand ihr Entschluss dann fest: Wenn Tills Team nicht imstande war, eine langfristige Observation durchzuführen, dann musste sie sich eben einbringen. Sie hatte genügend Zeit. Aber wo sollte sie anfangen? Verdächtige gab es viele. Zumindest was Mike betraf, sah sie nach wie vor auch ein Tatmotiv beim Vater dieses gemobbten Mädchens, das mit ihm ursprünglich die Klasse besucht hatte. Wer wusste denn schon, wie weit das Mobbing tatsächlich gegangen war? Vielleicht waren noch viel schlimmere Dinge vorgefallen, über die das Mädchen aus Scham nicht mit den Lehrern gesprochen hatte. Wenn man als Eltern mit ansehen muss, wie das eigene Kind tyrannisiert wird, löst dies ein Gefühl großer Hilflosigkeit und Wut aus. Das wusste sie aus eigener Erfahrung, seit Adam mal eine Zeit lang von älteren Schülern gemobbt worden war. Das Alibi des Vaters beruhte lediglich auf der Aussage des kolumbianischen Au-pair-Mädchens. Es war denkbar, dass das Mädchen gelogen hatte. Falls das Au-pair aus armen Verhältnissen stammte, hatte es sich womöglich bestechen lassen. Oder das Mädchen hatte der Familie lediglich einen Gefallen tun wollen und begriff gar nicht, welche Konsequenz ihre Falschaussage nach sich zog. Man wusste auch nicht so genau, weshalb die Familie tatsächlich in die Schweiz umgezogen war. Das konnte durchaus eine Flucht gewesen sein. Es war sogar denkbar, dass der Vater den Mord an Mike geplant hatte und bewusst in die Schweiz gezogen war, um keinen Verdacht auf sich zu lenken. Aber wie passte Holzmann zu dieser These? Cora seufzte auf. Irgendwie gar nicht.

Also doch den Schwerpunkt auf die Tierquäler-Theorie legen? Dann ergab es Sinn, bei den Tierheimmitarbeitern zu beginnen. Sie schnalzte mit der Zunge. Irgendwo musste man einfach mal anfangen.

Sie ließ sich in den Autositz sinken, schloss die Augen und versuchte, sich in den Täter hineinzuversetzen. Er hatte ein Entführungsopfer, um das er sich kümmern musste. Zugleich durfte er aber nicht durch ungewöhnliches Agieren und Nervosität auffallen. Denn die Bevölkerung war in Habachtstellung und aufmerksamer denn je. Und dann war da auch noch die Polizei, die hinter ihm her war. Vermutlich befand er sich unter höchster Anspannung und fühlte sich bereits von allen Seiten beobachtet. Das machte das Beschatten schwierig. Andererseits würde er in dieser stressigen Extremsituation gewiss auch Fehler machen. Cora öffnete die Augen, drehte entschlossen den Zündschlüssel um und wendete den Wagen. Sie würde dem Herzensammeln ein Ende bereiten.

50. Kapitel

Der Stein ist zu groß. Liegt auch nicht gut in der Hand. Weg damit!

Und der da? Mal sehen … Hm, hat eine raue Stelle. Nein, auch nicht. Aber dort. Der sieht nicht schlecht aus. Könnte, könnte passen … Nein.

Ich versteh's nicht. Weshalb tu ich mich so schwer damit? Bislang lief es doch intuitiv ab. Der erste Stein, der mir in den Blick kam, war letztlich auch der richtige. Ganz einfach. Hat jedes Mal gepasst. Heute dagegen … Oh nein, jetzt muss ich schon wieder! Obwohl ich zwei Kapseln eingenommen habe. Warum stopft das Zeug nicht endlich?

Ist die Aufregung. Ja, die Aufregung. Vielleicht sollte ich einfach mal anfangen. Dann legt sich das.

Wird eh nicht mehr lange dauern, bis er zu sich kommt. Der Pfarrer. Der kein Pfarrer mehr ist.

Wie kann man nur das Beichtgeheimnis brechen! Das verstehe ich nicht. Er wusste doch, dass er dann exkommuniziert wird. Aber das war es ihm anscheinend wert.

Und jetzt zahlt er den Preis dafür. Der Idiot. Warum konnte er nicht einfach sein Maul halten?

Er hätte weitere Morde verhindern wollen, hat er gesagt. Nicht eine Sekunde lang hat er sich dabei überlegt, ob hinter all dem ein tieferer Sinn steht. Ich töte ja nicht zum Spaß.

Ich hab ihm vertraut. Lange Zeit hab ich ihm blind vertraut.

Aber damit konnte ich nicht rechnen. Das Beichtgeheimnis zu brechen, ist eine Straftat. Eine Sünde. Ja, er ist ein elender Verräter!

Und ein gefährlicher Zeuge.

Es muss sein.

Ich nehm jetzt einfach diesen Stein. Der ist nicht so schwer.

Ach, ich hasse es!

51. Kapitel

Das Tierheim befand sich in Stadtrandlage, auf einem abseits gelegenen weitläufigen Grundstück, umgeben von Wiesen und Äckern. Schräg gegenüber gab es einen Obst- und Gemüsehandel, ansonsten war das Gebiet unbebaut. Cora fuhr im Schritttempo an der Einfahrt des Tierheims vorbei. Auf dem Parkplatz standen vier Autos, zwei weiße Kleinwagen, ein roter Van und ein grauer Geländewagen. Sie fuhr bis zum Ende der Straße und wendete dort wieder. In direkter Nähe zum Tierheim konnte sie ihren Wagen nicht abstellen. Das wäre viel zu auffällig gewesen.

Es gab jedoch die Möglichkeit, an der Straße entlang zu parken. So handhabten das auch die Mitarbeiter des Obst- und Gemüsehandels, da der firmeneigene Parkplatz offenbar nicht ausreichte. Leider fand sich die nächste freie Parklücke in Fahrtrichtung erst ein ganzes Stück vom Tierheim entfernt. Cora stellte den Außenspiegel so ein, dass sie die Straße gut im Blick hatte. Dennoch würde es eine schnelle Reaktion erfordern, wenn es galt, ein herannahendes Auto zu verfolgen. Stirnrunzelnd sah sie sich im Wagen um. Hatte sie irgendetwas dabei, womit sie sich unkenntlich machen konnte? Zunächst einmal musste sie natürlich ihre Sonnenbrille aufsetzen. Und auf dem Rücksitz, da lag noch eine Wollmütze. Die Mütze tief ins Gesicht gezogen, ließ sie das Fenster herunter und atmete befreit die frische Luft ein. Ach, es war ein gutes Gefühl, endlich etwas zur Lösung des Falls beitragen zu können! Auch wenn sich dieser Beitrag gerade nur auf die gelegentliche Kontrolle des Außenspiegels beschränkte.

Sie schloss das Fenster und machte das Radio an. Dann stellte sie die Rückenlehne ein Stück zurück und drehte den Kopf seitlich, sodass ihr Blick stets auf den Außenspiegel gerichtet war. Jetzt erst kam sie dazu, sich über die nächsten Schritte Gedanken zu machen. Sollte sie sich zuerst einmal auf Uwe konzentrieren? Oder doch lieber auf Dumitrasco? Und was war mit Natascha und Hannes? Nur weil die sich gegenseitig ein Alibi gaben, waren sie noch lange nicht aus dem Schneider. Cora trommelte unschlüssig mit den Fingern aufs Lenkrad.

Eine halbe Stunde ging vorüber, ohne dass sich irgendetwas auf der Straße tat. Eine weitere Viertelstunde verging. Und nochmals zehn Minuten, fünf Minuten, drei Minuten … Nach insgesamt zwei Stunden Wartezeit war die Aufregung, das anfängliche Kribbeln verflogen. Sie gähnte. Normalerweise hat man bei einer Observation aus gutem Grund einen Partner zur Seite, dachte Cora verdrossen. Allein zog sich das Warten furchtbar in die Länge. Ungeduldig wechselte ihr Blick zwischen Außenspiegel und digitaler Zeitanzeige hin und her. Sie ärgerte sich über sich selbst. Wie unprofessionell! Sie hätte sich für die Observierung doch vorbereiten müssen. Sie hatte kein Wasser und auch keinen Proviant. Und vor allem – ganz schlecht – keinen Kaffee!

Sie hörte das Lied noch zu Ende, dann drehte sie das Radio ab. Nicht, dass ihrer alten Karre noch der Saft ausging. Cora schielte besorgt auf das Batteriezeichen. Hoffentlich musste ihr am Ende nicht noch ein Tierheimmitarbeiter Starthilfe geben. Dann wäre sie aber so richtig in Erklärungsnot gekommen! Um sich ein wenig abzulenken, holte sie ihr Smartphone hervor und kontrollierte die Whatsapp-Eingänge.

Die neueste Nachricht stammte von ihrer Schwester:

Hallo, Cora. Gibt es Neuigkeiten vom Haus? Hast dich gar nicht mehr gemeldet …

Cora biss sich auf die Unterlippe. Stimmt, dachte sie. Das hatte sie bei all dem Trubel total vergessen.

Hallo, Lisa, entschuldige, hab gerade sehr viel um die Ohren. Deshalb hier nur ganz kurz: Hortensie ist gepflanzt, mit den Renovierungsarbeiten geht es voran, Interessenten gibt es momentan keine. Ich hab mir nochmals Gedanken über den Hausverkauf gemacht. Aber das sollten wir demnächst mal in Ruhe besprechen. Liebe Grüße, Cora.

Nachdem sie die Zeilen abgeschickt hatte, bemerkte sie, dass es auch eine neue Nachricht von Till gab.

Wollte dir nur kurz mitteilen, dass wir eine weitere männliche Leiche gefunden haben. Wir konnten die Leiche noch nicht identifizieren. Aber so viel ist klar: Es ist nicht Pfarrer Vogt! Und bei dir? Alles gut? Was treibst du?

Na, Gott sei Dank! Der Pfarrer lebte vielleicht noch!

Aber um wen handelte es sich dann bei dieser dritten Leiche? Ob der Mann wohl ebenfalls Tiere misshandelt hatte? Und stammte er wie die ersten beiden Opfer aus der näheren Umgebung?

Till hatte nichts von einem Steinherzen erwähnt. Auch nicht vom Fundort. Aber falls dieser Mord ins Serienmuster passte, musste sich der Tatort in der Nähe des Bannwalds befinden. Natürlich konnte der Täter die Leiche eine weitere Strecke im Auto transportiert haben, aber das war riskant. Außerdem kehrten Serienmörder gern nach der Tat zu ihren Mordopfern zurück. Sie kontrollierten, ob die Leiche noch an ihrem Platz lag oder vielleicht in der Zwischenzeit entdeckt worden war. Vermutlich spazierte der Mörder deshalb öfter im Bannwald herum. Und da die meisten Taten in der Nähe des Wohnsitzes begangen wurden, lebte der Mörder aller Wahrscheinlichkeit nach irgendwo hier in der Nähe.

Coras Finger schwebten über dem Display. Was sollte sie Till antworten? Womöglich führte diese Aktion hier zu nichts. Es war aber auch nicht auszuschließen, dass sich der Mörder zur Stunde hier im Tierheim aufhielt und im Anschluss an die Arbeit zu seinem Entführungsopfer fuhr. Wenn ihr die Verfolgung glückte und sie das Versteck fand, konnte der Pfarrer noch heute Abend befreit werden. Dafür brauchte sie aber Till und seine Leute. Es war also besser, er wusste Bescheid.

Ich observiere gerade das Tierheim. Kannst dich ja mal für den Notfall bereithalten. Ich melde mich.

Rasch noch einen roten Kussmund und ein Herz dazu und dann auf »Senden« gedrückt … In diesem Augenblick bemerkte sie aus dem Augenwinkel heraus im Außenspiegel eine Bewegung. Der graue Geländewagen!

52. Kapitel

Till stand am Fenster, legte den Kopf in den Nacken und blies den Rauch ins Freie. Dann drückte er die Zigarette sorgfältig auf dem Fensterbrett aus und schleuderte den verbliebenen Stummel in den Hof.

»Hast du hier etwa geraucht?«, fragte Schneider, der just zur Tür hereingekommen war. Obwohl er selbst ab und an rauchte, war er empfindlich, was das Rauchen in Innenräumen anbelangte.

»Im Büro?«, fragte Till mit gespielter Empörung zurück. »Würde ich nie wagen! Ich musste nur mal frische Luft hereinlassen.« Er schloss das Fenster und machte sich daran, die Unterlagen auf seinem Schreibtisch zu sichten.

»Klar doch«, sagte Schneider und rollte mit den Augen. Er setzte sich an den Rechner und überprüfte eine Weile lang still die Posteingänge. Plötzlich erhellte sich seine Miene. »He, die Mail wird dich freuen«, verkündete er. Er griente Till über den Bildschirm hinweg an. »Wir haben einen DNA-Treffer in der Datenbank gelandet. Bei der letzten Leiche handelt es sich um den alten Strasser, also Karl Strasser.«

»Wow! Das ist ein gewaltiger Schritt!« Till sprang auf, lief zu Schneider hinüber und warf einen Blick auf die Mail. »Ist das Ergebnis sicher?«

»Neben der DNA wurde auch noch das Röntgenbild vom Zahnarzt abgeglichen. Er ist es. Irrtum ausgeschlossen.«

»Ha!«, rief Till aus und schlug sich mit der Faust in die offene Handfläche. »Endlich eine Spur, die was taugt! Von wegen Italien. Der hat Deutschland nie verlassen.«

»Die Rechtsmedizin geht davon aus, dass der Mord an Strasser schon mindestens vier Jahre her ist.«

»Das hab ich mir gedacht. Die Skelettierung war ja bereits vollständig abgeschlossen.«

»Vor fünf Jahren wurde der Strasser aus der Haft entlassen«, überlegte Schneider laut. »Vielleicht haben ihn ja daraufhin seine Söhne geschnappt und sich an ihm gerächt. Grund genug dafür hätten sie ja gehabt.« Er schüttelte den Kopf. »Aber dem eigenen Vater das Herz rauszuschneiden? Kann man sich kaum vorstellen ...« Er zog eine Grimasse. »Und wenn doch? Sind sie dabei auf den Geschmack gekommen und wollten diesen Kick danach immer wieder aufs Neue erleben?«

»Moment, Moment, nicht so schnell!« Till hob abwehrend die Hand. »Der alte Strasser könnte sich im Knast auch mit den falschen Leuten eingelassen haben. Vielleicht hat er Kontakte zur Mafia geknüpft und wollte deshalb nach Italien.« Er lehnte sich gegen den Schreibtisch. »Außerdem hat Hannes ein Alibi.«

»Er hat aber nur ein Alibi für den Mord an Mike Eberhart.« Schneider kratzte sich am Hinterkopf. »Und was die Mafia angeht – da fehlt mir der logische Zusammenhang zu den anderen Mordfällen. Und du darfst auch nicht vergessen, dass der alte Strasser beide Buben verdroschen hat. Hannes hat als Kind genauso viel abbekommen wie sein Bruder.«

»Hm, das stimmt. Und sie haben ihre Jugend gemeinsam im Kinderheim verbracht. Das war sicher auch nicht einfach. So was schweißt zusammen.«

»Genau. Deshalb kommt für mich ein gemeinschaftlicher Mord durchaus infrage. Was dann später war, ist eine andere Sache. Gut möglich, dass Uwe Strasser die weiteren Morde allein begangen hat. Das würde auch erklären, weshalb die späteren Opfer Tierquäler waren. Die hat er in seiner Funktion als Tierschützer hingerichtet. Vielleicht wusste Hannes davon nicht einmal was.«

»Ich glaube ja, da steckt mehr dahinter. Irgendeine abartige Philosophie. Oder religiöser Fanatismus, was weiß ich.« Till zuckte mit den Achseln. »Wir müssen auf jeden Fall nochmals bei dieser Natascha Dauner nachhaken. Ihr muss klar sein, welche Konsequenzen es für sie hat, wenn sie Hannes ein falsches Alibi gibt.«

»Mach ich«, sagte Schneider beflissen und griff zum Telefon. »Soll ich die beiden Strasser-Brüder gleich mal zur Vernehmung einbestellen?«

»Einbestellen kannst du unter diesen Umständen vergessen. Die kommen sicher nicht freiwillig. Da müssen wir schon die Streife vorbeischicken.« Er überlegte kurz und winkte dann ab. »Nein, wir müssen zuerst den Pfarrer finden.«

»Wenn wir bei der Vernehmung entsprechend Druck machen, erfahren wir am schnellsten, wo der Pfarrer steckt«, hielt Schneider dagegen.

»Wenn du Pech hast, verweigern sie die Aussage. Dann hocken die Brüder in U-Haft und der Pfarrer sitzt währenddessen in irgendeinem kalten Loch und wird nicht versorgt.«

Schneider legte das Telefon langsam wieder auf den Schreibtisch zurück. »Tja, da muss man abwägen. Ich würd es auf einen Versuch ankommen lassen. Eine Observierung kostet viel Zeit.«

Till knetete eine Weile lang seine Lippe, dann gab er sich einen Ruck und meinte: »Nein, ich will da nichts riskieren. Worst Case wäre, dass die Brüder bei der Festnahme fliehen und den Vogt endgültig verschwinden lassen.« Sein Tonfall wurde verbindlich. »Wir observieren zuerst einmal. Festnehmen können wir sie dann immer noch.«

Schneider zuckte mit den Schultern. »Wie Sie meinen, Herr Kriminalhauptkommissar. Ist es recht, wenn ich Hannes Strasser übernehme?«

Till nickte und holte sein Handy hervor. »Ich geb jetzt Pfeffer Bescheid, dass wir einen Durchsuchungsbeschluss brauchen. Sobald ich den habe, fahr ich los. Ich check zuerst das Tierheim. Und falls Uwe Strasser vor Ort ist, häng ich mich von dort aus gleich an ihn dran.«

»Hoffentlich dauert das mit dem Beschluss nicht so lange.« Schneider ging zur Garderobe und nahm seine Jacke vom Haken. »Eigentlich ist ja Gefahr im Verzug«, meinte er zögernd, während er sich die Jacke überzog. »Also angesichts der Tatsache, dass Pfeffer bekanntermaßen eher langsam arbeitet, würde ich …«

»Ohne richterliche Anordnung dürfen die gefundenen Beweismittel vor Gericht anschließend nicht verwendet werden«, gab Till genervt die Verordnung wieder. »Das weißt du doch!«

»Okay, und was ist mit dem Durchsuchungszeugen? Hast du schon einen zur Hand?« Schneider sah auf die Uhr. »Ist ja jetzt schon recht spät. Wenn du noch auf den Beschluss warten willst, wird …«

»Ich brauch keinen Zeugen«, unterbrach ihn Till. »Ich hab ja nicht vor, die ganze Bude auf den Kopf zu stellen. Im Grunde will ich nur sichergehen, dass der Pfarrer nicht dort im Tierheim hockt, während wir durch die Gegend jagen.«

Während Till die Nummer des Staatsanwalts anwählte, deutete Schneider mit zwei Fingern einen knappen Gruß an und verließ dann das Büro.

Angesichts der neuen Umstände wurden sich Till und Pfeffer schnell einig. Der Staatsanwalt versprach ihm, sogleich mit dem zuständigen Richter Kontakt aufzunehmen und ihm den Durchsuchungsbeschluss alsbald zu faxen. Till betonte nochmals die Dringlichkeit und beendete das Gespräch dann mit einem knappen Gruß.

Er wollte das Handy gerade schon wieder wegstecken, als er die Mitteilung von Cora bemerkte.

Ich observiere gerade das Tierheim.

Tills Mundwinkel sanken nach unten. So eine Scheiße! Cora wusste nichts von den neuesten Erkenntnissen. Hoffentlich brachte sie sich nicht in Gefahr!

53. Kapitel

»Der gewünschte Gesprächspartner ist zurzeit nicht erreichbar, wird aber per SMS über Ihren Anruf informiert.« Till wischte verärgert über den roten Hörer. Das war typisch Cora!

Kannst dich ja mal für den Notfall bereithalten.

Was sollte das denn heißen, für den Notfall bereithalten? Wenn sie das so formulierte, hatte er doch keine ruhige Minute mehr! Das wusste sie genau. Und ging trotzdem nicht ans Telefon! Als ob er nicht schon genug um die Ohren gehabt hätte – jetzt musste er sich auch noch um Cora Sorgen machen. Er strich sich fahrig über den Nacken. Um 16.28 Uhr hatte sie die Nachricht abgeschickt. Jetzt war es fast achtzehn Uhr. Ich melde mich, hatte sie geschrieben. Er überprüfte, ob das Handy auf laut gestellt war, checkte die eingegangenen Telefonate, schaute nach, ob eine SMS oder eine Mail angekommen war. Nichts.

Mit zusammengekniffenen Augen schrieb Till eine Antwort. Kurz und bündig:

Ruf mich an!

Er setzte sich an den Schreibtisch, legte das Smartphone vor sich auf die Tischplatte und hielt den Blick ungeduldig auf das Gerät gerichtet. Nachdem eine Minute verstrichen war, stand er auf und ging zum Fenster hinüber. Gedankenverloren schaute er in die Nacht hinaus. Gut, es konnte sein, dass sie aktuell immer noch vor dem Tierheim stand und wartete. Aber weshalb nahm sie dann seinen Anruf nicht entgegen? Oder verfolgte sie bereits einen der Tierheimmitarbeiter? Nervös schielte er zum Faxgerät hinüber. Hoffentlich beeilte sich Pfeffer ... Er seufzte. Grundsätzlich war Coras Engagement ja löblich. Nachdem sie durch die neue Sachlage endlich entlastet worden war, wollte sie sich, soweit es ihr als externe Helferin möglich war, einbringen.

Allerdings war er es, der die Verantwortung für diese Ermittlungen trug. Er und mit ihm sein Team standen unter einem enormen Erwartungsdruck von Staatsanwaltschaft, Öffentlichkeit und Presse. Jeder seiner Schritte wurde äußerst wachsam und argwöhnisch verfolgt. Zu lange hatten sie im Nebel herumgestochert, zu viele Leichen waren im Lauf der Ermittlungen aufgetaucht. Es war dringend Zeit für den Durchbruch. Der Mörder musste gefasst werden. Und zwar schnell, bevor der Pfarrer zu Schaden kam. Aus falschem Ehrgefühl heraus Coras Hilfe abzulehnen, wäre in so einem Fall unklug gewesen.

Was ihn jedoch aufregte, war diese Selbstverständlichkeit, mit der Cora die Dinge in die Hand nahm und dann völlig ungeniert Unterstützung einforderte. Das geschah nicht zum ersten Mal. Schon früher hatte es ähnliche Situationen in anderem Zusammenhang gegeben. Natürlich würde er ihr bei allem, was sie tat, beistehen. Schließlich war er ihr Freund. Aber von außen betrachtet, ungeachtet ihrer persönlichen Beziehung, war es einfach nur dreist, was sie hier veranstaltete. Während er sich an rechtmäßige Verfahren halten musste, pfiff sie auf Absprachen. Mit dem Vertrauen darauf, dass sich der Kriminalhauptkommissar im Hintergrund für den Notfall bereithielt. Auf Abruf. Das war es, was ihn ärgerte.

Er ging zum Schreibtisch zurück und kontrollierte das Faxgerät. Nichts. Und wie sah es mit Cora aus? Hatte wenigstens sie seine Nachricht inzwischen gelesen? Nein. Zuletzt online um 16.28 Uhr, hieß es in der Anzeige. »Du machst mich kirre!«, blaffte er, während er eine weitere Nachricht verfasste:

> Wir haben Uwe und Hannes Strasser in Verdacht. Das wird zu gefährlich. Fahr heim. Ich übernehme die Observation.

Hoffentlich las sie das rechtzeitig. Er steckte das Handy in die Gesäßtasche, warf einen letzten Blick auf das Faxgerät und eilte dann aus dem Büro. Beim Schließen der Tür fiel ihm seine Jacke ein. Er sprang nochmals zur Garderobe, klemmte sich die Jacke unter den Arm und rannte zur Tür hinaus. Aus dem Augenwinkel heraus bemerkte er das geöffnete Fenster. Egal. Dafür war jetzt keine Zeit.

54. Kapitel

Nacht und Nebel. Diese Kombination missfiel jedem Autofahrer. Cora bildete da keine Ausnahme. Heute Abend kamen ihr die schlechten Sichtverhältnisse aber, zumindest was die Observierung betraf, entgegen. Der dichter werdende Nebel zwang die Autofahrer, auf der Landstraße im Konvoi zu fahren. Vorneweg kroch ein Lkw, dahinter folgte Uwe mit seinem Geländewagen, an dritter Stelle fuhr ein gelber VW Polo, dicht gefolgt von Cora in ihrem alten Toyota RAV 4. Cora schob die Wollmütze aus der Stirn. Im Augenblick war es nicht nötig, sich zu vermummen. Es war viel zu dunkel, um die Insassen nachfolgender Autos im Rückspiegel erkennen zu können. Problematisch würde es erst werden, wenn Uwe die Landstraße verließ. Aber auch dann würde er vermutlich nur Scheinwerfer hinter sich sehen.

Coras Blick fiel auf das Handy, das auf dem Beifahrersitz lag. Vorher hatte es kurz geläutet. Da sie keine Freisprechanlage besaß, ging sie allerdings grundsätzlich nicht während der Fahrt ans Handy. Sie würde später nachschauen müssen, wer da angerufen hatte. Jetzt konzentrierte sie sich auf die Straße. Den Blick unverwandt auf die Rücklichter des Polos geheftet, schweiften ihre Gedanken ab.

Sie dachte an Mike und daran, wie wenig Zeit zwischen seinem Verschwinden und seiner Ermordung vergangen war. Wenn der Mörder sein Muster beibehielt, würde er den Pfarrer schon bald töten. Falls er nicht ohnehin bereits tot war. Ob diese Observierung, die auf dem Zufallsprinzip basierte, wirklich zielführend sein würde, konnte sie natürlich nicht sagen. Dennoch war sie allemal besser, als nichts zu tun. Sie hatte beschlossen, vollen Einsatz zu bringen, und war deshalb auch mutig an Uwe drangeblieben, als er anfangs mit überhöhter Geschwindigkeit unterwegs gewesen war. Irgendwann hatte sich abgezeichnet, dass die Fahrt sie aus der Stadt hinaus in Richtung Höfen führen würde, also in die Gegend, in der sich auch der Bannwald befand. Das konnte natürlich ein Zufall sein …

Grellrote Bremslichter rissen Cora aus ihren Gedanken. Obwohl sie sofort hart auf die Bremse trat, fuhr sie fast auf den VW Polo auf. »Du Idiot!«, entfuhr es ihr. Jetzt erst bemerkte sie, dass Uwe den Polofahrer zu der abrupten Bremsung genötigt hatte. Als ob es keine nachfolgenden Autos gegeben hätte, bremste er komplett herunter und bog dann, ohne zu blinken, auf einen ausgeschilderten Wanderparkplatz ein. Bingo, schoss es Cora durch den Kopf. Der führt was im Schilde! Der Polofahrer drückte lautstark auf die Hupe, dann gab er Gas und schloss wieder zu dem Lkw auf. Cora sah Uwe unschlüssig nach. Nein, auf den Parkplatz konnte sie ihm unmöglich folgen.

Während sie langsam weiterfuhr, hielt sie nach einer anderen Gelegenheit zum Parken Ausschau. Nach ungefähr dreihundert Metern entdeckte sie auf der gegenüberliegenden Straßenseite einen weiteren Parkplatz. Cora bog ein und stellte ihr Auto am Rand einer Wiese ab. Ein kleines Stück entfernt hatte ein VW-Bus mit zugezogenen Vorhängen geparkt, dahinter stand ein weißer Van ohne Insassen. Nachdem sie den Motor abgestellt hatte, saß sie still da und blickte starr über das Lenkrad hinweg. So, dachte sie, und was jetzt? Am besten, sie ging zu Fuß zu dem anderen Parkplatz hinüber. Sie öffnete das Handschuhfach und suchte nach der kleinen Taschenlampe, die sie kürzlich dort für Notfälle platziert hatte. Wo war denn das Ding? Ah da! Die Batterien waren schon ein bisschen schwach, aber für diese kurze Unternehmung würden sie ausreichen.

Sie hatte das Handy bereits eingesteckt, als ihr der entgangene Telefonanruf einfiel. So viel Zeit musste trotz allem sein … Sie holte das Gerät nochmals hervor und kontrollierte die eingegangenen Anrufe. Der letzte war von Till gekommen. Was er wohl von ihr wollte? Sie drückte auf den grünen Hörer, musste dann aber feststellen, dass der Rufaufbau nicht möglich war. Sie wechselte auf Whatsapp, doch auch da war die Kommunikation gestört. Hatte sie ihre mobilen Daten für diesen Monat etwa bereits aufgebraucht? Nein, es gab ein anderes Problem. Jetzt sah sie es. Hier hatte sie kein Netz! Sie befand sich in einem Funkloch.

Seufzend steckte sie das Handy wieder ein und schloss das Auto ab. Möglicherweise sah es bei dem Wanderparkplatz drüben besser aus. Manchmal genügte ja schon ein kurzer Standortwechsel, um plötzlich wieder guten Empfang zu haben. Entschlossen marschierte sie los. Sie war erst wenige Meter vorangekommen, als ihr einfiel, dass sie mit ihrer Unterstellung ja auch falschliegen könnte. Was, wenn Uwe lediglich eine kurze Rast gemacht hatte? Womöglich legte er nur eine Raucherpause ein und fuhr danach gleich weiter … Ein Auto kam ihr entgegen. War das etwa Uwe? In dem Moment, als sie hinsah, schaltete der Fahrer das Fernlicht ein. »Idiot!«, fluchte sie, kniff die Augen zusammen und wandte den Kopf ab. Schon kam das nächste Auto heran. Ein weiteres folgte. Cora blieb stehen und schaute den Fahrzeugen hinterher. Nein, da war kein Geländewagen dabei. In diesem Moment rauschte ein Auto so dicht an ihr vorbei, dass sie den Fahrtwind spüren konnte. Cora machte einen Sprung zur Seite. Das war lebensgefährlich, was sie hier tat! Sie machte die Taschenlampe an. Besser, sie ging am Waldrand entlang. Das war zwar mühsam, dafür aber sicher.

Als der Parkplatz in Sichtweite kam, schaltete sie die Taschenlampe aus. Ob Uwe noch da war? Scheinwerfer waren keine zu sehen. Auch hörte sie kein Motorengeräusch. Eilig überquerte sie die Straße und versteckte sich dann hinter dem nächstbesten Baumstamm. Im Lichtschein eines vorüberfahrenden Autos entdeckte sie Uwes Geländewagen. Er hatte das Auto im hinteren Bereich des Parkplatzes abgestellt, dort, wo der Wanderweg begann. Cora spähte zwischen den Ästen hervor. Uwe war nirgends zu sehen. Saß er noch im Auto? Leider war es zu dunkel, um das von hier aus zu erkennen. Im Schutz der Bäume schlich sie leise an den Geländewagen heran. Sie näherte sich so weit, bis sie sehen konnte … dass der Wagen leer war!

Cora biss sich nervös auf die Unterlippe. Falls Uwe beim Pinkeln war, musste er in den nächsten fünf Minuten wieder auftauchen. So lange würde sie noch warten. Kehrte er bis dahin nicht zu seinem Auto zurück, musste sie Till alarmieren. Wie sah es denn hier mit der Übertragung aus? Sie schaltete ihr Handy an und kontrollierte den Empfang. Mist! Immer noch kein Netz! Ratlos starrte sie auf das Display. Sie konnte zumindest schon mal eine Nachricht verfassen und diese an Till abschicken. Sobald sie in einen Bereich gelangte, wo der Empfang besser war, würde die Nachricht dann automatisch weitergeleitet werden.

> Ich habe Uwe verfolgt. Er hat auf dem Wanderparkplatz zwischen Neuenbürg und Höfen geparkt und ist jetzt im Wald verschwunden. Komm bitte schnell!

Sie drückte auf »Senden«. Wie befürchtet drehte und drehte sich der Ladekreis, ohne dass die Nachricht abgesandt wurde. Mit einem resignierten Seufzen steckte sie das Handy ein. Inzwischen waren die fünf Minuten längst vergangen und Uwe war immer noch nicht zurückgekehrt. Sie lauschte. Nein, es waren keine Geräusche vom Wald her zu hören, die auf die Anwesenheit eines Menschen schließen ließen. Uwe war nicht mehr in der Nähe.

55. Kapitel

Wie still es ist. Kein Blätterrauschen, kein Wind, nicht mal den Waldkauz hört man heut Nacht. Nur seinen Atem, den hört man.

Seitdem ich ihn in die Teichfolie gewickelt habe, schläft er ruhiger und stöhnt nicht mehr so viel. Ah, das rechte Lid hat ein wenig gezuckt. Nicht mehr lange, und er wird aufwachen. Zeit für das Beruhigungsmittel. So, die Spritze mit dem Zerstäuber ins Nasenloch und vorsichtig spritzen. Nicht zu viel, er soll mir ja nicht gleich wieder einschlafen. Und jetzt Mund auf, Knebel rein, festschnallen, fertig.

Eins, zwei, drei, vier, fünf – er hat's gemerkt. Wie er die Augen aufreißt! Von null auf hundert, voller Panik. Verdammt, er ist kurz davor zu hyperventilieren.

»Ruhig, Sie müssen gleichmäßig atmen. Ein und aus. Ein und aus.«

Ah, die Nase ist voller Rotz. So hält er das natürlich nicht aus.

»Ich weiß, Sie kriegen kaum Luft. Das wird besser, wenn Sie sich schnäuzen. Hier in das Tuch. Fest rauspressen …«

Er pustet, röchelt, pustet.

»Gut gemacht. Sehen Sie? Jetzt fällt das Atmen schon leichter. Und die Nase pfeift auch nicht mehr so.«

Wie flehend er mich ansieht.

»Leider muss der Knebel noch ein Weilchen drinbleiben. Aber keine Sorge, ich werde Sie nicht ersticken lassen. Ich geb schon Acht.«

Ich hätte das Beruhigungsmittel höher dosieren sollen. Der bricht mir vor Angst schier weg.

»Ich werde Ihnen jetzt gleich ein Schmerzmittel geben. Dafür muss ich die Folie über der Brust ein Stück einschneiden. Also erschrecken Sie nicht, wenn ich mit dem Cutter ankomme.«

Er zittert wie Espenlaub.

»So! Das war es schon. War doch gar nicht schlimm, oder?«

Wenn er beim Cutter schon Panik bekommt, möchte ich nicht wissen, wie er auf die Spritzen reagiert.

»Als Nächstes werde ich Ihnen das Procain verabreichen. Das ist das Schmerzmittel, Sie wissen schon.«

Seine Pupillen werden größer und größer …

»Haben Sie Angst vor Spritzen? Brauchen Sie nicht. Ich verspreche Ihnen, dass Sie den Einstich kaum spüren werden. Ich verwende die dünnsten Nadeln. Inzwischen bin ich ja auch schon geübt im Spritzen.«

Meine Güte! Der zuckt, als würde ich ihm ein Messer reinrammen.

»Wissen Sie, ich bin ein erfolgreicher Autodidakt.«

Und die nächste Spritze …

»Alles, was ich über Medizin weiß, hab ich aus dem Internet gelernt. Es gibt heutzutage ja klasse Erklärvideos im Netz. So, das war schon die dritte Spritze. Zeit, ein wenig auszuruhen. Ja, gleichmäßig atmen, ein und aus. Ein und aus.«

Er schließt die Augen.

»Wunderbar. Dann können wir ja jetzt weitermachen.«

Zack! Schon sind die Augen wieder offen.

»Ja, ein paar Spritzen brauchen wir noch. Aber das ist wirklich nur zu Ihrem Besten. Nur zu Ihrem Besten.«

Ja, da kommst du nicht drumherum. Du wirst sogar noch eine zusätzliche Spritze bekommen. Gerade weil du so schmerzempfindlich bist. Na denn, rein damit! Gut. Und die nächste. Ja, das muss sein … Ganz rein. Herrje, stellt der sich an! Ich fang schon an zu schwitzen. Das war die sechste. So, eine noch. Geschafft! Das war ein Kampf!

»Hervorragend! Das war die letzte Spritze. Das Brennen lässt gleich nach.«

Er ist völlig erschöpft. Womöglich stresst es ihn so sehr, weil er genau weiß, was auf ihn zukommt. Ah, jetzt grummelt es schon wieder so in meinem Darm. Hoffentlich beruhigt sich das bald. Durchfall kann ich jetzt gar nicht gebrauchen!

»Jetzt müssen wir warten, bis das Mittel wirkt. In der Zwischenzeit erzähle ich Ihnen ein bisschen von mir. Und davon, wie alles so kam.«

Wie groß er mich anschaut.

»Normalerweise rede ich nicht viel. Bin eher introvertiert. Aber wenn ich mit Ihnen zusammen bin, ist es anders. Sie sind eben auch ein guter Zuhörer. Drum bin ich auch immer so gern zu Ihnen zur Beichte gegangen … Ich hätte nicht gedacht, dass Sie mich verraten würden. Hab Ihnen echt vertraut … Das Beichtgeheimnis zu brechen, das ist schon starker Tobak. Sei's drum. Sie sind ja genug dafür bestraft worden. Was gibt es für einen Pfarrer Schlimmeres, als exkommuniziert zu werden? Verdammt harte Strafe … Womöglich sogar härter als die Strafe, die Sie von mir erhalten werden.«

Ein gequälter Blick, mehr nicht.

»Hm, womit fange ich denn an? Also, meine Kindheit, meine Kindheit war ziemlich beschissen. Ich wär sicher von daheim abgehauen, wenn da nicht mein Bruder gewesen wär. Und Bodo. Das war unser Hund … Wir waren viel draußen unterwegs. Im Wald hatten wir ein Baumhaus. In das haben wir uns verzogen, wenn's mal wieder Stunk gab. Bei uns gab's ständig Stunk. Mein Alter hat gesoffen. Fing morgens schon an. Bis zum Abend war er hackedicht. Und dann hat er jeden verprügelt, der ihm unterkam. Das Arschloch hat die ganze Familie drangsaliert … Am meisten bekam Bodo ab. Dem hat er ständig Tritte verpasst. Auch wenn er nüchtern war. Nur, weil er gerade im Weg stand. Und der Bodo war so gutmütig. Hat sich nie gewehrt. Ja, Scheiße, ich hätt ihn beschützen müssen. Aber wir hatten ja alle Angst vor dem Alten … Nahm dann ein schlimmes Ende mit Bodo. Der Alte hat ihn totgefahren. Ist mit Karacho rückwärts aus der Garage gebrettert, ohne zu gucken. Ich hab noch einen Schrei losgelassen. Aber … er ist einfach weitergefahren … Bodo ist in meinen Armen gestorben. Dieser Blick von ihm … so hilflos, den hab ich nie mehr aus dem Kopf gekriegt … An dem Tag hab ich mir geschworen, meinen Bruder und meine Mutter vor diesem Dreckskerl zu beschützen.«

Es pfeift bei jedem Atemzug. Seine Nase geht schon wieder zu.

»Hier. Schnäuzen Sie noch mal in das Tuch rein. Ja, so ist es gut. Hm. Wo waren wir? Ah ja, bei meiner Mutter. Sie war leider zu schwach, um sich selbst zu wehren. Sie hatte Angst vor meinem Vater. Und trennen konnte sie sich nicht von ihm, weil sie finanziell abhängig war. Ansonsten war sie aber eine wunderbare Mutter. Sie hat uns viel Liebe und Wärme gegeben … Am schönsten war es für mich, wenn sie uns Kindern vor dem Schlafengehen vorgelesen hat. Dann durften wir uns ganz eng an sie kuscheln. Ein Bub links, ein Bub rechts. Wir haben es geliebt, ihr zuzuhören! Ja, sie hatte eine angenehme Stimme. Und sie roch so gut … Meistens hat sie uns Märchen vorgelesen. Ihr Lieblingsmärchen war ›Das kalte Herz‹. Kennen Sie das?«

Sicher kennt er es. Jeder, der im Schwarzwald lebt, kennt es.

»Bereits als Kind sind mir dabei die Parallelen zu unserer Familie aufgefallen. Ist das nicht schlimm? Leider gab es bei uns kein glückliches Ende ... Es war im Grunde auch meine Schuld. Ich war nicht da, als es passierte. Ich hätte meine Mutter und meinen Bruder beschützen müssen. Aber ich war ... ausgerechnet da war ich im Baumhaus.«

Er schließt die Augen. Hört er mir noch zu?

»Nach dem Tod meiner Mutter hab ich immer gehofft, sie würde eines Tages wieder lebendig werden. So wie die Lisbeth in dem Märchen. Im Wald hab ich nach dem Glasmännlein gesucht. Es sollte mir meine Mutter und Bodo wieder zurückbringen. Als das nicht klappte, versuchte ich es mit beten. Jeden Morgen, wenn ich im Kinderheim die Augen aufschlug, war ich enttäuscht, dass mein Gebet nicht erhört worden war.«

Inzwischen müsste das Schmerzmittel wirken. Ein paar Minuten geb ich ihm noch, dann muss ich loslegen ... Es grummelt und grummelt. Man kann die Darmgeräusche richtig hören. Da, schon wieder! Zumindest ist der Weg bis zur Grube nicht mehr so weit. Der Bannwald war zwar sicherer, aber zurzeit traut sich ja eh keiner mehr in den Wald. Da kann ich mir die Plackerei sparen.

»Ja, es hat ziemlich lange gedauert, bis ich begriffen habe, dass der Tod endgültig ist und nicht rückgängig gemacht werden kann. Nicht vom Glasmännlein – und auch nicht von Gott.«

Ich kann's nicht länger halten ... Das rumort dermaßen! Hm, schlechter Zeitpunkt. Andererseits – wenn ich erst mal in der Eröffnungsphase bin, gibt es keine Möglichkeit mehr, zu unterbrechen. Nein, besser jetzt. Dann muss der Pfarrer eben kurz warten. Mal sehen, wie sieht er denn aus? Ziemlich weggetreten ... Viel Widerstand ist von dem nicht mehr zu erwarten. Außerdem kann er sich in der Folie kaum rühren. Ich geb ihm einfach noch mal 'ne Ladung Chloroform. Und bis zur Komposttoilette ist es ja nicht weit. Aber ... ach, ich weiß nicht. Ist vielleicht besser, ich schließ ihn trotzdem ein. Sicher ist sicher. Wenn's ums eigene Überleben geht, können manche Menschen ja enorme Kräfte entwickeln.

56. Kapitel

Meine Güte, war das finster! Man konnte kaum die Hand vor Augen sehen. Cora knipste die Taschenlampe an. Uwe hatte genügend Vorsprung. Er würde das Licht nicht bemerken, zumal der schwache Lichtstrahl sowieso nur einen halben Meter weit reichte. Sie schlug den Kragen ihres Mantels hoch und folgte dem markierten Wanderweg. Blöd, dass sie weder Schal noch Handschuhe mitgenommen hatte. Jetzt erst merkte sie, wie stark die Temperatur inzwischen gefallen war. In ihrem Jagdfieber hatte sie das zuvor gar nicht registriert. Dafür spürte sie es nun umso deutlicher. Hier im Wald fühlte es sich gleich noch mal ein paar Grad kälter an. Fröstelnd vergrub sie ihre Hände in den Manteltaschen.

Uwe, dachte sie beklommen. So wie es aussah, war es Uwe, der all diese furchtbaren Morde begangen hatte. Unfassbar! Derselbe Mann, der sich Tieren gegenüber so einfühlsam zeigte, schnitt Menschen eiskalt das Herz aus dem Leib? Cora erschauderte bei dem Gedanken. Offenbar hatte sie Uwe völlig falsch eingeschätzt. Solche Grausamkeiten … nein, das hätte sie ihm nicht zugetraut. Und das, obwohl sie sich als Kriminalpsychologin schon seit vielen Jahren mit den Charakteren von Tätern auseinandersetzte und auf ihre gute Menschenkenntnis bislang immer stolz gewesen war. In diesem Fall hatte ihr Gespür sie getrogen. Irgendwo in diesem Waldstück hielt Uwe den Pfarrer gefangen. Womöglich richtete er in diesem Augenblick bereits das Werkzeug für die Herzoperation her. Aber auch wenn die Zeit drängte, musste sie Vorsicht walten lassen. Sie hatte weder eine Ausbildung im Nahkampf, noch führte sie eine Waffe bei sich. Allein konnte sie nichts ausrichten. Was sie aber tun konnte, war, bis zum Eintreffen von Till und seinen Leuten die Lage auszukundschaften. Ja, sie übernahm die Aufgabe der Vorhut, um Till die Richtung weisen zu können. Vermutlich gab es in der Nähe eine Hütte, einen Bunker oder sonst einen Unterschlupf, in welchem der Pfarrer versteckt gehalten wurde.

Cora folgte dem Wanderweg, bis sie an eine Weggabelung kam. Der mit einer blauroten Raute gekennzeichnete Hauptweg war breiter angelegt und führte nach links. Nach einem Moment des Zögerns schlug Cora den schmaleren Weg ein, der durch einen dicht bepflanzten Nadelwald verlief. Es war eine rein instinktive Entscheidung. Uwe konnte ebenso gut den Hauptweg genommen haben.

Die Bestätigung ihrer Ahnung ließ nicht lange auf sich warten. Bereits nach der nächsten Wegbiegung entdeckte sie in der Ferne ein Licht. Es ging von einer Blockhütte aus, die unweit des Weges hinter Fichten und Tannen verborgen lag. Cora sog die Luft zwischen den Zähnen ein. Das konnte der Tatort sein! Abgelegen genug, um im Verborgenen zu morden, und doch in der Nähe einer Straße, um die Leichen im Auto an einen anderen Platz zu bringen. Der Bannwald war nur zehn Autominuten von hier entfernt. Eine hohe Thujahecke, die rund um das Grundstück führte, schützte vor unerwünschten Blicken.

Cora machte rasch die Taschenlampe aus und blieb dann unschlüssig stehen. Ihr Herz klopfte so stark, dass sie kaum denken konnte. Till, schoss es ihr durch den Kopf, jetzt brauche ich

Till. Sie nestelte ihr Handy hervor und wischte über den grünen Hörer hinweg. Verdammte Hacke, sie hatte immer noch kein Netz! Und nun, überlegte sie, während sie das Handy wieder in die Manteltasche schob. Was sollte sie tun? Zum Auto zurücklaufen und Hilfe holen? Cora rückte nervös ihre Mütze zurecht. Dabei würde viel Zeit verloren gehen – bis Hilfe eintraf, konnte der Pfarrer schon tot sein. Andererseits blieb ihr realistisch gesehen gar nichts anderes übrig. Sie musste zurückgehen. Einige Sekunden lang rang sie mit sich, dann stand ihr Entschluss fest. Zuerst einmal musste sie sichergehen, dass der Pfarrer tatsächlich hier war. Wenn sie das überprüft hatte, würde sie loslaufen und Hilfe holen.

Mit pochendem Herzen schlich sie zum Eingang, der sich auf der rückwärtigen Seite des Grundstücks befand. Ganz langsam lief sie, bei jedem Schritt darauf bedacht, nicht auf Zweige zu treten. Das kleinste Geräusch konnte Uwe auf den Plan rufen. Aus demselben Grund hatte sie zuvor auch den Nachrichteneingang ihres Handys stummgeschaltet.

Im Eingangsbereich schloss sich ein Jägerzaun an die Thujahecke an. Das darin eingelassene Gartentor stand offen. Cora hielt inne. Sie konnte ja nicht einfach durch das Tor spazieren. Gab es keine andere Zugangsmöglichkeit zum Grundstück? Bedachtsam schritt sie die Hecke ab, bis sie eine lichte Stelle in der Umfriedung fand, durch die man sich mit etwas Mühe hindurchquetschen konnte. Den Oberkörper seitlich gedreht, schob sie sich lautlos durch das Geäst. Auf der anderen Seite der Hecke angelangt, hechtete sie hinter einen Busch und ging rasch in die Hocke. Von dort aus linste sie zwischen den Zweigen hervor. Die erleuchteten Sprossenfenster waren zu beiden Seiten mit rot-weißen Gardinen eingefasst. Leider konnte sie von dieser Position aus nicht sehen, was in der Hütte vor sich ging. Jedoch hörte sie etwas. Nämlich Schritte. Es waren keine schnellen Schritte. Es klang eher nach einer Person, die zaghaft durch den Raum ging. Zwei Schritte – Pause – ein Schritt – Pause – wieder ein Schritt – Pause.

Cora ließ ihren Blick über das Grundstück schweifen. Ließ irgendetwas darauf schließen, dass hier Menschen ermordet worden waren? Es gab eine Feuerstelle mit Schwenkgrill, daneben befand sich ein Holztisch mit zwei Bänken, an der Wand der Blockhütte stapelte sich Brennholz. Am Rand des Holzstapels lehnten Gartengeräte. Eine Schaufel, eine Hacke, eine Astschere. Das Grundstück machte einen gepflegten Eindruck. Die Wiese war gemäht, die Büsche hatte man in Form geschnitten. Um die Hütte vor Schmutz zu schützen, hatte man sogar ringsherum eine breite Kiesumrandung mit runden Steinen angelegt. Coras Blick blieb an den Steinen hängen. Entsetzt schlug sie sich die Hand vor den Mund. O mein Gott, da lagen sie, die kalten Herzsteine!

57. Kapitel

Cora wollte weg. Nur schnell weg von diesem grässlichen Ort! Deshalb nahm sie all ihren Mut zusammen und rannte geduckt zu einem der Fenster. Einen Blick, einen einzigen Blick nur würde sie da hineinwerfen und dann abhauen. Sie drückte sich unterhalb des Fensters an die Holzwand und lauschte. Stille. Dann plötzlich ein Schritt. Stille. Und wieder ein Schritt. Cora hielt sich mit den Händen am Fensterbrett fest und schob sich langsam nach oben. In diesem Moment erklang ein hoher Pfeifton in ihren Ohren. Cora atmete tief ein und aus. Verdammter Tinnitus! Sie wusste auch ohne Warnpfiff, dass sie gerade gestresst war. Ein kleines Stück noch richtete sie sich auf, dann lugte sie über das Fensterbrett hinweg an der Gardine vorbei.

Den Pfarrer konnte sie nicht sehen. Aber da war Uwe! Er stand mit dem Rücken zu ihr und betrachtete ein Regal an der Wand. Cora versuchte zu erkennen, was sich in dem Regal befand. Einmachgläser in unterschiedlichen Größen … Wie in Zeitlupe streckte Uwe den Arm aus und griff nach einem der Einmachgläser. Er drehte sich seitlich, hob das Glas hoch ins Licht und betrachtete den Inhalt. Coras Augen verengten sich zu Schlitzen. Was war in diesem Glas? Es sah aus wie ein rotbrauner Klumpen. Im nächsten Moment ließ Uwe das Glas fallen. Mit einem enormen Krach zersplitterte es auf dem Boden. Uwe starrte eine Sekunde lang auf die Scherben vor seinen Füßen, dann stürzte er aus der Tür und erbrach sich. Noch während Cora seine Würgegeräusche hörte, dämmerte ihr, was sie da soeben gesehen hatte. Dieser rotbraune Klumpen, das war ein menschliches Herz!

Erschrocken taumelte sie rückwärts. Uwes Würgen im Ohr, hastete sie davon, über die Wiese, durch die Hecke hindurch, über Dickicht und Gestrüpp hinweg, quer durch den Wald. Panisch, ja geradezu blindlings rannte sie durch die Finsternis. Sie verfing sich mit dem Mantel in Gesträuch, fiel hin, rappelte sich auf, rannte weiter, zerkratzte sich an den Dornen eines Brombeerstrauchs die Hände. Egal, weiter, weiter! Schließlich stolperte sie erneut. Über einen kleinen Erdhügel, den sie in ihrer Hast nicht bemerkt hatte. Mit einem erstickten Schrei stürzte sie vornüber, die Arme reflexartig von sich gestreckt.

Zu ihrem Erstaunen schlug sie jedoch nicht auf dem Boden auf, sondern prallte gegen den Oberkörper eines Mannes. Das Nächste, was sie spürte, waren Arme, die sich um sie schlangen, dann wurde sie herumgerissen und zu Boden gedrückt. Als Cora versuchte, ihren Angreifer von sich zu stoßen, schoss plötzlich ein solch immenser Schmerz durch ihren Körper, dass sie sich nicht mehr rühren konnte. Den Mund vor Schreck weit aufgerissen, spürte sie den nächsten Stromstoß. Ihr Körper zuckte unkontrolliert zusammen, erzitterte, dann verlor sie endlich das Bewusstsein.

58. Kapitel

Till war sämtliche Straßen rund um das Tierheim im Schritttempo abgefahren und hatte nach Coras Toyota Ausschau gehalten. Nichts. Sie war nicht da.

Er parkte am Gehweg und sah zum Tierheim hinüber. Ein weißer Kleinwagen stand noch auf dem Parkplatz, im Gebäude selbst brannte jedoch kein Licht. Offenbar hatten Uwe und sein Team bereits Feierabend gemacht.

Er lehnte sich zurück und holte das Handy hervor. Cora hatte seine Nachricht immer noch nicht bekommen. Mit einem ungehaltenen Stöhnen wählte er nochmals ihre Nummer an. »Der gewünschte Gesprächspartner …« Till wischte über den roten Hörer. Mensch, Cora, dachte er entnervt, wo steckst du nur? Und warum funktioniert dein Handy die ganze Zeit nicht? Unverständlich. Es sei denn, ihr Akku war leer. Cora war bisweilen so verpeilt … Ihr war zuzutrauen, dass sie nicht einmal merkte, wenn ihr Akku zur Neige ging.

Er drückte auf den Fensterheber und wartete, bis die Scheibe vollständig heruntergefahren war. Dann zündete er sich eine Zigarette an und rauchte. Hoffentlich war sie in ihrer Ungeduld nicht allein auf Mörderjagd gegangen! Langsam ließ er den inhalierten Rauch aus der Nase entweichen. Es konnte natürlich auch sein, dass sie sich gelangweilt hatte und inzwischen auf den Campingplatz zurückgekehrt war. So eine Observierung konnte ja ganz schön ermüden, wenn nichts passierte. Aber dann hätte sie ihm doch sicher geantwortet.

Er nahm einen letzten Zug, dann drückte er den Zigarettenstummel im Aschenbecher aus. Die ganzen Spekulationen brachten nichts. Er musste wissen, ob sie sich in Sicherheit befand. Ansonsten war er in Gedanken nur bei ihr und konnte sich nicht auf seine Arbeit konzentrieren. Ob sie auf dem Campingplatz war, ließ sich ja leicht herausfinden. Er suchte in seinen Kontakten nach der Nummer des Platzwarts und rief an.

»Leimgruber, Schwarzwaldcamping«, meldete sich der Platzwart.

»Guten Abend, Herr Leimgruber. Hier spricht Kriminalhauptkommissar Moritz. Mein Kollege Schneider hat Sie kürzlich zum Mordfall Eberhart befragt. Sie erinnern sich?«

»Hm, ich erinnere mich. Ja, und?«

»Ich hätte nun auch noch ein paar Fragen an Frau Brecht, kann sie aber telefonisch nicht erreichen. Deshalb wollte ich Sie bitten, mal kurz nachzusehen, ob sie in ihrem Wohnwagen ist. Falls sie nicht da ist, kann ich mir die Fahrt zu Ihnen nämlich sparen.«

»Eigentlich habe ich gerade andere Dinge zu tun«, maulte Leimgruber. »Bis wann müssen Sie das denn wissen?«

»Ich müsste es jetzt sofort wissen«, erwiderte Till in einem Ton, der keinen Widerspruch zuließ.

»Wenn Sie wüssten, was hier gerade los ist!«, murrte der Platzwart. »Aber gut, was tut man nicht alles für die Polizei. Wäre nur schön, wenn die Polizei umgekehrt genauso schnell da wäre, wenn man sie braucht …«

»Herr Leimgruber, bitte …«

»Jaja, ich geh ja schon! Warten Sie kurz. Ich ruf gleich zurück.«

Till legte das Handy zur Seite, zog eine Zigarette aus der Schachtel und drehte sie nachdenklich zwischen den Fingern. Hoffentlich war sie da … Mit einem Räuspern steckte er die Zigarette wieder in die Schachtel zurück. Er rauchte in letzter Zeit zu viel. Er merkte es an der Stimme, die zunehmend rauer wurde. Nach fünf langen Minuten kam endlich der Rückruf. Leimgruber war hörbar außer Atem. »Nein, Herr Moritz. Da ist niemand im Wohnwagen. Ich hab auch mal bei den Nachbarn nachgefragt. Die haben die Brecht seit heut Morgen nicht mehr gesehen.«

Till runzelte die Stirn. »Und ihr Auto?«

»Da müsste ich auf dem Parkplatz nachsehen«, entgegnete Leimgruber.

»Könnten Sie das bitte noch für mich tun?«, fragte Till höflich. »Damit ich mir sicher sein kann.«

»Von mir aus«, blaffte Leimgruber. »Dann bleiben Sie kurz dran. Ich muss aber erst mal in meinen Unterlagen nachschauen, welches Kennzeichen sie hat.«

Till wollte ihm schon die Automarke nennen, als ihm einfiel, dass er diese offiziell ja gar nicht wissen konnte. Also blieb ihm nichts anderes übrig, als abzuwarten, bis Leimgruber so weit war. Eine Weile lang hörte er nur ein Rascheln und Knistern, dann folgten laute Atemgeräusche. Offenbar hatte sich der Platzwart auf den Weg gemacht. Dem Keuchen nach zu urteilen, beeilte er sich wenigstens.

»Nein«, schnaufte Leimgruber schließlich. »Ihr Auto ist nicht da.«

»Okay«, sagte Till gedehnt. »Ich danke Ihnen vielmals. Einen schönen Tag noch.«

»Es ist schon Abend, Herr Kriminalhauptkommissar. Aber ja, das wünsch ich …«

»Ah, Moment«, fiel ihm Till ins Wort. »Jetzt ist mir doch noch was eingefallen. Wenn Sie später nochmals die Runde machen – könnten Sie da eine Nachricht am Wohnwagen von Frau Brecht hinterlassen? Sie soll mich bitte dringend zurückrufen.« Es wurde still. So still, dass Till sich nicht sicher war, ob Leimgruber überhaupt noch in der Leitung war. »Herr Leimgruber? Äh, Sie würden mir damit einen großen Gefallen tun.«

»Na gut, mach ich«, entgegnete der Platzwart barsch. »Ich hab ja sonst nichts zu tun …« Ohne ein weiteres Wort legte er auf.

Till schob das Handy in seine Jackentasche zurück. Sie war nicht da. Herrgott, das machte ihn kirre! Fahrig steckte er sich eine Zigarette zwischen die Lippen und tastete im Dunkeln nach dem Feuerzeug. Und wenn sie zu ihrem Elternhaus gegangen war? Aber was hätte sie da allein gewollt? Bei Nacht? In der Regel war sie dort ja nur, wenn es mit den Handwerkern etwas zu besprechen gab. Oder wenn sie sich heimlich mit ihm treffen wollte.

Er drehte mit Druck am Reibrad des Feuerzeugs. Es brachte nichts, sich das Hirn zu zermartern. Irgendwann würde sie seine Nachricht bekommen und sich melden. Und bis es so weit war, musste er weiter seinen Job machen. Die Flamme des Feuerzeugs erhellte für einen Moment das Wageninnere, dann wurde es auf einen Schlag wieder dunkel um ihn herum. Er ließ das Fenster hochfahren, stieg aus und schloss geräuschlos die Wagentür. Bevor er zu Uwes Wohnung aufbrach, musste er zuerst noch das Tierheim checken. Auch wenn er keinen Durchsuchungsbeschluss hatte, konnte er zumindest mal drumherum laufen.

Während Till die Vorderseite des Gebäudes abging, schaute er durch die Fenster. Ein Büro, ein Aufenthaltsraum, ein weiteres Büro. Nichts Auffälliges. Er spähte um die Ecke. Hinter dem Haus befand sich die Zwingeranlage, das hatte er von der Straße aus gesehen. Der Bereich war frei zugänglich. Till nahm einen Zug aus seiner Zigarette. Auch wenn es keine Abzäunung gab, kam das Betreten des rückwärtigen Außenbereichs einem Hausfriedensbruch gleich. Andererseits … es war ja niemand da!

Er schnippte die Kippe weg und setzte sich in Bewegung. Im Notfall konnte er immer noch behaupten, er habe verdächtige Geräusche aus dem Innern des Hauses gehört. Oder ein Hund hätte Schmerzensschreie ausgestoßen. Da würde ihm schon etwas einfallen. Hinter dem Gebäude ging der Rasen in eine Kiesfläche über, die zum Haus hinüberführte. Tills Blick fiel auf die Geräteschuppen, die sich an der seitlichen Grundstücksgrenze aneinanderreihten. Lediglich der erste Schuppen war mit einem Vorhängeschloss gesichert, die anderen standen offen.

Till ging zu dem abgesperrten Schuppen hinüber und inspizierte das Schloss. Leicht zu knacken, ging es ihm durch den Sinn. Aber auch wenn er nur zu gern nachgesehen hätte, ob darin irgendwelche Beweismittel zu finden waren, ließ er es bleiben. Der Durchsuchungsbeschluss stand bald zur Verfügung. Da lohnte sich ein Einbruch nicht. Er wandte sich den offenen Schuppen zu. Auch wenn es unwahrscheinlich war, dass er hier etwas entdeckte, konnte ein kurzer Blick nicht schaden. Hundezubehör … Blechnäpfe, Hundeleinen, Decken. Nichts, was auf eine Straftat hinwies. Und wie sah es im nächsten Schuppen aus? Werkzeuge und Putzutensilien, diverse Schaufeln, Besen, Klebebänder. Tills Blick blieb an einer Rolle mit festem Gewebeband hängen. An den Leichen hatte man keine Klebereste gefunden, die auf den Gebrauch eines Gewebebands hingewiesen hätten. Er wandte sich ab, verließ den Schuppen und betrachtete das Haus.

Es gab zwei Türen. Die rechte Tür trug die Aufschrift »Zugang Katzenhaus«, die linke Tür führte zu den Büroräumen. Jetzt erst bemerkte er den schwachen Lichtschein, der aus einem der Fenster drang. Vermutlich hatte irgendjemand versehentlich eine Schreibtischlampe angelassen. Während Till zu dem Fenster hinüberschlich, knirschte der Kies leise unter seinen Sohlen. Er hatte die Kiesfläche noch nicht einmal zur Hälfte passiert, als in der Zwingeranlage das Gebell losbrach. Till erstarrte. »What the fuck!«, raunte er. Das Bellen, Jaulen, Heulen und Knurren kumulierte sich zu einem solch ohrenbetäubenden Krach, dass dieser gewiss im weiten Umfeld zu hören war. Und jetzt? Auf dem schnellsten Weg zurück zum Auto! Der schnellste Weg führte allerdings an der Hauswand entlang und dort war, das hatte Till in der Hektik übersehen, ein Bewegungsmelder installiert. Urplötzlich erhellte gleißendes Licht die Außenanlage. Till duckte sich reflexartig, obwohl das in dieser Situation nichts brachte, da er sich unter dem Licht nicht wegducken konnte.

»Hallo? Was machen Sie denn da?« Die Tür zu den Büroräumen flog auf und eine blonde Frau trat heraus.

59. Kapitel

Es war Natascha Dauner. Till hielt überrascht in der Bewegung inne, dann richtete er sich langsam auf.

»Äh, guten Abend, Kriminalhauptkommissar Moritz.« Er räusperte sich. »Ich … Ich wollte mit dem Tierheimleiter noch etwas besprechen. Ist er da?«

Die junge Frau kniff die Augen zusammen.

»Nein, er ist nicht da.« Sie stützte sich mit einer Hand in der Taille ab. »Weshalb klingeln Sie denn dann nicht vorn am Haupteingang, wenn Sie mit Herrn Strasser sprechen möchten. Ich dachte schon, da schleicht ein Einbrecher rum.«

»Vorn sah alles schon so dunkel aus«, entgegnete Till. »Ich hatte gehofft, ihn vielleicht noch bei den Hunden anzutreffen.«

»Aha.« Sie klang wenig überzeugt. »Um diese Uhrzeit sind wir nicht mehr bei den Hunden. Da ist längst Schlafenszeit.« Sie verzog den Mund zu einem abfälligen Grinsen. »Aber dank Ihnen sind unsere Süßen jetzt alle wach. Die werden eine ganze Weile brauchen, bis sie wieder runterkommen.«

Till sah sie einen Moment lang still an, dann wechselte er in die Offensive.

»Ach, die werden sich schon wieder beruhigen. Aber wissen Sie was, Frau Dauner, wenn ich Sie schon sehe … Dann beantworten doch einfach Sie mir noch die eine oder andere Frage.« Er ging auf sie zu und baute sich breitbeinig vor ihr auf.

»Eigentlich wollte ich gerade gehen«, murrte Natascha und verschränkte die Arme vor der Brust.

»Sie haben die Wahl«, sagte Till. »Entweder Sie beantworten mir meine Fragen hier und jetzt. Oder ich lade Sie zu einem Gespräch aufs Präsidium vor. Das geht dann allerdings sicher länger, da wir uns dort an all die Formalitäten halten müssen und …«

»Ja, dann fragen Sie halt«, unterbrach ihn Natascha unwirsch.

»Können wir dazu reingehen?« Er sah sie streng an.

Natascha antwortete mit einem entnervten Stöhnen und wies Till wortlos den Weg ins Büro.

Der Raum beinhaltete eine Zusammenstellung unterschiedlichster Möbel, die vom Stil her nicht zueinanderpassten: ein alter Holztisch kombiniert mit einem schwarz-roten Gamingstuhl, zwei mit Kunstleder bezogene Besucherstühle, weiße Ikearegale, auf dem Boden ein gestreifter Baumwollteppich, in der Ecke ein kleiner Hausaltar. Auf dem Tisch befand sich ein Computer nebst Drucker und ein zum Aschenbecher umfunktionierter Hundenapf. An der freien Wand hingen ein Jahreskalender und einige gerahmte Fotos.

»Hier bitte!«, sagte Natascha, ließ sich auf den Gamingstuhl sinken und lud ihn mit einer nachlässigen Geste dazu ein, auf dem Besucherstuhl Platz zu nehmen.

Till ignorierte die Aufforderung und ging zu dem Hausaltar hinüber. Schweigend betrachtete er den Altartisch. Auf einer weißen geklöppelten Decke stand eine Madonnenstatue, umrahmt von vier silbernen Kerzenleuchtern. Zu Füßen der Madonna lagen eine Bibel und ein Rosenkranz mit hölzernen Perlen. An der Wand darüber hing ein Messingkreuz, zu beiden Seiten flankiert von zwei Christusbildern. Till nahm den Rosenkranz auf und ließ die Holzperlen durch die Finger gleiten.

»Legen Sie das bitte wieder hin«, giftete Natascha. »Ich glaube nicht, dass es Uwe recht ist, wenn sie seine Sachen befingern.«

Till legte den Rosenkranz wieder auf den Altartisch zurück. »Wer betet hier?«

»Weiß nicht. Uwe vermutlich.«

»Ist Herr Strasser so religiös?«

»Er ist katholisch.«

»Ich meine, so ein Hausaltar«, er deutete auf den Tisch mit der Madonna, »ist ja doch eher ungewöhnlich.«

»Kann ich nicht sagen, wie das bei den Katholiken ist. Ich bin evangelisch.« Sie überlegte. »Liegt vielleicht daran, dass Uwe und Hannes in einem katholischen Kinderheim aufgewachsen sind. So eine religiöse Erziehung prägt einen natürlich. Hannes hat ja sogar eine Zeit lang als Mesner gearbeitet.«

Till horchte auf. »Wirklich? Das wusste ich gar nicht. Wo denn?«

»In Calw, soweit ich weiß. Das ist aber schon eine ganze Weile her.« Sie zuckte mit den Achseln. »War auch nur für drei, vier Jahre. Er hat mal was davon erzählt, dass der Pfarrer dort gewechselt hat. Und mit dem neuen Pfarrer kam er dann wohl nicht mehr so gut klar.«

»Und was hat er danach gemacht? Ich weiß nur, dass er zuletzt bei einer Wohnanlage als Hausmeister gearbeitet hat.«

Natascha warf die Hände abwehrend in die Höhe. »Hannes geht allen möglichen Jobs nach. Er macht mal dies, mal das. Und nebenbei hilft er ja auch noch hier im Tierheim aus.« Sie verschränkte die Arme vor der Brust. »Aber wissen Sie was? Fragen Sie das doch bitte alles Herrn Strasser selbst. Ich rede nicht gern über andere.«

Till musterte die gerahmten Fotos an der Wand. Ein Gruppenbild von den Mitarbeitern des Tierheims, daneben ein vergilbtes Foto von einem Jungen mit Hund. Darunter Uwe und Hannes vor einer Blockhütte sitzend.

Till deutete auf das Foto mit dem Jungen. »Wissen Sie, wer das ist?«

»Das ist Uwe. Als Kind. Mit seinem Hund.«

»Aha.« Er wandte sich dem anderen Foto zu und tippte mit dem Finger auf die Blockhütte.

»Und wo ist das aufgenommen? Das scheint ja noch nicht so lange her zu sein.«

»Die Hütte gehört Hannes. Er verbringt da manchmal die Wochenenden.« Sie verschränkte wieder die Arme vor der Brust. »Aber fragen Sie mich nicht, wo die steht. Ich war da noch nie.«

»Möchte er dort grundsätzlich keinen Besuch haben?«, entgegnete Till verwundert.

Sie zuckte mit den Achseln. »Weiß nicht. Die Hütte ist wohl ein Rückzugsort für ihn. Ein Platz nur für ihn allein, wo er zur Ruhe kommen kann. Ich hab jedenfalls nicht mitbekommen, dass er jemals irgendwelche Freunde dorthin eingeladen hätte. Nicht mal Uwe war in den letzten Jahren dort.«

»Aha, das ist ja erstaunlich.«

»Was ist daran erstaunlich?«, entgegnete Natascha. »Die Brüder haben das Erbe nach dem Tod des Vaters untereinander aufgeteilt. Hannes hat die Hütte erhalten und Uwe dafür irgend so ein kleines Wiesengrundstück in der Nähe von Hirsau.«

»Gibt es dort auch eine Hütte?«

»Ich glaube nicht. Zumindest hat er bislang nichts davon erzählt.«

Till fotografierte das Bild mit seinem Handy ab und wandte sich dann zu Natascha um. »Wissen Sie, was die beiden Herren Strasser heute Abend unternehmen wollten? Haben sie diesbezüglich was gesagt?«

Natascha verzog unwillig das Gesicht. »Ich weiß, dass Sie uns alle verdächtigen. Aber ich sag Ihnen – das ist absolut lächerlich! Wir engagieren uns im Tierschutz. Und ja, da kämpfen wir auch schon mal für die Rechte der Tiere. Aber deshalb bringen wir noch lange keine Menschen um!«

»Mag sein«, erwiderte Till. »Aber es geht hier nicht um Sie und was Sie denken, Frau Dauner.« Er sah sie ernst an. »Eine Person ist entführt worden und befindet sich in Lebensgefahr. Deshalb beantworten Sie jetzt einfach meine Frage!« Er war beim letzten Satz mit jedem Wort lauter geworden.

Natascha blinzelte kurz irritiert, dann meinte sie schnippisch: »Ich denke mal, dass Uwe nach Hause gegangen ist. Der war heut eh schlecht drauf und hat kaum was geredet. Als ich mit den Hunden vom Gassi zurückkam, war er schon weg.« Sie holte Luft. »Und Hannes … Der war heute gar nicht da.« Sie zuckte mit den Schultern. »Kann sein, dass er einen ruhigen Tag in seiner Hütte verbracht hat.«

Till hatte genug gehört. Er verabschiedete sich rasch und kehrte zum Auto zurück. Diese Hütte, das konnte der Tatort sein! Hm, und über das Grundbuchamt musste das Privatgrundstück auch relativ schnell zu finden sein. Wenige Minuten später hatte er den Suchauftrag bereits telefonisch durchgegeben. Schneider hatte den Anruf persönlich entgegengenommen und versprochen, sich alsbald darum zu kümmern. Nachdem dies erledigt war, checkte Till sein Handy. Er stutzte … Wie? Cora hatte ihm eine Nachricht geschickt? Wann war die denn eingegangen? Hastig tippte er auf das grüne Icon.

Noch während er die Zeilen überflog, entglitten ihm die Gesichtszüge. Hoffentlich kam er noch rechtzeitig!

60. Kapitel

Es kam nur noch gelber Schleim. Uwe würgte ein letztes Mal, dann wischte er sich mit dem Ärmel über den Mund und kehrte in die Hütte zurück. Er umfasste seinen Kopf mit beiden Händen und stöhnte. Es war ein Albtraum. Ein einziger Albtraum.

Seine schlimmste Befürchtung hatte sich bewahrheitet. Seit geraumer Zeit schon hatten ihn immer wieder diese finsteren Gedanken beschlichen, aber er hatte sie verdrängt. Längst hätte er das Gespräch mit Hannes suchen, längst zur Hütte gehen müssen. Die Wahrheit war – er hatte zu große Angst davor gehabt, dort etwas zu finden, was seinen Verdacht bestätigen konnte. Lieber hatte er gebetet und Gott angefleht, sein Misstrauen zu vertreiben. Aber sosehr er sein Gefühl auch zu verleugnen gesucht hatte, er hatte keine Ruhe mehr finden können. Auf dem Weg hierher hatte er immer noch die Hoffnung gehabt, seine böse Ahnung könne sich in Luft auflösen. Das kann nicht sein, hatte er sich gesagt. Darf nicht sein.

Und nun stand er da, vor diesen Gläsern. Gefüllt mit Formaldehyd. In jedem der Gläser ein rötlicher Fleischklumpen. Vier Herzen waren es. Von vier Menschen.

Ihm stieg schon wieder die Galle hoch, dieses Mal schluckte er sie jedoch herunter. Sieh dir das an, schrie es in ihm. Sieh hin! Das hat dein Bruder gemacht. Dein Bruder ist ein brutaler Mörder. Ein Monster!

Mit gequälter Miene wandte er sich von den Herzen ab und sah sich um. Jetzt erst bemerkte er die Kiste, die hinten an der Wand stand und bis obenhin mit seltsamen Gerätschaften angefüllt war. Kabel, eine Art Säge, eine Klemme, Messer ... Er ging in die Knie, nahm den Elektrokauter heraus und betrachtete das Gerät ungläubig. Ich muss mich irren, schoss es ihm durch den Kopf. Hannes macht so etwas nicht. Unmöglich! Schaudernd legte er den Elektrokauter zurück in die Kiste. Nun fiel sein Blick auf den Mülleimer. Mit schleppenden Schritten ging er hin und hob zögernd den Deckel an. Klebebandreste, Papiertücher und Spritzen. O Gott, so viele Spritzen! Uwe presste hektisch den Deckel zurück auf den Eimer und stieß einen kläglichen Laut aus.

In diesem Moment öffnete sich die Tür und Hannes kam herein. Als er Uwe bemerkte, riss er überrascht die Augen auf. »Was machst du ...«

Weiter kam er nicht, denn in diesem Augenblick stürzte sich Uwe bereits auf ihn. Er packte Hannes mit einem wütenden Schrei an der Jacke und warf ihn gegen die Wand.

»Was«, keuchte Uwe, »hast – du – gemacht?« Er schnappte seinen Bruder am Kragen und schüttelte ihn bei jedem Wort, als wolle er die Antwort aus ihm herausschütteln.

Hannes ließ den Angriff ohne Gegenwehr über sich ergehen. Den Kopf nach hinten überstreckt, hielt er dem Beben stand. Erst als Uwe den Griff lockerte, nutzte er die Gelegenheit und stieß ihn mit aller Kraft von sich. Uwe taumelte rückwärts, fing sich aber gerade noch rechtzeitig, bevor er gegen den Tisch krachte.

»Das geht dich nichts an!«, schnaubte Hannes. In seinen Augen funkelte es zornig.

»Das geht mich nichts an?«, brüllte Uwe. »Du bist ein Mörder! Und das soll mich nichts angehen?« Er raufte sich die Haare. »Du bist irre! Total irre!«

»Du kennst mich doch! Ich mach das nicht ohne Grund!«

»Grund?« Uwes Stimme überschlug sich. »Was gibt es für einen Grund, Menschen das Herz rauszuschneiden?«

»Ich …«, setzte Hannes an. Er verstummte, ging auf seinen Bruder zu und fasste ihn am Arm. »Es musste sein.« Seine Stimme zitterte.

Uwe machte sich von seinem Griff frei. »Du bist verrückt!« Seine Augen füllten sich mit Tränen. »Du brauchst dringend Hilfe …«

Hannes öffnete den Mund, schloss ihn jedoch sogleich wieder, als er bemerkte, wie verstört sein Bruder dreinblickte. Kopfschüttelnd wandte er sich ab, ging mit hängenden Schultern zum Tisch hinüber und ließ sich auf einen Stuhl sinken. Eine Weile lang schaute er stumm auf die Tischplatte, dann hob er schließlich den Kopf.

»Papa hatte ein warmes Herz«, sagte er leise. Er schielte zu den Gläsern mit den Herzen hinüber. »Hättest du das gedacht? Ich … ich war mir sicher, dass da drinnen«, er klopfte mit der Faust auf seine Brust, »ein Stein war.«

Uwe schlug sich die Hand vor den Mund und weinte still.

»Erinnerst du dich an das Märchen vom ›Kalten Herz‹, das uns Mama immer vorgelesen hat?«, fragte Hannes. »Darin heißt es, dass die Herzen nach dem Tod gewogen werden. Die leichten steigen auf in den Himmel. Die schweren Herzen der Sünder sinken hinab in die Hölle.« Er hielt für einen Moment inne, während Uwe zum Fenster hinüberging. »Die Menschen da«, er blickte zu den Herzen hinüber, »waren innerlich kalt. Sie hätten in ihrem Leben noch viel Leid über andere gebracht.

Das wollte ich verhindern. Deshalb hab ich ihnen einen Stein in die Brust gelegt. Um dafür zu sorgen, dass sie frühzeitig dort landen, wo sie hingehören.«

Hannes sah zu seinem Bruder hinüber, der ihm vor dem Fenster den Rücken zuwandte. Sein Oberkörper zuckte unter den Schluchzern, die er lautlos ausstieß.

»Es gibt Studien über Serientäter«, fuhr er schleppend fort. »Viele von denen haben zuerst Tiere gequält, bevor sie ihren Sadismus an Menschen ausgelassen haben. Tierquälerei ist ein Alarmzeichen.« Er schniefte. »So war es ja auch bei uns. Erst war Bodo dran ... dann Mama.«

Uwe drehte sich langsam um und sah ihn aus verweinten Augen an. In seinem Blick lag Fassungslosigkeit.

»Holzmann war kein guter Mensch.« Obwohl sich Hannes um einen ruhigen Ton bemühte, traten derweil die Adern an seiner Stirn hervor. »Irgendwann hätte auch er seine Frau umgebracht. Jetzt ist er da, wo er hingehört.« Er holte Luft. »Und mit dem Jungen war es genauso. Wenn der es schon als Jugendlicher fertigbringt, einen kleinen Hund zu erhängen ...«

»Was denkst du, wer du bist?«, raunte Uwe. »Ein Richter? Ein Henker? Entscheidest du über Leben und Tod?« Er schüttelte resigniert den Kopf. »Du bist wahnsinnig!«

»Ich verhindere, dass Schlimmeres passiert. Ich schütze die Menschen. Dafür muss man notfalls Opfer bringen.«

»Du arbeitest dem Teufel zu, Hannes!«

»Quatsch! Ich mach das aus Nächstenliebe.«

Uwe lachte schrill auf. »Hast du womöglich auch noch im Auftrag Gottes getötet?« Er schlug mit der Hand so fest auf den Tisch, dass die Tischplatte erzitterte. »Du sollst nicht töten, lautet das fünfte Gebot! Hast du das vergessen?«

Hannes schreckte zusammen. »Ich hab meine Sünden gebeichtet«, sagte er rasch.

»Ach ja? Und dann hast du im Anschluss den Pfarrer entführt?« Er packte Hannes an den Schultern und rüttelte ihn. »Wo ist der Mann?« Als Hannes den Kopf zur Seite wandte, schüttelte er ihn noch heftiger. »Sieh mich an! Wo ist er?«

Hannes sah mit trotziger Miene zu ihm auf. »Er hat das Beichtgeheimnis gebrochen. Er ist ein Verräter.« Er schob den Stuhl abrupt zurück und schnellte auf. »Hätte er halt seine verdammte Schnauze gehalten! Seitdem er mich verraten hat, läuft alles aus dem Ruder.« Als er sich umdrehte, blieb sein Blick für einen flüchtigen Moment an der Nebenzimmertür hängen.

Uwe war die unwillkürliche Augenbewegung seines Bruders nicht entgangen. »Ist er da drinnen?« Schon war er bei der Tür und riss die Klinke herunter. »Was? Warum ist da abgeschlossen?« Seine Augen blitzten wütend auf. »Wo ist der verdammte Schlüssel?« Er ging auf Hannes zu und streckte ihm fordernd die Hand entgegen. »Den Schlüssel!«

»Jetzt hör mal mit diesem Geschrei auf«, entgegnete Hannes scharf. »Du hast doch keine Ahnung! Da draußen, da draußen ist das eigentliche Problem.« Mit diesen Worten stürzte er durch die Tür.

Uwe überlegte gerade, ob er hinterherlaufen sollte, als Hannes zurückkam. Er trat mit dem Fuß so fest gegen die angelehnte Tür, dass diese bis zum Anschlag aufflog. Das Bild, das sich Uwe bot, war schrecklich. Draußen vor der Tür lag eine Frau. Ganz schlaff und reglos lag sie da. »Was …«, stammelte er, verstummte jedoch in dem Moment, als Hannes die Frau unter den Achseln packte und unter großer Anstrengung in die Hütte schleifte. Nachdem er sie in die Mitte des Raumes geschafft hatte, verpasste er der Tür mit dem Fuß einen Tritt.

Mit offenem Mund schaute Uwe von seinem Bruder zu dem leblosen Frauenkörper, der zu seinen Füßen auf dem Boden lag. O Gott! Er kannte die Frau … das war Cora Brecht!

61. Kapitel

Auf dem Wanderparkplatz stand nur ein einziges Auto. Der graue Geländewagen hatte mit der Front zum Wald hin geparkt und trug ein Pforzheimer Kennzeichen. Till fuhr näher an das Fahrzeug heran. Auf dem Heck klebte ein runder Aufkleber der Tierschutzorganisation Animal peace. Das Auto gehörte sicher dem Tierheimleiter. Um Strasser die Fluchtmöglichkeit zu nehmen, stellte er sein Fahrzeug direkt hinter dem Geländewagen ab. Dann stieg er aus und sah sich um. Hier war niemand. Strasser trieb sich offenbar noch im Wald herum … Und Cora? Sie war doch hoffentlich nicht allein losmarschiert! Er nahm das Handy, um ihre Nummer anzurufen. Vielleicht hatte sie ihr Auto irgendwo in der Nähe abgestellt und wartete dort auf ihn. Aber hätte sie ihm das dann nicht mitgeteilt?

Das Handy zeigte kein Netz an. Till wechselte fluchend zu Whatsapp. Da hatte er natürlich ebenfalls keinen Empfang. Das erklärte auch, weshalb Cora ihm immer noch eine Antwort schuldete. In der Hoffnung, dass die folgende Nachricht doch noch rechtzeitig durchgehen würde, verfasste er eine Warnung:

Uwe und Hannes sind gefährlich! Halt dich fern!

Und wo bleibt die Verstärkung, fragte er sich. Er hatte Schneider während der Fahrt angerufen und ihn auf den neuesten Stand gebracht. Im Gegenzug hatte der Kollege ihm den Standort der Hütte durchgegeben, den er zum Glück bereits ermittelt hatte. Dass es bei dem Einsatz auch um Cora ging, hatte Till bei dem Gespräch lieber nicht erwähnt. Es wäre zu kompliziert gewesen, Schneider auf die Schnelle die Zusammenhänge zu erklären. Da bei Strassers Festnahme mit Widerstand zu rechnen war, hatte er neben Schneider auch noch zwei Kollegen von der Schutzpolizei angefordert. Ungeduldig sah er auf die Uhr. Warum dauerte das so lange? Hm, er konnte hier unmöglich nur rumstehen und warten. Nachdem er eine Weile unruhig auf und ab gelaufen war, hielt er es nicht mehr länger aus und wählte Schneiders Nummer. Wie zu erwarten, gelang ihm auch dieser Anruf aufgrund des fehlenden Netzes nicht. Eilig tippte er eine SMS:

> Hi, ich bin's. Habe hier auf dem Parkplatz kein Netz. Hoffe, du bekommst diese Nachricht trotzdem irgendwie.

Er scharrte mit den Füßen.

> Habe ein ganz schlechtes Gefühl. Gehe daher schon mal los. Den Wanderweg findest du problemlos, es gibt nur einen. Wenn ich die Hütte gefunden habe, schick ich dir eine Nachricht. Beeil dich!

Rasch holte er noch seine Stirnlampe aus dem Auto, dann joggte er los. Hoffentlich, dachte er inständig, hoffentlich war Cora nichts Böses zugestoßen! Seine Gesichtszüge verhärteten sich bei dem Gedanken. Er hätte sich einfach mehr um sie kümmern müssen! Und überhaupt war er in letzter Zeit viel zu distanziert gewesen …

Er erreichte eine Weggabelung. Kurz überlegte er, dann entschied er sich für den breiteren Weg und rannte nach links. Er war keine Minute gelaufen, als er plötzlich im Waldstück rechterseits in der Ferne einen schwachen Schimmer ausmachte. Das musste die Hütte sein! Mit einem verärgerten Knurren machte er kehrt, rannte zur Weggabelung zurück und nahm den schmaleren Weg. Hier ließ es sich nicht ganz so gut laufen, da der morastige Boden weniger Halt bot. Dennoch dauerte es nicht lange, dann konnte er die Hütte sehen. Till verlangsamte den Schritt und sah dabei auf die Uhr. Schneider würde hoffentlich bald da sein; seine letzte SMS war zwischenzeitlich versandt worden. Auch wenn er nicht wusste, ob sein Kollege die Info rechtzeitig erhalten würde, legte er nun eine Pause ein und gab wie angekündigt die Wegbeschreibung durch. Er hatte zwar gerade wieder kein Netz, aber was blieb ihm sonst übrig? Dann drehte er das Licht der Stirnlampe ab.

Die Schwärze ringsum schärfte augenblicklich seine Sinne. Obwohl er noch ein gutes Stück von der Hütte entfernt war, konnte er die Stimmen zweier Männer hören. Ob der Pfarrer noch am Leben war? Unschlüssig blickte er zu der beleuchteten Hütte hinüber. Bis zum Eintreffen der Kollegen würde es nicht mehr allzu lange dauern. Trotzdem wollte er sich der Hütte schon mal nähern, um die Männer besser zu verstehen. Unter Umständen konnte er von draußen den einen oder anderen Wortfetzen aufschnappen. Das Risiko, entdeckt zu werden, war gering. Der Wald bot genügend Deckung.

62. Kapitel

»Ist … ist sie tot?«, fragte Uwe bestürzt.

»Nein, nur bewusstlos«, entgegnete Hannes.

Uwe ließ sich neben Cora auf die Knie fallen, umfasste ihr Handgelenk und fühlte den Puls. Einige Sekunden lang herrschte Stille, dann schüttelte er den Kopf. »Warum machst du das?«, fragte er heiser. »Was hat dir diese Frau getan?«

»Sie ist mir vorhin in die Arme gelaufen«, entgegnete Hannes. »Sie war plötzlich da.«

»Und jetzt?«, fragte Uwe mit belegter Stimme. »Muss sie deshalb sterben? Weil sie dir in die Arme gelaufen ist?«

Hannes schwieg. Als er sich dem bohrenden Blick seines Bruders nicht länger entziehen konnte, setzte er zu einer Erklärung an. Doch genau in dem Moment, als er anhob zu sprechen, gab Cora ein leises Stöhnen von sich. Hannes stutzte, ging dann rasch zu seiner Materialkiste hinüber und tränkte ein Tuch mit Chloroform.

»Was hast du vor?«, fragte Uwe irritiert.

Hannes ignorierte die Frage, nahm das Tuch und drückte es Cora auf Mund und Nase.

»Ich hab dich was gefragt!«, beharrte Uwe und wurde nun laut. »Was machst du da? Was hast du mit ihr vor, verdammt noch mal!«

Angesichts der Vehemenz in Uwes Stimme versuchte sich Hannes erneut an einer Erklärung. Während er das Tuch fortdauernd auf Coras Gesicht drückte, suchte er unbeholfen nach den richtigen Worten: »Das … war so nicht geplant. Aber jetzt … Ich seh keine andere Lösung.«

»Du willst sie umbringen?« Uwe stieß ein schrilles Lachen aus. »Genau wie den Pfarrer? Und du meinst, ich schau dir dabei zu?« Er stemmte die Hände in die Hüften und beugte den Oberkörper nach vorn. »Oder soll ich dir womöglich dabei assistieren?«

Hannes hielt den Blick fest auf Coras Gesicht gerichtet. Als ihre Gesichtszüge erschlafften, nahm er das Tuch ab und legte es anschließend auf den Tisch.

»Dir ist aber schon klar, dass die Frau vom LKA ist. Die werden gemeinsam mit der Kriminalpolizei anrücken. So schnell kannst du gar nicht gucken, wie die hier sind. Bestimmt sind sie schon auf dem Weg. Die Brecht ist ja nicht rein zufällig da. Die wissen längst, dass du der Mörder bist.« Er verzog gequält das Gesicht. »Wie nennen sie dich? Den Schwarzwald-Ripper!«

»Quatsch«, herrschte Hannes ihn an. »Die wissen gar nichts. Die Frau ist ganz allein hier. Ich denke, sie ist dir gefolgt. Wahrscheinlich glaubt sie, dass du der Mörder bist. Wenn du sie nicht hierhergelotst hättest, gäbe es das Problem gar nicht.« Er holte Luft und stieß mit dem Zeigefinger in die Luft. »Du hast mir das eingebrockt. Wenn sie jetzt sterben muss, dann nur wegen dir!«

»Was?« Uwes Stimme überschlug sich. »Du bist doch nicht ganz dicht!« Wutentbrannt sprang er auf und stürzte sich auf seinen Bruder. Hannes hatte jedoch dieses Mal mit dem Angriff gerechnet. Bevor Uwe ihn packen konnte, zog er blitzschnell seine Elektroschockpistole aus der Jackentasche und verpasste ihm kurzerhand einen kräftigen Stromstoß.

Uwe zitterte zuerst, dann krümmte er sich vor Schmerz zusammen und rang röchelnd nach Luft. Es kostete ihn alle Kraft, nicht die Kontrolle über seinen Körper zu verlieren und zu kollabieren.

»Scheiße, das wollte ich nicht.« Hannes nahm seinen Bruder besorgt in den Arm. Als er merkte, wie sehr der Stromschlag ihm zusetzte, wurde seine Stimme weinerlich. »Es tut mir leid. Hörst du?«

»Bringst du mich jetzt auch um?«, keuchte Uwe.

Hannes' Augen füllten sich mit Tränen. »Nein, natürlich nicht. Ich würd dir nie was tun. Im Gegenteil – ich würde dich immer beschützen. Das weißt du doch.«

»Ich weiß gar nichts«, presste Uwe zwischen zusammengebissenen Zähnen hervor. »Ich kenn dich nicht mehr.«

»Sag das nicht«, weinte Hannes. »Ich … ich bin ein guter Mensch.«

Uwes Augen wurden dunkel vor Zorn. »Ich schäme mich, dein Bruder zu sein«, raunte er. »Und ich sag dir eins – für das, was du getan hast, landest du mit Sicherheit in der Hölle!« Er spuckte ihm die Worte mit einer solchen Verachtung entgegen, dass es Hannes die Sprache verschlug. Still stand er da und stierte ins Leere, während Uwes Prophezeiung in ihm nachhallte.

Ein kaum vernehmbares Stöhnen ließ die Brüder aufhorchen. Die Betäubung ließ schon wieder nach. Hannes griff nach dem Chloroformtuch, hielt dann aber irritiert inne. Was war das plötzlich für ein eigenartiges Stechen in der Herzgegend? Etwas krampfte sich in ihm zusammen. Mit gequälter Miene fasste er sich an die Brust und massierte die

Stelle. Der Schmerz war so durchdringend, dass er nur noch flach atmen konnte.

Im nächsten Moment nahm Uwe ein Messer vom Tisch und warf sich schützend vor Cora auf den Boden. »Du wirst sie nicht anrühren«, zischte er. Drohend streckte er Hannes die Waffe entgegen. »Das erlaube ich nicht.«

63. Kapitel

Till hatte sich bis auf wenige Meter an die Hütte herangeschlichen. Nun stand er versteckt hinter einer Tanne, den Blick auf die Eingangstür geheftet. Seine Gedanken überschlugen sich. Nach dem, was er soeben gehört hatte, musste Cora da drinnen sein! »Wenn sie jetzt sterben muss, dann nur wegen dir«, hatte einer der Männer geschrien. Daraufhin war der Streit eskaliert. Es hatte ein Handgemenge gegeben. Zumindest hatte es sich danach angehört. Inzwischen war das Geschrei verebbt. Schlagartig war es leise geworden. Von der Auseinandersetzung drang nichts mehr nach außen. Die plötzliche Ruhe erschien allerdings weit gefährlicher als das Geschrei zuvor. Es lag eine unheilvolle Spannung in der Luft.

Kurz entschlossen zog Till seine Waffe und rannte los. Er wählte die kürzeste Strecke, die quer über den Rasen hinweg zur Fensterseite der Hütte führte. Dort angelangt, presste er sich mit dem Rücken an die Wand. Er wartete, bis sich sein Atem etwas beruhigt hatte, dann lehnte er sich über den Fensterladen hinweg und spähte in den Innenraum der Hütte hinein. Sein Gesicht versteinerte. Cora! Mit geschlossenen Augen lag sie da, lang ausgestreckt auf dem Boden. Neben ihr kniete Uwe Strasser – mit einem großen Messer in der Hand!

Tills Entscheidung fiel in einem Sekundenbruchteil. Er preschte los und stürmte in die Hütte.

»Messer fallen lassen!«

Uwe sah entgeistert zu ihm auf, starr vor Schreck.

»Messer fallen lassen!«, schrie Till abermals. Mit kippender Stimme fügte er hinzu: »Oder ich schieße!«

Tills Geschrei zeigte Wirkung. Nicht bei Uwe, dafür aber bei Cora. Mit einem lang gezogenen Stöhnen kam sie zu sich. Flatternd öffneten sich ihre Augenlider. Sie schniefte, hob mühsam den Kopf und sah sich um. Noch ehe Till sich bemerkbar machen konnte, hatte sie bereits Uwe in den Blick genommen. Eine Sekunde lang schaute sie ihn verwirrt an, dann gab sie einen kehligen Laut von sich und ließ den Oberkörper wieder sinken. Sie hatte den Kopf noch nicht ganz abgelegt, als ihr Blick offenbar das Messer streifte. Mit schreckgeweiteten Augen bäumte sie sich auf und holte nach dem vermeintlichen Angreifer aus. Uwe wich mit einem überraschten Japsen zurück und streifte dabei unbeabsichtigt ihr Handgelenk mit der Klinge. Augenblicklich quoll eine große Menge an hellrotem Blut aus der Schnittwunde hervor.

Till reagierte blitzschnell. Noch während Cora aufschrie, setzte er zum Schuss auf Uwes Bein an. Mit beiden Händen hielt er die Waffe fest im Griff und zielte auf den Bereich der Wade. In derselben Sekunde jedoch, als er abdrückte, nahm er aus dem Augenwinkel heraus eine Bewegung wahr. Hannes. Urplötzlich warf dieser sich in die Schusslinie und fing die Kugel mit dem Rücken ab. Als er schließlich der Länge nach aufschlug, begrub er seinen Bruder unter sich.

Für einige Sekunden schien die Zeit still zu stehen. Uwe lag wie erstarrt da. Erst als Hannes ein lang gezogenes Stöhnen von sich gab, öffnete er die Faust, und das Messer fiel zu Boden. Hektisch rappelte er sich auf, riss seinen Bruder herum und stützte ihn mit der Hand am Rücken ab. »Hannes! Was …?«

Er verstummte, denn auf einmal sah er, dass seine Hand voller Blut war. »Einen Notarzt«, wisperte er. Und dann lauter: »Bitte, einen Notarzt!« Er warf Till einen flehenden Blick zu.

Der stand da, die Waffe immer noch in den ausgestreckten Armen, auf dem bleichen Gesicht einen ungläubigen Ausdruck. Langsam ließ er die Waffe sinken und steckte sie weg. Während Till sein Handy hervorholte und den Notruf wählte, wiegte Uwe seinen röchelnden Bruder in den Armen. Tränen liefen ihm über das Gesicht. »Es kommt gleich Hilfe, Hannes! Gleich … musst noch ein bisschen durchhalten.«

Doch Hannes konnte nicht mehr länger durchhalten. Die Augen vor Schmerz weit aufgerissen, blickte er zur Decke empor, während sein rasselnder Atem allmählich schwächer wurde. Schließlich schnappte er ein letztes Mal nach Luft, dann hörte sein Herz auf zu schlagen.

»Ich hab das vorher nicht so gemeint«, hörte Till Uwe mit tränenerstickter Stimme sagen. »Hörst du?« Er schüttelte seinen toten Bruder. »Hörst du?«

64. Kapitel

Cora war in eine Ecke gekrochen. Zusammengekauert saß sie da und starrte auf den Druckverband an ihrem Handgelenk, den Till ihr notdürftig aus Kompressen und Klebeband gebastelt hatte. Sie fühlte sich wie betäubt. Erst als Kriminalkommissar Schneider und die Schutzpolizisten durch die Tür traten, löste sie den Blick von dem Verband und schaute sich um. Uwe saß in der Mitte des Raums auf dem Boden und hielt seinen Bruder fest an sich gepresst. Er weinte still und streichelte Hannes den Kopf. Till bückte sich mit einem leisen Stöhnen nach dem Messer und legte es auf den Tisch. Dann nahm er die Polizisten in Empfang und unterrichtete sie mit gedämpfter Stimme über die Vorkommnisse.

»Vogt ist hier. Er liegt im Nebenzimmer und ist bewusstlos. Soweit ich sehen konnte, ist er aber unverletzt.« Während einer der Schutzpolizisten bei Uwe und Cora blieb, führte Till die anderen Kollegen in das hintere Zimmer. Cora raffte sich auf und kam mit langsamen Schritten hinterher. In die offene Tür gelehnt, lauschte sie dem Gespräch.

»Einen Krankenwagen hab ich schon alarmiert«, sagte Till. »Die müssten bald hier sein.«

Schneider beugte sich über Vogt und überprüfte Puls und Atmung. Irritiert betrachtete er die vielen Einstiche auf Vogts nacktem Oberkörper. »Was hat er mit ihm gemacht?«

»Ich weiß es nicht. Er war hier eingeschlossen. Als ich reinkam und ihn so mit geschlossenen Augen daliegen sah, dachte ich im ersten Moment, er wäre tot.« Till deutete auf die Teichfolie, die auf dem Boden lag. »Er war bis zur Brust in diese Folie eingewickelt. Das war gar nicht so einfach, ihn da wieder rauszukriegen.« Er kratzte sich am Kopf. »Immerhin ist er dabei kurz zu sich gekommen und ich konnte mit ihm sprechen.« Er schluckte. »Seiner Aussage nach war Hannes der Täter. Hannes allein.«

Nachdem sich Schneider davon überzeugt hatte, dass der Pfarrer stabil war, richtete er sich wieder auf und fragte: »Und wie bist du reingekommen, wenn die Tür abgeschlossen war?«

»Wir haben den Schlüssel bei Hannes Strasser in der Hosentasche gefunden.« Er fuhr sich mit der Hand durch die Haare und senkte die Stimme. »Hör mal, es ist scheiße gelaufen. Ich dachte anfangs, dass Uwe der Täter ist. Als ich in die Hütte reinkam, war die Lage total unübersichtlich …« Mit stockenden Worten berichtete Till von der misslungenen Festnahme. Mehrfach räusperte er sich dabei, und Cora sah ihm an, wie schwer es ihm fiel, die Geschehnisse wiederzugeben. Er machte einen äußerst niedergeschlagenen Eindruck.

Nachdem er geendet hatte, gingen sie wieder in das vordere Zimmer zurück. Tills Blick fiel auf Hannes. »Wir müssen noch einen Leichenwagen ordern.« Er sah in die Runde. »Wer übernimmt das?«

Cora fühlte sich auf einmal so geschwächt, dass sie das Gefühl hatte, nicht mehr länger stehen zu können. Müde lehnte sie sich an die Wand und ließ sich langsam nach unten gleiten. Während Schneider sich darum kümmerte, die Kriminaltechnik und den Staatsanwalt zu informieren, setzte sich Till zu Cora auf den Boden und legte den Arm um ihre Schulter. Sein Blick wanderte über ihr Handgelenk. »Geht's?«

Cora nickte. »Tut weh, aber ja, es geht.«

Für einen kurzen Moment sah sie ihm in die Augen, dann lehnte sie den Kopf an seine Schulter und weinte. Vor Schmerz. Und vor Erschöpfung. »Er hat mir einen Stromschlag verpasst«, schluchzte sie. »Von da an weiß ich nichts mehr.«

Till streichelte ihr eine Weile still über den Kopf, dann sagte er leise: »Ich … ich hab auf Uwes Bein gezielt.« Er wischte sich eine Träne aus dem Augenwinkel. »Und dann … Es ging so verdammt schnell …«

Cora musterte ihren Freund von der Seite.

»Du kannst nichts dafür, wenn er sich dazwischenwirft«, sagte sie eindringlich. »Du bist nicht schuld.«

Till senkte die Lider. »Ich weiß. Und trotzdem …« Er seufzte.

»Entschuldige, Till«, unterbrach ihn Schneider. »Kommst du mal her?«

Till strich mit dem Finger flüchtig über Coras Wange, dann erhob er sich und ging zu den Kollegen hinüber, die vor einem Regal mit Gläsern standen. Cora folgte ihm mit ihrem Blick. Sie war zu erschöpft, um aufzustehen.

Schneider machte eine ernste Miene. »Schau dir das mal an.«

Er wies auf das Regal. Neun Gläser standen dort in einer Reihe. Die ersten beiden Behältnisse waren mit einer gelblichen Formaldehydlösung befüllt, in der menschliche Herzen schwammen. Zwischen dem zweiten und dritten Gefäß gab es eine größere Lücke, die anderen waren in regelmäßigen Abständen aufgestellt. Außen am Glas klebten Zettel, auf denen irgendetwas geschrieben stand. Da auf dem Boden immer noch das zerbrochene Gefäß lag, das Uwe zuvor fallengelassen hatte, konnte Till nicht direkt an das Regal herantreten.

Den Oberkörper nach vorn gebeugt, ließ er den Blick über die Zettel der ersten beiden Gläser gleiten. Mit heiserer Stimme entzifferte er die Namen: »Papa …, K. Holzmann.« Till fuhr sich mit der Hand übers Gesicht und wandte sich dann mit einem gequälten Stöhnen ab.

»Der blanke Horror«, flüsterte Schneider, der neben Till getreten war. Er deutete auf die Lücke in der Gläserreihe. »Da stand vermutlich das zerbrochene Gefäß. Es ist mit M. Eberhart beschriftet.«

Till starrte entgeistert auf das Herz des Jugendlichen, das nun zu seinen Füßen in der Formaldehydlache lag. Auch Cora sah von ihrem Platz aus zu dem rötlichen Klumpen hinüber. Kaum größer als ihre Faust war das Herz, gespickt mit unzähligen Glassplittern. Wie erbärmlich, dachte sie. Erbärmlich und eines Menschen unwürdig.

Schneider las derweil die Beschriftung auf dem nächsten Glas vor, das bereits mit Formaldehyd befüllt war: »F. Vogt.« Noch während er die Worte sprach, ballten sich seine Hände zu Fäusten. »Das ist …«, raunte er, »abartig! Stell dir mal vor, wir wären nur zwei Stunden später gekommen …«

Während Till den Blick immer noch starr auf Mikes Herz gerichtet hielt, entzifferte Schneider den Zettel auf dem vierten Glas in der Reihe. Obwohl es leer war, klebte bereits ein Name daran.

»I. Fuchs.«

65. Kapitel

Zwei Tage später fiel der erste Schnee. Anfangs waren es nur vereinzelte Schneeflocken, zarte Gebilde, die sich bei Bodenkontakt sofort wieder auflösten. Doch dann verdichteten sich die grauen Wolken am Himmel und der Schneefall wurde stärker. Bis zum Einbruch der Dämmerung wirbelten so viele Flocken durch die Luft, dass die gesamte Waldlichtung in kürzester Zeit schneebedeckt war. Der Herbst war zu Ende. Der Winter war da.

Till stapfte die Treppen zu Coras Elternhaus hoch und klopfte sich vor der Tür den Schnee von den Füßen.

»Brauchst du noch ein paar zusätzliche Socken zum Drüberziehen?«, fragte Cora, während er seine Stiefel im Flur auszog. »Der Fliesenboden ist ziemlich kalt.«

»Nein danke, nicht nötig.« Er schloss sie in die Arme. »In Gegenwart einer so schönen Frau kann einem doch nicht kalt werden.«

Cora erwiderte sein Kompliment mit einem Kuss und dachte zugleich, wie schön es war, ihm endlich wieder nah zu sein.

Seit den schrecklichen Ereignissen in Hannes' Hütte hatten sie sich nicht mehr gesehen. Den gesamten nächsten Tag hatte sie im Bett verbracht, völlig erschöpft von all der Anspannung und Angst. Sie hatte Zeit gebraucht, um die traumatischen Erlebnisse zuerst einmal für sich selbst zu ordnen und zu verarbeiten. Deshalb hatten sie sich darauf beschränkt, mehrmals kurz zu telefonieren. Nun war sie einen Schritt weiter und bereit, über das Erlebte zu sprechen.

»Wie geht's deinem Handgelenk?«, erkundigte sich Till mit Blick auf ihren Verband.

»Sieht gut aus. Tut auch kaum mehr weh.« Sie zupfte ein wenig an der weißen Mullbinde herum. »Ich lass das noch mal vom Hausarzt checken, aber ich gehe mal davon aus, dass ich den Verband bald abnehmen kann.« Sie hatte Glück gehabt. Da weder Arterien noch Nerven verletzt worden waren, heilte der Schnitt rasch.

Sie holte zwei Tassen aus dem Schrank und streute etwas löslichen Kaffee hinein. »Ich hab heute Morgen übrigens mit dem Pfarrer telefoniert.« Sie übergoss das Pulver mit kochendem Wasser, rührte kurz mit dem Löffel um und stellte die Tassen dann auf den Küchentisch. »Er sah so elendig aus, als ihn die Sanitäter aus der Hütte rausgetragen haben. Das hat mir keine Ruhe gelassen.«

»Und? Wie geht es ihm?«

»Er wird heute oder morgen aus dem Krankenhaus entlassen. Hannes hat ihn wohl nach der Entführung einen Tag lang mit einer hohen Dosis K.-o.-Tropfen ruhig gehalten. Offenbar hat er gezögert, ihn zu töten. Hinzu kamen dann noch Beruhigungsmittel und das Lokalanästhetikum. Das muss alles erst mal wieder abgebaut werden.« Sie strich mit den Fingern an ihrem Zopf entlang. »Rein körperlich geht es ihm jetzt besser. Aber psychisch sieht es natürlich anders aus. Der Mann ist fix und fertig.«

Till zündete mit dem Feuerzeug die Kerze auf dem Tisch an und nickte. »Klar, den Horror musst du erst mal wieder aus dem Kopf kriegen.«

»So ist es. Und dann kommt bei ihm noch das Problem mit dem Beichtgeheimnis hinzu. Das plagt ihn total.«

»Versteh ich nicht. Man kann ja keinesfalls davon sprechen, dass er den Strasser nach der Beichte der Polizei ans Messer geliefert hat. Er hat lediglich den anonymen Hinweis auf eine Serientat gegeben.«

»Ich glaube, er befindet sich damit in einer Grauzone. Auch sein Freund Kraut hat sich wohl der Gefahr einer Exkommunikation ausgesetzt, als er Vogt auf der Wache als vermisst gemeldet hat.«

»Na ja, und hat damit dazu beigetragen, ihm das Leben zu retten.«

Cora zuckte mit den Schultern. »Vogt hat gemeint, dass sie die Sache mit dem Bischof besprechen müssen.«

»Und was passiert, wenn sie tatsächlich exkommuniziert sind? Kann das der Bischof wieder rückgängig machen?«

»Wohl nicht. Vogt meinte, nur der Papst allein kann eine Exkommunikation aufheben.«

Till blies vernehmlich Luft durch die Lippen. »Unglaublich!« Mit einem leichten Kopfschütteln trank er seinen Kaffee. Schließlich stellte er die Tasse ab und meinte: »Zumindest hat Vogt einen starken Glauben. Vielleicht hilft ihm das ja.«

»Ein Stück weit kann ihm das helfen, ja. Trotzdem braucht er darüber hinaus professionelle Hilfe. Ich hab ihn an eine Kollegin von mir verwiesen, mit der ich auch befreundet bin. Susanne ist Spezialistin für Traumatherapie. Das ist genau die richtige Adresse für ihn.«

Till bedachte sie mit einem besorgten Blick. »Wirst du auch mit ihr sprechen?«

»Ja, wir haben bereits einen Termin verabredet.« Sie lächelte schwach. »Kann nicht schaden.«

Till verdrehte die Augen. »Mann, wenn ich nur daran denke, in welcher Gefahr du dich befunden hast …« Er schaute aus dem Fenster und schien auf einmal gedanklich weit weg zu sein. Als sein Blick wieder klar geworden war, wechselte er mit einem Räuspern das Thema. »Kennst du zufälligerweise in der Gegend eine Person, die mit Nachnamen Fuchs heißt und deren Vorname mit I beginnt?«

»Das war der Name auf dem leeren Glas, nicht wahr?« Cora überlegte. »Hm, nein, da fällt mir so spontan niemand ein. Allerdings ist der Name Fuchs hier weitverbreitet. Da kommen sicher etliche infrage, deren Vorname mit I beginnt.« Sie tauchte ihre Fingerspitze in das heiße Kerzenwachs, zog den Finger dann zurück und kratzte sich das Wachs wieder von der Haut. »Habt ihr denn schon den Computer von Hannes Strasser gecheckt?«

»Ja, haben wir. Der Name Fuchs taucht nirgends auf. Auch nicht bei den Kontaktdaten auf dem Handy oder im Terminkalender.«

»Und was gibt das Bundeszentralregister her? Vielleicht ist die Person ja vorbestraft.«

»Das hat Schneider überprüft. Kein Treffer.«

Cora zuckte mit den Schultern. »Du solltest den Namen auf jeden Fall mal im Hinterkopf behalten. Wenn es ein Todeskandidat war, muss er oder sie Dreck am Stecken haben. Ansonsten hätte Hannes die Person ja nicht im Visier gehabt.«

»Könnte aber auch sein, dass es sich lediglich um einen Zeugen handelt«, gab Till zu bedenken. »So wie Vogt.« Er trank seinen Kaffee aus und deutete zur Tür. »Ich geh kurz raus, ja?«

Cora nickte. »Gut, dann kümmere ich mich mal so lange um das Essen.«

Um das Essen kümmern war ein wenig übertrieben ausgedrückt. Um den Aufwand gering zu halten, hatte sie sich für Tiefkühl-Flammkuchen entschieden. Rasch entfernte sie die Folie, legte die Flammkuchen auf den Ofenrost und stellte die Temperatur ein. Fertig.

Nachdem sie die Teller aufgedeckt und eine Weinflasche bereitgestellt hatte, ging sie hinaus, um nach Till zu schauen. Als sie nach draußen kam, stand er mit hochgezogenen Schultern am Treppengeländer und rauchte. Sein Blick verlor sich im Schneetreiben. Leise trat sie von hinten an ihn heran.

»Woran denkst du?«

Till fuhr erschrocken herum. »Was?«

»Es geht dir immer noch nach, nicht?«, fragte Cora und legte ihm eine Hand auf die Schulter.

Till zog an seiner Zigarette und blies den Rauch dann geräuschvoll aus. »Auf den Gläsern fanden sich nur die Fingerabdrücke von Hannes Strasser. Und auf den medizinischen Instrumenten ebenfalls.«

Cora nickte. »Dann bestätigt dies ja die Aussagen von Vogt und Uwe. Offenbar hat Uwe wirklich nicht gewusst, was sein Bruder da in der Hütte trieb.« Sie trippelte vor Kälte von einem Fuß auf den anderen.

»Na ja, gewusst hat er es nicht«, meinte Till. »Aber irgendwann muss er eben doch was geahnt haben.« Er zuckte mit den Achseln. »Wie auch immer. Auch Uwe Strasser wird nun Probleme haben, wieder in seinen Alltag zurückzufinden. Ist nicht einfach, wenn landesweit bekannt ist, dass dein Bruder ein Serienmörder war. Da kann er im Grunde froh sein, im Tierheim zu arbeiten. Die Arbeit mit den Tieren bleibt, wie sie ist. Und die Tierheimmitarbeiter stehen ihm bestimmt weiterhin loyal zur Seite.«

»Da fällt mir ein – was ist eigentlich mit Natascha? Die war doch so dicke mit Hannes …«

»Schneider hat sie intensiv verhört. Sie streitet vehement ab, irgendwas gewusst zu haben.«

Als Cora skeptisch die Augenbrauen hochzog, winkte Till ab. »Schneider sagt, er glaubt ihr. Die Frau muss beim Verhör völlig durch den Wind gewesen sein. Sie konnte es absolut nicht fassen, dass ihr Freund Hannes ein mehrfacher Mörder war.« Er senkte den Blick. »Und sie konnte es nicht fassen, dass er jetzt tot ist.« Mit einem tiefen Seufzer stippte er die Asche beiseite. »Ach, ist einfach scheiße gelaufen.«

Cora hörte auf zu trippeln und bedachte Till mit einem mitfühlenden Blick. Sie konnte seinen Unmut verstehen. Es quälte ihn, dass die Festnahme so katastrophal geendet hatte.

»Hannes ist für all das verantwortlich, nicht du«, betonte sie. »Dieser Mann hat sich außerhalb der gesellschaftlichen Norm bewegt. Er lebte in seiner eigenen Welt, und da galten nur seine Gesetze und Wertmaßstäbe.« Sie schluckte. »Er hatte keinerlei Skrupel, Menschen zu töten. Wenn Uwe mich nicht verteidigt hätte, wäre es mir vermutlich wie Mike und Holzmann ergangen.«

»Ich hab die Situation in der Hütte völlig falsch interpretiert«, knurrte Till. »Ich hab nur das Messer gesehen ... Hannes Strasser hatte ich gar nicht im Blick!«

»Natürlich ist es schlimm, dass Hannes die Kugel abbekommen hat. Aber sieh es mal so ...« Sie zögerte, da er das im Moment womöglich nicht hören wollte. »Viele Menschen hier in der Gegend werden froh sein, dass sie keine Angst mehr vor dem Schwarzwald-Ripper haben müssen und sich endlich wieder sorgenfrei im Wald bewegen können.« Nach einer kurzen Pause fügte sie hinzu: »Und du hast es geschafft, den Mord an Vogt zu verhindern. Wer weiß, ob er ohne dich noch am Leben wäre.« Till drückte ihr wortlos einen Kuss auf die Schläfe und ging dann die Treppe in den Garten hinab. Cora beschloss, nicht mehr weiter in ihn zu dringen. Sie konnte ihm die schweren Gedanken nicht nehmen. Er fühlte sich verantwortlich für das, was geschehen war. So wie sie sich für den Tod ihrer Mutter verantwortlich fühlte.

Ob dieses Schuldempfinden gerechtfertigt war oder nicht, spielte keine Rolle. Hier ging es rein um das subjektive

Empfinden. Er musste selbst einen Weg finden, wieder mit sich ins Reine zu kommen.

Während Till seine Kippe in der Mülltonne entsorgte, spähte Cora auf die verschneite Straße. Bislang war die Schneeschicht dünn, ein bis zwei Zentimeter, mehr war das nicht. Allerdings konnte heute Nacht noch einiges dazukommen. Für ihren Geländewagen war das kein Problem, aber für Till würde das erste Stück bergauf ohne Schneeketten eventuell schwierig werden. In diesem Moment blitzte zwischen den Bäumen ein Licht auf. Cora stutzte. In dieser Richtung befand sich das Sanatorium. Gespannt schaute sie zu der Stelle hinüber, wo es geblitzt hatte. Aber nein, da war nichts. Sie musste sich getäuscht haben.

»Was guckst du denn so grimmig?«, fragte Till, als er die Treppe hochkam. Auch er schien in seinem Pullover zu frieren und nahm immer zwei Treppenstufen auf einmal. »Ist was?«

»Äh, nein«, erwiderte sie und lächelte. »Alles gut.« Fröstelnd verschränkte sie die Arme vor der Brust und wippte gleichzeitig in den Knien. »Mir ist nur kalt. Lass uns reingehen!«

Als sie sich abwandte, streifte ihr Blick den Hortensienbusch, auf dessen vertrockneten Blüten sich kleine Schneehauben gebildet hatten. Sie musste an Waldi denken. Es war unbefriedigend, seine Todesumstände nicht aufgeklärt zu haben. Mike Eberhart war tot – aber seine Helfer hätte man noch zur Rechenschaft ziehen können. Doch selbst wenn sie sich in den Fall nochmals voll reingekniet hätte, wäre es unwahrscheinlich gewesen, dass sie die Verantwortlichen ausfindig machen konnte. Brauchbare Spuren hatte es nicht gegeben, und nun, da Mike tot war, war es für die Mittäter ein Leichtes, dem Toten alle Schuld in die Schuhe zu schieben. Sie würden mit Sicherheit jegliche Beteiligung von sich weisen. Mike konnte ja nicht mehr widersprechen.

Der Duft der gebackenen Flammkuchen stieg ihr in die Nase und lenkte ihre Gedanken abrupt in eine andere Richtung. O Gott, sie hatte gar nicht auf die Uhr geschaut! Hoffentlich waren die Flammkuchen nicht bereits verbrannt! Sie stürzte zum Ofen und riss die Ofentür auf. Heißer Qualm kam ihr entgegen. Puh, gerade noch rechtzeitig. Der Speck war allerdings bereits ein wenig angekokelt.

Till sah ihr über die Schulter und grinste: »Hm, lecker! Ich lieb es ja, wenn der Speck so …«, er suchte nach dem richtigen Wort, »… so kross ist.«

»Ja, geht mir genauso«, meinte Cora schmunzelnd. »Um das so perfekt hinzubekommen, braucht es natürlich schon eine gewisse Erfahrung.«

Während sie die Flammkuchen aus dem Ofen holte, lächelte sie in sich hinein.

Sie hatte sich vorgenommen, Till noch heute Abend in ihre Zukunftspläne einzuweihen. Wie er wohl darauf reagieren würde?

»Ich hab in letzter Zeit viel nachgedacht.« Sie schielte zu Till hinüber, der gerade mit dem Verschluss der Weinflasche beschäftigt war. Nachdem sie sich vergewissert hatte, dass er trotzdem aufmerksam zuhörte, fuhr sie fort. »Über mich, mein Leben – und wie es für mich weitergehen soll.« Sie lächelte geheimnisvoll. »Till, ich habe einen Entschluss gefasst. Ich werde hierbleiben und in mein Elternhaus einziehen.«

Till hielt überrascht in der Bewegung inne, dann huschte ein Lächeln über sein Gesicht.

»Ja, das hast du mir doch vorgeschlagen«, sagte Cora und nickte eifrig. »Ich hätte das Haus eh nur schwer losgekriegt. Ich zahl meine Schwester aus, spar mir dafür die teure Miete in Stuttgart und kann hier in ein frisch renoviertes Haus einziehen.« Sie strahlte. »Freust du dich?«

Till stellte die Flasche beiseite und umarmte sie. »Natürlich freue ich mich«, flüsterte er ihr ins Haar.

Cora schmiegte sich an ihn, sog seinen Geruch ein und genoss einige Sekunden lang den innigen Moment. Dann löste sie sich aus seiner Umarmung und unterbreitete ihm ihre nächste Idee: »Und was die Arbeit angeht … Ich hab mal auf eurer Homepage nachgesehen. Du hattest recht – es ist tatsächlich eine Stelle für eine Kriminalpsychologin ausgeschrieben.« Sie lächelte. »Da bewerbe ich mich. Bei meiner Qualifikation hab ich sicher gute Chancen.« Gespannt sah sie ihn an. Till wirkte in der ersten Sekunde erstaunt, bereits einen Moment später stahl sich jedoch ein verschmitztes Grinsen auf sein Gesicht. »Der Schneider würde sich freuen«, sagte er. »Der war ja nach eurem letzten Gespräch ganz begeistert von deiner tollen Expertise!«

»Und du?«, fragte Cora. »Was denkst du darüber?«

»Eine rote Zora im Team?« Er wiegte den Kopf und blies die Backen auf. Als er Coras gespannten Blick sah, lachte er. »Was Besseres kann ich mir nicht vorstellen!«

Nachwort und Danksagung

Meine Kindheit und Jugend verbrachte ich auf der Schwäbischen Alb. Als Älblerin liebte ich die raue Schönheit der Landschaft, die Weite der sonnigen Albhochflächen und die Fernsicht, die sich von den Felsen der Albtraufkante bot.

Mit achtundzwanzig Jahren kam ich dann in den Nordschwarzwald, nahm dort meine erste Stelle als Lehrerin an und gründete eine Familie. Dunkler, dichter Tannenwald und tief eingeschnittene Täler – das Landschaftsbild im Schwarzwald unterschied sich stark von meiner schwäbischen Heimat. In der Anfangszeit war ich stets auf der Suche nach Weite und versuchte, von den Gipfeln der bewaldeten Berge einen Blick in die Ferne zu erlangen.

Es dauerte nicht lange und ich fasste einen Entschluss: Wenn schon Schwarzwald, dann richtig Schwarzwald! So zog ich mit meiner jungen Familie in ein Schwarzwälder Schindelhaus ein, das fernab jeder Ortschaft mitten auf einer einsamen Waldlichtung gelegen war. Was ich in den sechs Jahren dort erlebt habe, damit könnte man ein eigenes Buch füllen. Was sich in meiner »Cora Brecht«-Reihe jedoch widerspiegelt, ist das Lebensgefühl, das ich im Schwarzwald empfunden habe. Auch wenn ich, inzwischen neu verheiratet, wieder auf die

Schwäbische Alb zurückgefunden habe, möchte ich jene Zeit auf der Waldlichtung nicht missen. Der Nordschwarzwald ist mir zur zweiten Heimat geworden und ich freue mich, dass ich nun zumindest gedanklich wieder dort sein kann – im mystischen Schwarzwald mit seinen tief verschneiten Tannen, den wildromantischen Schluchten, zwischen Heidelbeersträuchern und Farnen …

Den Impuls, überhaupt einen Krimi über den Schwarzwald zu schreiben, habe ich von meiner Agentin Diana Itterheim von der Litmedia Agency erhalten. Diana hat mich von der ersten Idee an unterstützt, hat mein Exposé lektoriert und dieses letztlich bei Amazon Publishing eingereicht. Ohne Diana wäre dieses Buch vermutlich nie entstanden und ich danke ihr sehr, dass sie mir dieses Projekt von Anfang an zugetraut hat und zu jeder Zeit ein offenes Ohr für mich hatte. Liebe Diana, durch Deinen Vertrauensvorschuss ist es mir gelungen, über mich hinauszuwachsen und auf meiner Traumleiter die nächste Stufe zu erklimmen.

Als nächstes möchte ich mich bei meinem Redakteur und Lektor Fabian Knecht bedanken, der mich mit großer Herzlichkeit empfangen hat. Die Begeisterung, die er für mein Werk zum Ausdruck brachte, motivierte mich so, dass ich mich sogleich an die Fortsetzung der Reihe machte. Herzlichen Dank, Fabian, dass Du mich mit so viel Wertschätzung und Geduld durch das Lektorat begleitet hast!

Liebe Angela Kuepper – dieses Buch hat durch Dein einfühlsames Lektorat enorm an Qualität gewonnen. Du hast dich reingekniet, hast die Geschichte durchdrungen, bist gedanklich und emotional eingetaucht – ich bin sehr beeindruckt von solch einer tiefgehenden Lektoratsarbeit. Am Rand des Manuskripts stand viel konstruktive Kritik, aber zugleich auch viel motivierendes Lob. In der heißen Phase des Lektorats hast du Dich bis spät in die Nacht hinein mit mir über das Manuskript ausgetauscht – mehr Engagement geht nicht!

Herzlichen Dank auch an meine Lektorin Monika von VLG Verlag & Agentur für ihre gewissenhafte Korrektur und das Auffinden von Widersprüchen und Logikfehlern. Dadurch hat das Buch den letzten Schliff bekommen.

Großer Dank gebührt auch dem gesamten kreativen Edition-M-Team von Amazon Publishing, das mitgeholfen hat, mein Werk zu veröffentlichen.

Zum Abschluss möchte ich mich bei meiner ganzen Familie bedanken, insbesondere bei meinen Kindern, die mit viel Nachsicht mit ihrer gedanklich abwesenden Mutter umgingen und sich immer wieder die neuesten Details zum Buch anhören mussten.

Auch bei meinem Schwager Flo möchte ich mich auf diesem Weg nochmals für das tolle Brainstorming bedanken und für diese klasse Idee, du weißt schon welche.

Der größte Dank aber gebührt meinem Mann. Lieber Micha, Du hast so viel zur Entstehung dieses Buches beigetragen, dafür möchte ich Dir von ganzem Herzen danken! Du hast dir den Spitzentitel »Steinkalt« ausgedacht, Du warst beim Brainstorming führend, Du hast mich beim gesamten Entstehungsprozess immer wieder beraten. Während des Schreibens hast Du mir den Rücken freigehalten und auch dann Verständnis aufgebracht, wenn ich mich stundenlang zurückgezogen habe und nicht ansprechbar war. Danke, dass Du mich immer wieder aufs Neue ermutigt und Dir die Zeit genommen hast, jeden noch so kleinen Zwischenerfolg mit mir zu feiern.

Auf der Schwäbischen Alb im Juni 2023
Isa Klink

Quellenangabe

Wilhelm Hauff: Das kalte Herz
Ein Märchen
Berliner Ausgabe 2016
Durchgesehener Neusatz von Michael Holzinger
Herausgeber: Michael Holzinger

Textgrundlage ist die Ausgabe:
Wilhelm Hauff: Sämtliche Werke in drei Bänden.
Nach den Originaldrucken und Handschriften. Textredaktion und Anmerkungen Sibylle von Steinsdorff, München: Winkler, 1970
Erstdruck: Stuttgart 1827 im »Märchenalmanach auf das Jahr 1828«
S. 29

Folge der Autorin auf Amazon

Wenn dir dieses Buch gefallen hat, folge Isa Klink auf Amazon. Dann erhältst du eine Benachrichtigung, wenn die Autorin ihr nächstes Buch veröffentlicht. Um der Autorin zu folgen, gehe bitte folgendermaßen vor:

Desktop:

1) Suche auf Amazon.de oder in der Amazon App nach dem Namen der Autorin.
2) Klicke auf den Namen der Autorin, um auf die Autorenseite zu gelangen.
3) Klicke auf den »Folgen«-Button.

Smartphone und Tablet:

1) Suche auf Amazon.de oder in der Amazon App nach dem Namen der Autorin.
2) Klicke auf einen Titel der Autorin.
3) Klicke auf den Namen der Autorin, um auf die Autorenseite zu gelangen.
4) Klicke auf den »Folgen«-Button.

Kindle eReader und Kindle App:

Wenn du dieses Buch auf einem Kindle eReader oder in der Kindle App liest, wird dir automatisch angeboten, der Autorin zu folgen, nachdem du die letzte Seite des Buches gelesen hast.

FSC
www.fsc.org
MIX
Papier | Fördert
gute Waldnutzung
FSC® C083411

Druck:
CPI Druckdienstleistungen GmbH
im Auftrag der
Zeitfracht GmbH
Ein Unternehmen der Zeitfracht - Gruppe
Ferdinand-Jühlke-Str. 7
99095 Erfurt